Camille Di Maio a toujours rêvé d'écrire et a vu plusieurs de ses articles publiés dans divers magazines. Quand elle ne repousse pas l'heure de dormir pour lire « encore un chapitre » d'un livre captivant, son mari et elle font la classe à la maison à leurs quatre enfants et gèrent une agence immobilière à San Antonio, au Texas. Camille surmonte aussi régulièrement sa peur de l'avion pour s'adonner à sa passion des voyages. Adepte du concept « croquer la vie à pleines dents », elle pratique le taekwondo, dévalise les marchés fermiers de gâteaux et, si le moment s'y prête, entonne à pleine voix, et sans complexe, des airs de comédies musicales de Broadway. *Le Parfum de nos souvenirs* est son premier roman.

Camille Di Maio

LE PARFUM DE NOS SOUVENIRS

Traduit de l'anglais (États-Unis) par Agnès Jaubert

Milady

Milady est un label des éditions Bragelonne

Titre original : *The Memory of Us*

Publié avec l'accord d'Amazon Publishing, www.apub.com

ISBN : 978-2-8112-2707-4

Bragelonne – Milady
60-62, rue d'Hauteville – 75010 Paris

E-mail : info@milady.fr
Site Internet : www.milady.fr

À mon mari, Rob. Tu es mon histoire d'amour à moi. Tes encouragements, ton soutien et tes idées délirantes ont été essentiels à l'aboutissement de ce livre.

À mon père, Pete. Si tu ne m'avais pas initiée à la belle musique qui a inspiré cette histoire, cet ouvrage n'existerait pas. Lors de nos petits déjeuners et de nos cafés de travail, ta contribution a été inestimable.

À ma mère, Chris. Déjà, quand, petite, j'écrivais des histoires, tu les estimais dignes d'être publiées. Merci de m'avoir communiqué ton amour de la lecture et de m'avoir fait faire tant d'exercices de vocabulaire !

Prologue

Abertillery, pays de Galles – 1961

Le vacarme au-dehors me fit sursauter et les comprimés, m'échappant, se répandirent sur le tapis. Leur couleur mélangée à la transpiration avait taché ma paume d'une teinte ocre, maladive. Depuis combien de temps les serrais-je au creux de ma main ? À l'autre extrémité de la pièce, je distinguais le cadran de la pendule, flou. Cela devait faire des heures.

Je commençai par ignorer le coup frappé à la porte. J'étais déterminée à avaler le reste de ces médicaments, chacun d'eux me rapprochant de ce sommeil dont je ne me réveillerais jamais. Après deux décennies, ma pénitence avait bien assez duré. Peut-être ce soir allais-je y parvenir.

Mais c'était sans compter la persistance de la personne à ma porte d'entrée, quelle qu'elle soit. Je laissai les comprimés à terre pour le moment, puis tâtonnai pour trouver mes lunettes sur la commode. Je frôlai le cadre d'argent terni, le faisant osciller jusqu'à ce qu'il tombe, face contre terre.

C'était la seule photo que je possédais. Le visage aux teintes sépia d'un homme jeune me regardait, son petit sourire en coin capturé à son insu. C'était la seule preuve de mon péché que je m'autorisais.

Mes pieds trouvèrent les mules, posées symétriquement à côté de mon lit, et je pris la robe de chambre pliée sur la chaise. Avec l'habitude d'une coquetterie lointaine, je passai mes doigts dans mes cheveux. Mais je ne jetai même pas un coup d'œil au miroir de mon meublé. J'avais depuis longtemps appris à éviter de regarder mon reflet.

J'appuyai sur l'interrupteur. Éblouie par la lumière vive, je grimaçai. Les coups à la porte cessèrent. Je retirai la chaîne et entrebâillai le battant juste assez pour voir qui était l'intrus.

Je reconnus l'un des enfants Campbell. Même s'ils étaient très nombreux, je savais que ce grand garçon était l'un des aînés. *Thomas ? Tommy ? Timothy ?* Qu'importait !

— Miss Bailey ?

— Que veux-tu à cette heure ?

La lune brillait haut dans le ciel, et la nuit avait déjà plongé le monde dans ce silence qui invite les fantômes et les cauchemars.

— C'est ma mère. Elle est malade. Très malade.

— C'est le bébé ? Il ne doit naître que dans quelques semaines.

— Je suppose que Dieu en a décidé autrement. Il arrive. Mais, cette fois, quelque chose n'est pas normal.

— Dieu n'a rien à voir dans tout cela.

Il ignora mon blasphème. À l'instar de la plupart des habitants de ces villes si pauvres, quand le besoin de mes capacités d'infirmière l'emportait sur leur désir de piété.

— Je suis venu en camionnette.

C'était une appellation bien charitable pour le tas de ferraille qui nous attendait. Il s'enfonça sous le poids conjugué du corps cruellement mal nourri du jeune homme et du mien compensant la différence. La pensée me traversa l'esprit qu'il aurait été plus rapide et moins dangereux de parcourir à pied les quatre miles qui nous séparaient de la ferme des Campbell. Mais je gardai le silence. Peut-être le véhicule allait-il se consumer en un bûcher rougeoyant, m'épargnant ainsi d'avoir recours aux comprimés.

Nous roulâmes dans un silence que seuls venaient troubler le toussotement du moteur et le crépitement de la route mal pavée sous les roues. À la clarté des étoiles, j'observai mes mains, les cicatrices en forme de toiles d'araignée les déformant d'une façon qui persistait à m'effrayer, même après si longtemps. Mes ongles restaient étonnamment jolis, même s'ils n'avaient pas vu de vernis depuis la guerre.

Le garçon se remit à parler. Des paroles bien innocentes mais qui me ramenèrent à la photo vieillie, abandonnée sur le sol, à côté de mon lit.

— Mon frère est allé chercher le père Trammel mais il était en voyage. Néanmoins, il a un invité. Un certain père McCarthy. Il vient tout de suite.

« McCarthy ». En entendant ce nom, je me figeai. Bien sûr, des milliers de gens s'appelaient McCarthy. Mais cela faisait longtemps que je n'en avais pas rencontré un. Et, pour moi, un seul McCarthy avait compté. Un McCarthy qui avait été tout pour moi.

Chapitre premier

Bootle, mai 1937

— Bonjour, Miss Westcott. Quel plaisir de vous voir !

Les joues de la secrétaire étaient teintées du même rouge grenat léger que les miennes. Mais si la couleur des siennes était due à un usage un peu trop enthousiaste du fard, la mienne résultait d'une course imprévue dans les rues grêlées de trous de Bootle.

— Bonjour à vous, Miss Ellis, lui retournai-je. Vous sentez-vous mieux ? Lors de ma dernière visite, j'ai appris que vous étiez souffrante.

— Beaucoup mieux, je vous remercie. Vous êtes un ange de vous enquérir de ma santé. Mais vous arrivez un peu plus tard que d'habitude, je me trompe ? ajouta-t-elle en jetant un regard à sa montre.

— Un pneu du bus a crevé sur Southport Road. J'ai dû faire le reste du chemin à pied.

— C'est une sacrée trotte pour une jeune dame.

— On ne savait pas quand le pneu de rechange allait arriver et je voulais voir Charles avant sa sieste.

Je n'avais pas réussi à éviter les ornières dans l'asphalte, remplies d'eau de la pluie de la veille. Éclaboussé par une automobile aussi pressée que moi, le côté gauche de ma jupe était couvert de taches de boue. Mais, assise derrière sa fenêtre à vitre opaque qu'elle avait ouverte en m'entendant sonner, Miss Ellis ne voyait que le haut de mon corps.

Elle hocha vigoureusement la tête, secouant ses épaules.

— Vous n'avez pas beaucoup de temps. Il vient de finir de déjeuner. Je pense qu'il est parti faire sa promenade.

Je vérifiai l'heure à ma montre. Je ne pouvais me permettre de rater le dernier bus pour rentrer à la maison. Comment aurais-je expliqué mon escapade hors de Liverpool ?

Miss Ellis ramena son attention sur la machine à écrire d'un noir brillant, en face d'elle, et j'observai ses doigts qui dansaient sur les touches. Ils s'arrêtèrent en plein vol et elle me regarda de nouveau.

— Y a-t-il autre chose, mademoiselle ?

— Je voulais juste vous demander un service.

— Tout ce que vous voudrez. Vous le savez. De quoi s'agit-il ?

Elle tapota ma main du geste familier qu'elle affectionnait.

— Je vais partir, à la fin de l'été. Si j'écris à Charles, aurez-vous la gentillesse de lui lire mes lettres ?

L'air perplexe, elle fronça les sourcils. Comme si j'avais oublié que mon frère jumeau était sourd et aveugle.

— Oh, ne me regardez pas ainsi, Miss Ellis ! Je suis consciente de l'absurdité de ma requête. Mais je veux croire qu'il sent les vibrations de la voix, et savoir qu'il a un peu de compagnie ici me réconforte.

— Juste ciel, ma chère ! Bien entendu, je lui lirai votre lettre. Mais vous ne devez pas vous inquiéter. Il n'est pas seul. Il s'est fait un ami.

— Vraiment ? m'étonnai-je. Un autre pensionnaire ?

— Non, non, pas un pensionnaire. C'est le jardinier... en fait, c'est le fils du jardinier. Qui vient aider les week-ends. Il passe un peu de temps avec votre frère, quand il est ici. Ce n'est pas grand-chose, mais c'est un rayon de soleil pour le pauvre Charles. J'ai même cru apercevoir un sourire illuminer son visage. À deux reprises, maintenant !

Encouragée par cette révélation, je me redressai bien droite. Mon frère pouvant parfois se montrer difficile, il était généralement confié aux soins de l'aide-soignant le plus récemment arrivé, comme, dans une usine, on allouait aux nouveaux venus le roulement de nuit dont personne ne voulait.

— Oui, c'est vrai, renchérit-elle. Vous n'allez pas tarder à le constater par vous-même. Mais pourquoi des lettres ? Où partez-vous, mon chou ?

L'enveloppe était arrivée deux jours auparavant et je n'en avais pas encore soufflé mot à mes parents. Maintenant que l'école était finie, mon père ayant besoin de ma présence dans ses bureaux de transport maritime, je n'avais pas encore pu l'annoncer à Lucille non plus. Aussi était-ce la première fois que la nouvelle franchissait mes lèvres.

— J'ai été acceptée à l'École d'infirmières Nightingale, à l'hôpital Saint-Thomas, à Londres.

— Oh ! C'est la meilleure nouvelle que j'aie entendue depuis bien longtemps.

Miss Ellis bondit de son siège, laissant une marque concave dans le tissu en tweed. Elle ouvrit vivement la porte qui la séparait du vestibule et m'étreignit avec chaleur – une réaction bien plus enthousiaste que celle à laquelle je m'attendais chez moi.

Au moment où je pensais ne jamais pouvoir recouvrer mon souffle, elle me libéra.

— Vous savez à quel point vous allez nous manquer. Mais vous serez la meilleure et la plus adorable des infirmières du pays, j'en suis sûre. N'allez pas oublier vos vieux amis, maintenant que vous allez habiter une grande ville élégante.

Je pris sa main dans la mienne.

— Bien sûr que non. Je vous écrirai aussi.

— Ne vous inquiétez pas. J'apprendrai tout ce que j'aurai à savoir dans vos lettres à votre frère. Vous aurez besoin de vous consacrer à vos études. Alors, ne vous faites pas de souci. Contentez-vous de nous rendre fiers.

Elle me pressa les bras puis baissa la tête vers moi. Devant le triste état de ma jupe et de mes chaussures, l'inquiétude se lut sur son visage.

La sonnerie du téléphone la rappela dans son bureau. Elle décrocha, posa sa main sur le récepteur et montra le couloir d'un geste de tête.

— Serviettes, mima-t-elle de ses lèvres. Dans la pièce sur laquelle vous verrez l'inscription « lingerie ».

Elle revint à son téléphone.

— Institution Bootle. Que puis-je faire pour vous ?

C'était la même conversation que celle que j'entendais à quasiment chacune de mes visites. À l'autre bout du fil, encore un couple, désespéré, prêt à parcourir des miles pour venir là. Leur enfant n'était pas à la hauteur de leurs espoirs et les époux cherchaient anxieusement un endroit qui les soulagerait de leur fardeau. Un lieu où le reléguer, au loin, pour lui rendre de rares visites et, souvent, l'oublier. À part pour régler les factures élevées. Ils soulageaient ainsi leurs consciences, satisfaits que l'opulence de l'institution soit un substitut raisonnable aux soins d'une famille aimante.

Au début du siècle, le seul recours pour une naissance aussi décevante était les institutions gouvernementales pour les idiots et les débiles mentaux. Mais maintenant, les plus fortunés pouvaient opter pour les couloirs aux sols de marbre et l'air parfumé à la lavande de l'Institution Bootle. Des fenêtres à petits carreaux, les meilleurs médecins. Leur enfant abandonné à sa solitude luxueuse.

Je trouvai la lingerie et m'émerveillai devant les piles vertigineuses de serviettes de toilette d'un blanc immaculé sur les étagères de bois. Mes mains frôlèrent leurs bords ronds et moelleux. La plupart étaient trop grandes pour l'usage que je devais en faire mais j'en trouvai une qui fit l'affaire. Satisfaite, j'aperçus un lavabo dans un coin de la pièce. Après avoir placé la serviette sous le robinet, je l'essorai et en tamponnai ma jupe. *En vain.* La boue qui s'assombrit encore formait maintenant une tache ovale.

Avec un soupir, je trouvai une corbeille à linge sale. J'ajustai mes vêtements afin que la tache ne se voie que dans le dos et lissai le devant de ma jupe tant bien que mal.

Lorsque je revins dans le vestibule, Miss Ellis était toujours au téléphone. Hochant la tête, elle prenait des notes. Je passai devant les magazines étalés en rangées dans une vitrine finement sculptée. À chacune de mes visites, je m'amusais à remarquer un détail différent. Cette fois, j'avisai le profil d'un chérubin sur un tiroir. À son visage énigmatique, je fus incapable de décider s'il s'agissait d'un ange heureux ou malheureux. Ma mère aurait adoré ce meuble. Il avait sans nul doute beaucoup de valeur et aurait trouvé sa place parmi les plus belles pièces des pages d'un catalogue de *Christie's*. Ainsi était l'Institution Bootle.

Je saisis un *Vogue*. M'apercevant que j'avais déjà feuilleté ce numéro, je fermai les yeux et m'enfonçai dans les moelleux coussins du canapé, mes orteils frôlant le sol. Une pendule, de l'autre côté de la pièce, sonna l'heure en un son grave. Si je voulais que mon escapade passe inaperçue, je devais partir avant qu'elle ne sonne de nouveau. Mais il n'y avait toujours aucun signe de Charles.

Je regardai mes ongles et tirai sur une peau morte. Lucille les ayant vernis le dimanche précédent, ils brillaient d'un rose délicat qui me rappelait une mousseline couleur fraise. Ma plus vieille amie ne tremblait pas de la main et, même si elle me réprimandait gentiment pour ma frivolité – je possédais un nombre incalculable de teintes –, elle me faisait toujours les ongles de bonne grâce.

La pendule qui sonna le quart me rappela la progression du temps. Mais alors que je commençais à perdre espoir, j'entendis les gazouillements de l'adolescence derrière les grandes portes qui donnaient sur l'extérieur.

Elles s'ouvrirent sur un groupe hétéroclite de pensionnaires, certains jeunes, d'autres adultes. Le temps, pour eux, s'était arrêté à l'âge de l'innocence. L'âge auquel les coccinelles et les bulles de savon restaient une source perpétuelle de ravissement. À mesure qu'ils défilaient devant moi, je cherchai mon frère, que je finis par apercevoir. Il était soutenu par un jeune homme que je n'avais jamais rencontré.

La vue de l'inconnu me coupa le souffle. Je n'étais pourtant pas du genre à me pâmer devant les hommes. Grand, il avait les cheveux bouclés et des yeux de la couleur ambre du whisky. Il portait un pantalon de toile épaisse et une chemise blanche, froissée, une tenue différente des impeccables uniformes empesés des aides-soignants. Il donnait le bras à Charles avec une patience qui m'enchanta. Depuis le début de mes visites secrètes, c'était la première fois que j'étais témoin d'une telle tendresse à l'égard de mon frère.

Je me levai et pris un autre magazine. Tout en le feuilletant, je les suivis d'un œil discret, alors qu'ils tournaient en direction de l'aile abritant le dortoir. Laissant tous les autres les doubler, le jeune homme continua sans se presser, accordant son pas à celui de Charles.

Le claquement d'un tiroir du meuble de classement me fit sursauter.

—Je suis désolée, ma chère, s'excusa Miss Ellis en tournoyant pour en ouvrir un autre.

—Je vous en prie.

En reposant le magazine, je m'aperçus qu'il traitait de chasse au renard. Et que je l'avais tenu à l'envers.

—Vous avez le projet d'aller chasser quelque part bientôt ?

Elle me dévisageait, les yeux arrondis par la surprise. Avec un sourire sans conviction, je demandai :

—Qui est l'homme avec Charles ?

J'aperçus mon vague reflet dans une fenêtre voisine et replaçai une mèche rebelle derrière une oreille.

—Ah, il s'agit du jeune McCarthy. Le jeune homme dont je vous parlais. C'est un bon garçon. En plus, il est beau. C'est dommage, néanmoins. Il est…

Interrompue par le téléphone, elle me lança :

— Une seconde, ma chère !

Elle se hâta vers son bureau et décrocha à la cinquième sonnerie.

— Institution Bootle. En quoi puis-je vous aider ?

Sa voix se mêla à la symphonie des bruits qui m'entouraient : le ronronnement sourd d'un aspirateur au loin, le cliquetis des assiettes que l'on débarrassait dans la salle à manger. Réveillé par le retour de ses pensionnaires de leurs exercices quotidiens, le bâtiment reprenait vie. Je continuai à contempler avec intensité les silhouettes de mon frère et de son compagnon qui s'éloignaient.

Sans perdre une minute, je m'engageai dans le couloir et montai l'escalier à leur suite. Mon temps était précieux.

Mes pas étouffés par l'immense tapis d'Orient, j'arrivai à la porte de Charles inopinément. La gravité de son état le privant de nombreuses activités dont les autres profitaient, je m'attendais à le trouver sur le point de faire sa sieste. Mes visites mensuelles étaient censées marquer une pause dans la succession de journées monotones qu'était sa vie. Il ne voyait pas, n'entendait pas. Ne pensait même pas comme les autres. Il se contentait d'aller là où on le menait.

Pourtant, il n'était pas dans son lit. À côté de la fenêtre, dont le large bord était maintenant décoré d'une rangée de pots colorés contenant des plantes vertes, il s'appuyait gauchement à Mr McCarthy.

Lui prenant la main, ce dernier la posa dans chaque pot, tour à tour. Un sourire éclaira le visage familier de Charles, un sourire qui, jusque-là, m'était réservé lors de mes visites. De ses doigts, il caressa les feuilles soyeuses et suivit les lignes des tiges. Il les enfonça à plusieurs reprises dans la terre, avec la fascination d'un enfant.

Je le regardai, pétrifiée, captivée par sa réaction. Puis Mr McCarthy pinça l'une des feuilles et en tira ce qui ressemblait à un ver de terre. Il le posa sur le bras de mon frère qui se mit à rire. Je plaquai une main sur ma bouche. C'était la première fois que j'entendais ce son délicieux franchir ses lèvres. L'insecte rampa de son coude à son poignet pour remonter vers son coude et, finalement, s'arrêter. Après l'avoir remis dans le pot, le jeune jardiner fit asseoir Charles dans son fauteuil, tapota un coussin et le plaça dans son dos. S'apercevant soudain de ma présence, il leva le regard vers moi et me sourit.

Je fus envahie par un sentiment inattendu. Ce sourire me faisait l'effet de la chaleur d'un feu de bois dans un endroit glacial. J'essayai de me convaincre que mon visage brûlant était la conséquence de la journée d'été. Mais certainement pas une réaction à ses yeux ni à ses cheveux indisciplinés. Je cherchai à distraire mon attention avec un détail de la pièce, mais les murs vides ne m'aidèrent en rien, ne me laissant d'autre choix que de le regarder à mon tour.

— Bonjour, parvins-je à dire. Merci, plutôt. Je n'ai pas pu m'empêcher de remarquer à quel point vous êtes gentil avec lui.

— Avec Charles ? Oh, lui et moi sommes amis. N'est-ce pas ? ajouta-t-il en lui tapotant l'épaule.

Son geste me fit suffoquer de plaisir.

— Je suis Julianne Westcott. Charles est mon frère.

Cette dernière phrase résonnait étrangement. Lucille était la seule amie qui savait que j'avais un frère, un secret que j'avais partagé avec elle, en larmes, deux ans auparavant, juste après avoir découvert son acte de naissance dans la chambre de ma mère.

— Je suis Kyle McCarthy. J'aide mon père à entretenir le parc.

Il me tendit la main.

Les battements de mon cœur s'affolant, j'espérai qu'il ne relèverait rien de mon trouble. je pris sa main d'un air dégagé, et la retirai aussi vite que me le permettait la bienséance.

— Donc vous n'êtes pas un aide-soignant ?

Il se mit à rire.

— Oh, non. Charles et moi nous sommes rencontrés il y a quelques semaines, sur la pelouse. Il était assis sur le sol, il caressait l'herbe de ses doigts. L'aide-soignant tentait de le faire se lever. Mais votre frère s'obstinait à refuser. J'ai posé à côté de lui un seau rempli d'une couche d'herbe dans laquelle j'ai mis sa main. Puis, doucement, j'ai soulevé le seau. Peu à peu, sa main toujours dans l'herbe, il s'est redressé, puis je l'ai raccompagné jusqu'à sa chambre.

— Vous avez fait cela pour lui ?

— J'ai estimé que c'était préférable à la camisole de force. Qui aurait sans doute été l'étape suivante. Il lui arrive de se montrer vraiment têtu.

« Têtu ». C'était l'adjectif dont ma mère me qualifiait quand, enfant, je refusais de cesser de balancer mes jambes pendant le thé. Et celui utilisé par mon père quand je ne voulais pas abandonner un jeu d'échecs. Je regrettais de savoir que mon frère et moi aurions pu avoir tant en commun si nous avions grandi ensemble et que nous n'avions pas été séparés par le gouffre de ses handicaps. Nous aurions été de

vrais compagnons. Nos parties de cache-cache nous auraient fait trottiner partout dans l'hôtel particulier de Newsham Park, jusqu'à ce que mère ou notre gouvernante nous donne l'ordre de nous tenir tranquilles.

Le visage de Charles avait repris son habituelle expression impassible, mais je devais croire que, d'une manière ou d'une autre, il était conscient d'être en compagnie d'amis.

— Bref, cette même semaine, j'ai apporté des pots dans sa chambre. Avec l'intention de voir s'il pourrait apprécier la différence à mesure que les plantes poussaient. Au moins, cela lui donne une occupation, observa-t-il avec un haussement d'épaules.

— Et le ver ?

— C'est une chenille. Je l'ai trouvée la semaine dernière et je l'ai ajoutée à notre collection. La petite rebelle a essayé de s'enfuir, mais, maintenant, elle donne l'impression de s'être bien adaptée.

— En tout cas, c'est la première fois que j'entends le rire de Charles.

— C'est fantastique, non ?

Ravalant un sanglot, je me contentai de hocher la tête. Aucune parole au monde ne pouvait rendre justice à un son qui avait mis si longtemps à se révéler. Limités par l'inadéquation des mots, nous nous parlâmes avec les yeux. Jusqu'à ce que Charles change de position dans son fauteuil, attirant notre attention.

— Si vous voulez bien m'excuser, dit alors Kyle. Je dois m'en aller. J'ai été ravi de vous rencontrer.

Il tira une casquette de sa poche arrière et y porta la main avec politesse avant de la poser sur sa tête.

Je reculai contre un mur afin que seule la partie propre de ma jupe soit visible. Alors qu'il passait devant moi, je décelai une odeur plaisante, d'herbe, de terre. Une fois qu'il fut sorti, je m'avançai jusqu'à la fenêtre et le regardai traverser le jardin pour rejoindre un homme plus âgé qui lui ressemblait comme deux gouttes d'eau.

Charles et moi reprîmes alors notre routine. Habituellement, elle faisait naître un sourire sur ses lèvres.

— Je. T'aime.

Je prononçai les trois mots en pressant sa main trois fois en cadence. Il me reconnut. S'il me connaissait par le rapport que nous avions établi, il ne savait rien du temps que nous avions partagé dans le ventre de notre mère, dix-huit ans auparavant. À son tour, il me pressa la main de la même manière. On m'avait assuré que ce n'était qu'un réflexe mais j'avais décidé de ne pas le croire.

Avec ses yeux en amande et ses traits inexpressifs, il ne me ressemblait pas du tout. Mais nous avions les mêmes cheveux blond doré et entretenions la même passion pour le chocolat. Je sortis une barre de chocolat noir aux noix *Cadbury* de mon sac. C'était notre préféré.

J'étais en train d'essuyer les coins de sa bouche quand Miss Ellis jeta un coup d'œil dans la chambre.

— Je vois que vous donnez dans la contrebande, plaisanta-t-elle.

— Ne dites rien au docteur.

— Il faudra me payer.

Je pris une seconde barre chocolatée dans mon sac et elle se mit à rire. Elle la cassa en deux et m'en donna la moitié.

— Santé, ma fille ! lança-t-elle en frappant son morceau contre le mien.

— Santé !

Tout en grignotant, je tournai un nouveau regard intrigué vers la fenêtre. Miss Ellis m'observait.

Kyle soulevait des sacs de paille sur son épaule. Et même s'ils paraissaient très lourds, il semblait n'y mettre aucune peine.

— Inutile d'avoir des vues sur celui-ci. Vous perdrez votre temps.

Gênée, je tournai vivement la tête.

— Je ne comprends pas ce que vous entendez par là.

— Oh, si ! Le garçon McCarthy. Il n'est pas… disponible.

— « Disponible » ?

— Je vais vous expliquer. Il est en grandes vacances. Il va à l'université à Durham. Mais pas n'importe quelle université. La sienne s'appelle Ushaw College.

Elle s'accouda au bureau et me regarda d'un air étrangement affligé.

— Je n'en ai jamais entendu parler.

— Le contraire m'aurait étonnée. C'est un séminaire.

— « Un séminaire » ? Vous voulez dire, il va être un genre de pasteur ?

— Pas un pasteur comme vous et moi les connaissons. Il est catholique, Miss Westcott. Il va devenir prêtre.

La pendule en bas sonna deux fois, son ton de baryton qui résonna jusqu'au deuxième étage me donnant le signal du départ. Il était l'heure de rentrer.

Chapitre 2

Debout devant mon miroir, je tenais les deux robes à hauteur de mon épaule. *Une robe ample et blanche : l'innocence. Un ensemble ajusté couleur havane : la sophistication.* Ce serait mon choix. La jupe fluide tombait juste au-dessous du genou. Je sortis un foulard vert et l'essayai de diverses manières, pour finalement le nouer autour de mon cou. Le vert était censé faire ressortir la couleur de mes yeux. Je me tournai de gauche à droite, examinant mon reflet. C'était parfait. Ce serait la tenue que je porterais pour aller à Bootle.

Un sifflement admiratif me fit sursauter et je me tournai vers la porte.

— Père !

Les bras croisés, il était appuyé au chambranle.

— Regarde-toi ! Je pensais que tu devais juste aller voir un film parlant avec Lucille.

Tout en enfilant une ballerine dorée, je souris.

— Personne ne les appelle plus « films parlants ». Tu es drôle.

Écartant les couches de papier couleur pastel, je pris l'autre chaussure de sa boîte et glissai mon pied à l'intérieur. Elle était si étroite que je n'avais pas de place pour bouger les orteils. Mais la vendeuse m'avait affirmé que le cuir se détendrait avec le temps. Ces ballerines étaient magnifiques, c'était tout ce qui comptait.

— Eh bien, je ne comprendrai jamais les femmes. Une chose est sûre, je ne voudrais jamais rester assis pendant deux heures de suite, avec une jupe et des talons.

— J'espère bien que non ! Ce serait une sacrée vision !

Nous partîmes d'un éclat de rire qui donna une teinte rubiconde à son visage. Il s'avança vers moi et posa ses mains sur mes épaules.

— Je te promets de t'épargner cette humiliation.

Je déposai un baiser sur sa joue.

— Je dois y aller, lançai-je en essuyant la trace de rouge à lèvres que j'y avais laissée.

Posant une main sur mon bras, il me répliqua :

— Attends, princesse. Je suis venu te dire qu'il n'y aurait pas de cinéma aujourd'hui.

Son ton jovial s'était fait grave. Je me figeai. Avait-il découvert mes escapades à Bootle ? Cela ne se pouvait pas. Même si, parfois, j'aurais aimé que ce fût le cas. J'aurais pu enfin poser la question qui me brûlait les lèvres.

— Des voyous de l'IRA ont été arrêtés devant l'un des entrepôts, hier soir, poursuivit-il. Comme toujours, cela inquiète excessivement Mavis, et il ne viendra pas travailler aujourd'hui. J'ai besoin de ton aide pour la comptabilité.

Les membres de l'IRA n'avaient pas encore terrorisé Liverpool mais les rumeurs grandissantes indiquaient que le commerce le long des côtes était en péril. Assurément, les entrepôts et les bureaux de dédouanement de père sur Albert Dock seraient des cibles de choix. Je l'avais toujours connu placide. Pourtant, depuis quelque temps, je l'entendais fulminer contre les catholiques et il était devenu un ardent partisan de la guerre contre l'Allemagne.

Dissimulant ma déception devant ce changement de programme, j'esquissai un sourire forcé.

— Je vais t'accompagner.

Il ne me demandait jamais grand-chose et, en général, nous aimions passer des journées ensemble sur les docks. Nous nous faisions livrer notre déjeuner d'un restaurant que je choisissais et organisions des pique-niques de fortune sur des caisses d'emballage.

— Bien. Retrouve-moi en bas dans dix minutes. Betty est en train de préparer le petit déjeuner. Nous pourrons partir immédiatement après.

Comme un signal, je sentis les saucisses qui cuisaient en bas.

Il se tourna vers la porte, avant de me regarder de nouveau.

— Vous pourrez toujours vous voir demain. Je suis sûr que Lucille comprendra.

Bien sûr, elle aurait compris. Si j'avais vraiment eu le projet de la voir. Mais Bootle ne pouvait pas attendre un jour de plus. Si je n'y allais pas maintenant, j'allais devoir patienter une semaine supplémentaire. Après plusieurs tentatives subtiles pour obtenir plus d'informations, j'avais appris par Miss Ellis que Kyle ne travaillait que les samedis.

Sachant désormais cela, j'étais prête à m'y rendre en visite plus souvent que je ne l'avais fait par le passé.

Je m'étonnais de l'intérêt que je portais à ce jardinier qui se montrait si attentionné avec mon frère. Lucille ne me reprochait-elle pas souvent mon indifférence résignée devant ce type d'attirance? « Les chiens voleront et les ânes parleront le jour où Julianne Westcott choisira un amoureux », avait-elle coutume de dire. Ce à quoi je renchérissais invariablement : « Et les éléphants chanteront. »

Mais elle savait que la vérité était loin d'être aussi légère que nos badineries. J'existais dans l'ombre de ma mère, la coqueluche de la bonne société, une femme qui ne vivait que pour les invitations qu'elle lançait et qu'elle recevait. Qui préservait méticuleusement sa beauté légendaire à grand renfort de crèmes et d'onguents. Repoussant le jour où le temps la lui volerait. Et quand sa beauté s'évanouirait, j'étais censée lui succéder dans l'élite. *L'hôtesse. L'épouse. La réplique.* Il ne me serait permis aucun détour sur le chemin qu'elle avait pavé devant moi.

Or, aujourd'hui, toutes mes pensées étant occupées par Kyle, le détachement que je maîtrisais à la perfection m'abandonnait. *Son regard chaleureux, son corps vigoureux, sa force de caractère. Son petit sourire en coin, confiant, enjoué.* J'avais même remarqué la petite tache de naissance rose pâle qui s'étalait sur un côté de son cou. Je me perdais en rêveries, des images éparpillées de ses lèvres effleurant ma peau de baisers me traversant l'esprit, et je comprenais soudain les rires clandestins des écolières qui lisaient des romans d'amour cachés dans leurs livres de classe.

Mais la mise en garde de Miss Ellis tempérait mon enthousiasme. Ne connaissant aucun catholique, je ne comprenais pas exactement ce que le mot « prêtre » signifiait. Tant qu'il pouvait l'éviter, père ne faisait même pas d'affaires avec les catholiques. Je comprenais que les prêtres ne pouvaient pas se marier. Qu'ils étaient célibataires. Est-ce que cela voulait dire qu'ils ne pouvaient pas tomber amoureux ?

— Julianne !

— Je descends tout de suite.

Mettant de côté mes sombres réflexions, je troquai ma robe contre un chemisier blanc et une jupe bleu marine, une tenue plus appropriée pour une journée sur les docks.

La semaine suivante, je parvins à m'échapper pour Bootle, éveillant la curiosité amusée de Miss Ellis qui n'était pas dupe quand elle m'entendait protester sans conviction : « Je venais juste rendre visite à Charles. » Je n'étais jamais venue plus d'une fois par mois. En outre, j'avais mis ma jolie robe et mes chaussures neuves.

Prenant les rênes de la conversation avant qu'elle ne dévie sur un autre sujet, j'annonçai :

— Aujourd'hui, je suis venue avec l'Aston de mon père. Il est assez progressiste pour ce genre de choses.

— Je vois ça.

— Bien entendu, il me croit partie pique-niquer avec des amis.

— Certainement.

— Aimeriez-vous que je vous emmène faire un tour, tout à l'heure ?

— Miss Westcott, si vous pensez qu'une promenade en automobile va...

— Du chocolat, Miss Ellis ?

Je sortis un rocher au caramel d'un sac rempli de friandises destinées à l'amadouer.

—Vous êtes une vraie sournoise, plaisanta-t-elle.

Ce qui ne l'empêcha pas de l'accepter. Entre deux bouchées, elle ajouta :

—Il est dans la cuisine, en pause.

—Charles ? demandai-je de mon air le plus innocent.

—Je ne suis pas aussi aveugle que votre frère. Sans vouloir vous offenser, ma petite demoiselle, je sais que vous êtes ici pour le jeune McCarthy.

—Non...

Elle me regarda avec une sévérité exagérée et je compris qu'il n'était plus nécessaire de feindre.

—Oh, Miss Ellis !

Je laissai échapper un profond soupir.

—Et je ne peux pas dire que je vous blâme. C'est un très beau garçon. Splendide. N'est-ce pas ainsi que les jeunes filles parlent, aujourd'hui ? Mais je ne veux pas vous voir le cœur brisé, c'est tout.

—Cela n'arrivera pas, je le promets. Simplement, je n'ai pas pu m'empêcher de le remarquer.

—Bien sûr. Bien...

Elle se pencha vers moi avec une mine de conspiratrice et je dus m'approcher pour l'entendre.

—... je crois qu'il a jusqu'à la demie. Vous feriez mieux de ne pas tarder.

—Merci.

J'adressai un clin d'œil plein de reconnaissance à ma complice.

—Encore une chose, Miss Westcott.

Elle observa à droite et à gauche dans le couloir désert. Je crois que notre petit complot l'amusait beaucoup plus qu'elle n'était prête à l'admettre.

— Oui ?

— J'ai entendu dire qu'il aimait le cricket, chuchota-t-elle.

— Comme tous les hommes, ne pensez-vous pas ?

— Et le jardinage.

— Naturellement.

— Et, Miss Westcott…

— Hum ?

Elle sortit un volume défraîchi des *Aventures de Sherlock Holmes* du tiroir de son bureau.

— Je l'ai vu lire ce livre la semaine dernière. J'ai apporté le mien. Une entrée en matière ne peut pas faire de mal.

— Miss Ellis, vous êtes vraiment diabolique.

Elle se redressa et, reprenant sa voix normale, elle feignit d'être offusquée.

— Non, Miss Westcott. Je ne suis pas diabolique. Je suis une femme qui craint Dieu.

— Dans ce cas, vous êtes un génie.

Se rengorgeant, elle acquiesça d'un air radieux :

— Oui. Merci. Répétez-moi que je suis un génie. Et appelez votre premier enfant de mon prénom.

— Je crains que vos espoirs ne soient un peu trop ambitieux. Je dois d'abord lui parler. Pouvez-vous, s'il vous plaît, me montrer le chemin de la cuisine ?

Elle m'indiqua le couloir face à celui qui menait à la chambre de Charles. Je n'avais jamais été par là, et j'ouvris quelques portes de placard avant de percevoir une cacophonie de casseroles et de plats qui m'indiqua que je touchais au but.

La pièce, assez ordinaire, était loin d'être bien décorée. Elle contenait tous les objets que je pensais indispensables à une cuisine. Deux grands fours, un double évier, des casseroles de tailles variées. Le sol en damier évoquait un échiquier. L'heure du déjeuner étant passée, un homme à la peau ridée lavait la vaisselle en prévision du dîner. Avisant la femme en tablier blanc qui se tenait près du four, je compris à sa silhouette plantureuse que la table de l'Institution Bootle était bonne. Elle héla l'homme qui finissait d'essuyer les assiettes.

—Dépêche-toi. J'ai besoin que tu pèles les pommes de terre et que tu épluches les pommes. Les tourtes aux fruits ne se fabriquent pas toutes seules.

—Oui, Mrs Smythe.

—Que faites-vous ici ? me lança-t-elle soudain.

Mon attention captée par Kyle que je venais d'apercevoir, je ne saisis pas immédiatement que la cuisinière s'adressait à moi. Assis au bout d'une longue table, il faisait face à la fenêtre, un genou contre sa poitrine. Tenant son livre ouvert contre le bord de la table, il se balançait sur les deux pieds arrière de sa chaise. J'agrippai mon volume de *Sherlock Holmes*. J'aurais voulu pouvoir en absorber le contenu en le touchant.

—Je vous ai demandé ce que vous fichiez dans ma cuisine.

La femme brandissait une cuillère en bois, comme si elle m'était destinée. Je reculai d'un pas, avant de m'immobiliser, pétrifiée.

—Je... je visitais juste les lieux.

—Eh bien, à part Archie et moi, il n'y a rien à voir, ici ! Alors, je vous conseille de déguerpir.

J'étais surprise de constater que l'Institution Bootle employait une personne aussi belliqueuse. La voix de Kyle s'éleva alors :

— Elle est avec moi, Ethel. Elle est venue voir comment Charles progresse avec ses plantes.

Quand je vis qu'il nous observait, je sentis mes joues s'enflammer. *Pourvu qu'il ne remarque pas leur couleur !*

— En tout cas, je n'ai pas besoin de vos bavardages dans ma cuisine. Il y a des salles de réunion pour ça.

— Vous avez raison. Cela ne se reproduira pas.

Il se leva et tira la chaise en face de lui.

— Miss Westcott ?

Incapable de proférer une parole, je m'avançai vers lui, sans quitter des yeux Ethel et son arsenal culinaire. Au moment où je passai, elle se retourna vers son plan de travail et, en entendant le bruit sec du couteau qui décapitait quelques infortunés panais, je hâtai le pas.

La sensation d'une main sur mon bras me fit sursauter. Rassurée, je m'aperçus que c'était Kyle qui m'entraînait vers la table, un sourire amusé flottant sur ses lèvres.

— Ne vous occupez pas d'elle, me chuchota-t-il. Elle est toujours comme ça avant le déjeuner. Et le dîner. Et le petit déjeuner, en fait. Mais, le reste du temps, c'est un ange.

— À minuit, peut-être ? avançai-je.

— Oui, aux douze coups de minuit, le charme est rompu.

— Et elle se transforme en chaton câlin…

— Roulé en boule devant la cheminée, comme une pelote de laine.

— Exactement. Merci.

Sur ces mots, oubliant tout de la cuisinière revêche, je me noyai dans ses yeux de malt. Je n'avais jamais vu un regard empreint d'une telle affection.

—Je vous en prie. Elle aurait pu servir votre tête sur un plat au dîner. Or, c'était inenvisageable, n'est-ce pas?

—Avoir une tête peut être utile!

—Vous avez raison, approuva-t-il avec un nouveau sourire.

Je pris place à côté de lui et me souvins de la prétendue raison à ma visite.

—Alors, comment vont les plantes de Charles?

—Plutôt bien, en fait. Certaines d'entre elles ont grandi d'un centimètre ou deux depuis votre dernière venue.

—Et la chenille?

—Elle est en chrysalide, en ce moment.

J'essayai de me rappeler un cours de sciences suivi bien des années auparavant, sans succès.

—La phase de chrysalide. C'est quand la chenille se replie sur elle-même et se durcit comme dans une coquille, expliqua-t-il.

—Cela a l'air désagréable.

—Pas du tout. Pas quand vous savez ce qui se passe à l'intérieur.

—Est-ce que Charles comprend le changement des plantes qui poussent?

Je me surpris à nourrir ce fol espoir.

—Je l'ignore. Peut-être que oui. Une chose est sûre, il aime les avoir dans sa chambre. Miss Ellis me dit qu'elle passe souvent devant sa porte et qu'elle le voit les caresser.

—Mais c'est merveilleux!

— Je suis d'accord. Cela fait au moins un changement dans sa vie, ne trouvez-vous pas ?

— Tout à fait.

Avec un regard au livre sur la table, je tirai le mien de mon sac, m'assurant que le titre soit visible. Mais, aujourd'hui, il n'était pas en train de lire un roman policier. Ce n'était pas plus mal car moi non plus. J'étais en train de finir *Autant en emporte le vent*. Il ferma son ouvrage et je lus non sans appréhension « Latin niveau avancé II ».

Il surprit mon coup d'œil.

— Comme vous pouvez le constater, ce n'est pas vraiment de la lecture de divertissement. C'est pour l'université. Je prends de l'avance pour le trimestre prochain.

— Vous me semblez vraiment brillant.

— J'ai intérêt à l'être. J'ai une bourse et je ne veux prendre aucun risque.

Je repensai au mot qu'avait utilisé Miss Ellis, celui qui obsédait mes pensées depuis quinze jours. « Prêtre ». Pouvait-elle se tromper ? Elle avait dû le voir lire ce colossal recueil de latin et parvenir à des conclusions toute seule. En dehors des prêtres, beaucoup de gens devaient étudier le latin. C'était juste un malentendu.

— Et je ne veux pas décevoir mon père.

— C'est-à-dire ?

— Il ne vit que pour cela, me voir devenir prêtre.

Même si je savais depuis le début que c'était la vérité, mon cœur se serra.

— En effet, j'en ai vaguement entendu parler. Un… un prêtre.

L'émotion me nouant la gorge, je sentais des picotements sur mon visage. *Les chiens volent, Lucille. Les ânes parlent.*

— Oui. J'ai fait deux ans de séminaire et j'en ai encore six.

— Tant que cela ? m'étonnai-je. C'est aussi long que pour devenir médecin.

— Eh bien, j'en serai un, d'une certaine manière. D'après mon père, les prêtres sont les médecins des âmes.

Il s'interrompit et s'accouda à la table.

— Et vous ?

Archie fit tomber une casserole dans l'évier, le fracas résonnant à mes oreilles. Sans pour autant être aussi perçant que la voix d'Ethel.

— Archibald Smythe, tu ferais bien de ramasser ça et de te mettre aux pommes de terre avant que je te...

— On ne pourrait jamais croire qu'ils sont mariés, n'est-ce pas ?

Kyle s'était penché si près que je sentais son souffle sur ma joue, me grisant.

— Je vous demande pardon ?

Je n'arrivais pas à savoir s'il plaisantait. Mais son expression était sincère.

— Pour le meilleur et pour le pire !

— Dans la vaisselle et dans la graisse.

— Jusqu'à ce que le dîner les sépare.

— Exactement.

— Un bel exemple de bonheur conjugal, ironisa-t-il. Cela rend le séminaire d'autant plus attrayant.

Il sourit et, reculant, je regardai par la fenêtre, inquiète des émotions que mon visage pouvait trahir.

— Et vous ? Allez-vous partir pour l'université ? s'enquit-il.

— Oui. En septembre. Je pars pour Londres. Pour faire mes études d'infirmière.

— Eh bien, que dites-vous de cela ? Je m'occuperai de l'âme des gens et vous vous occuperez de leur corps. Ensemble, nous offrons des services complémentaires.

Malgré moi, je ne pus m'empêcher de me réjouir de la façon dont il disait « ensemble ». Je me sentais vraiment idiote !

— Oui, je suppose que c'est le cas.

Je regardai mes mains, mes ongles arborant un vernis couleur champagne pour l'occasion.

— Je pense qu'il est temps que j'aille voir Charles, maintenant. J'ai été contente de vous parler.

— Moi aussi, Miss Westcott.

— Vous pouvez m'appeler Julianne.

— Julianne.

Mon prénom plana entre nous, comme une note de musique dont le son exquis persistait à la fin d'une chanson.

— Laissez-moi vous accompagner jusqu'à son aile. Quelqu'un doit vous protéger de la mégère à la cuillère de bois.

M'appliquant à jouer la parfaite damoiselle en détresse, je répondis :

— Je vous en vouerai une telle reconnaissance, chevalier McCarthy. J'ai l'impression de vous être redevable pour toujours.

Je posai un doigt sur mon cœur pour renforcer l'effet de ma déclaration, sans aller jusqu'à battre des cils.

— Je suis Kyle pour vous, madame. Et qu'importe combien de temps je vis en Angleterre, je ne pense pas que le trône soit près de faire chevalier un Irlandais.

Son rire me comblant d'aise, je lui emboîtai le pas et sortis de la cuisine.

Alors qu'il m'escortait le long du couloir, j'eus l'impression de voir Miss Ellis m'adresser un clin d'œil.

Abertillery

Je ne tardai pas à oublier le nom cité naïvement par le garçon Campbell. Cela ne changeait rien, de toute façon. Ce qu'il signifiait appartenait à une autre femme, à une autre vie. Nous nous approchâmes de la ferme, facilement reconnaissable à ses barrières affaissées et à ses kilomètres de fil à linge croulant sous les jupes, les blouses, les chemises, et les pantalons de tailles diverses. Des vêtements de récupération, économiques, aux couleurs défraîchies par l'usure.

Lors de mes deux premières visites, j'avais été dûment impressionnée par l'efficacité de cette famille nombreuse, en dépit de ses conditions de vie. Deux des filles se chargeaient de la lessive qui était pliée par deux autres, pendant que la plus jeune jouait à cache-cache sous les piles de linge fraîchement lavé. La plupart des garçons travaillaient au champ, et l'un d'entre eux, un bricoleur, rapportait un modeste revenu en réparant des meubles.

Mais, ce soir, c'était différent. Même dans l'obscurité, je voyais que les tâches quotidiennes avaient été oubliées, le linge formant une voûte, comme un pressentiment funeste.

Le garçon descendit du camion et, sans même me laisser le temps de réagir, il fut devant ma portière qu'il ouvrit.

Puis il me tendit la main : un geste touchant, qui me prit par surprise. Cela faisait longtemps que je n'avais pas été traitée comme une dame et je ne pus m'empêcher d'être émue.

— Elle est par là.

Me précédant, il franchit la porte d'entrée. L'heure du coucher étant passée depuis longtemps pour tout le monde, je m'attendais à trouver le rez-de-chaussée désert. Mais les enfants étaient dispersés dans tous les coins. La plupart des petits s'étaient endormis. Les autres luttaient contre le sommeil. Seuls les trois aînés étaient alertes, conscients du drame qui se jouait dans la pièce voisine.

La plus grande des filles se leva et me tendit la main. Ne la reconnaissant pas, j'en conclus qu'elle devait être occupée lors de mes précédentes visites.

— Merci d'être venue, commença-t-elle, comme si je passais boire le thé. Je suis Emily. S'il vous plaît, dites-moi en quoi je peux aider.

— Quel est son état ?

— Elle saigne. Elle saigne toujours pour une naissance, mais elle ne l'a jamais fait autant.

— Laissez-moi la voir.

Elle frappa légèrement à la porte de la chambre adjacente puis la poussa. La pièce n'était éclairée que par une applique, au-dessus de l'immense lit en fer, au centre. Il était couvert de plusieurs édredons maintenant tachés d'une mer de liquide cramoisi. Mr Campbell, agenouillé au chevet de sa femme, lui tenait une main, agrippant un rosaire de l'autre.

Lorsque j'entrai, il leva le regard et hocha la tête en guise de salut. Mais ses lèvres qui continuaient à bouger sans un son indiquaient qu'il priait.

— Mrs Campbell, dis-je.

Une lueur passa dans ses yeux et je vis que sa peau habituellement pâle était maintenant d'une blancheur spectrale. Je m'avançai et lui caressai le visage. Elle brûlait de fièvre.

— Emily, repris-je sans tourner la tête, allez chercher des serviettes pour votre mère et préparez-en d'autres, chaudes, à côté du feu, pour le bébé.

Secouée par une contraction, Mrs Campbell laissa échapper un cri et se cambra sous la douleur. Je repoussai les couvertures et fis remonter sa chemise de nuit pour m'apercevoir que la tête du bébé apparaissait déjà. Il avait des cheveux maculés de sang. Une autre contraction s'annonça. Je posai une main sur le ventre de la mère et appuyai, avec l'intention de faire sortir l'enfant rapidement.

— Poussez ! la pressai-je.

Mais ses forces l'avaient totalement abandonnée.

Me trouvant seule face à la tâche, je poussai de mes mains à chaque contraction, jusqu'à ce que le visage miniature apparaisse. De mon doigt, j'essuyai la bouche du nourrisson. Il émit un cri sonore, et je vis une ombre de soulagement passer sur la figure de sa mère.

— Nous y sommes presque. La tête est le plus difficile.

Non que j'aie eu besoin de le lui rappeler. Encore trois poussées et les épaules sortirent aisément. Habituée, Emily m'apporta une paire de ciseaux pour couper le cordon.

— Vous avez une fille.

Mr Campbell interrompit ses prières et leva les yeux. Je m'attendais à le voir troublé par l'état de sa femme et par la pensée d'avoir une nouvelle bouche à nourrir. Mais il regarda sa fille d'un air radieux qui me laissa perplexe.

J'enveloppai le bébé dans une serviette propre. Née avec plusieurs semaines d'avance, la fillette était légère comme une plume. Mais elle me surprit par sa santé apparente. J'avais pour routine de donner un bain au bébé avant de le présenter aux parents. Mais voyant que la mère s'agrippait à sa vie qui ne tenait plus qu'à un fil, je lui tendis immédiatement son enfant.

Elle tira sur sa chemise de nuit, dévoilant un sein gorgé de lait, le bleu de ses veines se détachant sur la blancheur de craie de sa peau et fit téter le nouveau-né jusqu'à l'endormir. Quelle scène adorable cela aurait été, en d'autres circonstances !

— Merci, me chuchota-t-elle, l'effort de parler épuisant ses dernières forces.

— Je n'ai rien fait. Je… je ne peux rien faire.

J'entrepris d'arpenter la chambre, cherchant quelque chose qui pourrait épargner à cette famille cette tragédie. Je sentais que l'indifférence que je cultivais depuis si longtemps commençait à vaciller.

L'aîné des garçons entrouvrit la porte et Mrs Campbell se couvrit d'une serviette.

— Le prêtre est ici.

Mr Campbell quitta la chambre pour aller l'accueillir, laissant la porte entrouverte.

— Mrs Campbell ? s'enquit alors une voix grave.

Je ramassai une serviette chaude.

— Je suis le père McCarthy.

Chapitre 3

Je n'eus pas d'autre occasion de parler avec Kyle. Miss Ellis m'expliqua que la santé de son père déclinant, il préférait assumer une double charge de travail, plutôt que de voir le vieil homme renvoyé. Je l'épiais de la fenêtre de Charles. Il taillait les rosiers, tondait la pelouse en diagonales qui alternaient les verts clairs et les verts foncés de l'herbe, en bandes régulières.

Miss Ellis arriva en catimini. Alors que nous le regardions essuyer son front moite de sa manche de chemise avant de reprendre sa besogne, elle me dévoila avec fierté les résultats de sa petite enquête bénévole.

— Il habite à Liverpool, ma chère. En fait, il y travaille pendant la semaine.

— Je ne l'ai jamais vu en ville.

— Ce serait plutôt étonnant, ne pensez-vous pas ? Vous oubliez qu'en ce moment, il cumule les fonctions. Il n'a sans doute pas vu l'intérieur d'un pub ni d'un cinéma depuis des semaines.

À la pensée de cette proximité quotidienne que je n'avais pas soupçonnée, mon cœur se mit à battre plus vite.

— Vous savez autre chose ?

— Juste qu'il est arrivé d'Irlande avec son père à l'âge de deux ans. Concernant sa mère je ne sais rien.

Sur ces mots, elle sortit. Sa pause était terminée.

Ce devait être ma dernière visite à Bootle avant un certain temps. La recrudescence des activités de l'IRA sur les côtes exigeait de père une vigilance renforcée et il comptait plus souvent sur mon aide aux entrepôts. Un jour, je prendrais la suite de la direction de ses affaires, à la tête de l'empire de transports maritimes qui, en trois générations, avait fait grimper notre famille dans l'échelle sociale. Ce n'était un secret pour personne. Que je sois une fille semblait de peu d'importance. Il admettait à contrecœur mon souhait de devenir infirmière, espérant que, peut-être, le contact permanent des malades m'amènerait à préférer travailler à son côté.

« Étant donné que je n'ai pas de fils à qui léguer la société, elle est à toi, Julianne », avait-il coutume de dire.

Des paroles qui me déchiraient le cœur. Si j'adorais mon père, je souffrais de l'entendre si aisément nier l'existence de Charles.

Mère passait son temps à me solliciter. La fête annuelle de la Société des dames patronnesses approchait. Comme elle la présidait, elle m'avait chargée de la gestion des stands. J'avais jusque-là esquivé avec adresse toute sortie avec les « jeunes hommes de bonne famille » avec lesquels elle souhaitait ardemment arranger des rendez-vous mondains. Elle ambitionnait de me voir épouser un politicien ou un homme d'affaires en vue, une alliance qu'elle voyait comme la réplique de la sienne, me garantissant son propre rang dans la clique de la haute société.

Je doutais fort néanmoins qu'elle désire me voir suivre ses traces dans le désespoir secret qui, certains soirs, la poussait à se cloîtrer dans ses appartements et à boire du whisky jusqu'à minuit. Mais à l'instar de l'existence de mon frère, j'étais censée ne rien en savoir. Je me représentais notre famille comme une tapisserie : l'image enviable en surface, tissage parfait de fils colorés, dissimulait le labyrinthe de nœuds, de points, que nous étions en réalité, chacun de nous se percutant, ou allant dans sa propre direction ; tous trois unis par la seule mission de sauver les charmantes apparences.

Dès que je pouvais m'échapper, je sortais avec Lucille. Nous aimions aller au cinéma en matinée, notre préféré étant le splendide *Trocadero* avec son écran concave et son juke-box d'un blanc brillant. Les actualités ennuyeuses de Movietone, comme le résumé du premier mois de Neville Chamberlain dans sa fonction de Premier Ministre, étaient à l'occasion compensées par d'autres, bien plus intéressantes : la disparation d'Amelia Earhart, par exemple. Lorsque je rentrais, père me demandait si on avait diffusé les dernières nouvelles sur les questions préoccupantes liées à l'Allemagne. Mais Lucille et moi profitions généralement de cet interlude pour aller aux toilettes ou pour acheter des friandises. Il n'était pas question pour nous de rater une minute de Cary Grant, l'enchanteur du septième art, dont les photos de magazine ornaient les portes de nos armoires.

Un après-midi, nous fîmes la queue pendant deux heures pour acheter des billets pour la première de *Blanche-Neige et les Sept Nains*. Munies de nos barres de Mars et de nos Coca-Cola, nous nous installâmes, nos jambes pendant des accoudoirs de nos fauteuils. Curieuses de voir comment l'effrayant conte des frères Grimm serait raconté à un public jeune, Lucille et moi attendions cette première depuis longtemps. Mais l'estomac noué dès le début du film, je n'eus pas le loisir d'y réfléchir longtemps. Mon trouble n'avait rien à voir avec les méchantes reines et les miroirs flottants.

Le prince était le sosie de Kyle.

Tous mes efforts pour m'empêcher de songer à lui tombèrent à l'eau. Changeant de position pour m'asseoir normalement, j'agrippai les accoudoirs en velours, m'imaginant dans un monde où nous avions sept enfants et vivions dans la forêt. Hélas, je ne pouvais échapper au fait que son destin était autre, qu'il était voué à une vie sans amour. Et même si cela n'avait pas été le cas, il m'était interdit de toute façon, comme la pomme rouge et brillante, mais empoisonnée, dans laquelle croqua Blanche-Neige. D'abord, il était catholique ce qui, aux yeux de mon père, était rédhibitoire. Ensuite, il appartenait à la classe ouvrière, ce qui, aux yeux de ma mère, était synonyme de mésalliance.

— Qu'est-ce qui ne va pas, Grincheux, me taquina Lucille, remarquant ma morosité.

Le film fini, nous mangions une glace.

— Que veux-tu dire ?

— Cela fait des semaines que tu donnes l'impression de vivre dans un autre monde. Et cela ne te ressemble pas. Qu'est-ce qui se passe ?

— Rien. Je pensais simplement à l'interminable liste de tâches qui nous attend pour l'organisation des festivités.

Comme pour étayer mon argument, je sortis mon carnet de mon sac à main et fis courir mon doigt le long de la page couverte de l'écriture aux volutes parfaites de ma mère. Ignorant le coup d'œil soupçonneux de mon amie, je gardai les yeux obstinément rivés sur le papier. Même si je ne lui mentais jamais, elle était capable de me percer à jour. Finalement, semblant reléguer ses doutes de côté, elle sortit son propre calepin.

Lucille ne tarda pas à prouver la valeur inestimable de sa collaboration et, son pragmatisme aidant, nous menâmes notre mission à bien. S'étant installée à la maison pour les quelques nuits précédant le grand événement, elle m'aidait avec les détails de dernière minute. Son autorité, dans le bon sens du terme, lui avait valu le surnom de « Prof ». Quand j'étais prête à déclarer forfait pour aller me coucher, elle m'appelait « Dormeur » et m'enjôlait pour que je reste.

— Julianne, combien de participants avons-nous pour le concours de pains ? me demanda-t-elle, au petit déjeuner, sa liste et son crayon à la main.

Je vérifiai ma propre liste.

— Quatorze. Ce qui pourrait monter à quinze si la fille de Mrs Clarke parvient à venir. Au besoin, nous pourrons ajuster les chiffres quand la date approchera.

— Bien. Savais-tu qu'Alice White présente de nouveau son pain au citron et aux graines de pavot ?

— J'espère bien que oui. C'est le meilleur. Mais penses-tu que je puisse ne pas voter pour elle ? Je n'ai pas envie de la voir pavoiser quand elle gagnera pour la troisième fois.

Imitant la concurrente, je levai le menton et toisai mon amie avec suffisance. Mais trop professionnelle pour me laisser la moindre chance d'en rajouter, elle me rabroua :

— Nous avons mille choses à finir d'ici à ce week-end. As-tu finalement réussi à savoir si Mrs Moore et Mrs Ward étaient tombées d'accord sur le thème pour le lancer d'anneaux ?

— L'idée de Mrs Moore semble l'avoir emporté, grâce à l'appui du révérend Parker. Elle a suggéré d'utiliser des cierges comme cibles pour les anneaux, avec une maquette de la cathédrale en arrière-plan.

— Je suppose donc que proposer un décor de cirque serait maintenant une perte de temps.

Nous continuâmes à planifier l'événement jusqu'au vendredi soir. Si Lucille déclina d'accepter un rôle officiel, elle se révéla aussi merveilleuse qu'indispensable. Grâce à son aide, nous pûmes attribuer un emplacement à chaque attraction dans les jardins botaniques, rappeler son rôle à chacune, dresser l'inventaire des provisions. Sans nous priver pour autant de subtiliser quelques-uns des biscuits que fit livrer le pâtissier pour la vente de charité.

— Et maintenant, la question capitale : qu'as-tu décidé de porter pour la vente aux enchères ?

« La vente aux enchères » ? Même si je ne voulais pas le montrer, j'étais excitée à cette perspective. Ces enchères avaient commencé des années auparavant, comme une parodie des soirées de débutantes. Mais au lieu de présenter des jeunes filles à marier, la vente était destinée à générer de l'argent pour des œuvres de bienfaisance. Le gagnant avait l'honneur d'escorter l'une des demoiselles de Liverpool à un pique-nique à Reynolds Park, quelques semaines plus tard. Pour les mères, ces enchères avaient beaucoup moins d'importance que les événements formels. En effet, il était inutile d'être une vraie débutante pour y participer. Mais, pour les prétendants, l'enthousiasme était à son comble.

Quel homme pouvait laisser passer la chance de coiffer ses amis au poteau ? L'événement était devenu une tradition respectée, et rapportait les recettes les plus importantes de toutes les activités de la fête.

Cette année, j'y prenais part, ce qui réjouissait Lucille presque autant que moi. Son anniversaire tombant en janvier, elle ne pourrait concourir avant l'été prochain. Aussi était-elle bien déterminée à m'assister dans mes préparatifs.

— J'espérais que tu m'aiderais à décider, répondis-je.

Nous montâmes jusqu'à ma penderie dont j'avais sorti deux tenues. Je drapai la première sur mon bras avec une élégance exagérée, et la présentai d'une voix hautaine :

— Nous avons ici une robe en satin bleu métallique, avec un col en « V », bordé d'hermine. La même fourrure garnit les manches, bouffantes, resserrées aux poignets.

La bouche en cœur, Lucille battit des mains, feignant l'enthousiasme.

— En accessoires, nous avons des sandales argentées à talons, des bas de soie chair et des porte-jarretelles assortis, bleu métallique, même si personne ne doit les voir.

— Sublime ! jubila mon amie avec une nouvelle salve d'applaudissements. Tout simplement sublime.

Après avoir posé la robe sur mon lit, je pris la seconde toilette et la caressai avec délicatesse, comme s'il s'agissait d'une plume.

— Notre ensemble suivant se compose d'une robe vert sauge. Son décolleté arrondi, orné de trois rangs de perles, s'ouvre profondément dans le dos. La taille est marquée et la jupe s'évase vers les chevilles. Les mêmes sandales argentées et bas couleur chair complètent cette sélection, ainsi que les porte-jarretelles bleu électrique, la boutique n'ayant pu fournir la couleur assortie.

Amusée par ma présentation, Lucille éclata de rire. Puis, son choix fait, elle déclara :

— Même s'il est vraiment consternant de devoir porter des porte-jarretelles qui ne sont pas assortis à votre robe, comme vous le dites fort justement, personne ne les verra. Par conséquent, je vous nomme, Robe Sauge, grande gagnante de la vente aux enchères des jeunes filles pour le bénéfice de la cathédrale anglicane de Liverpool et de l'orphelinat des Marins.

L'examinant de nouveau, elle poursuivit :

— Honnêtement, Jul. Tu sais que le vert est la couleur qui met le plus tes yeux en valeur et tu veux gagner la plus grosse somme possible. N'ai-je pas raison ?

— Si.

— Alors, c'est décidé. Et maintenant, les bijoux ?

Nous fîmes la course jusqu'à l'aile qui abritait les appartements de mère qui nous avait donné la permission d'emprunter ce qui nous plairait dans sa vaste collection.

Si mes parents avaient un jour partagé une chambre, j'en ignorais tout. Les appartements de père étaient aménagés dans d'élégants tons neutres, avec un mobilier en acajou, massif. Ceux de mère, par contraste, étaient délicats et féminins. Son antichambre, sans doute assez spacieuse pour servir de salle de tournage, semblait sortir tout droit d'un film hollywoodien. Les murs et les fauteuils étaient tendus de tissus variés, aux tons pastel. Un moelleux tapis crème s'étalait sur le sol. Avec son canapé de veloutine aux coussins ivoire et ses girandoles à pendeloques de cristal, ce décor aurait fait pâlir d'envie n'importe quelle starlette.

Quand j'étais enfant, j'étais fascinée par la myriade de bouteilles en forme de prismes qui contenaient des huiles importées d'Égypte. Comme elles étaient alignées sur la coiffeuse, le soleil de l'après-midi les illuminait, leurs reflets dessinant des arcs-en-ciel sur le tapis. Lorsque mère se sentait d'humeur, elle retirait les bouchons un à un et me permettait de sentir leur parfum aux origines lointaines. Lotus, jasmin, hibiscus.

Nous ouvrîmes son armoire en cerisier et, comme c'était prévu, trouvâmes son coffret. Mais elle nous avait réservé une surprise ; deux sachets, doublés de la plus exquise des dentelles, et fermés de rubans de satin turquoise. Posée à côté d'eux, une enveloppe portait nos noms « Julianne et Lucille ». Après avoir échangé un coup d'œil stupéfait, nous les ramassâmes et nous installâmes à même le sol.

Après m'avoir rappelé mes bonnes manières, Lucille commença par lire la carte.

Mes chères petites. Ce présent en gage de ma gratitude pour toute votre aide.

— La carte est lue. Ouvrons-les ! la pressai-je.

Malgré mon impatience, j'attendis Lucille qui caressait son cadeau, posé sur ses genoux. Je comprenais son émotion. Comme elle avait perdu sa mère quand elle avait trois ans, ce geste était plus significatif pour elle que pour moi. Ma propre mère n'était peut-être pas la plus chaleureuse des femmes, mais elle était présente, et d'une grande générosité.

Un sourire radieux aux lèvres, mon amie savourait chaque seconde de la surprise.

— Mon Dieu, Julianne ! Ta mère n'était pas obligée de me gâter ainsi. Je n'ai pas tant aidé que ça. Et la soirée de samedi soir est ta soirée.

Je lui pris la main.

— Luce, tu sais bien que nous n'y serions pas arrivées sans toi. Et samedi soir est notre soirée. Mère veut qu'elle soit aussi unique pour toi que pour moi.

Rayonnante, elle s'exclama :

— Ouvrons-les !

Je la laissai commencer. Délicatement, elle sortit l'écrin en velours noir de son sachet et en souleva le couvercle. Avec un cri de ravissement, elle porta une main à son cœur. Un collier de perles grises avec un grenat serti de diamants en pendentif reposait sur le coussin de velours. Des boucles d'oreilles en grenat et un bracelet gris perle complétaient l'ensemble. Cette parure lui irait à merveille. Mère avait dû la choisir en se rappelant que le grenat était la pierre de naissance de Lucille.

— Je n'ai jamais rien vu d'aussi beau ! Dire que ces bijoux sont à moi ! Je n'en reviens pas ! Oh, Jul !

Elle me serra contre son cœur, comme si je les lui avais offerts moi-même, puis, essuyant une larme de joie, me pressa :

— Ouvre le tien !

Ma propre parure était quasiment identique à cela près que le collier était en perles blanches avec une émeraude en pendentif. C'était la pierre de naissance du mois de mai et le vert était ma couleur. Après avoir regagné ma chambre, nous essayâmes nos robes avec tous les accessoires : chapeaux, gants, bijoux. Et passâmes une heure à tournoyer devant le miroir à trois volets. Après tant d'exubérance, nous tombions de sommeil. Et nous nous serions écroulées si nous n'avions pas eu peur de froisser nos tenues. En outre, le moment était venu de m'occuper de mes cheveux.

Pendant que Lucille se changeait, je fis ma toilette.

Munie du fer à friser, elle commença à rouler les papillotes dans mes cheveux, me brûlant parfois le crâne. Malgré mes grimaces de douleur, je savais que c'était ainsi que l'on obtenait les meilleurs résultats. Lucille qui avait la chance d'avoir des boucles naturelles, longues et brunes, n'avait pas besoin de subir cette torture. Mais comme nous n'étions jamais satisfaites de notre sort, elle avait l'intention de les aplatir le lendemain.

Ses doigts habiles s'affairant, nous restâmes silencieuses. Après une journée si remplie, nous étions épuisées.

Lucille finit par briser le silence.

— Jul ?

— Oui ?

— Je suis contente d'avoir retrouvé mon amie.

— Que veux-tu dire ?

— Depuis quelque temps, je voyais que tu te morfondais comme un personnage de Boris Karloff. Je ne plaisantais pas quand je t'ai appelée « Grincheux ». Mais je pense que tu es en train de regagner ton titre de « Joyeux ».

Si j'étais chagrinée d'apprendre que ma mélancolie l'avait éloignée, je n'en étais pas moins intriguée. Quelqu'un d'autre avait-il remarqué ma morosité ? Je décidai alors de me confier. Après tout, personne ne me connaissait mieux que Lucille. Elle méritait de connaître la vérité. Oubliant ma réticence, je lui racontai toute l'histoire. Elle m'écouta, captivée, restant bouche bée aux moments appropriés.

— Un prêtre, Julianne ? Un prêtre ? Oh ! On peut te faire confiance pour trouver enfin l'homme qui te plaît et qui t'est interdit !

Visiblement amusée par l'ironie de cette situation impossible, elle contenait son hilarité.

— Oh, laisse-toi aller, Lucille ! Je comprends que tu aies envie de rire. Mais il n'est pas prêtre. Pas encore, en tout cas. Il a encore six années de séminaire, déclarai-je, comme pour m'en convaincre moi-même.

Mais il était inutile d'essayer de la duper.

— Jul, tu te souviens que le roi Édouard a abdiqué pour s'enfuir avec cette Wallis Simpson ?

— Bien sûr. Comment pourrais-je l'oublier ?

— Que pensions-nous d'elle ?

— Que c'était une moins-que-rien. Une aventurière.

— Exactement. Et pourquoi ?

— Eh bien…

J'hésitai. Je ne voulais pas admettre ce qu'elle était en train de suggérer.

Lucille compléta ma phrase.

— Parce qu'elle a fait éclater le scandale dans la monarchie.

— Hum.

— Et tu ne vois pas la similitude ?

— J'espère bien que tu n'es pas en train de me comparer à une divorcée américaine.

— Bien sûr que non. Pas entièrement. Tu es une bien meilleure personne qu'elle ne le sera jamais, me rassura-t-elle en me tapotant le bras. Mais c'est un peu la même chose. Kyle n'est-il pas promis à Dieu ? Même s'il n'a pas encore prononcé ses vœux ? N'est-il pas censé appartenir à l'Église comme le roi était censé nous appartenir ?

Il m'était impossible de ne pas approuver son raisonnement. Pourtant, je m'accrochais à un espoir insensé.

— Eh bien, avec tous les problèmes dans le monde, je doute fort que Dieu remarquerait un séminariste dissident qui quitterait le bercail.

Elle leva les yeux au ciel.

— Et c'est celle qui ne met les pieds à l'église qu'à Noël et à Pâques qui parle ? Et encore parce que cela lui donne une bonne excuse pour acheter une robe neuve !

— Tu es vraiment obligée ? murmurai-je dans un soupir résigné.

— Obligée de quoi ?

— D'avoir raison ?

J'essayai de prendre l'air indigné, mais, lui lançant un oreiller, je ne parvins qu'à émettre une exclamation dégoûtée.

— Je pense que nous sommes gagnants au bout du compte, poursuivis-je. Même s'il bégaie, le roi George est un ange. Et c'est amusant de voir les photos des princesses en robes d'apparat.

— Tu vois, Jul ? Toi aussi, tu serais gagnante si tu suivais la voie tracée pour toi.

Elle s'avança vers mon lit à baldaquin et, admettant ma défaite, je l'aidai à tirer les énormes édredons. Elle avait parfaitement raison. Il était inutile de me mettre martel en tête pour une telle futilité. Je n'allais pas tarder à partir pour Londres, de toute façon. Aussi vite que possible.

J'éteignis la lampe et tapotai l'oreiller pour le rembourrer. Puis, posant mes mules à côté du lit, je les alignai bien droites.

Je jetai un coup d'œil à Lucille, allongée à côté de moi. Ses paupières se fermaient déjà. Sans rien perdre de sa vivacité d'esprit, elle chuchota, taquine, de la voix traînante de quelqu'un qui est déjà à moitié au pays des rêves :

— Mais, Jul, qu'as-tu dans tes cheveux ? Des rouleaux ? Dis-moi que je rêve !

— Des papillotes. Bonne nuit, Lucille !

— Jul. Tu crois qu'il y aura foule à la fête, demain ?

J'ignorai sa question. Mais elle insista.

— Jul, tu crois que ton père va venir si nous faisons trop de bruit ?

— Bon, là, tu deviens infernale ! m'impatientai-je.

— Je sais. Je ne peux pas m'en empêcher. Fais de beaux rêves.

— Toi aussi.

Après dix minutes de silence, je la crus endormie. Mais elle reprit :

— Jul ?

— Oui ? répondis-je, résignée.

— Tu n'es pas en colère, j'espère ?

— Bonne nuit, Lucille.

Avec un sourire, je fermai les yeux et m'enfonçai dans ce calme rafraîchissant qui vous envahit quand vous sentez votre esprit enfin libéré d'une pensée qui le trouble. Je n'aurais jamais pu me douter que le lendemain, à la même heure, ma détresse m'aurait non seulement rattrapée mais, qu'en plus, elle aurait empiré.

Chapitre 4

Jusque-là, le temps était notre allié. Quelques nuages flottaient au loin mais, en dépit de leur aspect menaçant, la pluie ne semblait pas s'annoncer. Organiser une fête en plein air était toujours un défi. Mais si le soleil prédominait, cela en valait vraiment la peine. L'air frais poussait aux sentiments charitables et les jardins botaniques offraient un cadre magnifique.

Nous restâmes à la maison jusqu'à la dernière minute afin que je puisse garder mes papillotes aussi longtemps que possible et Lucille en profita pour passer en revue les ultimes détails. C'était elle qui aurait dû hériter de l'affaire de mon père.

Lorsque l'heure du départ sonna, mes cheveux lâchés, ceux de Lucille lissés, nous emballâmes nos robes de soirée. Selon le conseil catégorique de Lucille, je devais tirer un trait net sur mes égarements du début du mois. Et libérer mes pensées de Kyle McCarthy. La vente aux enchères serait la distraction idéale.

Mère avait un chauffeur, mais père et moi aimions conduire. Aussi m'avait-il prêté sa Bentley neuve pour la journée. Nous vérifiâmes une dernière fois nos reflets dans la carrosserie noire, rutilante. Puis nous parcourûmes les quatre miles qui nous séparaient des jardins botaniques, doublant les automobiles plus lentes et les voitures à chevaux dont les propriétaires avaient choisi d'ignorer le progrès. J'espérais me garer de manière à protéger ma Bentley de la moindre éraflure, mais l'espace réduit était déjà envahi. Je finis par faire une manœuvre pour me ranger entre un enchevêtrement de bicyclettes et un arbre regorgeant d'oiseaux. Après les avoir menacés du regard, les mettant en garde de ne pas salir ma voiture, je pris le bras de Lucille.

Notre première étape fut le stand des pâtisseries. Laissant mon amie mettre un prix sur chaque gâteau, j'en profitai pour les goûter. Puis, convaincue de son efficacité, j'allai vérifier les autres tables.

Le bassin au-dessus duquel un volontaire, assis sur un siège pivotant, bombardé par les balles du public, devait tenir aussi longtemps que possible sans tomber à l'eau, débordait. Je demandai que l'on apporte une pile de serviettes. Le révérend Parker avait été le premier à se porter volontaire et je voulais m'assurer qu'il serait pris en charge lorsqu'il se ferait tremper. Je ne doutais pas un instant que cette attraction soit la plus populaire lorsqu'il deviendrait la cible des badauds ravis.

La table du concours de pains exhibait déjà douze des œuvres des concurrents. Un simple coup d'œil au pain aux graines de pavot d'Alice, recouvert d'un glaçage sucré, me confirma que ce serait elle à qui, encore une fois, je remettrais le ruban du premier prix.

Empilées en pyramide, les boîtes de conserve attendaient de tomber, et les guirlandes lumineuses étaient accrochées entre les réverbères. L'orchestre répétait dans un kiosque à musique. Tout semblait fin prêt. Je retournai chercher Lucille et nous nous mîmes en quête de mère pour lui faire notre rapport. Elle était en grande conversation avec Mrs Denton. Après lui avoir sauté au cou, la renversant presque, nous la remerciâmes pour les bijoux.

—Allons, allons, tout cela est bien inutile, nous rabroua-t-elle, ses bras se raidissant sous nos effusions. Votre aide est inestimable.

Elle échappa à notre étreinte et nous fit déguerpir.

—Nous avons la situation bien en main. Allez profiter des festivités. Nous nous retrouverons à la vente aux enchères.

À peine avions-nous fait quelques pas en direction du stand d'un caricaturiste, qu'une voix nous héla :

—Julianne ! Lucille !

En nous retournant, nous aperçûmes Lotte et Blythe qui nous faisaient signe. Je ne les avais pas revues souvent depuis que j'avais quitté le lycée. Si Lotte ne m'avait vraiment pas manqué, Blythe était un ange. Leur amitié était pour moi l'un des plus grands mystères du monde.

—Tout est magnifique, Julianne ! me félicita Lotte, essoufflée. Vraiment, tu as accompli un travail hors pair. Bien sûr, je suis allée à un carnaval à Manchester, un jour. Il y avait des cracheurs de feu et des monocyclistes. Et cette vente de bienfaisance pour l'université, pour laquelle on a construit une patinoire. En été, figure-toi ! Mais ne t'inquiète pas. Je suis sûre que tu as fait au mieux.

Lucille me prit la main et la serra, de crainte de m'entendre prononcer des paroles que j'aurais regrettées.

— Par quoi commencez-vous ? Pouvons-nous vous accompagner ? intervint Blythe.

Mais Lotte s'interposa pour dévoiler la véritable raison de son envie subite de nous voir.

— Et maintenant, j'ai vraiment des nouvelles qui décoiffent !

Elle me prit les bras et je sentis ses ongles s'enfoncer dans ma peau.

— Quelles nouvelles ?

— John Parker a demandé Maude en mariage et elle a accepté !

Elle leva les mains comme si elle s'attendait à une réaction qui la consacrerait reine des cancans.

Même s'il s'agissait en effet d'une nouvelle stupéfiante, je connaissais bien trop Lotte pour tomber dans le panneau. Je me contentai donc de me tourner vers Lucille qui secoua la tête d'un air de dire qu'elle n'en savait pas plus que moi.

— Tu es sûre ? demandai-je.

— Évidemment, je suis sûre ! rétorqua Lotte. Je viens de l'apprendre par la sœur de Maude, en personne. Nous le pressentions tous, mais savoir que c'est enfin arrivé est vraiment excitant !

Son enthousiasme était tel qu'il aurait pu allumer les guirlandes lumineuses.

— Bien entendu, je peine à comprendre comment Maude peut se satisfaire de devenir femme de pasteur. Mais certaines choses défient la raison. En plus, il n'a même pas encore de paroisse. Il est toujours étudiant, par pitié ! Pourtant, on ne peut s'empêcher de se sentir ragaillardi quand l'amour est dans l'air.

Elle fit tournoyer son doigt en direction du ciel.

Semblant accepter l'annonce de Lotte à contrecœur, Lucille ajouta :

— Eh bien, si c'est vrai, cela signifie que Maude ne peut plus participer à la vente aux enchères. Il ne faut être ni fiancée ni mariée. N'auraient-ils pas pu attendre la fin de la fête ?

— J'ai posé exactement la même question à sa sœur. Je sais combien Maude était impatiente de prendre part à ces enchères. Mais elle est tellement plus impatiente d'exhiber sa bague, surtout avec autant de gens réunis ici aujourd'hui.

J'étais sceptique. Contrairement à elle, Maude n'était pas du genre à prendre plaisir à attirer l'attention. Et la discrétion étant une qualité qui lui était aussi étrangère que les kangourous ou la courtoisie, je soupçonnais Lotte d'être plus enthousiaste encore que la fiancée. Laquelle, j'en étais certaine, était même soulagée de ne plus se trouver sous les feux des projecteurs des enchères. Toutefois, je ne manquerais pas de réprimander John pour nous avoir enlevé une candidate d'une telle valeur à la dernière minute. En j'en appellerais à son honneur pour compenser cette absence par un don généreux.

Ignorant la requête de Blythe de se joindre à nous, Lotte l'attrapa par le bras et, choisissant une nouvelle cible qui ne se doutait de rien, se précipita vers elle pour lui annoncer la nouvelle.

L'amour n'était pas seulement dans l'air pour John et Maude.

Les garçons se déplaçaient en groupes, sifflant les filles dans l'espoir de former des couples, le temps de la fête. Encore perturbée par mon engouement ridicule pour Kyle, qui avait contrarié la perfection de mes vacances d'été, je restais indifférente à leurs avances. Mais, pour le bien de Lucille et des réjouissances, je finis par accepter de me faire offrir un pendentif en verre par l'un d'entre eux.

Celui qui avait jeté son dévolu sur mon amie gagna un chiot en peluche pour elle. Encouragés devant notre détermination qui flanchait, d'autres nous proposèrent de remporter de plus gros prix. Mais, après avoir refusé, nous nous éclipsâmes en direction des stands de nourriture où nous partageâmes un gâteau gallois pas assez cuit, avec de la confiture de myrtilles.

À 17 heures, nous rejoignîmes le guichet d'inscriptions du pavillon où devait se dérouler la vente aux enchères.

Une quarantaine de jeunes filles étaient déjà rassemblées dans les vestiaires, submergées par une marée de corsets et de maquillage. Même si seize seulement étaient mises aux enchères, toutes voulaient profiter des festivités. Certaines se rappelaient leur participation des années précédentes, d'autres, comme Lucille, ne tenaient plus en place à la perspective de prendre part aux prochaines.

Lorsque je fus débarbouillée, Lucille m'aida à enfiler délicatement ma robe par la tête et fit glisser la fermeture Éclair dans mon dos. Nous nous poudrâmes le nez, nous mîmes du rouge aux joues, fîmes claquer nos lèvres et appliquâmes du mascara sur nos cils avant que Lucille recoiffe mes boucles. Puis, un doigt sur la bouche, elle recula d'un pas, avant de sourire d'un air approbateur.

Les bijoux apportèrent la touche finale. Après les boucles d'oreilles et les bracelets, Lucille m'attacha mon collier, et je fis de même pour elle.

Puis nous attendîmes notre tour pour nous regarder dans un miroir.

—Julianne, tu ressembles à une star de cinéma, me complimenta ma compagne.

—J'ai l'impression d'entendre Lotte.

—Moi, au moins, je suis sincère. Et c'est la vérité. Je plains les autres participantes. Elles pourraient aussi bien s'avouer vaincues tout de suite.

J'étais sur le point de lui retourner son compliment quand mère entra. J'effectuai un petit tour sur moi-même en son honneur et elle m'indiqua que mes boucles d'oreilles étaient de travers. Puis, apercevant une amie, elle s'éloigna après m'avoir tapoté la joue.

Lucille compensa l'indifférence maternelle par une chaleureuse étreinte et nous nous avançâmes sur la scène de fortune. Toutes les concurrentes s'empressaient, à grand renfort de flatteries, se couvrant mutuellement de compliments, chacune se demandant en secret si elle était à la hauteur. Les enchères n'étaient pas vraiment un concours mais il était indéniablement prestigieux d'être celle qui allait générer le plus d'argent.

Nous tirâmes les numéros de notre ordre de passage. Je tombai sur le neuf. Puis la liste de toutes les participantes fut distribuée à la foule à l'extérieur, afin que les spectateurs puissent choisir sur laquelle ils allaient enchérir.

Le maître de cérémonie était le lord-maire, William Denton, dont le mandat expirait bientôt. D'une voix sonore qui devait être impressionnante dans les couloirs de la mairie, il déclara :

—Mesdames, messieurs, bonsoir.

Des acclamations fusèrent de toutes parts.

— J'espère que vous avez tous profité de la fête, jusqu'ici.

De nouveaux applaudissements retentirent. Derrière la scène, seize jeunes filles, au comble de l'excitation, ajustaient leurs robes.

Le lord-maire se lança dans un petit discours sur l'importance des deux causes pour lesquelles les enchères de ce soir étaient organisées, suscitant un enthousiasme qui devait pousser les badauds à dénouer les cordons de leur bourse.

— Rappelez-vous, insista-t-il d'une voix tonitruante, que ce divertissement sert non pas une, mais deux causes louables. Ce soir, vous enchérissez pour une chance d'escorter l'une de ces charmantes jeunes filles au pique-nique d'automne de la Société des dames patronnesses. Souvenons-nous qu'elles se portent volontaires afin d'aider à récolter des fonds destinés, d'une part, à la construction de la cathédrale, de l'autre, aux enfants de l'orphelinat des Marins. Rappelez-vous aussi que vous pouvez emporter une jeune dame pour quelqu'un d'autre. Alors, pour les mères présentes, c'est le soir ou jamais de gagner la jeune fille à laquelle vous avez toujours pensé pour vos fils !

Même s'il ne s'agissait pas d'une plaisanterie, sa déclaration provoqua des gloussements parmi les spectateurs. Pourtant, quatre ans auparavant, Mrs Hawthorne avait gagné Grace White aux enchères pour son neveu qui lui rendait visite et, un an plus tard, ils se mariaient.

— Et maintenant, sans plus de cérémonie, présentons nos jeunes dames !

La foule applaudit derechef : les mères, les pères, les sœurs, les frères, les amis, les prétendants potentiels. Et, tout comme les enchères passées, celles-ci alimenteraient les conversations pendant des mois à venir.

— La candidate numéro un est Miss Penelope Cumberland. Miss Cumberland a étudié la musique à l'université d'Édimbourg. Elle aime jouer du piano et aider ses parents à leur élevage d'épagneuls.

Penelope et moi avions été à l'école ensemble pendant des années. Jolie et potelée, elle était la plus adorable des filles, et j'espérais que tout se déroulerait bien pour elle. Elle s'avança sur la scène d'un pas plein d'assurance et se tourna d'un côté puis de l'autre.

— Ai-je 10 shillings ?

— Dix shillings !

— J'ai 10 shillings. Ai-je 12 shillings ?

— Douze shillings !

Et ainsi de suite. Penelope partit pour la somme respectable de 1 livre et 2 shillings, le meilleur enchérisseur n'étant autre que Nigel Gray, son amoureux depuis sept mois. Voulant assurer sa victoire, il avait effectué des heures supplémentaires comme pompiste. Le gagnant sauta sur scène et planta un gros baiser sur la joue de sa petite amie. Ensemble, ils se frayèrent un chemin à travers la foule en direction de l'orchestre, pour attendre le bal qui s'ouvrirait à la fin des enchères.

— Notre concurrente numéro deux est Miss Rose Smith. Miss Smith nous vient de Swansea. Elle n'habite Liverpool que depuis deux ans et elle est employée comme couturière. Elle aime le cinéma et les pique-niques. Ai-je 10 shillings ?

Rose Smith partit pour 1 livre sterling, 7 shillings, l'enchère gagnante allant à Mrs Tabitha Brewer, son employeuse.

Je savais que Rose souhaitait participer mais qu'elle ne voulait surtout pas être gagnée par Charlie Franks. Il persistait à lui faire des avances, s'obstinant à ne pas comprendre que le refus de la jeune femme de sortir avec lui était définitif. Voyant qu'il allait gagner, Mrs Brewer eut pitié de son employée. Visiblement, elle avait l'intention de laisser Rose choisir elle-même le jeune homme qui l'accompagnerait au pique-nique.

Rassemblées au fond, nous étions avides des ragots juteux que chacune voulait bien partager.

Lorsque enfin je pus jeter un coup d'œil entre les rideaux, la concurrente numéro trois, Miss Anne Murrish, fille d'un avoué local, s'apprêtait à monter sur scène.

— Ai-je 10 shillings ?

Contrarié par sa dernière tentative, Charlie Franks était déterminé à gagner une soirée avec n'importe quelle demoiselle. Il fut le premier à enchérir pour 10 shillings.

— Qui me donne un 12 ?

— Douze.

À la vue de l'auteur de cette nouvelle enchère, je faillis défaillir. C'était Kyle.

Très élégant, dans son pantalon gris et sa veste à chevrons, il était encore plus beau que dans mon souvenir. Comment avais-je pu mettre une telle conviction à essayer de l'effacer de ma mémoire ? Il fallait être folle pour penser pouvoir l'oublier. Mais pourquoi donc participait-il à ces enchères ? Je croyais qu'un séminariste n'était pas censé s'intéresser aux filles.

Voir qu'il n'augmentait pas sa mise ne me réconforta pas pour autant.

J'abandonnai ma place derrière le rideau et allai m'appuyer contre un arbre. Ma journée parfaite, ma soirée parfaite étaient gâchées par celui que j'avais eu tant de peine à chasser de mon esprit.

J'entendis Anne partir pour la somme très correcte de 2 livres. Malgré tous mes efforts, j'étais incapable de m'en réjouir pour elle.

Encore cinq candidates et ce serait à mon tour. Après un coup d'œil à ma montre, j'allai me réfugier dans le vestibule du pavillon pour tenter de reprendre mes esprits.

Lucille s'élança à ma poursuite.

— Julianne ! Attends-moi.

Sans m'arrêter, je ralentis un peu.

— Jul, que s'est-il passé ? demanda-t-elle, essoufflée.

Repoussant mes cheveux de mon visage, elle prit son poudrier pour me refaire une beauté. La tête baissée, je commençai par garder le silence. Je savais toutefois qu'elle finirait par me faire parler.

— C'est lui, Lucille. Il est ici et il vient d'enchérir sur Anne.

Je pointai un doigt tremblant en direction de la scène.

— Lui qui ? Lui ? Ton prêtre ?

— Arrête, Luce. Oui, lui. Et non, il n'est pas mon prêtre. Il n'est le prêtre de personne. Je t'ai dit qu'il n'avait pas fini le séminaire.

Reniflant, je sortis un mouchoir de mon sac et lui posai les questions qui me tourmentaient.

— Pourquoi est-il ici ? Pourquoi enchérit-il sur Anne ?

Elle me prit dans ses bras pour me bercer doucement, m'apaisant comme une mère avec son bébé.

— Allons, allons. Calme-toi. Je ne sais pas pourquoi il est ici. Mais cela ne te regarde en rien. Tu dois prendre du recul. Je t'ai déjà dit que ça finirait mal.

— Mais que fait-il ici ?

Se résignant à mon entêtement, elle poussa un soupir et, une lueur malicieuse dans le regard, essaya de me réconforter.

— Peut-être est-ce un couillon, tout simplement.

— Lucille !

Je ne l'avais jamais entendue prononcer un mot déplacé. Mais ma chère amie savait comment me faire sourire.

— Parfois, tu n'as d'autre choix que de dire ce que tu penses. Il y a une autre possibilité, toutefois.

— J'ai hâte de l'entendre.

— Peut-être qu'il s'entraîne parce qu'il a l'intention d'enchérir sur toi.

Je réfléchis un instant, avant de répliquer :

— Il s'entraîne ? Vraiment ? Je ne peux y croire.

— Eh bien, ma chère, tu dois croire quelque chose, parce que c'est bientôt à ton tour. Ton public t'attend et tu es dans un sale état !

Son ton pressant me ramena à l'ordre du jour. À la hâte, elle me remaquilla et me brossa les cheveux jusqu'à les faire briller. Puis, rebroussant chemin, elle m'entraîna jusqu'au rideau, me pressa la main et disparut.

— La concurrente numéro sept est Miss Irene Bath…

Sans m'occuper des détails, je survolai la foule du regard, en quête de Kyle, et le trouvai au deuxième rang. À sa vue, je sentis mes jambes se dérober.

— Ai-je 10 shillings ?

Une voix s'éleva au fond :

— Dix shillings.

— Ai-je 14 shillings ?

Une autre, sur la droite, lança :

— Quatorze shillings.

— Quatorze shillings. Ai-je 16 shillings ?

— Seize shillings.

Je reconnus la voix de Kyle. *Et si Lucille avait raison ?* Peut-être se préparait-il à enchérir sur moi.

Melody Carlyle se présenta et partit pour 2 livres sterling 7 shillings. Enfin, mon tour arriva.

Pomponnée. Les lèvres pulpeuses. La bouche en cœur. Les cheveux coiffés en arrière. Bien droite. J'étais prête.

— Notre concurrente numéro neuf, Miss Helen Westcott.

Je sortis de derrière les rideaux et le maître de cérémonie me présenta.

— Miss Westcott rejoindra une école d'infirmières à Londres à partir du mois de septembre. Elle travaille actuellement avec son père, à Albert Dock. Elle aime la lecture, le cinéma, la mode.

Avant qu'il puisse lancer l'enchère, je m'approchai de lui et chuchotai quelques paroles à son oreille.

— Je vous prie de m'excuser, mais Miss Westcott m'informe qu'elle utilise généralement son second prénom, Julianne. Bien. Ai-je 10 shillings pour Miss Julianne Westcott ?

Devant plusieurs réponses enthousiastes, le lord-maire ne tarda pas à augmenter le chiffre, éliminant quelques prétendants au passage. Quand les enchères atteignirent 2 livres sterling, quatre d'entre eux avaient renoncé.

Je me tournai, me tournai de nouveau, aussi coquettement que possible, sans cesser de sonder la foule du regard, en quête d'un visage. Mais Kyle avait disparu de sa chaise. Alors que l'on arrivait à 2 livres, 6 shillings, je finis par l'apercevoir, de dos. Les mains dans les poches, il longea la piste de danse, laissant la foule derrière lui, et disparut.

J'étais furieuse. Certains participants avaient battu des records d'enchères pour moi. Or, le seul qui m'intéressait n'avait même pas proposé deux pence. *Tant pis!* Même s'il n'était pas là pour le voir, j'étais sûre qu'il saurait à combien était montée mon enchère. Arborant mon sourire le plus aguicheur, j'agitai la main, dans l'espoir d'atteindre un prix sans précédent.

Mon souhait fut exaucé. Je récoltai la somme étonnante de 4 livres 6 shillings, provoquant des acclamations qui durèrent de longues minutes. Aux exclamations fusant d'un petit groupe d'amis qui échangeaient des poignées de main, je compris que le gagnant était Roger Kline. Sans bien le connaître, je savais que, fils d'un membre du Parlement, il était censé avoir un avenir politique brillant devant lui. Un pique-nique en sa compagnie pouvait être tout au moins intéressant. Après lui avoir envoyé un baiser pour le remercier, je me retirai derrière le rideau, soudain pantelante.

Mère et père m'attendaient devant les vestiaires, en compagnie de Lucille. Peinant à contenir son enthousiasme, elle sautillait sur place. Elle se précipita vers moi et, jubilant, me serra contre son cœur.

—Jul! Quatre livres, six shillings! C'est incroyable. Aucune concurrente n'est jamais partie pour un tel prix. Et pour Roger Kline! Il est tellement beau.

Je la foudroyai du regard et, se rappelant que je me fichais bien de l'identité du vainqueur, elle eut un mouvement de recul. Il était inutile de feindre pour elle. Elle savait qui était celui qui faisait battre mon cœur. Mais mère semblait tirer une telle satisfaction des perspectives d'avenir du vainqueur que, me mordant la lèvre inférieure, je souris. Mon père m'enveloppait d'un regard plein de fierté.

Laissant la vente aux enchères progresser, je pris congé pour aller me promener, prenant soin de faire un grand détour dans le parc. Personne ne devait me trouver. Et surtout pas Roger. Je n'étais pas d'humeur à me voir aduler et je n'avais pas la moindre envie de poursuivre cette comédie.

Avisant un tronc d'arbre, je m'y assis pour observer les festivités, de loin. L'esprit engourdi, les jambes lasses, j'avais hâte de rentrer. J'attendrais le lendemain pour fêter le succès du mon travail d'organisatrice. Ce soir, seul mon sentiment de découragement me tiendrait compagnie.

La vente aux enchères terminée, Lucille finit par me retrouver et essaya de m'attirer sur la piste de danse. Apparemment, de nombreux prétendants s'étaient enquis de moi. Je la priai de les informer que je ne me sentais pas bien et de prévenir mes parents que je rentrerais à pied. Espérant qu'elle la trouverait indemne, je lui remis les clés de la Bentley.

Le clair de lune illuminait la nuit, facilitant mon retour par la route familière. La vue de cette jeune fille seule, dans sa robe élégante, les joues couvertes de traînées de mascara, paraissait stupéfier les rares conducteurs d'automobiles. Je devais avoir l'air si triste. Un ami influent de mes parents me proposa de me raccompagner. Malgré la tentation de soulager mes pieds douloureux, je refusai. Je tenais mon entêtement de ma mère.

À un mile de la maison, le talon de ma chaussure gauche céda et je tombai. Le sang coulant sur ma jambe, des graviers pointus me transpercèrent la peau. Sous le choc de la douleur intense, je m'assis et ramenai mes genoux contre ma poitrine. *De mieux en mieux!*

Je touchai le fond quand un coup de tonnerre déchira l'air et que je sentis les premières gouttes d'une averse qui risquait de durer.

Chapitre 5

Je regardai alentour. L'averse s'était transformée en une pluie torrentielle. Je reconnus une grange, non loin. J'étais souvent passée devant. Avec sa peinture rouge qui s'écaillait et ses portes affaissées – vision incongrue en pleine ville –, elle gâchait l'harmonie des lieux. Située sur l'une de ces parcelles appartenant à une famille depuis des siècles, elle avait été oubliée par la vague du développement immobilier. Heureuse de pouvoir m'y réfugier, je me relevai et m'avançai dans sa direction en boitant, instable sur mes chaussures.

— Attendez, laissez-moi vous aider, dit une voix derrière moi.

Un homme s'avança et, enroulant son bras autour de ma taille, me soutint pour marcher. Un frisson d'angoisse me traversa. Je venais de prendre conscience que j'étais seule dans la nuit, en compagnie d'un inconnu. Mais, à moins de vouloir continuer ma route sous l'orage, je n'avais pas le choix. Les gouttes épaisses m'obligeant à garder les yeux fermés, je ne le voyais pas et chuchotai une prière désespérée à ce dieu à qui je m'adressais rarement.

Me lâchant, il poussa la porte de ses mains. Elle émit un grincement perçant et parut sortir de ses gonds. Il me fit alors signe d'entrer. La puanteur des animaux de la ferme me picota le nez. Encore plus perturbée par le concert de cris qui nous accueillit, je tremblai dans ma robe mouillée et fus une nouvelle fois consciente de la douleur dans ma jambe. Totalement désorientée, bras tendus, je fis mine d'avancer dans l'obscurité. L'homme me pria de l'attendre, souleva les battants pour les refermer, et, à tâtons, chercha une lanterne sur le mur. Sa silhouette se dessinant à contre-jour, je le vis l'allumer. Puis il revint vers moi, posa sa veste sur mes épaules et la referma autour de moi. Elle sentait bon, un mélange d'odeur de terre et d'eau de Cologne.

Je passai mes paumes sur mon visage et dans mes cheveux. Puis, me prenant par la main, il me mena jusqu'au sol couvert de paille. Le souffle coupé, je reconnus Kyle. Quelle vision devais-je lui offrir, toute dégoulinante de pluie et de larmes. Même si elles pouvaient s'expliquer par ma blessure à la jambe, elles témoignaient d'une autre douleur, plus profonde, cachée.

Je serrai les lèvres pour m'empêcher de prononcer les paroles qui me brûlaient les lèvres et laissai échapper un modeste « merci ».

Sans répondre, il trouva une botte de foin et la retourna afin que je puisse m'asseoir. Puis il me frotta les bras de ses mains, des épaules aux coudes, pour me réchauffer. Un mois auparavant, ce geste m'aurait secouée de frissons – de plaisir. Mais, à cet instant précis, je pensais seulement à combien je devais lui sembler débraillée.

À la lumière tamisée, il était aussi beau que dans mon souvenir. Et, malgré ma réticence, mon ressentiment se dissipa.

Kyle esquissa un bref sourire puis se frappa les bras, de bas en haut, pour se réchauffer à son tour. Ils étaient puissants, virils. Je me demandais quel effet cela me ferait de les sentir m'enlacer.

Idiote! Voilà que tu recommences. Était-ce la voix de Lucille qui me rabrouait, ou la mienne?

Ayant cessé de claquer des dents, je lui exprimai ma gratitude avec sincérité. J'avais désormais l'habitude de le voir gagner ma sympathie. Il trouva alors un tabouret à traire bancal qu'il approcha de moi. Il s'y assit, les coudes sur ses genoux, les mains jointes.

—Je vous en prie, me répondit-il. Les jeunes filles ne doivent pas se promener seules dans la nuit, sous la pluie.

—J'étais en train de rentrer et j'étais presque arrivée chez moi.

—Je sais, mais vous auriez pu attraper une pneumonie. Et si vos parents avaient su que j'aurais pu l'empêcher, ils auraient pu téléphoner à l'Institution Bootle et me faire renvoyer.

Un sourire éclairait son visage et, en l'espace d'un instant, nous retrouvâmes la légèreté de notre conversation dans la cuisine de l'Institution Bootle.

—Je pourrais peut-être leur raconter que vous m'avez gardée en otage dans une grange désolée. Nous verrions ce qu'ils feraient alors!

—Oh, mais au moins, le mauvais temps ne vous serait pas fatal. Je pense que je pourrais les convaincre de me pardonner.

—C'est ma parole contre la vôtre.

—Eh bien, dans ce cas, je vais être obligé de vous traiter comme la dame que vous êtes et espérer que tout aille bien.

À court d'arguments, je lui demandai comment il m'avait trouvée.

— Je vous ai suivie, avoua-t-il avec candeur. Je m'apprêtais à rentrer après la fête quand je vous ai vue partir. Comme vous aviez l'air contrariée, j'ai voulu être sûr que vous rentriez saine et sauve. Je suis resté à distance respectable pour ne pas vous déranger, et je me serais éloigné dès que vous auriez eu franchi le pas de votre porte.

Incapable de lui dévoiler la véritable raison de ma détresse, je baissai les yeux sur mon genou douloureux. Comme si ma robe n'était pas déjà assez abîmée par ma chute, le sang avait transpercé le satin. Je l'écartai vivement de la blessure et, ignorant la pudeur, remontai l'ourlet bien au-dessus de mon genou, où je le tins un moment avant de m'attaquer à mon bas de soie. Je le roulai lentement, chaque mouvement m'arrachant une grimace, jusqu'à ce qu'enfin, je l'aie retiré et que je sente le picotement de l'air froid sur ma peau nue.

Lorsque je relevai la tête, je surpris le regard de Kyle fixé sur ma jambe. Ses yeux étaient un peu voilés, son menton semblait crispé. La baissant de nouveau, je remarquai que l'extrémité de mon porte-jarretelles dépassait. Je réprimai un sourire, me rappelant la façon théâtrale dont j'avais déclaré à Lucille que personne ne le verrait. Puis je baissai de nouveau ma robe et lissai les plis, en vain.

Son regard croisa le mien et il se pencha abruptement avant de se redresser bien droit. Nous parlâmes simultanément.

— Alors, quelle idée..., commença-t-il.

— Que faisiez-vous...

— Je vous en prie. Je vous écoute.

Avec un signe d'assentiment, je m'enquis :

— Que faisiez-vous à la fête ? N'êtes-vous pas catholique ?

« N'allez-vous pas devenir prêtre ? » était ce que je voulais vraiment lui demander, même si je connaissais déjà la réponse.

— Les catholiques ne peuvent-ils pas collecter de l'argent pour la bonne cause ? rétorqua-t-il.

— Mais cette cathédrale sera anglicane.

— Êtes-vous anglicane ?

— En vérité, ma famille n'est pas très portée sur la religion. Même si nous allons à l'église de temps en temps.

— Vous voyez bien ! Ce sera un très beau monument à la gloire du Seigneur. Je suis heureux de contribuer à sa réalisation.

Encore une fois, il m'avait prise de court. *Bon sang !* Je ne pouvais jamais avoir le dernier mot, avec lui.

Un silence embarrassé s'installa. Voyant que je frissonnais de nouveau, il se leva pour rajuster sa veste sur mes épaules, avant de se rasseoir gauchement sur le petit tabouret.

— Je me demande combien de temps va durer l'orage, repris-je.

Le temps était un sujet neutre et je voulais continuer à parler, de crainte que les battements redoublés de mon cœur ne me trahissent dans le silence. En outre, j'aimais le son de sa voix grave et douce.

— Je ne sais pas. Mais je vous raccompagnerai chez vous, quand il se sera calmé. Si nous avons faim, je pourrai tuer cette vache qui fera un bon repas. Avez-vous un couperet dans votre sac ?

Sa plaisanterie me fit sourire.

— Très drôle ! Mais mon amie Lucille et moi avons tellement mangé à la fête que je ne pense pas pouvoir avaler même un oiseau en ce moment. Encore moins une vache.

— Comme vous voudrez, Helen.

Malgré l'obscurité, je pouvais apercevoir la lueur espiègle dans son regard.

— Oh, vous avez entendu cela ?

— Oui. Pourquoi ?

J'allongeai les jambes et repoussai la botte de foin pour m'asseoir par terre. Kyle m'imita et nous nous retrouvâmes côte à côte, nos dos calés contre les lattes d'un box à chevaux. Sans nous toucher.

— Eh bien, ma grand-mère paternelle s'appelant Helen, mon père s'est senti obligé d'appeler ainsi sa fille unique. Mais il a laissé ma mère choisir Julianne en second prénom et en faire usage au quotidien. J'en suis très heureuse. Ma grand-mère est morte quand j'étais enfant, mais je me souviens d'elle et je ne l'aimais pas du tout. Elle était vieille et grincheuse. J'ai lu un jour que Helen voulait dire « éclat de soleil ». Mais, pour moi, cela signifie « vieille et grincheuse ».

Kyle eut un petit rire.

— Je comprends mieux maintenant votre empressement à corriger le lord-maire. Mais la signification de votre prénom n'est pas dénuée d'ironie.

— Comment cela ?

— Parce que je crois que Julianne vient du mot latin pour « juvénile ».

J'étais tellement troublée par le son délicieux de mon prénom sur ses lèvres, que j'entendis à peine ses paroles. Je n'avais qu'une envie, l'entendre le répéter.

— Pardon, qu'avez-vous dit ?

— Votre prénom... Julianne. Il signifie « juvénile ».

J'adorais l'entendre le prononcer, je voulais qu'il le répète. Mais je supposais que l'y pousser m'aurait trahie. Aussi, me contentai-je de m'exclamer :

— Eh bien, que dites-vous de cela ?

Changeant de sujet, il me demanda :

— Êtes-vous contente que tout ce travail soit derrière vous ?

— Oui et non. Cela m'a beaucoup accaparée, surtout ces dernières semaines. Mais c'est une occupation très agréable. En outre, la somme que nous pouvons collecter pour une bonne cause représente presque un défi avec moi-même.

— Deux bonnes causes, me rappela-t-il. Qui a eu l'idée de partager les recettes, cette année ?

— Mon père. Il a suggéré de collecter des fonds pour la cathédrale parce que c'est un projet très populaire en ce moment. Je suis sûre qu'il a eu raison, du point de vue des affaires. Mais la Société des dames patronnesses tenait à une œuvre de bienfaisance. Nous avons donc ajouté l'orphelinat.

— À propos, pour combien êtes-vous partie aux enchères ? J'espère que le gagnant va inspecter vos dents et s'assurer qu'il a fait un bon achat.

C'était précisément le sujet que je voulais éviter. Je voyais encore Kyle de dos s'éloigner, au lieu d'enchérir pour moi. Lissant mes cheveux, je refoulai ma fierté et répondis :

— J'ai fait un très bon chiffre, je vous remercie. J'ai rapporté 4 livres, 6 shillings, la plus grosse somme jamais récoltée à la vente aux enchères.

— Eh bien, tant mieux pour vous ! Qui est l'heureux élu ?

Je lui lançai un coup d'œil irrité. En tout cas, ce n'était pas lui. Étant donné qu'il n'avait même pas pris la peine de faire une offre pour moi.

— Roger Kline. Et je suis si heureuse qu'il ait gagné. Il est tellement beau. Et son père est secrétaire au Parlement. Je suis sûre qu'il aura une conversation fascinante.

Malgré moi, je babillais comme Scarlett O'Hara. Le roman était encore tout frais dans ma mémoire.

— Roger Kline. Vraiment.

Incapable de savoir si son « vraiment » était intéressé ou moqueur, je l'observai à la dérobée.

— Qu'avez-vous contre Roger Kline ?

— Je n'ai rien contre lui. Je me souviens juste qu'une fois, quand j'étais plus jeune, je l'ai frappé. Vous savez. Le tempérament irlandais.

Offusquée, je me redressai bien droite.

— Vous avez frappé Roger Kline ? Pourquoi ?

— Mon père travaillait dans le parc de la propriété de sa famille. Un jour, il est arrivé et m'a volé mon déjeuner. Alors je l'ai corrigé.

— Il vous a pris votre déjeuner ? Il n'a pas l'air d'être ce genre de garçon.

— Nous changeons tous en grandissant, ne pensez-vous pas ?

— Avez-vous causé des problèmes à votre père ?

— J'ai bien failli. Mais Mr Kline et lui ont trouvé un arrangement. J'ai dû être l'esclave de Roger pendant un mois pour me racheter. Je cirais ses chaussures, je prenais soin de son cheval et je l'aidais pour ses devoirs de latin.

— Je ne vous aurais pas imaginé aussi colérique.

— C'était le cas. Mais je pense que quelques semaines de servitude m'ont guéri. Le jour de votre rendez-vous avec Roger, regardez bien son nez et pensez à moi. Je crois qu'il est encore un peu de travers.

Avec une expression satisfaite, il se cala contre le box et croisa les bras.

— Je n'y manquerai pas.

L'espace d'un instant, il m'enveloppa d'un regard intense. Puis, après s'être détourné, il me dévisagea de nouveau, sa désinvolture revenue.

— C'est un brave type, néanmoins. Vraiment. J'espère que vous vous entendrez avec lui.

J'eus l'impression que la pluie avait cessé. Pourtant, après une accalmie, elle se remit à tomber à seaux. Les chevrons de la grange semblaient trembler mais il n'y avait pas de fuites. Je commençais à me réchauffer.

— Et si vous me parliez de votre frère ? suggéra-t-il.

Tout d'abord perplexe, je ne compris pas sa requête. Entendre le mot « frère » dans la bouche d'un tiers m'était étranger. Tout comme ce terme l'était presque pour moi.

— Oh, Charles ?

— Vous avez un autre frère ?

— Non, pas du tout. Simplement, je n'ai jamais l'occasion de discuter de Charles avec personne.

— Pourquoi ? Vous n'avez pas l'air d'avoir honte de lui. En fait, vous êtes vraiment remarquable de venir le voir aussi souvent. Vous savez, rares sont les pensionnaires qui reçoivent des visites.

Je refoulai ma subite vague de culpabilité. Je ne voulais pas reconnaître que mes visites les plus récentes n'avaient pas grand-chose à voir avec Charles.

— Eh bien, pour connaître l'Institution Bootle, vous savez comment cela se passe dans ce type d'endroit. Quand la famille se rend compte que son enfant ne correspond en rien à ses attentes, elle est anéantie. Alors, l'enfant est placé dans quelque institution où l'on prendra soin de lui pour elle. C'est un peu comme le ranger dans un placard dont on ne le sort pour le dépoussiérer qu'au moment approprié. Et parfois jamais. Comme ma famille avec Charles.

L'air surpris, Kyle insista :

— Votre « famille » ? Je suis désolé, mais que voulez-vous dire ?

— Kyle…

J'aimais le son de son prénom sur mes lèvres. S'il avait remarqué une hésitation dans ma voix, il n'en montra aucun signe. Je m'empressai de poursuivre pour me rattraper.

— Kyle… avez-vous déjà vu mes parents ? À Bootle, plus précisément ?

Il garda le silence quelques instants, comme s'il essayait de se rappeler.

— Je suppose que non. Peut-être viennent-ils pendant la semaine ?

— Non. Ils ne viennent pas pendant la semaine. Ils ne viennent jamais. Je ne sais pas s'ils sont venus une seule fois depuis qu'ils y ont laissé Charles, il y a bien longtemps déjà.

— Seigneur !

Assimilant soudain à quel point mon frère était isolé, il se rembrunit.

— Quel âge aviez-vous ?

— Son âge. Nous sommes jumeaux. Ils se sont débarrassés de l'un et essaient d'imposer à l'autre des standards de perfection impossibles à atteindre, comme pour compenser.

Ma propre véhémence me surprit. Même si c'était la vérité, je ne l'avais jamais admise devant personne, pas même devant Lucille. Peut-être ne l'admettais-je pas moi-même. Mais Kyle me donnait le sentiment que je pouvais tout lui raconter.

Et je n'avais pas fini. Maintenant que j'avais ouvert les vannes, j'étais incapable de m'arrêter.

— Et ce n'est pas tout. Mon père a développé une véritable obsession pour ses affaires, ce qui, j'en suis convaincue, a fait sombrer ma mère dans l'alcoolisme. La parfaite lady a eu un enfant imparfait. Et, depuis, elle concentre toutes ses ambitions sur celui qui reste.

Retenant mes larmes, je reniflai, et secouai la tête avec détermination. Je ne pleurerais pas devant lui. J'en avais déjà trop dit.

— Comment avez-vous découvert l'existence de Charles ?

— J'étais…

Et puis tant pis. Autant tout raconter.

— Il y a quelques années, je fouillai dans les tiroirs du cabinet de toilette de mère pour trouver du fard à joues. Elle m'avait dit que j'étais trop jeune pour en porter mais je voulais essayer.

Je m'interrompis, sachant que je tentais de différer la cruelle vérité.

— Bref, le fond du tiroir étant mal fixé, j'ai pensé qu'elle serait contente que je le lui répare. Mais il s'est déboîté aisément et j'ai aperçu qu'il dissimulait des papiers. J'ai trouvé des photos de deux bébés, côte à côte. L'un potelé et souriant. L'autre plutôt amorphe, avec les yeux bridés et un regard vide. Au dos de la photo, j'ai lu « Charles et Julianne, juillet 1919 ».

— Je ne peux même pas l'imaginer. Qu'en avez-vous pensé ?

— Je n'ai pas eu besoin de me poser des questions. L'autre enveloppe contenait un certificat de naissance et des lettres de Bootle. Aussi, la semaine suivante, ai-je décidé d'en avoir le cœur net. Et, depuis, j'y retourne, invoquant mille excuses pour justifier mes absences.

Je me sentais soudain épuisée de m'être déchargée de ce fardeau. Kyle poussa un long soupir. J'aurais été bien incapable d'en expliquer la cause. Peut-être songeait-il que c'était la vie qui l'attendait en tant que prêtre. Entendre une confession, et choisir entre la condamnation et le pardon. Il semblait plutôt du genre à pardonner. Même si je craignais d'avoir mis à mal notre amitié naissante. Mes secrets de famille me donnaient l'impression d'être une misérable, déguisée en princesse.

Il savait écouter, ce qui me le révéla sous un autre jour. Comme j'aurais dû le voir. Je pouvais presque comprendre sa vocation, et je savais qu'il ferait un prêtre exceptionnel. Cette certitude m'apporta une certaine paix. Je trouvai presque plus facile d'accepter la voie qu'il s'était choisie. *Presque.*

— C'est la raison pour laquelle vous voulez être infirmière ?

Sans nous en rendre compte, nous nous étions rapprochés l'un de l'autre. Si je l'avais osé, je l'aurais touché.

— En partie. Le temps que j'ai passé à l'Institution Bootle a sans nul doute été une inspiration. Tout comme les compétences que j'y ai acquises me seront utiles si nous avons une nouvelle guerre. Mais c'est une bonne question. Pourquoi est-ce que je veux devenir infirmière ?

Je levai les yeux vers les chevrons. Ce n'était pas la première fois qu'on me le demandait. Aux amies de ma mère, je répondais : « afin de pouvoir rendre ce que j'ai reçu, comme le fait mère », ce qui me valait des approbations désinvoltes, à défaut d'être comprise. Aux amis de père, j'expliquais : « Oh, je ne serai jamais une bonne femme d'affaires. Mais j'ai besoin de me rendre utile. » Ce à quoi ils me répondaient par l'affirmation pleine de suffisance que les femmes, bien entendu, n'étaient pas faites pour un travail d'hommes. Ce que je venais d'évoquer pour Kyle était une partie de la vérité. L'idée m'en était venue à la suite de ma rencontre avec Charles. Mais, à lui, je pouvais avouer l'autre facette, beaucoup plus sombre. Qu'importait son opinion de moi.

— Pour faire autre chose que ce que la vie semble avoir planifié pour moi.

C'était dit. Et cela scellait mon explication. Je n'étais pas une héroïne altruiste, une nouvelle Clara Baron.

Il pinça les lèvres et hocha la tête.

— Je ne peux pas dire que je vous blâme.

La surprise que je ressentis à sa réaction dut se peindre sur mon visage.

— Vivre sur un piédestal, vivre en fonction des attentes des autres, peut vite se révéler accablant.

Il se tut et je me demandai s'il faisait référence à sa propre expérience. Ce qui n'était pas plus mal car j'étais lasse de parler de moi.

— Et vous, quelle est votre histoire ? l'interrogeai-je. Je vous ai tout raconté de moi. C'est à mon tour de poser des questions.

— Il n'y a pas grand-chose à dire. Depuis aussi longtemps que je me souvienne, j'aide mon père dans son travail. Je passe mes étés ici et mes années scolaires à Durham. Point final.

Il décrivait sa vie comme étant d'une extrême simplicité. Pourtant, j'avais le sentiment qu'il ne souhaitait pas s'étendre sur le sujet. Et sa réponse ne me satisfaisait pas.

Je me sentais enhardie, ce soir. J'avais connu un franc succès à la vente aux enchères. J'avais révélé les secrets qui me perturbaient. Je pouvais insister pour obtenir la réponse à la question qui me taraudait vraiment.

— Mais, prêtre ? Comment est-ce arrivé ?

Comme si cela avait été un accident. *« J'ai trébuché sur un trottoir et je suis devenu prêtre. »*

— C'est une vocation qui m'attire depuis des années, déclara-t-il. Les traditions, les rituels. J'ai servi comme enfant de chœur et j'ai toujours pensé que sauver les âmes donnerait un sens à mon existence.

— Ne devrez-vous pas parler latin et porter une robe ?

« Et renoncer aux femmes ? » voulais-je ajouter. Mais je ne pouvais m'y résoudre. Mon audace avait ses limites !

— Je suis assez compétent en latin, désormais. Et les prêtres ne portent pas de robes, ils portent des soutanes. Ce n'est pas la même chose.

— Mais je ne comprends vraiment pas. Cela me paraît tellement…

Je me mordis la lèvre inférieure, me creusant la cervelle pour trouver le terme approprié…

— Cela paraît tellement « drastique » comme choix de vie.

— Dieu m'a comblé de tellement de bénédictions. C'est une bien petite chose que je peux faire pour lui en retour.

Encore une fois, il avait eu le dernier mot. Comment pouvais-je trouver une réplique intelligente à ce type de déclaration ?

Nous continuâmes à bavarder et, toute à ma béatitude, j'oubliai l'heure. Il me posa d'autres questions sur mes projets d'études, je lui demandai à quoi ressemblait Durham. Je lui parlai de Lucille et il me fit rire avec des blagues irlandaises. Je savourais le bonheur de sa compagnie.

— Croyez-vous que nous encourions des ennuis en étant ici ? s'inquiéta-t-il soudain.

— Non, cette grange appartient aux Eckley. Ils sont partis rendre visite à de la famille. En outre, Mr Eckley doit une faveur à père. Je ne pense donc pas qu'ils prendraient ombrage de notre présence.

— De quelle faveur s'agit-il ?

— Des promoteurs voulaient ce terrain et père a lancé une pétition parmi ses amis de la municipalité pour permettre aux Eckley de le garder. Il a invoqué le fait qu'il y avait trop de constructions. Mais je crois que la vraie raison est liée à leur élevage de moutons. Ils exportent une grande quantité de laine qui est stockée dans les entrepôts de père, jusqu'à ce que les cargaisons soient prêtes à être expédiées.

— C'est une démarche assez cynique de la part de votre père.

— Ce sont les affaires. Néanmoins, père aime les grands espaces. Il y a donc peut-être un fond de vérité dans cette manœuvre. Je suis contente que nous habitions en bordure du parc.

— Oh, je suis parfaitement d'accord. Idéalement, j'adorerais vivre à la campagne. Juste moi, les collines et le silence. Et vous ?

Ne tenant pas vraiment à lui avouer que je ne pouvais m'imaginer habiter à moins de cinq rues d'une boutique de jolies robes, je m'exclamai :

— Oh, absolument ! Les collines et le silence ? Que pourrait-on souhaiter de plus ?

Le bétail qui s'était depuis longtemps habitué à notre présence avait cessé de nous observer. Mais l'une des vaches me regarda d'un œil soupçonneux, comme si elle désapprouvait mon mensonge pieux.

Je constatai que nous bâillions tous les deux à nous décrocher la mâchoire. Pourtant, ni lui ni moi ne fîmes mine de vouloir partir. À un moment, bien calé contre le box, Kyle ferma les yeux. Je pensai que, peut-être, il dormait. Repliant les jambes contre ma poitrine, je les entourai de mes bras, prenant soin d'éviter l'endroit douloureux. La tête sur mes genoux, penchée d'un côté, je l'observai.

Immobile, il était si beau. Je m'émerveillai de sa bonté. De son humour. De l'incroyable gentillesse qu'il témoignait à Charles. Il ne ressemblait à aucun autre homme de ma connaissance. J'étais incapable de faire taire mon attirance pour lui. Était-ce à cela que ressemblait l'amour ?

Ou étaient-ce les prémices de l'amour ? Me raisonnant, je repoussai cette pensée : chacune de nos rencontres n'avait duré que très peu de temps.

Malgré mes jointures qui s'ankylosaient, je ne changeai pas de position. Combien j'aurais aimé m'asseoir à côté de lui, lui poser les questions qui se bousculaient. L'entendre me dire à quel point il appréciait ma compagnie, ce soir.

Pourquoi n'avez-vous pas enchéri sur moi ? Sachant que vous voulez devenir prêtre, je pourrais comprendre, si vous n'aviez enchéri sur aucune autre. Pourtant, vous l'avez fait.

— Pourquoi n'avez-vous pas enchéri sur moi ?

Le voyant s'animer, j'étouffai un cri d'effroi. Avais-je parlé à voix haute ? J'espérais qu'il n'avait pas entendu. Cela ne pouvait être plus qu'un chuchotement.

Toujours adossé à la paroi du box, il répondit :

— Ainsi, vous avez remarqué ?

Il ne m'était plus possible de reculer. Aussi, sans même tenter de dissimuler le ressentiment dans ma voix, je répliquai :

— Bien sûr, j'ai remarqué. Je vous ai vu enchérir sur Anne, sur Irene, sur Melodie. Je ne savais même pas que vous les connaissiez. Mais vous n'avez pas enchéri sur moi.

— Je ne les connais pas.

— Ce n'est pas une réponse.

— C'est la meilleure que je puisse vous donner.

— Non, je ne suis pas d'accord. Pourquoi avez-vous démarré avec des chiffres si bas pour chacune d'entre elles, pour ensuite vous arrêter ? Pourquoi êtes-vous parti quand mon nom a été appelé ?

— Vous voulez vraiment le savoir ?

— Oui.

Nous criions presque, à présent.

— Oui, répétai-je en un chuchotement.

— J'ai enchéri sur elles car je savais l'importance pour vous de collecter cet argent. Je ne m'attendais pas à gagner. Mon seul but était de faire monter les enchères pour vous aider. Pour soutenir la cause.

Ses explications me prenaient toujours au dépourvu.

— Mais cela ne répond pas à mon autre question.

— Qui était ?

Il le sait parfaitement. Mais il va me la faire répéter.

— Pourquoi avez-vous enchéri sur elles et ne l'avez-vous pas fait sur moi ?

Malgré moi, j'avais pris un ton accusateur.

Sans répondre immédiatement, il se redressa, les mains jointes sur ses jambes croisées et m'enveloppa d'un regard empreint de sincérité. Puis, d'une voix soudain pleine de douceur, il avoua :

— Je n'ai pas enchéri sur vous car vous êtes la seule que je n'aurais pas voulu inviter à sortir.

Je le dévisageai, abasourdie. Devant ma réaction, il s'empressa de préciser :

— Attendez ! Ce n'est pas du tout ce que j'ai voulu dire. Je me suis mal exprimé. En vérité, vous êtes la seule candidate avec laquelle je ne me faisais pas confiance. Je vais bientôt retourner au séminaire et je ne pouvais pas risquer de…

— Risquer de…

Il laissa échapper un soupir résigné et, l'espace d'un instant, il hésita, comme s'il soupesait ses pensées. Nous

nous penchâmes imperceptiblement l'un vers l'autre. L'air était chargé d'électricité. J'aurais pu l'embrasser, là, tout de suite...

— Je ne pouvais pas prendre le risque de tomber encore plus amoureux de vous que je ne le suis déjà.

Abertillery

Le bébé téta jusqu'à être repu. Il était peu probable que Mrs Campbell soit toujours de ce monde pour la prochaine tétée. Je commençai donc à chercher quelque chose qui pourrait servir de substitut, jusqu'à ce qu'une solution permanente soit trouvée. Peut-être les Campbell pourraient-ils mettre une annonce pour une nourrice. Tout le monde essayait de grappiller quelques shillings à droite et à gauche. Non qu'ils puissent se permettre la moindre dépense supplémentaire, mais quel autre choix avaient-ils ?

Je chargeai Emily de trouver de l'étamine. Nous allions tenter de fabriquer un biberon de fortune en la trempant dans du lait de chèvre. Au moment où la jeune fille quittait la chambre, je perçus le murmure des hommes qui me parvenait de la pièce voisine.

Le nouveau-né laissa soudain échapper un cri de désespoir, exigeant mon attention. À ma grande surprise, je sentis mes mamelons me picoter en réaction, et, machinalement, croisai les bras. Mon propre lait, jamais utilisé, s'était tari plus de vingt ans auparavant. Et personne, depuis, n'avait vu mes seins qui avaient été, jadis, adulés dans l'intimité. Je savais néanmoins qu'ils restaient la plus belle partie de mon corps : doux et rebondis, épargnés par les cicatrices qui avaient défiguré le visage de ma jeunesse.

La benjamine des Campbell poussa un nouveau hurlement et m'extirpa de mes souvenirs. Je la plongeai dans l'eau maintenant chaude du bain et frottai avec une délicatesse infinie sa peau fripée. Combien de fois avais-je fait cela ? Il n'était pas nécessaire de manier les bébés avec une telle délicatesse. Ils venaient de survivre au traumatisme de la naissance, aussi pouvaient-ils certainement supporter d'être lavés. Mais, dans mes bras, cet enfant quasiment orpheline de mère me semblait tout particulièrement fragile.

Derrière moi, les hommes entrèrent dans la chambre. Le mari de la moribonde et le mystérieux père McCarthy. J'entendis le prêtre ouvrir sa mallette et poser des flacons à côté du lit. De l'huile et de l'eau bénite, si ma mémoire était bonne.

— *Pax huic domui, et omnibus habitantibus in ea.*

Un frisson glacé me parcourut le dos, le froid envahissant tout mon corps. J'avais soudain la chair de poule. Le nom, la voix, le rituel remuaient des souvenirs que je pensais enfouis à jamais. Je fermai les yeux, l'obscurité m'enveloppant, et me rappelai les explications fournies par le garçon de ma jeunesse.

« Cela s'appelle l'extrême-onction. Elle accompagne le mourant dans son voyage. »

Les mots résonnaient sourdement, comme prononcés dans un tunnel, un long tunnel obscur, qui couvrait des décennies. Portant le bébé de mon bras droit, je pressai violemment mes tempes de ma main libre, bannissant les images.

D'un coup d'œil en coin, je vis le prêtre passer une étole violette autour de son cou, mais il se tourna sans me laisser le temps d'apercevoir son visage.

— *Miserere mei, Deus : secundum magnam misericordiam tuam. Gloria Patri, et Filii, et Spiritus Sancti.*

Le langage des morts me narguait. Je n'avais pas mis les pieds dans une église depuis ce matin de Noël où j'étais devenue une autre. Les condamnés n'ont pas besoin de religion.

Revenant à ma tâche, j'allongeai la nouveau-née sur une serviette propre. Ses yeux bleu cobalt, pas encore habitués à la lumière, m'observaient à travers ses paupières mi-closes. Je la berçai doucement et la sentis se détendre au creux de mon étreinte réconfortante. Je n'étais jamais aussi à l'aise qu'avec les bébés. Ils n'avaient pas besoin de me regarder avec surprise car on ne leur avait pas encore appris ce qui était beau et ce qui ne l'était pas. Ils étaient nés au paradis, n'avaient pas encore été nourris du fruit de l'arbre de la connaissance.

Je fis glisser ses petites mains dans les manches d'un pyjama beaucoup trop grand pour elle, et les fis rouler. Puis je procédai à la même opération avec ses jambes, avant de fermer les boutons-pressions. Une fois qu'elle fut bien emmaillotée, après l'avoir allongée dans un couffin, je la couvris d'une couverture par précaution supplémentaire.

— *Exaudi nos, Domine, sanctae Pater, omnipotens, aeterne Deus : et mittere digneris sanctum Angelum tuum de caelis, qui custodiat, foveat, protegat, visitet atque defendat omnes habitantes in hoc habitaculo.*

Les mots étaient prononcés avec une parfaite maîtrise. Mais cela n'avait peut-être rien d'exceptionnel.

Peut-être chaque prêtre parlait-il le latin comme sa langue maternelle.

Je l'entendis manipuler les flacons puis chuchoter quelques paroles à Mrs Campbell. Mais celles que je perçus étaient celles d'années auparavant. Lors d'une scène qui ne se déroulait pas dans une ferme reculée, mais qui avait lieu dans un minuscule appartement, à proximité d'une voie ferrée. Et le moribond était un vieil homme, victime de la tuberculose.

« C'est le moment où le prêtre reçoit la confession, Julianne. La dernière chance pour le mourant de se décharger de ses péchés. »

Julianne. Non. Personne ne m'appelait plus de ce prénom. Je devais l'effacer de ma mémoire.

—*Accipe, soror, Viaticum Corporis Domini nostri Jesu Christi, qui te custodiat ab hoste maligno, et perducat in vitam aeternam. Amen*, dit le prêtre derrière moi.

La voix du jeune homme résonnait dans ma tête.

« Maintenant, le prêtre lui donne l'absolution, une croix sur son front et une sur chaque main », disait Kyle.

Je revoyais la tasse ébréchée sur le bureau.

—*Ego facultate mihi ab Apostolic Sede tributa, indulgentiam plenariam et remissionem omnium peccatorum tibi concedo. Et benedico te…*

« L'eau sainte le bénit. »

Debout devant le lit de fer, je regardais le rituel avec stupeur. Je ne savais plus où j'étais. Je serrai le bébé dans mes bras et m'appuyai à une table.

Allez-vous-en ! Je ne veux pas m'en souvenir. Allez-vous-en ! Je portai ma main à ma tête.

Le prêtre :

— *In nomine Patris.*

Le jeune homme faisait le signe de croix sur son front, au nom du Père, du Fils, et du Saint-Esprit.

Le prêtre :

— *Et Filii…*

Le jeune homme appelait l'intercession de la Sainte-Trinité.

Le prêtre :

— *Et Spiritus Sancti.*

Les deux voix se confondant :

— Amen.

L'esprit en pleine confusion, j'avais le souffle court. La frontière entre le réel et l'imaginaire se faisait de plus en plus floue. *Le latin. L'anglais. Le passé. Le présent. Le prêtre. Le jeune homme. Leurs voix. Ce sont les mêmes. Elles appartiennent à la même personne.*

Chapitre 6

L'intérieur du compartiment de première classe était étonnamment miteux. Le porteur me présenta des excuses, m'expliquant que ce wagon Pullman devait être mis hors service pour être restauré le mois suivant. Si mère avait été à ma place, elle aurait pu menacer d'écrire une lettre au président de la ligne de chemin de fer. Mais comme cela m'était indifférent, je ne répondis rien. M'enfonçant dans mon siège en velours vert, aux broderies or qui s'effilochaient, je posai ma tête contre la fenêtre et, songeuse, fermai les yeux. La vitre était fraîche contre ma peau chaude. L'été qui s'achevait avait été une succession de hauts et de bas, d'engouements et de déceptions. Prête à tourner la page, j'étais impatiente de commencer mes cours d'infirmière à Londres.

Le train fit une embardée et je me redressai. Mon siège était tourné vers l'extrémité du wagon et celui qui lui faisait face était vide. Ce qui était un soulagement car je n'étais pas d'humeur à bavarder de la pluie et du beau temps. Je regardai les gens venus dire « au revoir » aux passagers. Ils repartaient par petits groupes vers la station de métro Lime Street et il me sembla apercevoir le dos du chapeau de mère qui s'éloignait avec Lucille. Père m'avait fait ses adieux à la maison, avant de se rendre à une réunion avec des importateurs de fleurs d'Amsterdam qui souhaitaient entreposer leurs bulbes dans ses hangars.

Le bâtiment abandonné, aux allures de château, en bordure de la gare, se matérialisa alors que le train prenait de la vitesse. Le célèbre *North Western Hotel* était fermé depuis quatre ans. Son toit d'ardoises grises coiffait ses cinq étages et les carreaux de ses fenêtres étaient noircis. J'eus un pincement de compassion pour le vieux monument. Derrière la façade toujours imposante, je ne pouvais qu'imaginer les secrets que devaient garder les chambres aujourd'hui désertées.

Malgré les apparences que, moi aussi, j'avais dû conserver jusqu'à la fin de l'été, je me sentais tout aussi vide. Depuis le jour où Kyle m'avait fait son aveu, il hantait mon âme.

« Je ne pouvais pas prendre le risque de tomber encore plus amoureux de vous que je ne le suis déjà. »

Quelques instants plus tard, nous avions quitté la grange. L'orage passé, le monde nocturne scintillait sous un nouveau clair de lune. Nous avions parcouru la distance qui nous séparait de chez moi en silence. Kyle me suivait à quelques pas respectueux, dissuadant toute tentation. Il ne me parla que lorsque nous atteignîmes le portail de l'hôtel particulier en briques rouges.

— Je vais attendre pour m'assurer que vous rentrez saine et sauve. Prenez bien soin de votre genou.

Après avoir parcouru quelques mètres, je me retournai. Mais l'ombre des arbres du portail l'avait englouti dans l'obscurité.

Pendant des jours, je restai confinée dans ma chambre, racontant à tout le monde que j'étais souffrante. Ce qui était facile à croire. J'étais arrivée à la maison dégoulinante, glacée par la pluie. Mère avait chargé Betty de me préparer un bouillon de poule et m'avait fait monter du thé au citron. C'était un remède courant contre ses propres affections. Même si elle y ajoutait furtivement du whisky.

Elle était loin de se douter qu'aucun traitement n'existait pour le mal qui me rongeait.

À plusieurs reprises, père entra pour s'enquérir de mon état, mais je feignis de dormir. Je m'en voulais de ne pas lui avoir rendu justice lorsque je l'avais décrit à Kyle. Cela ne faisait qu'accroître ma peine. Nous avions certes nos différends, mais nous étions proches, et c'était un très bon père.

Suis-je amoureuse ? C'était la question avec laquelle je me débattais, au fil des heures qui s'égrenaient, en repensant à notre soirée, à notre conversation si aisée, au sentiment de liberté que j'avais ressenti près de Kyle. À qui j'avais dévoilé ma véritable personnalité. Je me rappelais les instants qui avaient suivi sa déclaration d'amour. Immobiles, nous étions demeurés silencieux, face au gouffre d'une décision scandaleuse. Alors que, me faisant violence, je résistais à mon désir de l'embrasser, pour lui montrer ce qu'il manquait, je me sentais comme enchaînée à mon propre corps. *Il n'est pas trop tard*, avais-je pensé. Le parc de l'Institution Bootle recélait sûrement des coins secrets où je pourrais l'entraîner et le convaincre de me choisir.

Pourtant, si je tenais sincèrement à lui, je ne pouvais me permettre de me montrer aussi égoïste.

Pour le cas où je faiblirais, je pouvais compter sur Lucille pour me garder dans le droit chemin. Depuis la vente aux enchères, elle m'observait d'un air étrange. Elle devinait assurément que quelque chose ne tournait pas rond et, me connaissant comme elle me connaissait, elle avait probablement déjà compris.

Et l'inévitable réprimande que lui dictait sa crainte aurait été justifiée. *Quel est le châtiment quand on vole Dieu ?* Je ne tenais pas à le découvrir.

Aussi, quels que soient ma motivation, l'altruisme ou la peur de la colère divine, il n'y avait qu'une solution : je devais le laisser partir.

Ce n'était pas si facile. Maintenant que je l'avais frôlé, je voyais l'amour partout autour de moi. Des couples main dans la main au parc. Des couples qui dînaient au restaurant. Des couples au cinéma, partageant des pop-corn. Ils étaient partout. Simplement, avant, je ne les remarquais pas. Leur bonheur ridiculisait ma décision et je réagissais en évitant Kyle à tout prix.

Le sachant à Liverpool, je favorisais les jours de semaine pour aller voir Charles. Pourtant, peu de temps avant mon départ pour Londres, je m'autorisai une dernière visite, un samedi. Mais avec la ferme intention d'éviter Kyle. J'avais pris le Kodak de père dans le placard de sa bibliothèque et l'avais dissimulé dans mon sac.

— Oui, oui, Charles, dis-je, un peu vivement, en repoussant sa main qui tirait sur ma manche.

Il murmura quelque chose qui devait être une invitation à voir ses plantes et je me sentis immédiatement submergée par la culpabilité. Mon frère était victime de ma distraction et je me promis de me racheter en restant un peu plus longtemps. Pourtant, j'étais incapable de lui accorder mon attention. Je persistais à jeter des coups d'œil par la fenêtre, anxieuse de ne pas être surprise. M'étonnant de ne jamais les avoir remarqués, je caressai les rideaux rêches, en brocart or et rouge. Ma surveillance m'imposant la patience, je relevais des détails avec des yeux neufs. Les pavés du sentier du jardin formaient un motif à damier et le « B » à volutes du portail en fer forgé était si élaboré qu'il était à peine reconnaissable.

Enfin, Kyle apparut dans le jardin. Les premiers boutons de sa chemise blanche froissée étaient ouverts, et ses avant-bras et son cou luisaient de transpiration. Son air mélancolique exacerba mon envie de me précipiter au-dehors, d'oublier toutes les promesses que je m'étais faites. Les jointures de mes mains blanchissant, j'agrippai le bord de la fenêtre. *Quelle décision prendre ?* Je vis alors au mouvement de sa bouche qu'il sifflotait. J'aurais tellement voulu savoir quel air il avait sur les lèvres.

Le Kodak caché dans le rideau, je pressai la lentille contre la vitre pour éviter tout reflet et pris la photo avant qu'il puisse me voir. J'espérai qu'elle soit réussie car je n'allais pas courir le risque d'une nouvelle tentative.

Mon cœur battant la chamade, je repris mon souffle et me détournai de la fenêtre. Puis, prenant l'une des plantes, je déclarai :

— Regarde un peu comme elles ont poussé, Charles !

Je la reposai et le serrai dans mes bras jusqu'à ce qu'il me repousse. Il ne comprenait pas que je partais pour longtemps. Lui manquerais-je ? Ou chaque journée était-elle la même pour lui ? Je regrettais si souvent de ne pouvoir deviner ses pensées. Après lui avoir embrassé les mains, je m'enfuis de la pièce et pris un mouchoir dans mon sac pour m'essuyer les yeux.

Au moment où je passais devant la réception, Miss Ellis sortit pour me dire « au revoir ». Arborant son habituelle expression tragique, elle me déclara :

— Vous allez nous manquer, mon chou. Vous nous écrirez pour nous donner de vos nouvelles.

— Bien sûr. Et merci. Merci pour tout.

Je pressai étroitement ma complice contre mon cœur. Elle représentait une grande partie de ce qui m'était devenu si cher en ces lieux.

— Vous allez lui manquer, vous savez.

Faisait-elle référence à Charles ou à Kyle ? J'aurais été bien incapable de le dire.

Au bout de deux heures, le train ralentit pour entrer en gare de Crewe. Je saisis mon poudrier dans mon sac pour me refaire une beauté. J'avais les yeux rouges et je battis plusieurs fois des paupières pour les humecter. Puis, prenant mon sac, je quittai le compartiment.

Le portier me prit la main pour m'aider à descendre les marches.

— Et où allez-vous aujourd'hui, ma belle ? me demanda-t-il avec un accent écossais.

— Londres. La gare Victoria, s'il vous plaît.

— Oui, c'est le quai quatre. Tout droit puis à droite. Nous vous ferons porter vos valises.

Il jeta un coup d'œil à sa montre de gousset en or et, d'un geste, me montra la gauche.

— Il ne part que dans une heure, et vous trouverez un café dans le hall, là-bas.

Mais préférant la solitude de mes pensées, je ne tenais pas particulièrement à me retrouver au beau milieu d'une gare animée.

— Puis-je juste aller au train et m'y installer maintenant ?

— Bien sûr, ma belle. Il devrait être ouvert. Je pense qu'on vient de finir le ménage.

— Merci.

Je lui tendis quelques shillings. Il porta une main à sa casquette et je m'éloignai.

Les lieux m'étaient familiers. J'avais souvent changé de train en gare de Crewe, lorsque je partais pour Londres faire les boutiques avec mère. Avec son grand plafond à angles droits, soutenu par un quadrillage de fer et de verre, elle n'avait rien de l'élégance de la gare de Liverpool, dont les voûtes adoucissaient l'architecture industrielle.

Le porteur du quai quatre étant plus désinvolte que le précédent, je montai seule dans mon compartiment. Il était d'une propreté immaculée. Les larges sièges confortables semblaient avoir été tapissés de velours la veille et les tables qui les séparaient étaient si propres que je pouvais y voir mon reflet.

Sentant mon estomac gargouiller, je me dirigeai vers le wagon-restaurant contigu, qui se révéla encore plus splendide que le compartiment de première classe. Les serviettes amidonnées de couleur ivoire étaient pliées en cônes et, les verres en cristal scintillaient de propreté. Les sièges de cuir enjolivés d'une bordure de perles de cuivre étaient surmontés de panneaux en bois laqué affichant des gravures de dieux grecs. J'esquissai un sourire. Mère aurait adoré cet endroit.

À peine avais-je pris place sur une chaise, à côté d'une fenêtre, qu'un serveur surgit de nulle part.

— Bonjour, Miss. Que puis-je vous servir ?

— Un thé et un rosbif au pudding, s'il vous plaît.

— La cuisine n'ouvre pour les plats chauds que quelques minutes avant le départ. Mais nous avons des plats froids déjà prêts.

— Cela me conviendra très bien. Quoi que vous ayez. Merci.

Il ressortit aussi silencieusement qu'il était arrivé, puis revint avec une assiette de sandwichs à la salade d'œufs, coupés en triangles. Voyant que je me rembrunissais, il me présenta des excuses.

— Je suis désolé, mademoiselle. J'espérais que les concombres auraient été livrés, mais comme ce n'est pas le cas, je n'ai trouvé que cela. Si vous pouvez attendre une demi-heure, je pourrai vous servir autre chose.

— Non, ça ira. Merci.

— Bien. Je vous apporterai votre thé sous peu.

Quand j'avais environ sept ans, j'avais été malade en mangeant un sandwich aux œufs chez ma grand-mère. Depuis, je ne les aimais plus. Et je les avais évités avec succès jusqu'au jour du pique-nique, à Reynolds Park, quelques semaines auparavant. Avec un soupir accablé, je me rappelai cette journée pour laquelle ma mère avait nourri de si grands espoirs.

Jusqu'à ma sortie avec Roger Kline, elle s'était montrée très agitée. Chaque fois qu'elle passait devant moi, elle m'ébouriffait les cheveux et, avec un froncement de sourcils, les repoussait de ses doigts. Elle m'avait ouvert sa cassette à bijoux, et m'avait fait essayer diverses combinaisons de boucles d'oreilles et de broches, jusqu'à ce qu'elle soit satisfaite. Lorsque Roger vint me chercher, elle fit le guet de la fenêtre de la tourelle, un mouchoir devant ses lèvres dissimulant le petit sourire que je devinais.

Je portais la robe bleue à pois blancs, passementée, avec des boutons turquoise, choisie par ses soins pour l'occasion. Ma capeline blanche était bordée d'un tissu du même bleu. La journée étant chaude, sans le moindre souffle d'air, elle ne risquait pas de s'envoler.

Le trajet fut court et mon échange avec Roger limité aux interrogations polies débitées comme un compte-rendu sur la vie d'une personne. « Que pensez-vous du temps ? » « Où avez-vous fait vos études ? » « Qu'avez-vous pensé de la fête ? » « Avez-vous des frères et sœurs ? »

Heureusement, nous arrivâmes au moment précis où Roger me posait cette question qui ne manquait jamais de me peiner. Je niai l'existence de mon frère. Il n'était pas envisageable d'inclure cet étranger dans le secret que seuls Lucille et Kyle connaissaient.

Une fois que nous fûmes descendus de la Packard, je fis dévier la conversation sur des sujets plus sûrs.

—Mon Dieu, il y a déjà du monde !

Roger sortit une panière de la banquette arrière.

—Oui. Le temps s'y prête idéalement. J'espère que vous ne m'en voudrez pas, mais j'ai dit à quelques personnes que nous les retrouverions devant le manoir.

—Quelle bonne idée !

Je me forçai à sourire et pris une couverture dans la voiture.

Nous passâmes devant des enfants qui jouaient au ballon. Devant les amoureux enlacés sur les bancs, je tournai la tête pour dissimuler la larme qui menaçait. Enfin, après avoir contourné le massif de tulipes, nous rejoignîmes un petit groupe de connaissances dont la plupart étaient à la fête.

—Julianne!

—Anne.

J'étais contente de retrouver un visage familier. Et je reconnus presque toutes les autres jeunes femmes présentes. Même si nous n'avions pas été présentées, on s'était fébrilement pomponnées ensemble avant la vente aux enchères.

—Bon sang, Julianne! Tout le monde parle de la somme que tu as collectée.

Elle se pencha vers moi avec des airs de conspiratrice.

—Et quelle prise! Roger Kline! Nous sommes toutes jalouses.

Maîtrisant désormais à la perfection l'art de feindre les sourires, je trouvai plus facile de jouer la comédie.

—Oui. Quelle chance que cela ait tourné ainsi.

—Amuse-toi bien. Je suis ici avec Ralph Henry. Son père est chapelier. Peut-être pourrai-je avoir une réduction sur un ou deux nouveaux chapeaux.

Elle agita la main, et un homme vêtu d'un pantalon à rayures retenu par des bretelles rouges et une chemise blanche lui répondit.

—Oh, je dois y aller! Nous devions nous essayer au croquet et je pense que mes compagnons viennent de finir de l'installer. À bientôt, Julianne.

— Prends soin de toi, Anne.

Lorsque je me retournai, Roger me prit par le coude et m'entraîna vers des couples assis près d'une petite fontaine.

— Je nous ai trouvé une place.

Il avait déjà étalé la couverture sur laquelle je m'installai. Resté debout, il engagea une discussion animée avec un garçon aux cheveux gominés. J'ajustai ma robe afin de couvrir mes genoux et attendis qu'il ouvre la panière. Voyant qu'il ne donnait pas signe de mettre un terme à sa conversation, je finis par m'en charger, découvrant deux assiettes de sandwichs aux œufs et une soupe de petits pois à la menthe. Je fouillai, en quête d'une tarte, d'un poulet, de n'importe quel autre plat. En vain.

Je levai le regard vers Roger mais il s'était tourné vers un autre ami. Ils se serrèrent la main, se donnèrent des bourrades dans le dos, et sourirent de toutes leurs parfaites dents blanches. Un troisième se joignit à l'échange que le clapotis de l'eau de la fontaine, derrière moi, m'empêchait d'entendre. Après avoir toisé le sandwich comme s'il était un ennemi à conquérir, je pris une première bouchée.

Une touche de paprika relevant agréablement son goût, il était bon. Pourtant, je ne tardai pas à me sentir nauséeuse. Je regardai la forêt de jambes devant moi et levai les yeux vers le ciel. Son immensité me donna le vertige. Je fouillai une dernière fois dans la panière dans l'espoir de dénicher quelque chose à boire, mais elle était désespérément vide. Finalement, je m'agrippai au bord de la fontaine et me relevai, flageolant sur mes jambes.

— Pardon, Roger, murmurai-je d'une petite voix.

Mais avec un rire cordial, il gratifia de nouveau son voisin d'une tape dans le dos.

— Roger, répétai-je plus fort.

Il tourna la tête et me jeta un coup d'œil.

— Vous allez bien ? s'inquiéta-t-il. Vous semblez souffrante.

— Je pense que j'ai besoin d'un peu d'air frais, s'il vous plaît.

Il regarda autour de lui, perplexe. Et à juste titre. N'étions-nous pas dans un parc ?

— Je veux dire, nous pourrions peut-être aller nous promener. Nous éloigner du monde.

— Oui, bien sûr.

Se retournant vers ses compagnons, il ajouta :

— Nous nous verrons plus tard, David. Appelle-moi mardi. Nous pourrons nous retrouver à mon club et en reparler.

— Très bien, mon cher. Je m'en réjouis d'avance.

Il serra les mains à la ronde, avant de me prendre par le bras. Puis, avisant la panière, il demanda :

— Vous avez mangé quelque chose ?

— Oui, mais je ne suis pas sûre que cela m'ait réussi.

— J'en suis navré. Ce sont quelques bricoles préparées par ma cuisinière hier. Je crains de n'avoir pas eu le temps de m'en charger moi-même.

— Ça allait. C'était bon. Et si nous allions par là, s'il vous plaît ?

Je désignai le fond du parc, beaucoup plus calme.

— Bien sûr. Je vais laisser notre pique-nique ici et nous le récupérerons en revenant.

Nous arrivâmes à Church Street que nous longeâmes. La circulation était une diversion bienvenue.

Je finis par déclarer :

— Je suis désolée. Je me sens un peu mieux, maintenant.

Je tirai mes cheveux en arrière et les nouai en un chignon serré, avant de les relâcher.

— Non, c'est moi qui suis désolé, Julianne. Je ne me suis pas occupé de vous. Je n'avais pas vu certains de ces amis depuis quelque temps. Mais je pourrai les voir un autre jour.

— Vraiment, tout va bien. Parler d'un autre sujet que mon malaise m'aiderait sans doute.

Il hocha la tête.

— Liverpool qui a battu Leeds United. Vous l'avez su ?

— Non. Je ne suis pas vraiment le football.

— Je m'en doute. C'est notre sujet de prédilection, à la maison. Je jouais un peu à l'école. Ma mère est vraiment chic. Elle est atypique.

— Ah bon ?

— Oui. Elle joue au ballon avec moi, elle n'hésite pas à fumer un cigare avec père. Mais, quand elle l'accompagne à une soirée, elle éblouit l'assistance.

— J'ai appris que votre père était au Parlement ?

Le regard de Roger s'illumina.

— Oui. Cela fait un moment maintenant. Nous ne le voyons plus beaucoup car il passe le plus clair de son temps à Londres. Il a été l'un des plus fervents supporters de l'élection de Neville Chamberlain comme Premier Ministre, ce qui l'a beaucoup accaparé.

Je me mordis la lèvre inférieure, puis avouai :

— Je ne suis pas vraiment la politique non plus, mais je sais que mon père ne voulait vraiment pas de Chamberlain comme Premier Ministre. Il l'estime trop axé sur la politique intérieure et il n'aime pas le Comité de non-intention non plus.

Roger se mit à rire.

— Je pense que vous voulez dire le Comité de non-intervention.

— Oui, exactement. Il est furieux que Chamberlain souhaite devenir ami avec Mussolini et lui reproche la façon dont il a encensé l'Allemagne nazie dans son premier discours de Premier Ministre.

— Il n'a pas encensé l'Allemagne nazie.

— Vraiment ? Mon père en a fulminé pendant des jours.

— Non. Il ne l'a pas vraiment encensée. Il s'est contenté de féliciter la maîtrise de son armée.

Je n'étais pas bien sûre de comprendre la différence. Roger m'expliqua alors :

— Écoutez, Chamberlain sait que la guerre peut être imminente. Nous avons perdu un million d'hommes dans la précédente. Personne ne veut que cela se reproduise. Les bellicistes comme votre père gagneront beaucoup d'argent si nous entrons en guerre, mais le Premier Ministre ne veut pas voir une nouvelle génération décimée.

Sentant mon visage s'empourprer de colère, je le dépassai, les poings serrés, et tournai dans le cimetière de l'église Saint-Peter. Je m'assis sur un banc qui surplombait des tombes couvertes de mousse. Certains noms étaient si vieux qu'ils s'étaient effacés dans l'oubli. À cet instant précis, je les enviais.

Roger vint s'asseoir à côté de moi.

— Pardon, je suis en train de tout gâcher. Je n'avais pas l'intention de critiquer votre père. Simplement, la tension au sein du gouvernement est très forte. Personne ne semble être d'accord sur la manière de gérer la menace sur le continent.

L'Allemagne s'empare des territoires comme un chien affamé et a fait de l'Italie son alliée. Mais la Grande-Bretagne devrait rester en dehors de tout cela. Je ne veux pas voir les cadavres de nos hommes disséminés dans toute l'Europe. Et vous ?

Je baissai la tête.

— Bien sûr que non. Je n'avais pas l'intention de lancer ce sujet.

— Je peux m'emballer, s'excusa-t-il. Moi aussi, je compte être membre du Parlement un jour. Et je pense qu'avoir une opinion fait partie du jeu.

Je promenai mon regard sur le cimetière et imaginai des milliers de soldats britanniques mourant dans la fleur de l'âge. Puis, me tournant vers lui, j'observai :

— Le monde paraît si troublé en ce moment. Je ne le comprends pas toujours. Et je n'ai pas les réponses. L'IRA n'a-t-elle pas essayé d'assassiner le roi il y a quelques jours, lors de sa visite à Belfast ? C'est de la folie. Mon père tempête contre les catholiques, les pacifistes et les taxes. Je regrette tellement que les choses ne puissent pas redevenir comme quand j'étais petite.

Roger s'adoucit et me tapota la main.

— Je sais. Nous aimerions tous que l'époque soit différente.

Me levant, je lissai ma robe.

— Je pense être prête à retourner au pique-nique, maintenant.

— Vous êtes sûre ?

Même si à cet instant précis, c'était la dernière chose que je souhaitais, je fis un signe d'assentiment.

— D'un autre côté…, commençai-je.

Je pris une profonde inspiration, me préparant à l'explication qui m'attendait quand ma mère me verrait arriver, ce qui anéantirait tous ses espoirs.

— Je pense en fait que j'aimerais rentrer.

Une fois sur le seuil de l'hôtel particulier de Newsham Park, j'ouvris la porte, avant de procéder aux remerciements d'usage. C'est alors que je remarquai, qu'en dépit de son physique avantageux et de son assurance, Roger avait le nez crochu.

Le serveur du wagon-restaurant qui arrivait avec le plateau du thé me tira de mes réflexions et je m'efforçai d'oublier cette fâcheuse journée. Le sandwich à la salade d'œufs était resté intact, mais il n'y fit pas allusion.

— Puis-je vous apporter autre chose, mademoiselle ?

— Je prendrai juste une tisane de camomille, s'il vous plaît.

Il la versa avec adresse, malgré les voyageurs qui commençaient à s'installer en se bousculant. La vapeur s'éleva de ma tasse, comme un voile de mousseline. Je regardai le liquide ambré tournoyer et, fermant les yeux, respirai son odeur réconfortante. Indifférente à la brûlure sur mes lèvres, je bus une gorgée. N'importe quelle sensation était préférable à l'engourdissement qui s'était emparé de moi. La tisane me rassérénant, je replongeai dans cet état où la frontière entre les souvenirs et les rêves se brouillait.

Derrière la vitre, la campagne défilait en un paysage rendu flou par la vitesse. Au bout de quelques heures, le train entra dans la gare Victoria. À travers la vapeur, je distinguais les porteurs déjà affairés à décharger les sacs et les malles. Avec leurs chapeaux élégants, les femmes étaient plus à la mode qu'à Liverpool. Certaines arboraient même des pantalons. Ma mère aurait préféré mourir plutôt que me voir en pantalon. Mais quelle serait sa réaction si j'essayais néanmoins d'en porter devant elle ?

Je descendis du train, grisée par l'activité grouillante, le bruit des sifflets, les odeurs des stands de restauration. Après avoir vérifié mes documents, je hélai un taxi et donnai au chauffeur l'adresse dans le centre de Londres. Au milieu de l'animation de la ville et de la foule, je me sentais anonyme. Étrangère même à moi-même. Là, je ne serais la fille de personne, l'amie de personne. Je n'aurais que mes propres ambitions à assouvir. Ayant tout laissé derrière moi, je pourrais démarrer un nouveau chapitre de ma vie.

Pas un nouveau chapitre. Un nouveau livre.

Du moins, presque. Tout d'abord, je ne pourrais jamais oublier Charles et Lucille. Charles était ma chair et mon sang, et Lucille était comme ma sœur. Quand elle m'avait dit à la gare que j'allais lui manquer pour « dix mille choses », nous avions fondu en larmes. Je ne trouverais jamais une autre Lucille parmi les millions de gens qui habitaient Londres.

Et, bien sûr, il y avait Kyle. J'avais pris la résolution de l'oublier. De considérer ce qui me liait à lui comme de la pure fascination. Il était à l'autre bout du pays, dans un autre monde : une simple page à déchirer.

Chapitre 7

— Qu'est-ce que c'est ?

— Rien ! lâchai-je d'un ton sec.

La seule concession que je m'autorisais était la photo de Kyle, prise de la fenêtre de Charles et que je gardais sous mon oreiller. Je ne la regardais pas mais, inexplicablement, je dormais mieux en la sachant là. Elle avait glissé alors que je faisais mon lit, au carré, ainsi que nous l'avions appris pendant notre première semaine de cours.

— Hum… il est beau. Voyons un peu.

Ma colocataire, une très belle Américaine rousse, avait essayé sans relâche de me soutirer des informations personnelles. Et je suppose que je n'avais pas été très coopérative. Elle, en revanche, était extrêmement loquace. Je savais déjà qu'elle habitait Londres depuis quatre ans et que son père était un diplomate américain. Elle aimait la glace à la fraise, les romans traitant de politique et trouvait fascinant qu'ici, n'importe quelle construction remontant au XVIIIe siècle soit considérée comme neuve. Elle ne m'épargnait aucun pan de sa vie.

— Ce n'est rien, Abigaïl, m'impatientai-je en rangeant la photo à sa place.

— Enfin, si ce n'est rien, ça n'a rien à faire sous ton oreiller. Je parie que c'est ton amant et qu'il est marié. Ou qu'il est en prison !

— Tous les Américains ont-ils une imagination aussi fertile que la tienne ?

— Bien sûr ! C'est ainsi que nous avons conquis l'Ouest. Grâce à notre imagination débordante et notre esprit pionnier.

— Mais tu viens de Virginie. N'est-ce pas sur la côte Est ?

— Aucune importance !

Elle mit son volume de *Materia Medica* de côté et, changeant de sujet, s'allongea sur son lit. Les yeux rivés sur le plafond, elle poursuivit :

— Tous ces livres sont imprimés en si petits caractères qu'ils me donnent le vertige. Et si je dois avoir le vertige, je préfère que ce soit en dansant. Tu es partante ?

Je devais admettre que c'était un programme bien plus alléchant que la soirée d'études que nous avions prévue. J'ouvris ma penderie, et choisis donc une robe rose et des chaussures assorties. Une fois prêtes, nous allâmes frapper à la porte voisine et invitâmes Dorothy à se joindre à nous. La voyant déjà en chemise de nuit, Abigaïl lui démontra qu'il était absolument insensé de passer un samedi soir dans son lit.

— Je connais exactement l'endroit qu'il nous faut, annonça-t-elle, en tournant les talons, prête à s'éloigner.

Je lui emboîtai le pas et, avec un haussement d'épaules résigné, Dorothy déclara qu'elle allait s'habiller.

Nous tombâmes d'accord pour partager le prix de la course jusqu'au *Jitterburg Club.* À peine sorties devant l'école d'infirmières, nous eûmes la chance de trouver un taxi. Assise en face de moi, Abigaïl se pencha pour faire glisser le bustier de ma robe sur mes épaules. Elle recula pour admirer son travail, puis l'ajusta de nouveau, le tirant cette fois vers le bas pour obtenir un décolleté plus plongeant. Un doigt posé sur ses lèvres, elle hocha la tête d'un air approbateur.

— C'est mieux comme ça, dit-elle satisfaite. Nous allons faire craquer tous les hommes.

J'échangeai un coup d'œil entendu avec Dorothy qui sourit. Mais, croisant les bras, elle refusa de laisser Abigaïl tripoter sa propre robe.

— Pfff! se lamenta la belle du Vieux Sud. Si tu veux avoir l'air d'une prude, à ta guise! « C'est le chat qui attrape la souris », dit-on. Et je vais apprendre à cette petite souris à devenir le chat.

Elle ponctua sa phrase d'une tape sur mon genou.

Grâce à Abigaïl, j'avais, pour la première fois, l'impression d'être redevenue la fille qui, la veille de la vente aux enchères, s'était pavanée dans sa robe neuve, tout en riant avec Lucille de l'absurdité de tomber amoureuse d'un séminariste. Maintenant, Liverpool me paraissait bien loin et je ne mettais plus que les affreuses blouses blanches qui nous servaient d'uniformes. Boutonnées devant, elles avaient des manches longues. Nous portions des bas, des chaussures noires et devions retenir nos cheveux dans d'horribles résilles qui nous grattaient. Et comme si ce n'était pas suffisant, j'avais appris à prendre un pouls, à interpréter une tension et à faire la toilette d'un malade.

Je ne m'étonnais guère que mère ne se réjouisse pas de mon choix de carrière.

Notre taxi s'arrêta devant un bâtiment d'allure quelconque. Pourtant, la queue qui s'allongeait jusqu'au coin de la rue nous indiqua que nous étions au bon endroit. Abigaïl affirmait que tout Londres fréquentait le *Jitterburg Club* : les étudiants, les politiciens, la haute société, les soldats. Sur la piste de danse, tout le monde était à égalité, et les nouvelles qui commençaient à nous parvenir sur la menace que représentaient Hitler et le fascisme semblaient à mille lieues.

Lorsque notre tour arriva enfin, main dans la main, nous nous avançâmes sous l'auvent à rayures bleues et blanches. Nous étions folles d'excitation.

— Si nous… parons… coin… bune… estre, dit Abigaïl.

— Pardon ? criai-je.

Elle répéta sa phrase à mon oreille d'une voix forte et claire :

— Si nous nous séparons, rendez-vous au coin de la tribune de l'orchestre.

La musique assourdissante rendait toute conversation impossible.

Je fis un signe d'assentiment.

— Dis-le à Dorothy, me signifia-t-elle muettement.

Au son de l'orchestre déchaîné, les danseurs sur la piste en bois tournoyaient en un kaléidoscope de couleurs. Un couple libéra sa table devant nous, et Abigaïl, repoussant deux autres clientes, s'appropria l'une des chaises.

Dorothy et moi commandâmes du champagne et elle opta pour un Dirty Martini. Son verre lui fut servi avec trois olives qu'elle dégusta aussi lentement que délibérément sous le regard de trois marins. Je me rendis soudain compte que je battais la mesure de mon pied.

Lorsque les trois hommes approchèrent pour nous saluer, elle accentua son accent du Vieux Sud qui donnait à sa voix un timbre sensuel et caressant. Je devais lui accorder cela. Elle était une coquette-née.

— Regardez un peu les alligators sur cette piste ! s'exclama-t-elle.

Les lumières vives se reflétant dans ses yeux, elle avait un air avide. Elle me regarda.

— Tu vas t'amuser un peu, j'espère ? Tu ne te languis pas de l'homme de ton oreiller ?

Elle avait raison. J'étais là pour cela. Je pouvais me montrer aussi entreprenante qu'une Américaine. Prenant ma flûte de champagne, je la bus d'un trait.

Puis, retirant les peignes qui retenaient mes cheveux, je les laissai tomber en cascade dans mon dos, fis glisser mes doigts dans mes tresses blondes et secouai la tête. Seigneur ! Je ne m'étais jamais sentie aussi bien depuis le début de l'été. Je pouvais y arriver. Peut-être. Je pris le Martini d'Abigaïl et le vidai aussi.

Elle parut étonnée. Or, la surprendre relevait de l'exploit.

— Je vais t'en offrir un autre, ne t'inquiète pas, criai-je.

Mais elle affichait une expression pleine de fierté.

À peine deux secondes plus tard, quelqu'un m'invita à danser.

Je m'initiai au lindy hop, une danse qui laissait beaucoup de place à l'improvisation. Pour moi qui aimais danser en me laissant porter par la musique, sans chorégraphie, c'était idéal. Néanmoins, j'étais fascinée par la balboa, cette danse venue d'Amérique. Les deux partenaires n'avaient pas droit à l'erreur. Ils virevoltaient, tournaient, esquissaient des pas. Leurs mouvements étaient envoûtants. La plupart du temps serrés l'un contre l'autre, ils se mouvaient aussi intuitivement que sensuellement.

Après mon champagne et mon Martini, je m'imaginai soudain douée moi aussi pour le Balboa. Des cavaliers dont je ne voyais même pas le visage défilèrent. Je me contentais de bouger au rythme de la musique. Comme je commençais à avoir la tête lourde, je gardais les yeux fermés dès que je le pouvais. L'un d'entre eux m'embrassa même, je l'aurais juré.

Je bondissais, je glissais, je twistais. Je ne sentais plus mes pieds qui bougeaient trop vite. Sous les spots, je transpirais et avais soif. Promettant de l'attendre, je demandai à mon cavalier du moment d'aller me chercher un Martini. Je ne savais plus combien j'en avais bu et développai un appétit invraisemblable pour les olives.

— Rentrons, Julianne.

Dorothy qui venait de surgir à mon côté m'enlaça les épaules d'un bras.

— Pas encore, je ne peux pas. Il… Hum, je ne me souviens pas de son prénom. Mais il est parti me chercher un autre verre. Et il est tellement beau !

La salle se mit à tournoyer autour de moi et je m'appuyai sur Dorothy pour ne pas perdre l'équilibre.

— Il n'était pas beau, Julianne. Il avait une tête énorme et les joues grêlées.

Me soutenant, elle m'entraîna vers la porte.

— Tiens, je t'ai apporté de l'eau.

— Et Abigaïl ?

— Elle nous attend. Elle a déjà appelé un taxi.

— On m'a embrassée, tu sais.

— Oui, j'ai vu. Nous allons te ramener.

— Quel est ce bruit ?

— Quel bruit ?

— Ce grésillement. Tu ne l'entends pas ? Il est tellement fort !

Perplexe, Dorothy survola la chambre du regard.

— Je n'entends rien. Attends ! Tu ne parlerais pas des saucisses ? Je viens de les faire cuire et je t'en ai apporté.

J'avisai l'assiette sur ma table de nuit.

— Je crois que je vais être malade.

Je me précipitai vers les toilettes et fermai la porte derrière moi. M'agrippant au bord blanc, je me penchai sur le lavabo. Mais alors que je me regardais dans le miroir, la sensation passa. Je restai horrifiée par mon reflet. Mes cheveux ressemblaient à un nid d'oiseau, mon mascara avait laissé des traces noires sur mes joues. J'avais l'impression d'avoir reçu des dizaines de coups de marteau sur la tête et, éblouis par la lumière, mes yeux me lançaient.

Je comprenais presque pourquoi mère buvait. C'était pour s'empêcher de se souvenir de Charles. La veille au soir, l'espace de quelques heures, j'avais effacé Kyle McCarthy de mon esprit. J'avais essayé de m'abrutir afin d'oublier le vide que son absence avait laissé dans ma vie. Au début, cela n'avait pas été facile. Chaque fois qu'un homme me touchait, me frôlait, ou même tentait de m'embrasser, je voulais que ce soit Kyle. C'étaient ses mains que j'avais imaginées autour de ma taille, son épaule au creux de laquelle j'avais voulu poser ma tête pendant les slows. C'était la chaleur de son souffle que j'avais voulu sentir dans mon cou. Et ce ne fut que très tard dans la nuit, après un nombre incalculable de Martini, que la cacophonie des voix mêlée aux frôlements des mains de mes cavaliers finit par me libérer de ma douleur, même si ce n'était que temporairement. Mais je ne pouvais pas recommencer. Mon corps me donnait l'impression d'être coupé en deux.

Il devait y avoir un meilleur moyen de l'oublier.

Je me traînai jusqu'à notre chambre et me remis au lit.

— Tiens, voilà la reine du swing !

— Abigaïl, c'est la dernière fois. Je ne recommencerai pas ! affirmai-je d'une voix rauque.

J'avais tellement soif.

— Recommencer quoi ? Avoir plein de types qui font la queue pour danser avec toi ? Te faire embrasser par de beaux militaires ? Non, tu as raison. Nous ne recommencerons plus jamais.

— Tu sais très bien ce que je veux dire.

Dorothy vint s'asseoir sur le lit qu'elle tapota. Me pelotonnant, je mis ma tête sur ses genoux. Elle prit la brosse sur la table de nuit et entreprit de me démêler les cheveux. Commençant par les pointes, elle remonta vers mon crâne avec délicatesse.

— Abigaïl comprend ce que tu veux dire. N'est-ce pas, Abigaïl ? Nous n'aurions pas dû laisser les choses aller si loin. Mais tu donnais l'impression de tellement t'amuser.

Je soupirai.

— Tu n'as rien à te reprocher. C'est entièrement ma faute. J'aurais pu arrêter et je ne l'ai pas fait.

Un coup sonore résonna à mes oreilles. Je levai les yeux et vis notre responsable de dortoir glisser la tête par la porte entrouverte.

— Tout va bien ? J'ai cru comprendre que vous étiez rentrées à une heure indue, hier soir, toutes les trois.

Abigaïl se défendit.

— Nous ne faisions que papoter, Gertrude. Nous essaierons de parler plus bas, la prochaine fois.

En réalité, je me souvenais vaguement qu'elles s'étaient débattues pour me faire enfiler mon pyjama, en dépit de mes protestations hystériques.

Nous la regardâmes, affichant nos expressions les plus angéliques. Ses yeux soupçonneux s'attardèrent sur Dorothy. La connaissant pour être la plus docile de notre trio, elle parut décider que nous disions la vérité.

— Bien, efforcez-vous de faire moins de bruit, désormais. Mais je suis ici parce qu'il y a un appel pour elle au téléphone, déclara Gertrude en pointant un doigt dans ma direction. Un homme, ajouta-t-elle.

— Pour moi ? Je descends.

Je m'emparai de ma robe de chambre, posée sur une chaise.

Lorsque Gertrude ferma la porte, Abigaïl se tourna vers moi si vivement qu'elle faillit faire tomber la lampe.

— Un homme, Julianne ? As-tu donné notre numéro hier soir ? Tu es encore plus impétueuse que moi.

— Non. Du moins je ne pense pas. Je m'en souviendrais, n'est-ce pas ?

— Qui sait ? Tu ferais bien d'aller voir ce qu'il veut.

Je resserrai ma ceinture autour de ma taille et trouvai mes mules à côté de mon lit. Éblouie par la lumière du couloir, je fermai les paupières, et longeai le mur à tâtons jusqu'au téléphone. Mon cœur fit un bond dans ma poitrine. Une fraction de seconde, l'espoir que Kyle puisse être au bout du fil me traversa l'esprit. Je pris le combiné et retins mon souffle.

— Allô ?

— Allô, Miss Westcott ?

— Oui.

— C'est Roger Kline. Je suis à Londres.

Abertillery

La couverture du bébé s'était relâchée. Je la resserrai et en fixai les coins sous ses bras, mais la nouveau-née n'était pas contente. Je la soulevai dans mes bras et la berçai, d'avant en arrière, inlassablement. C'était un mouvement qui me crispait, que je n'aimais pas. Je mettais des bébés au monde. Je ne les berçais pas. C'était le rôle des mères et ce n'était pas un titre que je revendiquais.

La tête baissée, son visage caché par l'obscurité, le prêtre tenait les mains de Mrs Campbell en priant. La pièce était plongée dans le silence.

Ma petite crise était passée. Pendant ce moment où, perdant presque connaissance, je m'étais convaincue que ce père McCarthy pouvait être mon Kyle – *un prêtre!* –, mon imagination s'était emballée sous l'effet de la panique. Étais-je en train de devenir folle? Ou était-ce juste un autre de ces accès de vertige qui me frappaient depuis quelque temps?

Je compris soudain. C'étaient les comprimés que j'avais pris. Bien entendu. Ils m'embrouillaient l'esprit. Je devais boire un verre d'eau pour les dissoudre, puis un autre, et je redeviendrais moi-même.

Si je m'autorisais parfois à penser à Kyle, je supposais qu'il était mort à la guerre, sans doute dans un acte héroïque. Ou, s'il avait survécu, il habitait sûrement une jolie maison quelque part, entouré d'enfants aimants et d'une femme ravissante. N'était-ce pas la raison qui m'avait poussée à commettre mon acte?

Kyle aurait dit: *« Tu t'inquiètes trop, Julianne. Tu dois accepter certaines choses et prier pour que tout aille bien. »* Le dieu de Kyle était un dieu d'amour et de patience. Mon dieu à moi punissait.

— Miss Bailey?

Je levai le regard pour voir Connor Campbell qui se tenait devant moi. Les yeux humides, il contemplait sa femme dont le souffle était de plus en plus faible.

— J'aimerais prendre ma fille.

Ayant déjà oublié que je portais le bébé, je baissai le regard vers mon précieux fardeau.

— Bien entendu.

Il la souleva de mes bras et la berça comme le font les parents, de ce balancement léger qu'accompagne une berceuse. Puis il me la tendit pour se rendre dans la pièce contiguë.

J'aurais été curieuse de savoir combien des enfants étaient encore réveillés. Le prêtre resta au chevet de la mourante.

Agnès Campbell laissa échapper un cri et je me précipitai à son côté.

Chapitre 8

— Roger.

Je toussotai et fis une nouvelle tentative. Mais ce n'était toujours pas ma voix.

— Comment m'avez-vous trouvée ?

— Quand votre mère a appris que j'avais accepté un poste à Londres, elle m'a téléphoné et elle a insisté pour que je vous rende visite.

— Ma mère ?

Posant le récepteur sur ma poitrine, je levai les yeux au ciel et me frappai légèrement le front contre le mur. Quand je le plaquai de nouveau contre mon oreille, il parlait toujours.

— Je vous en prie, ne vous méprenez pas. Je suis content qu'elle l'ait fait. J'espérais vous voir à Londres. Et je vous prie de m'excuser de m'être comporté en abruti la dernière fois que je vous ai vue.

— Eh bien…

— Je n'ai pas d'autre excuse que le fait de m'être laissé accaparer par de vieux amis. C'était vraiment injuste pour vous. Que diriez-vous de prendre un nouveau départ ?

Je ne pensais pas que nous ayons pris un départ quelconque la première fois, mais quel mal pouvait-il y avoir ?

— Ce serait bien.

— Vous êtes une chic fille. Vraiment très chic.

— Alors que faites-vous à Londres ?

— J'ai été engagé comme assistant de lord Baylon, au Parlement. Et mon père n'a absolument pas fait jouer son influence. J'ai postulé sous le nom de jeune fille de ma mère et c'est mon seul mérite qui m'a valu le poste. Mon appartement surplombe la Tamise, en face de l'hôpital Saint-Thomas. Je peux voir votre école de ma fenêtre.

— Vraiment ?

Même si je voulais rester courtoise, il fallait que je retourne m'allonger, car j'avais vraiment les jambes en coton.

— Écoutez, Roger, je…

— Alors, Julianne, quand puis-je venir vous voir ?

La bouche desséchée, je réfléchis à ma réponse. Voulait-il me voir parce qu'un visage familier de Liverpool serait bienvenu dans cette vaste ville ? Ou parce qu'il croyait vraiment qu'il pouvait y avoir quelque chose entre nous ? À quel point ma mère était-elle impliquée dans tout cela ?

Je devais admettre que passer un peu de temps en sa compagnie ne serait pas désagréable. Après la soirée insensée de la veille, j'étais tentée de me raccrocher à n'importe quel semblant de réalité. Et, au moins, Roger représentait un peu de chez-moi.

— Qu'est-ce qui vous arrangerait ?

— Aimeriez-vous sortir dîner ce soir ? J'ai trouvé un restaurant splendide, à Charing Cross. On y sert un bœuf Wellington délicieux. Je pense que l'endroit vous plairait.

— Ce soir ? Je ne peux pas ! répondis-je, peut-être un peu trop vite.

Je n'avais qu'une envie, retourner me coucher. Je déglutis pour humecter ma bouche pâteuse.

— Je veux dire, ce soir ne me convient pas. Pourquoi pas demain soir ?

— Magnifique ! Je passe vous chercher à 19 heures ?

Lorsque je regagnai ma chambre, Abigaïl m'assaillit de questions. Quand je lui appris que j'avais rendez-vous avec un homme le lendemain soir, elle jubila.

— Ce n'est pas ce que tu crois, Abigaïl. C'est juste un ami de Liverpool.

— Ce n'est pas…

— Non, ce n'est pas Mr Oreiller. Alors cesse de te faire des idées.

— Il est aussi beau ?

— Quelle importance s'il est juste un ami ?

Dorothy entraîna Abigaïl hors de notre chambre, lui expliquant qu'elle pouvait passer le reste de la journée dans la sienne afin que je puisse me reposer. Demeurée seule, j'ouvris le tiroir de mon bureau et en sortis la lettre la plus récente de Miss Ellis. Kyle et moi étant tous les deux partis, Charles était en train de laisser mourir ses plantes. Mais, profitant du beau temps, elle l'avait emmené dans le parc pendant ses pauses, ce qui avait paru lui plaire. Prenant alors ses autres missives et celles de Lucille, je les serrai contre mon cœur. J'avais le mal du pays.

Le lendemain soir, je retrouvai Roger sur une terrasse de restaurant surplombant la Tamise. Déclinant son offre de passer me chercher au dortoir de l'école, j'avais insisté pour l'y rejoindre. Tout d'abord parce que je ne tenais pas à le présenter à Abigaïl qui, sans nul doute, allait tirer toutes sortes de conclusions romantiques. Ensuite, parce que je ne souhaitais pas l'induire en erreur sur mes intentions. Nous étions juste deux amis de Liverpool, qui dînions ensemble pour nous donner des nouvelles.

Comme je n'étais pas partie depuis bien longtemps, elles n'étaient pas exceptionnelles. S'il se passait quelque chose de vraiment important, Lucille ou mes parents m'écriraient ou me téléphoneraient. Il me raconta que Maude et John avaient décidé de se marier à Noël, ce qui me réjouit car je devais rentrer pour les fêtes de fin d'année. Le Football Club de Liverpool s'apprêtait à gagner un autre championnat de division. Une grève des dockers avait été évitée, grâce, sans nul doute, à la diligence de mon père. La menace de l'IRA avait diminué.

Après le dîner, nous allâmes flâner sur les bords de la Tamise. Me tenant à son bras pour ne pas perdre l'équilibre, je marchais avec précaution sur les pavés inégaux. Devant ce fleuve chargé de siècles d'histoire et bordé de bâtiments dans lesquels s'était forgé le destin du monde, je me sentais de bien petite envergure. Ce qui ne m'empêchait pas de papoter sans relâche sur ma nouvelle vie : les uniformes qui grattaient, cette manie de faire son lit au carré. Roger m'écoutait avec une attention polie, mais amusée. Il m'annonça alors qu'il avait l'intention de s'inscrire à des cours de droit à l'université de Londres.

— C'est la voie à suivre, Julianne. Si nous voulons éviter une guerre, nous avons besoin de diplomatie et de dirigeants qui soient de bons orateurs. De nombreux membres du Parlement sont avocats. Je vais donc faire comme eux. Je veux être le plus jeune membre du Parlement dans l'histoire récente.

Londres était une ville dotée d'un passé. Et j'avais le sentiment que je marchais avec un acteur de son avenir. La question étant, jusqu'où voulais-je aller avec lui ?

En novembre, Roger me fit la surprise de m'inviter au théâtre, à l'Adelphi Theatre. Nous assistâmes à une représentation du *Laughing Cavalier*, une comédie musicale pleine de rebondissements, avec des héros et des méchants, de l'amour et des enlèvements. Voyant à quel point je m'étais amusée, Roger prit de nouveaux billets ; quelques semaines plus tard. Cette fois, nous allâmes applaudir *Me and My Girl*, au Victoria Palace Theatre.

Le titre – *Ma petite amie et moi* – semblait approprié. À mesure que je voyais Roger, je sentais grandir ses espoirs : il voulait que notre amitié évolue vers une relation plus romantique. Et, pour être honnête, je commençais à en caresser l'idée. Refouler son désir d'amour et d'intimité n'était pas facile. Un jour ou l'autre, il me faudrait y céder. Pourquoi attendre ? Roger était le rêve de toute jeune fille : intelligent, attentionné, promis à un brillant avenir. Si je n'éprouvais en rien l'intensité des sentiments dont j'avais fait l'expérience lors de mes rares conversations avec Kyle, je pensais les voir éclore petit à petit.

Lorsque ce fut l'entracte, je le priai d'aller chercher mon châle au vestiaire. J'avais beau avoir ri aux larmes pendant tout le premier acte, je trouvais l'intérieur du théâtre vraiment frisquet.

— Vous formez un beau couple, annonça une voix féminine, avec un fort accent italien.

Je me tournai vers ma voisine de droite. La dame âgée me sourit.

— Merci, dis-je en tripotant mon programme

— Vous aurez de beaux bébés, insista-t-elle.

Ma main se crispa sur la page, la froissant jusqu'à la rendre méconnaissable.

— Merci. C'est très aimable. Mais ce gentleman n'est pas mon amoureux.

— Vraiment ? *Colpa mia*. À la façon dont il vous regarde, je ne pense pas qu'il en soit conscient.

— Peut-être sera-t-il mon amoureux un jour. Je ne sais pas.

Je me retournai vers l'allée. Roger revenait dans ma direction. Lorsqu'il croisa mon regard, il esquissa un sourire. Il était là. Kyle n'y était pas. Cela devait compter pour quelque chose.

— Et voilà ! dit-il en drapant l'étole sur mes épaules.

— Et vous ?

— Il y avait foule au vestiaire. Je n'ai pas eu le temps de prendre ma veste. Mais tout va bien. Je suis content d'avoir pu récupérer votre châle.

— Merci.

D'un geste frileux, je resserrai l'étole autour de moi. La musique ralentit, indiquant la fin de l'entracte. Les lourds rideaux s'ouvrirent.

Mes mains étaient froides, rigides. Remarquant que je les frottais, Roger les prit délicatement dans les siennes. À leur contact, une douce chaleur se propagea en moi et je ne fis rien pour les retirer. Ma voisine italienne tourna la tête dans notre direction et m'adressa un nouveau clin d'œil. L'air soudain victorieux, Roger me sourit.

Je ne sentais rien de cette électricité qui avait crépité entre Kyle et moi le soir de la grange. Mais, si je jouais le jeu, peut-être parviendrais-je à éprouver pour lui des sentiments sincères ? Si je lui donnais une vraie chance, peut-être me plairait-il autant ? J'avais juste besoin de temps, d'occasions, qu'il m'accorderait très certainement.

Une fois mes mains réchauffées, il garda l'une d'entre elles dans la sienne jusqu'à la fin du spectacle. Et continua à la tenir dans le taxi. Il me raccompagna jusqu'à la porte de mon foyer et, la pressant toujours dans sa paume, me promit de me téléphoner bientôt.

— Alors, alors, alors. Sommes-nous amoureuse ?

Abigaïl qui semblait m'avoir attendue n'était pas couchée.

Je me pelotonnai dans mon lit et lui lançai un oreiller, manquant de peu son visage recouvert d'un masque.

— Je vais prendre cela pour un « oui ».

— Prends cela comme tu voudras. Ce n'est pas un « oui ». Ce n'est pas un « non ». Nous devons juste attendre de voir. Va dormir et donne un peu de repos à ton imagination !

Elle me renvoya l'oreiller, et visa mieux que moi.

D'une vague promesse, j'avais déjoué les supplications d'Abigaïl et de Dorothy qui voulaient rencontrer Roger, quand, quelques jours plus tard, le téléphone du couloir sonna. Abigaïl alla décrocher, puis s'époumona :

— C'est pour toi, Julianne !

Kyle! songeai-je, malgré moi. Posant le magazine que j'étais en train de lire, j'enroulai un châle autour de mes épaules. Le couloir était toujours glacial.

Je trouvai Abigaïl en grande conversation. Au lieu d'avoir posé le récepteur sur la table, comme nous le faisions habituellement, elle était en train de dire :

— C'est impossible. Nous mourons d'envie de rencontrer le mystérieux amoureux de Julianne. Pourquoi n'annulez-vous pas votre réservation pour venir danser avec nous ?

Elle écouta sa réponse.

— Parfait, c'est d'accord, dans ce cas. J'ai grand-hâte de rencontrer celui dont notre amie ne cesse de parler.

— Abigaïl ! sifflai-je entre mes dents.

Elle couvrit le combiné de sa main et me chuchota :

— Oh, arrête ! Je ne fais que t'aider. Un homme a besoin de croire qu'il est le soleil de ta vie. Si tu ne le lui dis pas, je vais m'en charger pour toi.

Revenant à son interlocuteur, elle poursuivit :

— Alors, c'est entendu ! Venez nous retrouver vers 21 heures et soyez prêt à guincher !

Agacée, je tendis la main vers le téléphone, en tapant nerveusement du pied.

— Hum hum, lança-t-elle, l'index levé pour me faire patienter. Au revoir. À ce soir.

Et elle raccrocha. Levant les deux bras, je fulminai :

— Pourquoi as-tu fait cela ?

— Il faut bien que quelqu'un t'empêche de gâcher ta vie ! se contenta-t-elle de rétorquer.

Puis, mimant des baisers de ses lèvres, elle fit demi-tour en direction de notre chambre.

En dépit de ses protestations, j'optai pour une tenue classique et me jurai de ne pas boire une goutte d'alcool au dancing.

Comme en tout, Roger fit preuve de son assurance habituelle sur la piste de danse. Dans ce domaine, toutefois, il apparut qu'il n'avait aucune raison d'être si sûr de lui. Ses pas étaient mous et ses bras s'agitaient dans tous les sens. Mais il se démenait avec un enthousiasme qui forçait l'admiration. Un petit cercle d'admiratrices aux yeux écarquillés ne tarda pas à se former autour de lui, et je m'éclipsai, pour aller chercher de nouveau à boire.

Alors que l'orchestre entamait les premières mesures d'un air plus lent, les danseurs mirent un terme à leurs pirouettes. Je croisai le regard de Roger, de l'autre côté de la salle. Avec un signe de tête, il s'avança vers moi. Après avoir posé mon verre d'eau sur la table la plus proche, je pris sa main tendue. Je me sentais un peu nerveuse. Nos sorties occasionnelles étaient demeurées très innocentes, mais, maintenant, nous allions osciller en cadence, nos corps l'un contre l'autre, nos têtes se frôlant, nos souffles mêlés, partageant notre chaleur. Il passa son bras autour de ma taille. Quand il me serra étroitement contre lui, je sentis tous les contours de son corps. Sa paume caressa la chute de mes reins et sa joue se posa contre la mienne. Prise de panique, je détournai la tête et ses lèvres effleurèrent ma peau. Je mis la tête sur son épaule et, les yeux baissés sur mes chaussures, je me concentrai sur les volutes de leur cuir blanc. Était-ce ce que je voulais ? Était-ce ce que j'étais censée faire ?

— J'ai soif, annonçai-je quand les notes finales se turent. Je vais retourner à notre table.

Abigaïl qui était assise à ma place se leva en me voyant approcher.

— Je crois bien que je t'ai pris ta chaise. De toute façon, j'aperçois un Casanova qui me fait de l'œil. Il est temps d'aller lui dire « bonsoir ».

La retenant par le bras, je lançai :

— N'y va pas. Reste.

— Pardon ? Pour épier toutes vos paroles, les amoureux ?

— J'avais cru comprendre que tu voulais mieux connaître Roger. Étant donné tout le mal que tu t'es donné pour le faire venir ici.

Abigaïl regarda « Casanova » qui avançait vers nous et, d'un geste, le congédia, la multitude de bracelets ornant son bras créant un tintement similaire à un bruit de cloche.

— Tu as raison, concéda-t-elle. Voyons un peu si ce garçon est assez bien pour mon amie.

Roger nous rejoignit alors, chargé de deux verres glacés. Je lui tendis ma serviette pour qu'il essuie sa main humide. Abigaïl dégusta une gorgée de son Dirty Martini, le troisième de la soirée, et tapota sa banquette pour faire signe à Roger de s'asseoir à côté d'elle. Elle n'avait même pas bu la moitié de son verre qu'ils s'étaient déjà découvert quatre connaissances communes à travers les relations de leurs pères. À chaque nom, un cri de joie fusait des lèvres maquillées d'un rouge carmin de mon amie. Durant tout le trajet de retour en taxi, affalée sur ma banquette, je fermai les yeux, bercée par leur conversation.

Le lendemain matin, Roger me fit porter un mot par coursier, m'indiquant qu'il devait partir pour un voyage de plusieurs semaines avec lord Baylon. Le message était accompagné d'un bouquet de roses. Après avoir coupé les tiges en biseau, je les disposai dans un vase rempli d'eau. Puis, avec un soupir, je m'allongeai sur mon lit. Glissant ma main dans ma taie d'oreiller, j'en sortis la photo froissée de Kyle. La pressant contre mon cœur, je m'obligeai à la ranger dans un tiroir de mon bureau.

Chapitre 9

Londres, si c'était possible, était encore plus beau en décembre. Des sapins de Noël et des guirlandes décoraient les vitrines, appelant les passants à entrer dans les boutiques. Les réverbères étaient décorés de serpentins et de nœuds bordeaux. Les chorales de chants de Noël, les cartes de vœux sur les cheminées, les cadeaux au pied des sapins, les pères Noël dans les rues, tout s'accordait à donner à la ville une atmosphère de fête. La magie était descendue sur la capitale.

Grâce aux cours particuliers de Dorothy, je décrochai mes examens avec des notes un peu au-dessus de la moyenne. Ce fut donc avec un énorme soulagement et une grande excitation que nous prîmes part à la cérémonie des coiffes. Nous pouvions désormais nous débarrasser des affreux filets et porter les bonnets blancs des infirmières, qui étaient beaucoup plus seyants. Bien sûr, nous n'étions pas encore infirmières, mais ce rituel signifiait que, le trimestre suivant, nous commencerions nos cours de pratique à l'hôpital. J'avais hâte d'y être.

Roger m'écrivit avant mon départ pour le Nord. Retenu à Belfast avec lord Baylon, il ne pourrait pas me retrouver à Liverpool. Il inclut dans son pli une carte postale de la Chaussée des Géants et la signa : « Affectueusement, Roger. »

Pour le voyage de retour, je réservai deux places. J'avais des paquets que je ne voulais ni perdre ni abîmer dans le wagon de marchandises. Mère, père et Lucille étaient les trois bénéficiaires des cadeaux trouvés chez *Harrods*. Je n'avais pas oublié Charles et Miss Ellis pour lesquels j'avais choisi des écharpes et des gants de laine, noirs pour lui, bleu ciel pour elle. Dans sa dernière lettre, elle m'écrivait que mon frère était tout le temps fatigué. Mais elle supposait que je lui manquais, tout simplement. Ils attendaient tous les deux ma visite avec impatience.

Le chaleureux accueil que je reçus à Liverpool me fit oublier le froid glacial de la saison. Mes parents et un groupe d'amis étaient venus m'attendre sur le quai de la gare. De loin, je distinguai vaguement un mélange de manteaux, de gants, de chapeaux et d'écharpes. Ce ne fut qu'en approchant que je pus reconnaître chaque visage. Quand je parvins à leur hauteur, tous m'étouffèrent de leurs embrassades.

Lucille affichait la même jubilation que les autres. Pourtant, chaque fois que nos regards se croisaient, elle pinçait les lèvres d'un air anxieux. J'avais l'impression qu'elle avait une confidence à me faire. Mais il lui était impossible de me prendre à part pour me parler.

Lorsque j'eus promis à tout le monde que nous nous verrions souvent pendant mes vacances, père et mère avancèrent la voiture, tandis qu'un porteur m'aidait avec mes bagages. Puis père descendit pour m'ouvrir la portière et déposa un baiser sur le sommet de mon crâne.

— Quel plaisir de te voir de retour à Liverpool, princesse !

Après ces quelques mois passés à Londres, me retrouver à Liverpool me faisait une impression étrange. Comme d'enfiler une paire de vieilles chaussures confortables. Mais j'aimais aussi les escarpins neufs et brillants. Les deux styles m'allaient chacun à leur manière. Néanmoins, je me réjouissais de ces vacances. Plus d'études, de bons repas préparés par les soins de Betty. Mère se félicitait de savoir que mes liens avec Roger se consolidaient et, ne souhaitant pas la décevoir, je ne la détrompai pas. Mais cette séparation de quelques semaines allait m'accorder une chance d'envisager l'avenir de cette relation. Si avenir il y avait.

Le destin, cette nymphe taquine, s'apprêtait à me donner sa réponse.

Je m'étais attendue à me voir bombardée de questions sur mon école, mais mère était déterminée à me mettre au courant des derniers événements de Liverpool.

— Julianne, c'est tellement pénible. Nous avons eu des pluies diluviennes la semaine dernière, et, à cause du froid, des gelées. Les arbres croulent sous le givre et le déjeuner au bénéfice des auxiliaires des dames patronnesses de Merseyside a été annulé. Nous ne pouvions aller quasiment nulle part en voiture. Ce temps a été si fâcheux.

Mon père intervint.

— Béatrice… L'église !

— Oui, oui, Richard. Mais il y a tellement à raconter. Je ne sais pas par où commencer. Julianne, le toit de Sainte-Marie s'est effondré sous les trombes d'eau, et l'église a été inondée.

— Oh, non ! Et le mariage de John et de Maude ?

— C'est le problème. Il n'est pas certain que l'église soit prête à temps pour Noël. En tout cas, une chose est sûre, elle ne le sera pas la semaine prochaine. Ils en ont cherché une autre mais elles sont toutes déjà réservées. Ton père et moi leur avons donc proposé Westcott Manor.

— Vraiment ? C'est merveilleux ! Je veux dire, c'est terrible, en ce qui concerne l'église, mais quel plaisir de savoir que le mariage sera célébré chez nous.

— Oui. Ils étaient si soulagés quand j'ai… d'accord, Richard, quand nous en avons fait la suggestion. Cela va représenter beaucoup de travail mais j'ai pensé que tu serais contente de mettre la main à la pâte.

— Bien sûr !

— Mrs Parker étant déjà tellement accaparée par la remise en état de l'église, j'ai demandé à Maude et à sa mère de gérer les détails avec moi. Le menu était déjà établi, aussi les plats seront-ils préparés dans notre cuisine, avec l'aide de Betty. Mais, hélas, certaines des décorations qui avaient déjà été livrées à l'église ont été ravagées par l'inondation.

— Oh, pauvre Maude !

— Heureusement, grâce à Lucille, Lotte et Blythe, avec lesquelles nous avons efficacement travaillé, nous avons beaucoup progressé. Je pense néanmoins qu'il serait bon d'installer nos décorations de Noël à temps pour la cérémonie. Nous avons également besoin d'arrangements floraux. Nous avons donc engagé deux jardiniers paysagistes. Un père et son fils. Les McConway ou McCarol, ou un nom dans ce genre. J'ai chargé le fils de t'emmener à la pépinière pour choisir des couronnes et des branchages.

— Les McCarthy ?

Ce ne pouvait pas être eux.

— Oui, je crois que c'est ça. Ils m'ont été chaudement recommandés par Audrey Whitehall. Ils ont préparé ses jardins pour l'union de sa fille, en avril. Bien entendu, c'était le printemps. En décembre, c'est impossible.

Ma mère continua son babillage, mais je n'entendais plus rien. Kyle allait nous aider à décorer le manoir pour le mariage ? Et mère nous avait investis de la mission d'y travailler ensemble ?

— Bref, ils nous ont été d'une aide extrêmement précieuse. Surtout le fils. Je lui avais juste demandé de ramasser des plantes à feuilles persistantes. Mais il m'a surprise en me présentant des croquis d'arrangements floraux dans différentes pièces de la maison. Ils étaient vraiment très bons. Il devrait envisager de travailler dans ce domaine.

L'air dégagée, je lui indiquai :

— Mère, je crois qu'il va être prêtre.

— Pardon ? Tu le connais ?

Je m'empressai de me reprendre. Je n'étais pas censée avoir rencontré Kyle. Pas plus que je n'étais censée connaître l'existence de Bootle.

— Je crois qu'Elizabeth Whitehall y a fait référence, il y a quelques mois. Elle a évoqué une équipe de jardiniers, le père et le fils. Il doit s'agir des mêmes.

— Eh bien, tu as raison. Il est au séminaire. Quel dommage ! Un tel talent gâché !

Je n'aimais pas l'entendre parler de Kyle en ces termes. J'avais accepté son choix et j'estimais juste de le défendre.

— Ne dites pas cela, mère. Vous n'avez jamais employé de tels propos quand John Parker a suivi les traces de son père pour devenir pasteur.

— Mais, chez les catholiques, c'est différent. Enfin, ce n'est pas le sujet, ma chérie. Nous avons des tas de choses à voir ensemble. Le jeune McCarthy passera te chercher demain matin, en déposant son père. Selon lui, les plantes de la pépinière ont beaucoup souffert aussi. Il va donc t'emmener dans une ferme forestière, à Wallasey. Ton père a montré quelque réticence à l'idée que vous y alliez seuls, mais je l'ai assuré qu'il s'inquiétait pour rien. Après tout, ce garçon est au séminaire, c'est un futur prêtre.

Même dans ses rêves les plus étranges, mère n'aurait jamais pu envisager que je puisse tomber amoureuse d'un homme comme Kyle. Elle estimait donc, qu'avec lui, je ne risquais rien.

Elle continua à m'abrutir de détails auxquels j'aurais dû prêter attention. Mais, obsédée par la pensée que j'allais voir Kyle le lendemain, que j'allais passer la journée avec lui, j'étais incapable de me concentrer. Je ne pouvais nier que cette perspective réveillait des sentiments que je refoulais depuis des mois. D'un autre côté, j'étais heureuse à Londres, maintenant. J'avais une nouvelle vie. Kyle faisait partie de mon existence d'avant, et il y avait tenu une place bien modeste : il n'avait été qu'une simple tocade d'adolescente. J'envisageais un avenir avec Roger.

Mes parents avaient invité Lucille à dîner. Elle devait passer la nuit chez nous pour que nous puissions rattraper le temps perdu. Betty nous avait préparé un dîner digne de Noël : des asperges, de la sauce aux canneberges, et des saucisses enroulées dans du bacon. Après avoir fini notre entremets, Lucille et moi saluâmes mère et père pour la nuit. Puis, en pyjamas, nos dents brossées, nous nous blottîmes l'une contre l'autre devant la cheminée de ma chambre. Nous avions hâte de nous retrouver enfin seules. Il était évident qu'elle brûlait de me raconter quelque chose.

— Jul, j'ai essayé de t'avertir à la gare. Mais, avec tout ce monde autour de nous, je n'ai pas pu te glisser un mot en catimini. Je ne savais pas comment tu réagirais à la perspective de travailler avec Kyle. J'ai tenté d'aborder le sujet avec ta mère, en prenant mille précautions, évidemment. Je me suis même portée volontaire pour aller à la ferme forestière avec lui. Mais elle veut que je m'occupe du menu avec Betty.

— Merci, Luce. Je regrette que nous n'ayons pas pu en parler à la gare. Mais, au moins, je l'ai appris pendant le trajet jusqu'à la maison. J'ai pu ainsi me faire à cette idée. Même si je ne sais pas très bien à quoi m'attendre. Je suis passée à autre chose et j'espère que c'est évident.

— Évident pour qui ? Pour toi ou pour Kyle ?

— Évident pour lui, assurément. Il serait humiliant qu'il sache que j'ai nourri ce genre de sentiment à son égard. Mais j'espère avoir, moi aussi, bien compris que j'avais tourné cette page une fois pour toutes. En outre, j'ai quelqu'un d'autre à prendre en considération.

J'avais déjà évoqué à plusieurs reprises mes sentiments balbutiants pour Roger dans mes lettres à Lucille.

— Je l'espère aussi, pour ton bien, avança-t-elle, sans grande conviction.

Elle semblait inquiète.

— Mais je n'ai pas envie d'en parler ce soir. J'ai appris à jouer au backgammon à l'école et j'avais hâte de faire une partie avec toi.

C'était tellement bon d'être avec Lucille. J'avais l'impression d'avoir recouvré l'insouciance de mes douze ans.

Ayant à peine fermé l'œil de la nuit, je me réveillai quand même aux aurores. Malgré toute ma détermination à me convaincre qu'aujourd'hui était une journée comme les autres, la perspective de cette matinée m'avait tenue éveillée toute la nuit. Je ne m'étonnais guère que certaines personnes aient peur du noir par crainte de ce qui se tapissait dans l'obscurité : j'avais dû me débattre avec mes propres monstres, mes pensées.

« Je ne pouvais pas prendre le risque de tomber encore plus amoureux de vous que je ne le suis déjà. »

Les dernières paroles de Kyle dans la grange éveillaient cent questions sans réponses. Il m'avait murmuré les mots que je rêvais d'entendre. Mais sans aucune décision, sans aucun dessein.

Quand le soleil se leva, j'avais mal à la tête. C'était un mal bien plus facile à dominer qu'un cœur brisé, dont j'étais bien déterminée à m'épargner la douleur. J'essayai de graver le visage de Roger dans mes pensées. En vain. Celui de Kyle vint immédiatement le remplacer.

J'étais certaine d'une chose : il allait m'être difficile de l'éviter pendant mes vacances de Noël. Aussi ferais-je aussi bien de l'affronter.

Aux environs de 8 heures, je réveillai Lucille d'un coup de coude. Lorsqu'elle me repoussa, je décidai de lui accorder dix minutes supplémentaires. Les arômes du petit déjeuner commençaient à monter du rez-de-chaussée. Je fis donc une nouvelle tentative et elle ouvrit les paupières.

— Tu as une mauvaise influence sur moi, Julianne Westcott ! Je me suis couchée beaucoup trop tard !

— Et tu as détesté chaque minute de ta soirée, je me trompe ?

Avec un sourire éclatant, elle répliqua :

— J'ai cru un moment que ta mère allait nous faire interner. Je ne me rappelle pas avoir jamais autant ri. Jamais !

Elle enfila l'une de mes robes de chambre sur son pyjama et, encore ensommeillées, nous descendîmes péniblement l'escalier, nous guidant à la délicieuse odeur.

Je craignais que Kyle arrive en avance et me surprenne dans une tenue aussi débraillée. D'un autre côté, cela aurait peut-être résolu tous mes problèmes. Même si, la dernière fois qu'il m'avait vue, trempée, vêtue de sa veste à chevrons, je boitillais sur un talon cassé. Je n'aurais pas pu faire pire qu'à ce moment-là.

Pour notre petit déjeuner, Betty s'était surpassée. Elle déposa devant chacune de nous une assiette contenant des œufs brouillés, des haricots à la sauce tomate, des champignons, et des boudins noirs. Au lieu du thé qui nous était servi, j'optai pour une tasse de café. Lucille haussa les sourcils. Ayant pris cette habitude avec Abigaïl les soirs où, accaparées pas nos révisions nous veillions tard, j'en étais devenue dépendante. C'était exactement le stimulant dont j'avais besoin.

Père et mère prirent leur petit déjeuner avec nous mais ne s'attardèrent pas. Père avait un rendez-vous avec un entrepreneur pour la réparation de l'un des entrepôts, endommagé par la pluie. Mère était déjà impatiente de poursuivre les préparatifs de la cérémonie. Alors que nous regagnions ma chambre, un peu agacée par sa fébrilité, Lucille me chuchota :

— Jul, j'adore ta mère, mais, franchement ! On pourrait croire qu'il s'agit de ton propre mariage.

Je secouai la tête, accablée.

— Seigneur ! Je tremble déjà à la perspective des projets grandioses qu'elle concevra pour cette occasion.

— J'y penserai ce soir, dans mes prières. Je remercierai Dieu d'être née dans une famille modeste. En outre, je te fais confiance pour te charger des robes. À propos, allons voir ce que tu vas porter pour ton grand rendez-vous d'aujourd'hui !

— Lucille, ce n'est pas un rendez-vous !

— Je sais bien, Grincheux. Je te taquine.

Nous fouillâmes dans ma penderie en quête de la tenue adéquate. En général, chacune de mes sorties ayant un but précis, la décision n'était pas difficile à prendre. Mais l'excursion du jour avec Kyle présentait un défi particulier. Devrais-je m'habiller comme tous les jours, en me pomponnant un peu ? Ou devrais-je opter pour des vêtements neutres qui me rappelleraient que cette rencontre n'avait absolument rien de romantique ? Que portait-on pour aller se promener dans une ferme forestière ? J'avais bien acheté un pantalon et une veste assortie, à Londres, mais le port du pantalon féminin était encore peu acceptable. Et Lucille l'écarta résolument quand je l'essayai devant elle. Liverpool était loin d'être une capitale de la mode.

Nous optâmes pour la simplicité : une jupe plissée bleu marine, un pull ajusté gris, un béret noir orné de fleurs en soie crème. Seuls les bijoux apportèrent une touche de coquetterie à cette tenue sobre et raisonnable. Lucille choisit pour moi une broche en forme de paon et de petites créoles en argent dans mon coffret.

Je me brossai les cheveux, peut-être un peu plus longtemps que nécessaire. Sans me quitter des yeux, mon amie observa le soin avec lequel j'appliquai mon maquillage. Avec une expression solennelle, elle tira les rideaux, inondant ma chambre de soleil.

— Jul, je suis certaine que tu garderas la tête froide, aujourd'hui. Tu sais ce qui est bien.

Elle avait dû déceler l'appréhension sur mon visage. Après m'avoir serrée contre elle en une étreinte furtive, elle regarda la pendule et annonça :

— Il est neuf heures et quart.

Je dévalai les marches quatre à quatre et me dirigeai vers le petit salon. Debout sur le seuil, Kyle m'attendait.

Mon corps se livrait une bataille sans merci. Il me fallut me faire violence pour ne pas me précipiter vers lui. Au lieu de cela, je traversai le vestibule d'un pas aussi posé que gracieux. Je ne voulais surtout pas passer pour une gamine en émoi.

Mais je ne pus m'empêcher de remarquer la façon dont les muscles jouaient sous la peau de son cou, au rythme de son souffle court. Un regard nous suffit pour échanger tous les mots qui ne pouvaient franchir nos lèvres. Nous détournâmes vivement la tête. Quand nos yeux se croisèrent, nous affichions de nouveau nos masques impassibles.

— Bonjour, Miss Westcott, me salua-t-il d'un ton guindé.

Pourtant, je ne fus pas dupe. Je voyais aux coins imperceptiblement relevés de sa bouche, qu'il réprimait un sourire.

— Bonjour, Mr McCarthy, retournai-je, luttant pour garder le même flegme.

Un coup d'œil à mère me rappela que je n'étais pas censée le connaître.

— Enchantée de faire votre connaissance.

— C'est bien aimable à vous de m'accompagner aujourd'hui. Votre contribution au choix des arrangements floraux et des plantes vertes pour vos décorations de Noël sera très appréciable.

— Vous êtes trop aimable. Nous apprécions tous votre aide pour le mariage, dis-je, priant pour que sa raideur soit due à la présence de ma mère.

Comment allais-je pouvoir supporter une journée entière de conversation compassée avec quelqu'un dont la simple présence me faisait vibrer ? Debout derrière moi, les bras croisés, Lucille me surveillait comme un ange gardien.

N'ayant visiblement rien perçu de nos émotions dissimulées, mère intervint.

— Bien, il est temps que vous filiez, tous les deux. Et Kyle, je demanderai à Betty de vous garder une assiette pour votre dîner, au retour. C'est la moindre des choses, pour vous remercier de votre aide.

— Merci, Mrs Westcott, mais mon père est souffrant et je dois rentrer à son chevet, ce soir.

— Comme vous voudrez. Julianne, ta broche est à l'envers.

La redressant, elle me tapota le dos et nous poussa au-dehors. À peine la porte refermée, je l'entendis lancer :

— Et maintenant, Lucille, au travail !

Pauvre Lucille ! J'étais assurément celle qui avait tiré le meilleur lot, aujourd'hui.

Chapitre 10

La camionnette de Kyle était usée, sa carrosserie délavée. Pourtant, j'avais l'impression d'être devant un carrosse de conte de fées. Il m'ouvrit la portière. Mais j'aurais pu flotter jusqu'à mon siège. Alors qu'il faisait le tour du véhicule, je me pinçai le bras avec vigueur pour redescendre de mon petit nuage. Cela allait se révéler plus difficile que ce que j'avais pensé. *L'esprit domine la matière, la raison domine le cœur.* Je me le répétai à plusieurs reprises, espérant que j'arriverais à y croire.

Kyle s'installa au volant et fit claquer sa propre portière.

J'étais contente de constater qu'il ne s'était pas habillé pour l'occasion. Cela m'aidait à me concentrer sur notre ordre du jour et à ne pas envisager cette équipée comme autre chose qu'une simple journée de courses de Noël. Il portait un pantalon de toile à revers, une chemise blanche et un blouson en cuir marron. Un bonnet couvrait ses cheveux. Si je regrettais de ne pouvoir contempler ses boucles juvéniles, je distinguais beaucoup plus clairement son visage. Avec son menton décidé, ses joues ombrées de barbe, il était toujours aussi beau. Non que son physique ait pu être altéré par trois mois d'absence. Simplement, j'avais essayé de l'oublier.

J'avais une conscience aiguë de chacun de ses mouvements. Lorsqu'il tourna la clé de contact. Lorsqu'il passa les vitesses. J'avais lu quelque part que, quand on perdait l'usage d'un sens, les autres fonctionnaient doublement pour compenser. J'aurais été curieuse de savoir lequel de mes sens était amoindri. En effet, à cet instant précis, ma vue, mon ouïe, mon odorat semblaient exacerbés. Il dégageait une telle virilité au volant de son véhicule que l'évidence me frappa soudain : combien je le préférais à la foule d'hommes riches, vêtus de costumes, que j'avais l'habitude de fréquenter !

La voiture suivit l'allée sinueuse qui traversait la propriété jusqu'à la limite de Newsham Park. Emmitouflés dans leurs vêtements d'hiver, quelques courageux arpentaient les allées. Les lacs n'avaient pas encore gelé. Mais les oies avaient déjà pris leur envol vers les contrées du sud du continent. Un profond silence enveloppait les lieux. Je m'apprêtais à aller ouvrir le portail en fer forgé qui séparait notre parc des jardins publics mais, d'une main sur mon bras, Kyle me retint. Nos regards se croisèrent, s'attardant longuement en un échange muet : notre amour nous était interdit. Du moins, c'était ainsi que je le comprenais.

— Ne bougez pas, m'enjoignit-il. Je m'en occupe.

Il descendit et le grincement du métal perturba soudain la magie de ce petit matin. Père affirmait que, dès que notre quartier serait relié au réseau électrique, il ferait installer une barrière automatique. Je regrettais que ce ne fût déjà le cas. Cela aurait épargné à Kyle de me quitter, ne serait-ce qu'une seconde.

Il sauta de nouveau dans la voiture, franchit la barrière, puis s'empressa d'aller la refermer. Une fois revenu, il souffla sur ses mains pour les réchauffer. Puis, relâchant le frein, il braqua son regard sur la route. Nous roulâmes en silence pendant quelques minutes, longeant des magasins qui n'ouvriraient pas avant quelques heures et des maisons éclairées, où les petits déjeuners mijotaient. Kyle restait impassible. J'aurais tout donné pour lire dans ses pensées. Soit ma proximité le laissait indifférent, soit il faisait preuve d'une rare discipline. J'espérais que ce soit la seconde hypothèse.

Décidant d'entamer la conversation, je déclarai :

— Je suis désolée que vous soyez obligé de passer la journée avec moi. Mère conçoit parfois des projets compliqués. À part pour vous aider à porter nos achats, je ne vois pas en quoi je pourrai vous être utile.

— Ne vous excusez pas. Et ne vous dévalorisez pas, me répliqua-t-il en me décochant un sourire qui me bouleversa. Vos bras seront utiles. Nous aurons des tas de choses à porter.

— Alors pourquoi Wallasey ? m'empressai-je de demander, essayant de me raccrocher à un sujet neutre.

— J'y connais une immense ferme qui offre une grande variété de sapins de Noël. J'ai pensé qu'une décoration à base de plusieurs types de branchages apporterait une certaine originalité.

— Il existe donc plus d'une variété d'arbres de Noël ? m'étonnai-je.

— En effet. Les sapins, les pins, les épicéas. Et ces catégories se divisent encore en sous-catégories. Les pins d'Oregon, les épinettes noires, les pins sylvestres, les pins blancs, l'épinette norvégienne. J'ignore combien de variétés propose cette ferme. Mais je savais que nous aurions plus de choix qu'en ville. Wallasey a été moins touché par la tempête.

Ses connaissances m'intriguaient.

À mesure que nous roulions, il m'invita à admirer la campagne, me montra des fermes pour lesquelles son père et lui avaient travaillé, des détails du paysage, ponctuant notre route de toutes sortes d'anecdotes intéressantes ou amusantes. J'avais déjà parcouru ce trajet, mais je ne l'avais jamais fait avec un guide aussi expert. Une image indésirable me traversa soudain l'esprit : debout sur sa chaire, il partageait ses connaissances avec ses ouailles. Je fermai les yeux et, m'empressant de la chasser, me concentrai sur sa proximité, sa chaleur.

—Je vais vous raconter mon histoire préférée sur Wallasey, commença-t-il.

Mon cœur se mit à battre plus vite. J'étais son seul public.

—Je vous écoute.

—Au début du XVIIIe siècle, des brigands de la ville faisaient briller des lanternes vers le large. Les capitaines de bateau les prenaient pour des phares. Ils étaient loin de se douter qu'elles les dirigeaient en fait vers des écueils très dangereux sur lesquels leurs navires venaient se fracasser. Les pillards les dépouillaient alors de leur cargaison et cachaient leur butin dans des grottes pour en faire la contrebande.

—Vous plaisantez ?

—Non, c'est la vérité. On peut encore visiter certains de ces tunnels aujourd'hui.

—J'adorerais faire cette visite.

— Peut-être le pourrons-nous un jour.

Je réprimai un soupir résigné. Il ignorait tout de l'espoir que ses paroles innocentes faisaient naître en moi. Lorsqu'il me faisait ce type de proposition, je l'imaginais porteuse de mille promesses. Mais je savais que ce n'était pas le cas. Il ne jouait pas un personnage et je devais refouler mes rêves de voir notre attirance se concrétiser un jour.

Nous ne tardâmes pas à arriver à la ferme forestière. Je descendis de voiture et, saisie par le froid, tirai des gants de mon sac. Kyle me regarda d'un air inquiet.

Alors que je commençais à m'éloigner de la camionnette, il m'arrêta.

— Vous avez un chapeau ?

Pour toute réponse, je tapotai mon couvre-chef en feutrine noire. Je comprenais cependant son appréhension. Ce petit béret ne risquait pas de me protéger des éléments.

— Vous appelez ça un chapeau ? lança-t-il en riant. Tenez, essayez le mien.

Après avoir fait sauter les épingles, il me retira mon béret et, indifférent à son prix, le jeta sur le siège du véhicule. D'un geste, il enleva son propre bonnet et fit courir ses doigts dans ses cheveux pour les discipliner. Puis, de ses deux mains, il l'enfonça sur mes oreilles. Cette proximité me fit frissonner. Il s'attarda plus que nécessaire. Mes yeux dans les siens, je savourai l'instant.

— Voilà ! déclara-t-il en reculant pour admirer son travail. Ce n'est pas la dernière mode de Londres mais, au moins, cela me permettra de vous ramener chez vous en aussi bonne santé que ce matin.

— Et vous ?

—Je n'en ai pas besoin. Je suis un homme jeune et costaud, et vous êtes une damoiselle en détresse. Je vous offre donc mon chapeau, madame.

D'humeur soudain taquine, je lui pinçai le bras et nous nous avançâmes en direction de l'entrée.

En visitant l'immense ferme forestière, je compris pourquoi il avait estimé que le trajet en valait la peine. Nous admirâmes les centaines d'arbres de Noël, de toutes variétés. Puis nous commençâmes à sélectionner des branchages et à mesurer les arbres. Kyle me demandait mon opinion. Mais sachant qu'il était l'expert, je fondais mes choix sur son savoir-faire. À l'exception des branches de sapin que je préférai au pin pour la cheminée.

Se rangeant à ma suggestion, il en profita pour me raconter une nouvelle anecdote sur les premiers colons qui, apparemment, utilisaient les branches de sapin pour se laver. Ce à quoi je répliquai que je préférais de loin mon savon au citron et à la verveine.

Nous passâmes une bonne heure à arpenter les rangées d'arbres. Sa présence à mon côté me procurait une sensation de légèreté indescriptible. Je n'entendais même pas le bruit de mes pas sur le sol. Plus tôt dans la matinée, sa simple présence m'avait donné le vertige, faisant redoubler les battements de mon cœur. Mais je me sentais à présent sereine. Plus je découvrais de facettes de sa personnalité, plus je passais de temps en sa compagnie, plus l'émotion que je ressentais ressemblait à un véritable amour. Un sentiment qui allait bien au-delà de mes rêves puérils.

Après quatre allers et retours à la camionnette, Kyle se déclara satisfait de notre sélection. Nous payâmes le propriétaire et remontâmes dans la cabine qui embaumait le sapin, ce parfum si caractéristique de l'hiver.

— Et maintenant, je suis sûr que vous avez faim, déclara-t-il. En tout cas, pour ma part, je suis affamé. Aimeriez-vous déjeuner à Wallasey avant de rentrer ?

L'idée m'enchantait. Mon estomac émettait des sons vraiment embarrassants. Et je n'étais pas encore prête à rentrer et à mettre un terme à ce délicieux moment.

Nous longeâmes la mer et trouvâmes un petit restaurant à proximité de la mairie. L'heure du déjeuner finissant, plusieurs clients étaient en train de partir, mais certains s'attardaient à table, les restes de leur repas oubliés. Les bougies et le cadre créaient une atmosphère feutrée, intime. Une radio diffusait de la musique. Dans d'autres circonstances, j'aurais qualifié l'endroit de romantique. Mais je m'empressai de me rabrouer : nous n'étions pas dans d'autres circonstances.

D'une main légère posée sur ma chute de reins, Kyle me guida vers une table à côté d'une fenêtre donnant sur la mer. Il m'avança ma chaise et m'aida à retirer ma veste. Nous fûmes accueillis par un serveur âgé et maigre. Sa silhouette ne faisait pas vraiment la promotion de la cuisine. Mais les menus eurent vite fait de démentir cette impression et il nous fut difficile de nous décider tant le choix était vaste.

— Ce jeune couple veut-il boire quelque chose ?

« Ce jeune couple » ? Je sentis mes joues s'empourprer et, me concentrant sur mes gants que je retirai avec lenteur, j'évitai les yeux de Kyle.

Alors qu'il commandait un Coca-Cola pour moi et une bière brune Newcastle pour lui, mon attention fut captée par la radio. La chanson d'Artie Wilson semblait refléter mon humeur.

T'ai-je dit que je t'adorais.
Que tu occupes toutes mes pensées la nuit ?
T'ai-je dit que je ne suis jamais aussi bien qu'avec toi ?
Qu'avec toi, tout est parfait ?

Comment, dans un tel cadre, avec une telle chanson en musique de fond, allais-je pouvoir me tenir à mes résolutions ?

Les mains croisées sur la table, Kyle se pencha vers moi.

— Quelle odeur délicieuse. Qu'est-ce qui vous fait envie ?

J'examinai les offres du chef. Tout comme la soupe de poireaux, le hachis Parmentier était bien tentant par cette froide journée.

Notre serveur revint, chargé d'un petit plateau noir. Il posa mon Coca-Cola devant moi et un verre vide devant Kyle. Il le remplit de bière, s'arrêtant lorsque la mousse atteignit le bord. Puis il laissa la bouteille sur la table.

Je finis par me décider pour l'agneau à la sauce à la menthe, mon plat de prédilection, et Kyle commanda le hachis Parmentier gallois. J'esquissai un sourire. Combien ce choix simple et carré lui ressemblait !

La mousse de sa bière formait maintenant une fine couche brune sur le liquide plus sombre. Il se resservit, penchant la bouteille, ce qui, m'expliqua-t-il, évitait la mousse. Puis, une fois qu'elle fut vide, il la reposa sur la table et me montra l'étiquette.

— Savez-vous à quoi correspond cette étoile bleue ?

— Je n'en ai pas la moindre idée.

— Elle symbolise les cinq premières brasseries de Newcastle.

— Vous connaissez beaucoup d'anecdotes de la sorte, n'est-ce pas ?

Posant une main sur sa poitrine, il feignit d'être vexé.

— Ce ne sont pas juste des anecdotes. Vous ne savez jamais quand elles pourront vous servir. Supposez que vous tombiez dans un fossé et qu'un passant entende vos cris. « Aidez-moi », implorez-vous. « Je ne vous aiderai que si vous me dites combien d'étoiles contient le logo de Paramount Pictures. »

— Et combien d'étoiles contient le logo de Paramount Pictures ? demandai-je.

— Vingt-quatre, une pour chacune des stars de cinéma qu'elle avait sous contrat à la fondation du studio.

— Et que savez-vous d'autre ? m'enquis-je.

— Aviez-vous déjà remarqué que le nom de chaque continent finit par la lettre « E » ?

En fronçant les sourcils, j'essayai de me souvenir de chacun d'entre eux.

— Je crois bien que vous vous trompez, finis-je par rétorquer en me redressant.

— Que voulez-vous dire ?

— « Amérique du Nord », « Amérique du Sud ». Ils ne commencent pas et ne se terminent pas par les mêmes lettres.

— Eh bien, il vous suffit de retirer « Nord » et « Sud ». C'est « Amérique » qui compte.

— C'est de la triche.

— Comme vous voudrez. Mais si vous vous montrez aussi précise, cela perd tout son intérêt.

— Vous avez sans doute raison.

Il me sourit de nouveau. Il aurait pu me captiver pendant des heures avec des histoires aussi insignifiantes.

C'est alors que, dépliant sa serviette pour la poser sur ses genoux, il reprit :

— Bon, je ne veux pas vous ennuyer. Si vous me racontiez tout de votre école ?

Je l'amusai avec des histoires sur Abigaïl et Dorothy, sur les monuments de Londres que nous avions visités, sur le *Jitterbug Club*, sur l'horreur de devoir porter des filets sur les cheveux pendant les cours. Pas une fois, je ne fis référence à Roger dont le souvenir s'évanouissait peu à peu. Je n'arrivais même plus à me rappeler son visage dont le contour et les traits m'apparaissaient flous.

Mais j'avais acquis une certitude : même si toute perspective d'avenir avec Kyle était impossible, après cette matinée avec lui, je ne pouvais continuer à nier mes sentiments. Je commençais à prendre conscience que je ne pourrais me contenter de personne d'autre. Ce que j'éprouvais pour Roger n'était que de l'affection amicale. Et il méritait une femme qui partagerait ses sentiments. Je ne savais pas encore comment j'allais m'y prendre, mais j'allais devoir le lui dire.

Mais ce serait pour un autre jour. Pour l'instant, je devais profiter de ces précieuses heures avec Kyle. Notre temps était compté.

Nos plats arrivèrent au moment où je finissais mon compte-rendu sur ces trois derniers mois. Si la sauce à la menthe de Betty était bien meilleure, l'agneau se révéla suffisamment tendre et je mourais de faim. Visiblement, Kyle savourait son hachis gallois. Quand il vit que je le regardais, il cessa de manger, sa fourchette en l'air

— Vous devez y goûter, déclara-t-il.

Je m'attendais à ce qu'il en dépose un peu sur ma petite assiette. Mais, au lieu de cela, il prit une bouchée de sa fourchette et la tendit vers mes lèvres. Surprise, j'écarquillai les yeux. C'était la première fois de ma vie que je partageais un plat avec un homme. C'était d'une grande intimité. Presque scandaleuse. Mais j'ouvris la bouche, et dégustai la parfaite combinaison de viande, de sauce et d'herbes. Mes lèvres se refermèrent autour du métal froid de la fourchette qu'il fit glisser, avant de la reposer sur son assiette. Je le sentais m'observer.

Réduite au silence par la saveur du ragoût et par le type de lien qui pouvait se créer à partir d'un geste aussi innocent, je hochai la tête. La radio se mit à jouer *Winter Wonderland*, l'air entraînant m'offrant un répit à la chanson d'amour qui semblait prendre un malin plaisir à me narguer.

Puis, tâchant de me remettre de ce moment gênant, j'interrogeai à mon tour Kyle sur ses études.

Se calant dans sa chaise, il commença :

— Eh bien, on s'amuse beaucoup moins au séminaire de Durham que dans les dancings de Londres. Mais j'en profite. C'est une ville bien connue. Où sont enterrés saint Cuthbert et Bède le Vénérable. Ce qui attire de nombreux visiteurs. En servant la messe, j'ai rencontré des pèlerins venus de toute l'Europe. Un vieux veuf vient tous les mois de Leeds prier pour l'âme de son épouse. Cela fait vingt-six ans.

— Quel dévouement !

— En effet. Je suis témoin de tellement de dévotion. Le mois dernier, j'ai rencontré une femme qui a affirmé avoir été guérie de son épilepsie après avoir prié saint Cuthbert. Nous avons beaucoup de fidèles en quête de miracles. Il y a tant de tristesse en ce monde. Mais la douleur et la tristesse peuvent nous rapprocher de Dieu, si nous le permettons.

J'écoutais avec attention. Non parce que j'aimais le son de sa voix, mais parce que le monde qu'il me décrivait me semblait totalement étranger.

—J'aime rencontrer les gens, poursuivit-il. Mais je passe le plus clair de mes heures à l'université ou à l'étude. Je prends encore des cours d'initiation, à ce stade. Un peu de philosophie, de l'histoire des débuts de l'Église. Et beaucoup de latin. J'ai été mis dans la meilleure classe de latin.

—Je suis sûre que votre père est très fier de vous.

—En effet. C'était le rêve de ma mère de voir au moins l'un de ses enfants entrer dans les ordres.

—Je ne vous ai jamais entendu parler de votre mère.

—Mes deux sœurs et elle ont succombé à une épidémie de grippe lorsque nous habitions dans le Wicklow. Mes sœurs s'appelaient Paula et Catherine. Mais je n'en ai aucun souvenir. Elles sont parties les premières. D'après ce que je sais, ma mère a été anéantie par leur mort. Quand je suis tombé malade à mon tour, mes parents ont prié Jean-Marie Vianney, un prêtre très célèbre du siècle dernier. Ils lui ont promis que s'il m'épargnait, ils feraient leur possible pour m'encourager à suivre les voies du Seigneur.

—Et leurs prières ont été exaucées.

—Oui, mais ma mère est morte avant ma guérison. Elle a imploré mon père de continuer à prier après sa disparition.

—Ce qu'il a fait, manifestement.

—Oh, oui, et avec la plus grande ferveur. Il n'avait jamais été très axé sur la religion, mais il s'est donné pour unique mission de satisfaire la dernière requête de ma mère. Après sa mort, il nous a emmenés loin du Wicklow où il avait trop de souvenirs. Quand nous nous sommes installés ici, il a commencé à m'emmener à la messe le dimanche, et pour toutes les fêtes catholiques, puis il m'a fait enrôler comme enfant de chœur.

—Ainsi, votre destin était tout tracé, sans vous laisser le moindre choix.

—Non. J'avais le choix. Je ne veux pas vous donner l'impression que cette voie m'a été imposée. Si je n'étais pas d'accord, je sais que mon père comprendrait. Mais j'ai été encouragé avec une telle conviction que je suppose qu'il était tout naturel pour moi de poursuivre cette vocation.

À la radio, les chansons de Noël furent de nouveau remplacées par les vocalises d'un crooner.

À la lumière des bougies,
À la clarté de la lune,
Je ne peux que rêver à nous, ensemble, bientôt.

J'essayai de ne pas écouter les paroles.

Rayonnant, Kyle me racontait tout de cette vie qu'il avait embrassée. Je voyais qu'il en était content. Néanmoins, peinant toujours à comprendre, je me sentis obligée de creuser encore un peu.

—Kyle…

Incapable de prononcer les mots, je me tus. Comment prononçait-on des paroles si essentielles à votre vie ?

—Qu'y a-t-il ? s'enquit-il d'un ton inquiet.

Prenant une profonde inspiration, je me lançai :

—Je vous demande pardon si je vous parais désobligeante. Mais, je vous en prie, c'est simplement que je ne comprends pas. Pourquoi les prêtres catholiques ne peuvent-ils pas…

Je faillis laisser échapper « se marier », mais cela aurait trop dévoilé de mes espoirs.

— … tomber amoureux.

Il posa sa fourchette, se cala contre son dossier et poussa un soupir. Comme s'il cherchait les termes adéquats. Si je sentais mes joues rouges d'embarras, je ne regrettais pas ma question. Après tout, la victoire ne souriait-elle pas aux audacieux ?

Une expression grave se peignit sur son visage et il se pencha vers moi. Prenant ma main dans la sienne, il me dévisagea avec une intensité pleine de douceur. Je frissonnai à son contact. J'avais l'impression que nous étions au bord d'un précipice sans pouvoir faire marche arrière. Je ne ressentais jamais rien de tel quand Roger me tenait la main.

— Julianne, chuchota-t-il, ce n'est pas que nous ne pouvons pas tomber amoureux. Je suis un humain comme les autres.

Il poursuivit, comme s'il essayait de s'en convaincre autant que moi. Son pouce dessinait des cercles sur ma peau et j'en percevais chaque mouvement.

— Mais comment puis-je me donner totalement à Dieu tout en étant chef de famille ? Comment puis-je mener ma congrégation si j'ai une femme et des enfants qui, eux aussi, ont besoin de moi ?

— Mais les pasteurs se marient et ils semblent très bien se débrouiller.

Une force étrange me poussait à me battre pour lui, à bousculer deux mille ans de traditions.

— Même si cela peut paraître similaire, leur vocation est différente de celle d'un prêtre.

— Qu'entendez-vous par là ?

— Eh bien, je suppose que la meilleure façon de l'expliquer, c'est qu'un prêtre prononce des voeux qui sont modelés sur l'existence de Jésus. Nous faisons vœu de pauvreté, de mener une vie aussi fruste que la sienne. Nous faisons vœu d'obéissance car il obéissait à son père. Et, comme il n'était pas marié, nous faisons vœu de célibat.

Je n'avais pas de réponse à cela. C'était tellement différent de tout ce que j'avais connu. J'avais été élevée pour être une personne bien, pour suivre de bons exemples. Mais pas aussi littéralement. Aussi, quelqu'un qui pouvait se montrer aussi scrupuleux sur ce sujet, ne pouvait que forcer le respect.

— C'est tout à fait… admirable, dis-je, me retenant d'exprimer mes véritables pensées. J'ignore si j'en serais capable.

Tout en pressant ma main, il m'assura :

— Il arrive que je ne sache pas non plus si j'en serai capable.

Puis il la relâcha, comme si, pour lui, la conversation était finie. Je décidai de ne pas insister. Me mordant la lèvre inférieure pour m'empêcher de prononcer des paroles que je regretterais, je promenai mon regard sur la triple moulure qui encadrait le plafond de la salle.

Le patron du restaurant arriva avec l'addition qu'il posa sur la table. Étant donné qu'il ne s'agissait pas d'un déjeuner en amoureux, je la ramassai. Kyle étant chargé d'une course pour ma mère, il était tout naturel que nous l'invitions. Mais il m'arrêta, insistant sur le fait que je devais lui permettre de payer, et tendit l'argent à notre hôte.

Il m'aida alors à passer mon manteau. Sa proximité, l'odeur de sa peau me firent presque défaillir. Une nouvelle chanson s'éleva.

J'ai pensé que tu étais vraiment à moi.
Tu m'as fait renaître.
Mais tu as choisi un autre amour et je ne sais pas
comment je pourrai jamais vivre sans toi.

Cette fichue radio me donnait l'impression de jouer la bande originale de ma vie.

Pendant le trajet de retour, en dépit des soubresauts de la camionnette, je m'endormis. J'étais fatiguée de ma nuit d'insomnie, épuisée par la bataille émotionnelle que je m'étais livrée toute la journée. De toute façon, j'ignorais ce que nous aurions pu encore nous dire.

Je fis des rêves décousus. Je nous entrevoyais ensemble dans des décors trop flous pour les distinguer. Alors que nous approchions de Newsham Park, je me réveillai, mais gardai les paupières closes. Je ne voulais pas que cette journée se termine. Je nous imaginais dans un lit à baldaquin, ceint d'amples tentures de lin blanc, ses yeux baissés sur moi.

— Kyle ?

— Hum ?

Je compris que j'avais interrompu le fil de ses pensées.

— Sommes-nous autorisés à être amis ?

J'ouvris alors les paupières et vis ce sourire si précieux qui m'avait manqué ces dernières heures.

— Bien sûr, nous pouvons être amis. Rien ne saurait me faire plus plaisir.

— À moi non plus.

Il se gara devant la maison. Mère apparut sur le pas de la porte pour nous accueillir. Nous plaçant délibérément chacun d'un côté du véhicule, nous commençâmes à sortir les branchages de la camionnette. Elle nous pria de les descendre à la cave. Sous son regard vigilant, nous nous exécutâmes. N'échangeant que des paroles banales, nous ne laissions rien paraître de l'accord que nous venions de conclure. Était-ce dû à la présence de mère, ou à notre besoin de refouler ce désir naissant en nous ? J'aurais été incapable de le dire. Mais lorsque je le raccompagnai à sa camionnette, un petit sourire flottait sur ses lèvres. Et il me promit de revenir le lendemain.

Abertillery

Agnès Campbell étouffa un cri et je lui soulevai la tête pour humecter ses lèvres desséchées avec un linge mouillé. Elle essaya de parler.

— Oh..., chuchota-t-elle.

Elle ne put en dire davantage. Je lui mouillai de nouveau les lèvres.

— Je..., tenta-t-elle de nouveau.

Elle fut prise d'une quinte de toux et son corps se relâcha alors qu'elle renversait la tête sur son oreiller. Elle se tourna de côté et rendit son dernier souffle. Elle était morte.

J'étais soudain consciente d'être seule dans la pièce avec le prêtre dont la voix m'avait bouleversée mais dont je n'avais pas encore vu le visage. Le silence se fit et mon cœur cogna contre ma poitrine.

Sa voix s'éleva derechef dans mon dos. Revenant à l'anglais, il me demanda :

— Vous avez entendu ses dernières paroles ? Son mari voudra peut-être les connaître.

— Non. Mais je pense qu'elle a dit « j'espère », avançai-je d'une voix si rauque que je ne la reconnus pas.

Je ressentais la plus étrange des émotions.

Avec un soupir, il poursuivit, sans me regarder :

— Vous croyez à l'espoir ?

— Non, répondis-je au bout d'un instant. Il est difficile de croire à l'espoir dans un monde aussi triste. Et vous, y croyez-vous ?

— J'y croyais. Mais je n'y crois plus.

Nous tendîmes les mains en même temps pour fermer les yeux de la défunte et, lorsque je les sentis se frôler, je tressaillis. Comme si une flamme m'avait brûlé la peau. Lorsque je les retirai, mes doigts étaient parcourus de picotements. Il posa sa paume sur les paupières d'Agnès, les ferma définitivement et, de son pouce, dessina une croix sur chacune d'entre elles. Je remarquai un éclat doré à son annulaire gauche. Cela me sembla étrange pour un prêtre. D'un autre côté, je n'en avais pas connu beaucoup pendant ma vie. C'était un anneau d'or aussi simple qu'ordinaire, avec une bande argentée au centre. Comme celui que j'avais glissé au doigt de Kyle. Mais il en existait certainement des milliers de semblables.

Chapitre 11

Les préparatifs du mariage m'accaparèrent tellement, que je ne pus m'échapper pour voir Charles qu'une fois, un mercredi. Je le trouvais, certes, fatigué, mais ma visite parut le revigorer. Si l'absence de Kyle à l'Institution Bootle m'était insoutenable, ma brûlure était adoucie par le fait qu'il s'arrêtait souvent à Westcott Manor pour superviser l'installation des branches de sapin. Et ce, même si, pour un œil non entraîné, elles semblaient parfaites. Je me berçais d'illusions en me convainquant qu'il était là pour moi. Mais la présence constante de ma mère rendait toute conversation impossible.

Le mariage de John et de Maude fut charmant, à l'image du couple qu'ils formaient. En dépit des velléités de grandeur de mère, il garda une certaine élégance. Les voir prononcer leurs vœux, se promettre de s'aimer pour le pire et le meilleur, devant le pasteur qui n'était autre que le père du marié, fut un moment très émouvant. Un quatuor à cordes accompagna la cérémonie. Puis, pendant la réception, un trio de jazz prit le relais, en alternance avec des saynètes de mimes de Noël.

Je reçus des dizaines d'invitations à danser mais, après en avoir accepté quelques-unes, j'allai me réfugier dans ma chambre, jusqu'à ce qu'on coupe le gâteau.

L'après-midi de Noël se déroula dans le calme. Je dînai en compagnie de mes parents à une table de salle à manger conçue pour dix-huit personnes. Par déférence pour nous, mon père se retint de parler affaires, et mère lança à de multiples reprises des sous-entendus à peine voilés de ses immenses espoirs de me voir épouser Roger. Les ignorant, je montrai un enthousiasme exagéré pour le pudding de Betty.

Mon salut arriva le soir du nouvel an, quand Lucille vint dormir à la maison, et que nous discutâmes jusqu'à minuit passé. Je lui racontai en détail ce qui s'était passé avec Kyle. Elle m'écouta attentivement, absorbant mes émotions comme si elles étaient les siennes.

Nous étions si accaparées par notre conversation que nous dépassâmes l'heure magique. S'apercevant soudain qu'il était minuit quarante, elle s'exclama :

— Bonne année, Jul ! 1938 va être une grande année pour toi. Je le sais.

— Pour toi aussi.

Nous fîmes tinter nos chopes de cidre et trinquâmes à tous nos espoirs en ce recommencement.

Je ne revis pas Kyle avant mon départ pour Londres. J'appris qu'il était rentré à Durham tout de suite après Noël. Il ne vint pas me dire « au revoir ». Mais je supposai qu'il n'y était pas vraiment autorisé. Pas plus que je n'imaginai une nouvelle occasion de nous réunir. Je lui souhaitais le meilleur. Mais j'allais de nouveau quitter Liverpool et j'essaierais de l'effacer de mon souvenir.

Lors de mon retour à l'école d'infirmières, les retrouvailles avec Dorothy, Abigaïl et les autres filles de notre étage furent très joyeuses. Cependant, l'ambiance fut assombrie par une annonce récente du gouvernement demandant à tous les écoliers de porter des masques à gaz. À la suite de rapports sur des bébés qui avaient failli s'étouffer dans leur sommeil, des cours furent organisés et des visites dans les familles furent planifiées pour enseigner aux parents comment utiliser ces engins redoutables. Le pays n'avait subi aucune attaque mais le gouvernement accordait une grande importance à l'état d'alerte.

Roger ne tarda pas à téléphoner. Refusant son invitation à dîner, je lui suggérai une promenade et, bien emmitouflée dans mon manteau de laine, je le retrouvai à la porte du foyer.

La bruine avait remplacé les averses de la journée. Il m'attendait sous un grand parapluie noir.

— Julianne, me salua-t-il en se penchant pour m'embrasser sur la joue. Quel plaisir de vous revoir !

— Pour moi aussi, Roger. J'espère que vous avez passé de bonnes fêtes.

Il glissa un bras sous le mien et, par lâcheté, je ne me dégageai pas. Bras dessus bras dessous, nous flânâmes un moment, longeant les réverbères dont la lumière se reflétait sur le trottoir trempé. Je l'écoutai me raconter ses réunions à Belfast à grand renfort de détails ennuyeux.

— Nous avons rencontré leur Premier Ministre, lord Craigavon. C'est un fervent royaliste, comme vous le savez, et il a joué un rôle important dans la nomination de protestants aux postes-clés du gouvernement pour neutraliser les idées perfides des catholiques de l'Irlande du Sud. Il m'a chargé de rédiger le rapport que je vais présenter devant le Parlement.

— C'est merveilleux pour vous. Vos parents doivent être très fiers.

— Oh, ils le sont. Père, tout particulièrement. Quand je le rencontre par hasard dans les couloirs, il me présente à ses collègues.

— Eh bien, je ne connais pas grand-chose en politique, mais je ne pense pas me tromper en disant que, sur le sujet de l'Irlande, mon père et vous êtes d'accord.

— C'est une bonne nouvelle. Et peut-être qu'avec le temps, je vais pouvoir le rencontrer et voir si je peux également le convaincre du plan pacifique de Chamberlain.

— Je pense que vous feriez aussi bien de ne pas aborder ce point. Pendant les fêtes de Noël, il m'a paru mettre beaucoup d'espoir dans l'opposition de sir Winston Churchill. Tout au moins, cela a été mon impression.

— Laissez-nous nous débrouiller entre hommes et tout ira bien. N'allez pas remplir votre jolie tête de ces soucis.

Sur ces mots, il ébouriffa affectueusement les cheveux qui dépassaient de mon bonnet de laine.

Lorsque nous nous arrêtâmes pour écouter un flûtiste qui avait attiré une foule nombreuse, il m'enlaça les épaules d'un bras. J'appréciais sa chaleur. Mais, en dépit de l'ambiance romantique, Roger n'était qu'un substitut à celui que je voulais vraiment.

Les deux faces illuminées de Big Ben me surplombaient comme des yeux dans la nuit. J'avais l'impression qu'elles me condamnaient pour ne pas avouer à Roger la vérité sur mes sentiments à son égard.

— Roger, écoutez, commençai-je en me libérant de son bras et en me tournant vers lui.

Puis, prenant une profonde inspiration, je me lançai dans le discours qui avait été déclamé des milliers de fois par des milliers d'amoureux.

— Vous êtes merveilleux. Vous voyagez et vous vous faites connaître dans le monde. Et il existe quelque part une jeune femme qui aura beaucoup de chance de vous avoir à son côté. Mais ce n'est pas moi.

Il s'approcha et m'enlaça de nouveau, m'attirant contre lui. De mes deux mains plaquées sur sa poitrine, je le repoussai, et reculai d'un pas.

— Je vous en prie. Je suis sérieuse, Roger. J'ai besoin de me concentrer sur mes études. Je crains fort qu'il n'y ait de place pour personne dans ma vie en ce moment.

Malgré le parapluie qui jetait une ombre sur son visage, je voyais son expression dépitée.

— Vous faites une erreur, Julianne. Réfléchissez. Je serai un jeune Premier Ministre. Vous serez à mon côté, donnant des réceptions, charmant tout le monde. Je vais présider des comités et vous aurez tout Londres à vos pieds.

En m'imaginant devenir la réplique de ma mère, je sentis mon estomac se nouer.

— Je sais que c'est difficile à comprendre, persistai-je néanmoins en secouant la tête. Mais ce n'est plus l'existence que je veux.

Lorsque je commençai à m'éloigner, il me suivit. Je l'entendais qui essayait de me convaincre de revenir sur ma décision.

— Le monde change, Julianne, criait-il. Si nous entrons en guerre, je serai réformé. Vous serez protégée.

S'il ajouta autre chose, je ne l'entendis pas. À mesure que, pressant le pas, je me hâtais vers l'école, ses mots devinrent indistincts. Je me maudissais néanmoins de l'avoir fait souffrir. Mais mon prénom dans sa bouche n'avait rien de la musique que j'entendais dans celle de Kyle. Roger finirait sûrement par se faire une raison et comprendre que c'était la meilleure décision.

Nos soins aux patients impliquaient de faire leur toilette à l'aide d'éponges, de changer leurs draps souillés, et autres… des tâches déplaisantes mais qui, à force de pratique, devenaient de plus en plus faciles. Les jours où nous étions de service à l'hôpital, nous travaillions par roulements de douze heures. Dorothy, Abigaïl et moi ne faisions parfois que nous croiser dans le couloir du foyer, les unes arrivant, les autres partant. Nous étions devenues les ombres des jeunes filles insouciantes qui, quelques semaines auparavant, allaient danser.

En dépit des longues heures de labeur, je me réjouissais d'acquérir une véritable expérience. Et m'occuper de mes patients me procurait la plupart du temps une immense satisfaction. Les enfants malades me brisaient le cœur. Mais même sans aucun talent théâtral, une infirmière pouvait toujours chanter une petite chanson en échange d'un sourire.

Si la plupart des étudiantes infirmières réclamaient de travailler à la maternité, je préférais la pouponnière. Assister à un accouchement me rebutait. Les mères étaient généralement sous sédatifs pendant tout le travail. Pourtant, un mouvement grandissant revendiquait les accouchements sans médicaments. Ayant été témoin des deux méthodes, j'ignorais quelle option je choisirais si je devais avoir un jour un bébé. Les deux me paraissaient tout aussi épouvantables.

Je sautais sur chaque occasion de sortir et profiter de Londres. Par un dimanche matin étrangement ensoleillé, vers la fin du mois de février, je traversai le quartier de South Kensington avec l'intention de visiter le musée Victoria et Albert.

En descendant Cromwell Road, j'aperçus une cour au fond de laquelle se dressait une église. Malgré les colonnes qui la flanquaient, la façade du bâtiment en marbre gris était sobre. Mais ce ne fut pas ce qui éveilla mon attention. Des portes ouvertes, sans aucun doute pour faire entrer l'air frais, s'échappait la plus exquise des musiques. Une plaque, à côté de l'entrée, indiquait « Église du Cœur-Immaculé-de-Marie » Je n'étais jamais entrée dans un lieu de culte catholique et n'en avais jamais éprouvé le besoin auparavant. Mais, à l'époque, je ne connaissais pas Kyle. Sa foi le possédait tout entier, lui dictait sa vie. C'est pourquoi il ne pouvait pas m'aimer. J'avais d'abord éprouvé de la jalousie pour cette foi archaïque que je considérais comme une concurrente. Mais, la repoussant, je fus saisie par une curiosité brûlante d'en savoir davantage.

Mes yeux furent attirés par les vitraux d'une beauté à couper le souffle qui s'élevaient en ogives vers les immenses arches gothiques. Leurs couleurs éclatantes se retrouvaient partout : dans les mosaïques du sol, les pourpres et les bleus des fresques, les voûtes des dômes, et les innombrables icônes de saints qui s'alignaient sur les murs, dans des cadres dorés. De hauts cierges décoraient l'autel. L'odeur sucrée de l'encens s'infiltra dans mes narines. Agenouillés, les fidèles avaient la tête baissée. La tenue du prêtre, de dos, évoquait la même magnificence que l'intérieur de l'église : une chasuble pourpre, bordée de tresses d'or, sur sa soutane noire.

La musique du chœur qui, la première, avait capté mon attention, m'emplit les oreilles.

Sanctus, sanctus, sanctus. Dominus Deus Sabaoth.

Je n'avais pas la moindre idée de ce que cela signifiait mais c'était ravissant.

Pleni sunt caeli et terra Gloria tua.

Je m'avançai jusqu'au milieu de l'édifice et trouvai une place à l'extrémité d'une rangée. Une vieille femme, un chapelet entre les mains, me foudroya du regard. Supposant que c'était parce que tout le monde était agenouillé, je fis de même. Le banc était en bois dur, et je me couvris les genoux de ma jupe pour ne pas déchirer mes bas.

Au bout de dix minutes, les fidèles quittèrent leur banc, rang après rang, pour aller s'agenouiller devant l'autel. Le prêtre s'arrêtait devant chacun d'entre eux, marmonnait des paroles que je ne pouvais entendre, puis sortait l'hostie du calice d'or. Cela n'était pas très différent du service anglican auquel j'assistais à l'occasion avec mes parents. Mais je n'avais jamais été aussi fascinée par un rituel. Un garçon qui ressemblait à une version enfantine d'un prêtre tendait une soucoupe en or sous le menton de la personne qui recevait la communion. Dès qu'une personne quittait la barrière, la suivante, dans la queue, prenait sa place : une chorégraphie précise, solennelle.

Lorsque les fidèles du rang devant moi se levèrent à leur tour, je pris pleinement conscience de mon intrusion. Je m'assis et repliai les jambes afin de laisser passer la famille à côté de moi. Lorsqu'elle revint, je baissai la tête, pour imiter sa dévotion. Comme je n'avais aucune conversation à mener avec Dieu, mon regard était distrait par la succession de chaussures des gens qui, venant du fond, s'avançaient vers l'autel. *Des richelieus en velours mauve. Une femme. D'une vingtaine d'années.* Je haussai les yeux pour voir si j'avais raison. C'était le cas. *Chaussures à lacets en cuir marron, éraflées. Garçon. Six ans.*

Le chœur avait entonné un air sur quatre notes qui ressemblait à une élégie. Sans attendre la fin de la messe, je pris mon sac et partis discrètement en évitant de croiser le regard de quiconque lèverait la tête en plein recueillement.

Une fois sortie de l'église, je plissai les yeux et offris mon visage aux rayons du soleil. Un millier de questions se bousculant dans mon esprit, j'essayai de comprendre ce dont je venais d'être témoin : la musique, la langue, le décorum, les vêtements… tout cela m'était si peu familier. C'était le monde de Kyle. Peut-être, la prochaine fois que je le verrais, pourrais-je lui demander de m'expliquer. Mais quand l'occasion se présenterait-elle ?

Plongée dans mes pensées, je franchis l'arche de l'école. Le bruit d'un moteur de moto me ramena à la réalité. Crachotant, l'engin s'arrêta et le chauffeur remonta ses lunettes sur sa casquette de cuir.

— Est-ce bien l'aile des filles, mademoiselle ? s'enquit-il.

— Oui. En quoi puis-je vous aider ?

— Pourriez-vous porter un télégramme pour moi ? Je ne suis pas censé entrer, mais je n'ai pas le temps d'attendre que la personne à qui il est destiné vienne le chercher. J'ai trop de livraisons aujourd'hui.

— Naturellement. Je vais m'en charger.

Après m'avoir tendu une enveloppe, il s'éloigna dans un nuage de fumée marron. Surprise, je lus le nom du destinataire.

Julianne Westcott, King's College, Hampstead Residence, Londres.

Qui pouvait bien m'envoyer un télégramme ?

Je déchirai impatiemment le pli et en tirai la carte. Elle avait été envoyée cinq jours auparavant.

Charles est tombé malade. Appelez Bootle dès que vous le pourrez. Kyle.

Chapitre 12

« CHARLES EST TOMBÉ MALADE. » « CHARLES EST TOMBÉ malade. » Sans cesser de me répéter ces mots, je poussai la lourde porte de bois et me précipitai au second étage, bousculant une fille de première année avec laquelle je partageais quelques cours. Elle laissa tomber ses livres et je criai un piètre « désolée, urgence », en arrivant au sommet des marches.

Heureusement, le téléphone était libre. Je m'emparai vivement du récepteur.

— Longue distance, Merseyside, Institution Bootle, chuchotai-je, le souffle saccadé.

L'opératrice resta en ligne pendant ce qui me sembla une éternité, avant d'annoncer :

— Je vous passe l'Institution Bootle.

M'attendant à parler à Miss Ellis, je fus surprise d'entendre une voix inconnue. Qui n'avait rien de la jovialité de mon amie.

— Institution Bootle.

— C'est Julianne Westcott. Je viens de recevoir un télégramme au sujet de mon frère, Charles. Pourriez-vous, s'il vous plaît, me passer quelqu'un qui s'occupe de lui ?

— Laissez-moi regarder ce dossier.

J'entendis mon interlocutrice poser le combiné sur le bureau et m'écroulai à terre. Ma tête me lançant, je me frottai les tempes.

— Miss Westcott, j'ai le dossier sous les yeux. Or, votre nom ne figure pas sur la liste des personnes habilitées à recevoir des informations.

Je réprimai un soupir de frustration. Naturellement, mes parents ne m'auraient pas incluse dans les personnes autorisées à s'enquérir de Charles.

— Je comprends. Mais je suis sa sœur. Vous devez sûrement pouvoir me passer quelqu'un qui pourra me donner de ses nouvelles. Je viens de recevoir un télégramme disant qu'il était tombé malade.

— Puis-je vous demander qui vous l'a envoyé ?

— Kyle McCarthy. L'un de vos jardiniers de cet été.

— Je suis désolée, mais je ne peux pas dévoiler des informations sous l'autorité d'un jardinier.

Je sentis la chaleur me monter aux joues et, de rage, secouai le récepteur. Puis, le ramenant contre mon oreille, je repris :

— Dans ce cas, Miss Ellis saura me répondre. Passez-la-moi, s'il vous plaît.

— C'est son jour de repos. Mais elle rentrera demain.

— Cela ne peut pas attendre jusqu'à demain. J'ai besoin de savoir de quoi souffre mon frère !

— Encore une fois, je suis désolée, mais je ne peux pas vous renseigner sans autorisation. Peut-être pourriez-vous essayer de téléphoner au jardinier qui vous a envoyé ce télégramme.

—Merci. C'est ce que je vais faire, fulminai-je.

Écumant de colère, je me relevai et raccrochai d'un geste brusque, en marmonnant des mots qui m'auraient valu une réprimande de ma mère.

Alertée par mon tapage, Dorothy ouvrit sa porte et jeta un coup d'œil dans le couloir.

—Julianne ? Tout va bien ?

—Je ne sais pas !

Elle posa son cahier et sortit me rejoindre. M'enlaçant de ses bras, elle me laissa sangloter un moment sur son épaule. Lorsque je me dégageai, je lui montrai mon télégramme et lui racontai mon coup de téléphone.

—Je suppose qu'il serait logique d'appeler Kyle pour en avoir le cœur net, me conseilla-t-elle.

—Je ne peux pas l'appeler, Dorothy. Il est…

—Il est quoi ?

—Viens.

La prenant par la main, je l'entraînai le long du couloir, jusqu'à ma chambre. Elle s'assit sur le lit d'Abigaïl et je sortis la photo froissée de mon bureau. Un instant, je contemplai son visage, sa bouche qui sifflotait. Je la lui tendis et j'étais sur le point de lui raconter les détails de notre histoire, lorsque Abigaïl entra. Tout naturellement, elle se joignit à nous.

Quand elles m'eurent toutes les deux écoutée, ma compagne de chambre, l'air impressionnée, déclara :

—Je ne te croyais pas comme ça, ma belle. Bien sûr, je savais que tu enfreignais certaines règles. Mais l'homme de l'oreiller est un prêtre ? Eh bien, tu dois être la personne qui a la couenne la plus dure que je connaisse.

— Mais que signifie cette expression ?

— Coriace, Julianne ! Ça veut dire que tu es coriace. Vous, les Britanniques, il faut tout vous apprendre.

Dorothy s'impatienta.

— Tu ne nous aides pas vraiment, Abigaïl.

— Tu as raison, concéda-t-elle.

Puis elle reprit à mon intention :

— Ton petit secret m'a sans doute choquée. Je suis d'accord avec cette idiote de l'Institut Bootle.

— « L'Institution », la corrigeai-je.

— D'accord. Je suis d'accord avec l'idiote de l'Institution Bootle. Tu dois téléphoner à Kyle et voir de quoi souffre ton frère.

— Ne crois-tu pas que je ne demande que ça ? Mais comment téléphone-t-on à un séminariste ? Je serais surprise qu'il ait le droit de recevoir des appels féminins. D'un autre côté, je ne veux pas non plus attendre jusqu'à demain pour parler à Miss Ellis.

Avec un soupir accablé, je laissai tomber le télégramme sur mes genoux.

— Je crois qu'Abigaïl a raison, renchérit Dorothy. Tu pourrais prétendre que c'est une urgence. Tu dois au moins essayer.

Malgré mon désespoir, ma terreur à la perspective d'appeler un séminaire catholique l'emportait sur mon inquiétude pour Charles.

Soudain, Abigaïl proposa une solution.

— Et si je passais ce coup de fil pour toi. Au moins pour le joindre. Tu es incapable de penser clairement. Est-ce que cela t'aiderait ?

M'essuyant les yeux, je hochai la tête.

— Je suis d'accord. Allons-y.

Quand nous ressortîmes dans le couloir, l'une des pensionnaires se dirigeait vers le téléphone. Terrifiée par le regard assassin d'Abigaïl, elle prit ses jambes à son cou et disparut dans sa chambre.

Ma colocataire décrocha et déclara :

— Opératrice, pouvez-vous s'il vous plaît me passer...

— Ushaw College à Durham, lui chuchotai-je.

Chacune des informations communiquées par Miss Ellis sur Kyle était soigneusement classée dans un coin de ma mémoire.

— Durham. Ushaw College. Je vous remercie.

Assises, en silence, nous attendîmes que l'appel soit connecté. Puis Abigaïl reprit :

— Ushaw College ? J'ai besoin de parler à Kyle McCarthy. C'est l'un de vos séminaristes... Dans ce cas, pouvez-vous aller le chercher au réfectoire, s'il vous plaît ? C'est assez urgent. Oui, je comprends que vous n'ayez pas l'habitude de recevoir des coups de téléphone de femmes, mais je ne me satisferai pas d'un refus. Et si je dois ramper à travers cette ligne téléphonique pour aller chercher Mr McCarthy en personne, je le ferai, parce qu'il s'agit d'une urgence et que je vous prenais pour un homme de Dieu plein de clémence.

Dorothy leva les yeux au ciel et je restai bouche bée. Nous échangeâmes un regard consterné.

— Je préfère ça. Oui. Merci de me passer le réfectoire et de prévenir qu'une certaine Miss Westcott est au bout du fil.

Se tournant vers moi, elle me fit un clin d'œil. J'avais toujours la bouche ouverte.

—J'ai fini mon travail, déclara-t-elle en me tendant le téléphone.

Avec un tact sans précédent, elle entraîna Dorothy par le bras. Chacune regagna sa chambre respective. Le bruit de leurs portes qu'elles refermèrent derrière elles résonna dans le couloir maintenant désert. Je m'affalai sur le sol et, tout en calant le récepteur entre mon oreille et mon cou, j'arrachai nerveusement des peaux mortes de mes ongles.

Soudain, une voix dans le récepteur me fit sursauter.

—Julianne ?

—Kyle, c'est vous ?

—Oui. Le père Herbert m'a annoncé qu'une Américaine vulgaire demandait à me parler. Puis il m'a donné votre nom. Cela n'avait aucun sens.

Je souris.

—C'était ma colocataire. C'est une longue histoire. Je pourrai vous expliquer une autre fois.

—J'y compte bien.

Ses paroles me laissaient toujours entendre que nous avions l'espoir de nous retrouver un jour. Il savait bien, pourtant, que ce n'était pas le cas.

—Kyle, j'ai reçu votre télégramme, et je suis terriblement soucieuse. J'ai appelé l'Institution Bootle mais Miss Ellis est absente aujourd'hui. Et la femme qui m'a répondu a refusé de me passer quelqu'un susceptible de me renseigner au sujet de Charles.

—Mon Dieu ! J'en suis désolé. Vous devez être vraiment inquiète. Rassurez-vous, il va mieux. Vous pouvez vous tranquilliser. Je vais vous raconter ce qui s'est passé. Je suis rentré la semaine dernière pour un congé. Comme je remplaçais mon père à Bootle, je suis passé voir comment allait Charles, comme je le fais toujours. L'aide-soignant de garde m'a raconté que votre frère avait souffert de douleurs dans la poitrine et qu'il ne mangeait plus rien.

— Pardon ?

Je me redressai et me cognai la tête au bord de la table sur laquelle le téléphone était posé. Laissant Kyle poursuivre, je la frottai.

— Oui, en plus, il souffrait d'insomnies. Il n'avait pas l'air en forme, Julianne. Mais je suis allé le voir tous les jours, à chacune de mes pauses. Et lorsque j'ai dû regagner le séminaire hier, il allait bien.

— Quel est le problème, à votre avis ?

— Apparemment, les membres de l'équipe médicale n'en ont pas la moindre idée. Mais le fait qu'il ait récupéré a paru dépasser leurs attentes.

— Je dois rentrer à Liverpool. Je veux être avec lui. Il ne comprend pas pourquoi je ne viens plus le voir. Je vais commencer à prendre des dispositions avec mes professeurs. Je peux sûrement m'échapper pendant quelques jours.

— Je pense que c'est une décision un peu précipitée. Il est en voie de guérison et je sais à quel point il est facile de prendre du retard quand on manque des cours. Écoutez-moi. Mon père a lui aussi été souffrant. J'ai donc l'intention d'aller à Liverpool aussi souvent que possible. J'en profiterai pour passer voir Charles et je vous téléphonerai pour vous donner des nouvelles. Si son état régresse, je vous promets de vous prévenir. Ainsi, vous pourrez venir à votre tour.

— Et si je suis absente et que je manque votre appel ?

—Je laisserai un message à la personne qui me répondra et j'espère qu'elle vous le transmettra sans faute.

Touchée par sa bonté, je pressai une main sur mon cœur.

—Merci. Encore une fois. Kyle ?

—Oui ?

—Je suis navrée d'entendre que votre père aussi est souffrant.

—Cela attendra également un autre jour. J'aperçois le père Herbert qui arrive et je dois lui présenter des excuses.

Je reposai le récepteur avec délicatesse, cette fois, et souris. Puis, faisant demi-tour, je regagnai ma chambre où l'ingénieuse Abigaïl attendait sûrement un compte-rendu complet de ma conversation.

Abertillery

Les draps blancs d'Agnès étaient maintenant souillés par le sang et la transpiration de l'accouchement. Il ne fallait pas que ses enfants la voient ainsi. Je trouvai un grand édredon et en couvris son corps, ne laissant que sa tête et ses épaules visibles. Puis, je sortis également ses bras et les allongeai sur l'édredon. Après lui avoir joint les mains, j'y entrelaçai le chapelet laissé par Mr Campbell. Enfin, je coiffai ses cheveux pour leur donner une apparence quasi normale.

Mr Campbell était toujours avec ses enfants. Le père McCarthy s'attarda pour ranger toutes ses huiles dans sa sacoche noire. Le cœur battant la chamade, je sus que je ne pouvais plus repousser le moment. J'avais besoin de le voir, de vérifier s'il ressemblait au Kyle dont j'avais entendu la voix. Mais lorsque je vins me placer du côté droit du lit, il me tourna le dos et quitta la pièce. Je compris qu'il allait annoncer la nouvelle à la famille. Saisie d'un nouveau vertige, je me pris la tête entre les mains.

Chapitre 13

Mes cours et l'emploi du temps de l'hôpital étant devenus imprévisibles, je manquai trois appels de Kyle au cours des six semaines suivantes. Chaque fois, je trouvai avec une joie mêlée de chagrin un message rédigé à la hâte sur une page de cahier, par quelque étudiante inconnue qui avait décroché par hasard.

J'avais téléphoné à plusieurs reprises à Miss Ellis pour prendre des nouvelles de Charles, et j'étais désormais rassurée. Elle m'avait enfin convaincue que mon frère était rétabli, même si l'on n'avait pas trouvé la cause de son malaise.

Alors que nous nous apprêtions à entamer deux semaines de cours pratiques sur des cadavres, je sentis mon inquiétude s'alléger.

Nous passâmes la journée d'information de cette session dans un auditorium. Prenant soin d'éviter de regarder l'estrade, où des corps enroulés dans des draps gisaient sur des tables, nous bavardions avec nervosité, le brouhaha de nos voix résonnant dans l'immense espace. Abigaïl vint s'installer à côté de moi. Elle semblait ne pas tenir en place. M'étonnant de ce silence qui ne lui ressemblait pas, je ne tardai pas à découvrir la raison de son agitation.

—Julianne, j'ai quelque chose à te dire.

Les yeux baissés sur son crayon, dont le bout portait la trace de ses dents, elle se déplaça sur son siège.

Inquiète, je posai une main sur son bras.

—Que se passe-t-il ?

—Tu me connais. J'ai déjà franchi la limite à une ou deux reprises dans ma vie, mais je ne m'intéresserais jamais à l'amoureux d'une autre. Cela ne se fait pas.

—De quoi parles-tu? la pressai-je, de plus en plus intriguée.

Le seul prénom qui me venait à l'esprit était celui de Kyle. Mais il était impossible qu'il puisse s'agir de lui. Elle se rapprocha légèrement et poursuivit sur le ton de la confidence :

—Jul, j'ai rencontré Roger à un dîner d'ambassade auquel mon père m'a emmenée. Nous nous sommes mis à discuter et, soudain, il y a eu comme une étincelle. Tu vois ce que je veux dire ?

Avec un sourire, je me calai contre mon dossier et laissai échapper un soupir de soulagement.

—Abigaïl, tu es un génie. Je ne comprends pas comment je n'ai pas pu y penser avant.

Je me mis même à rire, ce qui parut la surprendre.

—Toi. Roger. Vous êtes issus du même milieu et vous suivez le même parcours. Ah ! Vous allez tous les deux en avoir pour votre argent ! J'exulte ! Ce sera amusant à observer.

—Donc tu n'es pas fâchée ?

—« Fâchée » ? Bien au contraire ! Roger mérite d'être heureux. Et maintenant, je m'en veux beaucoup moins de l'avoir laissé tomber.

— Bon sang ! Je peux te dire que tu es une merveille. Et moi qui m'inquiétais de rôtir en enfer pour t'avoir piqué ton homme. Même si tu t'en étais débarrassée.

Notre professeur, l'infirmière Scrowl, une femme de haute taille, nous demanda le silence. Dociles, nous lui accordâmes immédiatement notre attention. Les lumières s'assombrirent et elle commença sa démonstration : des photos prises à la morgue, une mise en garde contre le fait que le formaldéhyde et le sujet provoquaient souvent des évanouissements chez les étudiantes. Sans parler du procédé d'excoriation. Même si cette simple pensée me donnait la nausée, je me rappelais avoir entendu dire que nous avions de la chance, dans notre école, de nous entraîner sur de vrais spécimens. Dans d'autres établissements, les expériences étaient conduites sur des chats ou des cochons, qui étaient loin de reproduire l'anatomie humaine.

Non sans fierté, j'arrivai au bout de mes deux semaines sans le moindre incident. Je déployai néanmoins de gros efforts et fis un usage immodéré de pommade mentholée dans mes narines. Le soir du dernier jour d'examens, je montais péniblement l'escalier du foyer quand j'entendis la sonnerie du téléphone du couloir. Partagée entre l'envie de décrocher et celle de gagner directement mon lit, j'hésitai un instant. Je finis par répondre.

— Opératrice transmettant un appel de Durham pour Miss Julianne Westcott. Vous êtes Miss Westcott ?

— C'est moi.

Malgré ma lassitude, toutes les fibres de mon corps étaient électrisées. J'avais l'impression que si l'on me le demandait, je pourrais courir un marathon.

—Julianne ?

—Kyle ! m'exclamai-je, incapable de dissimuler mon enthousiasme.

—Vous paraissez vraiment très occupée. N'avez-vous pas eu mes précédents messages ?

—Si. Et je suis tellement navrée d'avoir manqué vos appels.

—Je voulais m'assurer que vous saviez que Charles allait mieux.

—Oui, merci. J'ai eu Miss Ellis au téléphone. C'est un tel soulagement. Et comment va votre père ?

—Les nouvelles ne sont pas très bonnes, je le crains. Mais son état reste stable. C'est juste un vieil homme entêté qui refuse de voir un médecin.

—J'ai prié pour lui, vous savez.

—Vraiment ?

Je pouvais presque l'imaginer, à l'autre bout du fil, se redressant à mes paroles.

J'étais en effet retournée au Cœur-Immaculé-de-Marie deux fois depuis ma première visite. Et, après la messe, rassemblant tout mon courage, j'avais finalement demandé au prêtre comment je pouvais prier pour un malade. C'était par ces petits gestes que je me sentais plus proche de Kyle, que j'essayais de comprendre cette vocation qui nous séparait.

—Oui. Je suis entrée dans une église où j'ai allumé un cierge pour votre père. Je pense que c'était devant saint Joseph. Je ne connais pas vraiment le nom des saints, mais j'ai choisi une statue représentant un homme. Cela m'a paru le plus logique.

—Je suis sans voix, Julianne. Cela compte tellement pour moi.

—Je ne voudrais pas que vous me preniez pour une vraie mécréante !

Souriante, j'enroulai le fil du téléphone autour de mon avant-bras.

—Les miracles arrivent, concéda-t-il.

—Très drôle ! Vous voulez que je raccroche ?

J'avais l'impression de flirter comme j'avais vu d'autres filles le faire. Je sentis mes joues s'embraser.

—Non. Non. Pas alors que j'arrive enfin à vous joindre. Comment se passent les études ?

—C'est très intense. Nous venons de finir notre formation sur les cadavres, et je ne veux pas en dire davantage pour le moment. J'ai bien peur que cela me hante pendant quelque temps. L'autre jour, j'ai rencontré une dame âgée qui souffrait d'une méningite. En dépit de sa douleur, elle avait un sourire magnifique. Ses histoires m'ont enchantée. Parfois, elle me prend pour sa petite-fille et m'appelle Frances. Je ne la contredis pas. Cela la rend heureuse.

—C'est ce que je préfère au séminaire, moi aussi. Parler avec les gens. Nous avons cette femme, si âgée que j'ai même peur de lui souffler dessus de crainte de la voir s'envoler. Mais elle arrive tous les jours avant le début de la messe pour préparer l'autel. J'admire une personne qui peut montrer une telle persistance à tenir un engagement.

Surtout si l'on prend en considération le défi que cela doit représenter pour elle.

— Je sais.

— Mais assez de tout cela. Vous et moi passons suffisamment de temps dans nos mondes respectifs. Racontez-moi comment vous occupez votre temps libre. Vous devez bien en profiter à Londres.

— Je crains fort de ne pas m'amuser autant que ce que vous pourriez penser. J'essaie d'aller voir un film avec mon amie Dorothy, quand nous le pouvons.

— Et les garçons ? Je suppose qu'ils font la queue pour vous inviter à aller danser.

Comment pouvais-je répondre à cette question ? Il était vrai que lorsque je parvenais à m'extraire de mes cours pour sortir, je ne manquais jamais d'admirateurs. Mais j'étais un glaçon. Aucun d'eux ne faisait jamais vibrer mon cœur comme il l'avait fait dans cette grange délabrée, dans sa camionnette, comme même le simple son de sa voix au téléphone le faisait. Avec Roger, j'avais tenté de donner sa chance à un autre, mais Kyle était le seul qui me mettait en émoi, qui me faisait rêver. Je m'étais résignée au fait que nous ne pourrions jamais être ensemble. Mais, maintenant qu'il avait fait naître en moi des sentiments d'une telle intensité, il ne me semblait plus possible de me satisfaire de moins. Bien entendu, je ne pouvais pas le lui avouer.

— Je suppose en effet que certaines occasions se présentent. Mais mes cours accaparent le plus clair de mon temps. Je ne m'autorise donc pas la moindre distraction.

— Hum, hum ! se contenta-t-il de répondre, sans grande conviction.

J'aurais été curieuse de connaître ses pensées.

Abordant ce qui me paraissait un sujet moins périlleux, je m'empressai de poursuivre :

— Sinon, savez-vous que vivre à Londres commence à devenir inquiétant ?

— Que voulez-vous dire ?

— Je vais m'acheter un masque à gaz pour mon anniversaire. Pouvez-vous le croire ?

— Un « masque à gaz » ? répéta-t-il d'un ton surpris. Quelle tragédie de voir que nous en sommes arrivés là.

— De plus en plus de gens s'en procurent. Si je déteste envisager une issue aussi dramatique, il faut bien être réaliste.

— On ne prend pas de telles précautions, ici, même s'il se murmure que nous risquons la guerre. Depuis que Hitler a envahi l'Autriche, on a l'impression que les gens se réveillent, et prennent conscience de sa soif de pouvoir et des conséquences que cela aura sur l'Angleterre. Tout le monde débat afin de savoir si nous devrions entrer en guerre ou pas.

— Si nos hommes sont de nouveau appelés, en tant que futur prêtre, n'êtes-vous pas exempt ?

— En théorie, je le suis. Mais cela me met très mal à l'aise. Si nous entrons en guerre, je veux servir sous nos drapeaux.

Même si nous n'étions qu'amis, la vision de Kyle en uniforme, brandissant un fusil et chargeant vers une mort certaine m'était intolérable. La dernière guerre avait décimé une génération entière et je ne pouvais supporter de l'imaginer allongé sur un champ de bataille. Je devais évoquer toutes les raisons qui pouvaient le garder à l'abri du danger.

— Et le fait que vous soyez irlandais ? Cela ne compte pas ?

— La religion catholique est mon seul lien avec l'Irlande, répondit-il d'un ton patient. Sinon, je dois beaucoup à l'Angleterre. Mes origines irlandaises ne me retiendraient pas de m'enrôler.

— Si j'étais un homme, je ne voudrais surtout pas m'enrôler ! Je ne comprends donc pas votre enthousiasme.

— Ce n'est pas la guerre qui m'enthousiasme, Julianne, répliqua-t-il d'un ton sévère. Pour l'amour du ciel, je vais devenir un ecclésiastique. Nous sommes censés être des hommes de paix. Mais, en toute honnêteté, si partir pour le front signifie que je pourrai vous protéger et en protéger d'autres, j'y trouve également une certaine sainteté.

Incapable de parler, je sentis une larme rouler sur ma joue. Même si je savais qu'il m'entendait, je ne pus m'empêcher de renifler.

— Julianne ? Ça va ? Vous ai-je fait de la peine ?

Je me contentai de secouer la tête.

Avec un soupir, il poursuivit :

— Écoutez, vous êtes… mon amie, reprit-il après une hésitation. Et vous le serez toujours, qu'importe ce qui nous séparera. Je veillerai sur vous, je prierai pour vous et, si cela devait arriver, je me battrais pour vous sauver. C'est la raison pour laquelle les hommes partent pour la guerre. Nous prétendons que c'est pour la gloire, l'honneur, la victoire. Mais ce n'est pas le cas. C'est pour nos proches. Pour ceux auxquels nous tenons.

— Vous tenez donc à moi ?

Sa voix s'adoucit puis se transforma en murmure.

— Vous le savez bien.

Je pouvais imaginer son corps à côté du mien. Au lieu que nous soyons séparés par toute la distance d'un pays, je nous voyais assis, côte à côte. Gardant un espace infime entre nous afin de ne pas nous frôler, afin de ne pas profaner nos valeurs. Nous nous parlions à mots voilés : « je tiens à vous », au lieu de « je vous aime ». Ce « je vous aime » qui planait sur notre conversation comme un lourd nuage noir, menaçant de tout balayer sur son passage. Mais je ne serais pas celle qui le ferait exploser. Je ne volerais pas le Seigneur, comme dirait Lucille.

Aussi, imitant sa réserve, je me contentai de répondre :

— Moi aussi, je tiens à vous.

Incapable de lui dire « au revoir », je reposai doucement le récepteur, avant d'aller me réfugier dans la solitude de ma chambre pour pleurer.

Chapitre 14

Kyle ne me rappela pas de tout le trimestre. Mais avant le début de nos examens de fin d'année, je reçus un paquet. Il contenait un paon brillant, grossièrement sculpté, qui faisait la roue. Le mot qui l'accompagnait disait :

J'espère que cela vous réconfortera de la perspective d'acheter un masque à gaz. Voilà un oiseau que j'ai sculpté pour vous en guise de cadeau d'anniversaire. Il me rappelle la broche que vous portiez lorsque nous sommes allés à Wallasey.
Avec mon meilleur souvenir,

Kyle.

Comment aurais-je pu me concentrer après avoir reçu un tel présent ? Des heures durant, je tins le paon au creux de ma paume, jusqu'à ce que le vernis commence à s'user.

Je passai mes examens avec plus de succès que je ne l'avais prévu. Peut-être avais-je un don pour ce métier, après tout. Puis je fis le tour de tous mes malades pour leur faire mes adieux car il était fort peu probable que je les revoie. Lorsque je reviendrais, ils seraient soit guéris, soit rentrés chez eux, soit… ailleurs.

Je passai encore quelques jours à Londres pour faire des courses et dire « au revoir » à mes amis. Le père d'Abigaïl, un homme charmant, me fit conduire à la gare avec sa voiture diplomatique.

À mesure que j'approchais de Liverpool, la campagne défilait de plus en plus vite.

Enfin arrivée à la maison, j'exultai. Tout me paraissait encore plus vibrant qu'avant mon dernier départ. Même s'il était naturel que, pendant l'hiver, tout m'ait semblé plus mort. Aujourd'hui, je ne reprendrais pas mes études avant plusieurs mois et Lucille m'avait écrit qu'elle était amoureuse. J'avais hâte d'avoir de ses nouvelles. Et, j'allais sûrement finir par voir Kyle.

Retenu au travail, père ne pouvait pas rentrer tout de suite. L'un des entrepôts avait été vandalisé : une bombe artisanale avait été balancée par une fenêtre. Elle n'avait pas explosé mais il avait fallu appeler les autorités et nettoyer les vitres brisées. Malgré le manque de preuves et le sentiment général en ville que la menace terroriste irlandaise s'était éloignée, il n'avait pas voulu démordre de sa conviction que l'attentat avait été perpétré par « ces abjects catholiques de l'IRA ».

Après avoir passé un peu de temps en compagnie de mère, j'allai me promener dans Newsham Park, me grisant de l'air frais, libérateur. Je ramassai une branche par terre et la fis distraitement courir contre la barrière de fer forgé, écoutant le son métallique.

J'entendis au loin un brouhaha de voix d'enfants euphoriques. Au détour d'un sentier, je vis un groupe de bambins se précipitant vers le lac, chargés de bateaux miniatures. En souriant, je traversai la pelouse jusqu'à un banc où je m'installai pour assister à leur régate.

Visiblement enchantés que le début de leurs vacances d'été leur permette de reprendre leur passe-temps traditionnel, filles et garçons couraient en tous sens. Ma mère estimant qu'il s'agissait d'un jeu stupide qui n'était pas de mon rang, je n'avais pas eu le loisir de participer à ces courses de voiliers. Enfant, je les regardais de la fenêtre de ma chambre, les enviant de s'amuser autant. L'été, ils se retrouvaient quasiment tous les jours sur les berges du lac à faire voguer leurs bateaux de fortune, fabriqués à l'aide de babioles mises au rebut dans leurs familles.

Comme il était doux, le temps de l'enfance! Sans autre complication que passer ses journées à jouer avec ses amis au soleil, à créer des jouets. Assise sur mon banc, je m'aperçus que je vieillissais. Mes études étaient un défi. Ma vie ne m'offrait plus aucune réponse simple. Mes questions n'étaient plus: «Mon bateau va-t-il flotter sans couler?», mais: «M'aime-t-il? Ne m'aime-t-il pas?» Même si nous n'étions pas logées à la même enseigne, Abigaïl et Lucille savaient toutes les deux qu'elles étaient aimées.

À côté de l'étang réservé aux enfants, s'étendait un lac plus grand, cadre idyllique pour les promenades en barque de jeunes couples ivres d'amour. Je remarquai soudain que je n'étais pas la seule jeune fille perdue dans sa contemplation mélancolique, à espérer que son reflet dans l'eau ne soit pas toujours solitaire.

Mais je ne vis pas que quelqu'un arrivait derrière moi. Soudain, deux grandes mains me couvrirent les yeux. Surprise, je sursautai.

— Devinez ? lança une voix anormalement basse.

Son propriétaire cherchait visiblement à ne pas se faire reconnaître. Mais mon corps étant plus difficile à leurrer, je sentis les battements de mon cœur s'accélérer.

— Le père Noël ?

— Ce n'est pas la saison.

— Le fantôme de Canterville ?

— Ce n'est pas l'heure.

— Dans ce cas, je donne ma langue au chat.

Les mains s'écartèrent et je penchai la tête en arrière. Même à l'envers, Kyle était facilement reconnaissable.

Je me levai d'un bond et dus me faire violence pour ne pas nouer mes bras autour de son cou. Mais je m'arrêtai juste à temps pour respecter notre accord d'amitié. Néanmoins, mon sourire trahissait ma joie. Et je me réjouis secrètement de voir qu'il la partageait.

— Kyle !

Même ma voix me trahissait.

— Je ne savais pas si vous vouliez toujours me parler, avança-t-il.

— Comment avez-vous jamais pu penser une chose pareille ?

— Je n'ai plus eu de nouvelles après mon dernier coup de téléphone. Je craignais que vous n'ayez trouvé mon cadeau insultant. Ce n'était qu'un simple paon en bois.

— « Insultant » ? Jamais de la vie. Je l'ai adoré. Il est même sur ma table de nuit. Il va beaucoup plaire à Lucille. Elle va dire que vous devez bien me connaître. Mais il faut m'excuser. J'ai été si absorbée par mes examens de fin d'année que je n'ai pas eu l'occasion de vous répondre.

— Ne vous inquiétez pas. Je suis content qu'il vous ait fait plaisir.

Se dandinant d'un pied sur l'autre, il enfonça ses mains dans ses poches. Une mèche de cheveux glissa sur ses yeux et je fus prise d'une envie irrépressible de la repousser.

— Grand plaisir. Merci encore. J'espère que vous allez persister dans vos travaux de menuiserie, parce que vous avez un vrai don, ajoutai-je, taquine.

— Si vous étiez catholique, je vous enverrais vous confesser, répliqua-t-il du tac au tac.

— Au moins, j'ai tout de suite vu que c'était un paon. Vous avez vraiment un talent. Beaucoup plus que moi. Je pourrais même vous charger de me construire un bateau miniature pour que je me joigne aux régates des enfants.

— Là, ce serait vraiment amusant.

De ses doigts, il me frôla le bras, m'invitant à me rasseoir. Un moment, nous restâmes à observer les bambins, avant de nous tourner enfin l'un vers l'autre.

— Alors que faites-vous ici ? lui demandai-je.

Songeuse, je me mordillai la lèvre inférieure. Pouvais-je oser espérer qu'il était là pour moi ?

— La même chose que vous, je suppose. Je profite de la journée d'été. L'état de mon père ne s'améliore pas. Je vais le remplacer aujourd'hui, et aller travailler chez vous. Mais je n'ai pas pu résister à l'envie de me promener d'abord dans le parc.

— Chez nous ?

— Votre mère ne vous a rien dit ? Je suppose que notre travail de Noël lui a plu car elle nous a engagés pour nous occuper de ses jardins les lundis.

— Non, elle ne m'a rien dit.

Je n'allais pas risquer de l'insulter en lui expliquant qu'elle considérait les problèmes de personnel comme insignifiants et qu'il était peu vraisemblable qu'elle m'en parle dans ses lettres. Je ne lui avouai pas non plus que le lundi devenait de fait mon jour préféré de la semaine.

— En tout cas, je suis contente que vous ayez décidé de venir marcher dans le parc. Et je suis désolée pour votre père.

— Il a de bons jours mais il est indéniable que ses forces l'abandonnent. Depuis que je suis rentré, il y a quelques jours, je fais la cuisine et le ménage pour lui. Je lui ai même raccommodé ses chaussettes.

— Vous êtes une vraie fée du logis.

— Pas vraiment. J'ai fait brûler le dîner, j'ai laissé des traces en faisant les vitres, et je me suis piqué avec une aiguille.

L'image me fit sourire. Mais je devinais qu'il était trop modeste.

Mon attention fut de nouveau attirée par les couples d'amoureux, dans leur barque. J'aurais tant aimé en partager une avec Kyle, parler, flirter, rire, lui voler un baiser. Lorsque je m'aperçus que lui aussi contemplait la scène, je comblai imperceptiblement l'espace entre nous, dans l'espoir qu'il nourrisse les mêmes pensées. Mais, se redressant vivement, il recula d'un pas.

— J'ai dit à votre mère que je serais là à 10 heures.

— Oui, oui, parvins-je à répondre, dissimulant mon embarras. Elle est très à cheval sur la ponctualité.

— Je peux l'imaginer. Sachant cela, je ne tiens pas à mettre ma vie en péril.

Il m'adressa un petit salut de la main et prit la direction de notre portail.

— Kyle, attendez ! lançai-je en me levant.

— Oui ? s'enquit-il en se retournant.

— Hum..., bégayai-je, j'ai été heureuse de vous revoir.

— Moi aussi, Julianne. À bientôt.

Les quinze jours qui suivirent, je passai mon temps avec des amies. Lucille, Blythe, Rose, Lotte, Maude. Le frère de Blythe avait ouvert un stand de fish and chips sur les berges de la Mersey et nous nous y retrouvions souvent pour regarder passer les paquebots. Les événements s'étant précipités depuis l'été précédent, nous nous efforcions d'esquiver le sujet morose de la guerre imminente.

Peut-être était-ce une impression due à mon chagrin, mais tous les gens que je fréquentais étaient soit mariés soit amoureux. À l'exception de Lotte. Ses amourettes ne semblant guère durer plus de quelques semaines, elle s'occupait en échafaudant des projets de mariages imaginaires qu'elle partageait avec tout le monde. Ses prétendants devaient vraiment s'ennuyer à mourir !

Comme je le craignais, je devins l'objet de spéculations. J'expliquai alors que, si j'aimais aller danser à Londres, mes études m'empêchaient de m'impliquer dans une relation sérieuse. Ma réponse ne donna pas satisfaction à mes amies. Néanmoins, elles m'accordèrent un répit. Même s'il n'était que momentané. Lucille qui, seule, connaissait la vérité évitait de croiser mon regard.

Je m'échappai un après-midi pour aller rendre visite à Charles. Je ne l'avais pas vu depuis que j'avais reçu le télégramme de Kyle. En dépit des affirmations de Miss Ellis, je trouvai mon frère pâle, visiblement amaigri. Des différences subtiles que seul quelqu'un qui ne l'avait pas vu depuis longtemps pouvait remarquer.

— Vous croyez vraiment qu'il va bien ? chuchotai-je à Miss Ellis, comme s'il pouvait nous entendre.

— Je sais pourquoi vous posez la question. J'ai remarqué qu'il avait l'air essoufflé quand il rentre de sa promenade. Je n'y ai pas spécialement prêté attention jusqu'à maintenant. Mais je ne suis pas médecin, ma chère, et je n'ai pas entendu dire qu'ils s'inquiétaient pour lui.

Voyant que je n'étais pas convaincue, elle m'assura qu'elle serait particulièrement vigilante et qu'elle me communiquerait toute nouvelle information qu'elle pourrait glaner.

J'aurais voulu venir voir mon frère plus souvent. Mais mère avait décidé de remplir mon emploi du temps de visites mondaines. Si elle savait que Charles avait été souffrant, si elle recevait des nouvelles de Bootle, elle n'en montrait jamais le moindre signe. En revanche, elle persistait à se préoccuper de mon bonheur. Étant donné que j'avais été assez malavisée pour congédier Roger, elle semblait déterminée à m'ouvrir de nouvelles perspectives. C'était, du moins, ce qu'elle insinuait. Deux lundis de suite, réduisant à néant mes espoirs d'aller, mine de rien, saluer Kyle dans nos jardins, elle m'entraîna chez Mrs Sheldon qui recevait son petit-fils pour l'été. Il devint vite évident que notre hôtesse et ma mère conspiraient pour nous réunir.

Mais maintenant que j'avais été étudiante à Londres, j'avais bien l'intention d'exercer plus de maîtrise sur ma vie. Le lundi suivant, quitte à feindre d'être malade, j'étais bien résolue à ne pas quitter la propriété. Sans laisser à mère le temps de m'intercepter, je pris la direction de la gloriette, à l'extrémité du domaine. Vêtue de ma robe blanche de l'été précédent, j'y portai un plateau de sandwichs au concombre et une théière, que j'avais demandé à Betty de préparer. Après avoir disposé un napperon rose sur la petite table ronde et sorti la seconde tasse cachée dans mon sac, je complétai l'ensemble avec quelques marguerites choisies avec soin dans les massifs de mère.

À peine avais-je fini mes préparatifs que j'aperçus Kyle qui approchait le long du mur de brique couvert de lierre. Il prit dans sa poche un recueil de poésies qu'il se mit à lire. Je le regardai, éperdue d'admiration. Qu'il était beau !

Pourtant, en passant devant moi, il se contenta de hocher poliment la tête. Les épaules affaissées, il avait l'air épuisé. En sentant l'odeur très forte dans son sillage, je me souvins de mère disant qu'elle espérait que le vent ne soufflerait pas en direction de la maison car il devait couvrir la pelouse d'engrais, ce jour-là.

Je l'appelai pour lui proposer de venir se restaurer. Il accepta et dévora avidement quelques sandwichs. Mais hormis « merci » et « j'ai été content de vous voir », pas un mot ne franchit ses lèvres. Il retourna travailler sans finir le plateau.

Indignée, les poings crispés, je me levai, laissant tomber la serviette ourlée de dentelle, et je le suivis dans le parc, ignorant le fumier qui s'accumulait sous mes chaussures neuves.

Alors qu'il se penchait pour ramasser un râteau, je le défiai :

— Qu'est-ce qui ne va pas ?

Surpris, il fit volte-face et je dus reculer pour éviter les dents pointues de l'outil.

— Attention, vous pourriez vous blesser !

— « Blesser » ? Je n'ai pas peur de me faire blesser par un vieux râteau stupide.

— Tout va bien, Julianne ?

— Qu'est-ce qui me vaut votre courroux ? laissai-je échapper.

Le sang me battait aux tempes et je n'avais jamais eu autant envie de l'embrasser qu'à cet instant.

Le souffle un peu court, il me regarda de la tête aux pieds. Lorsque ses yeux se posèrent sur mes chaussures, il fit remarquer avec un sourire narquois :

— Je pense qu'elles ne seront plus jamais les mêmes.

Je baissai la tête. Elles étaient affreusement crottées. Puis, croisant son regard, j'esquissai à mon tour un sourire hésitant.

— Je… Je voulais voir ce qui n'allait pas.

— Attendez, je vais vous aider.

Allant à un robinet, il se lava les mains. Puis il me fit signe de lui donner mes chaussures. Prenant appui contre le mur, je les lui tendis, une par une, et il les rinça pour moi. Je n'eus pas le cœur de lui dire que l'eau les abîmerait presque autant que le purin.

Après s'être rendu compte qu'elles étaient fichues, il me les rendit.

— Qu'est-ce qui vous fait penser que je suis en colère contre vous ?

Je pointai un index en direction de la gloriette.

— Là-bas, vous m'avez à peine parlé.

Avec un soupir accablé, il chuchota :

— Oh, Julianne…

S'approchant, il me frôla la main d'une caresse si légère que je la sentis à peine. Les yeux dans les yeux, sa tête imperceptiblement penchée vers la mienne, nous restâmes comme paralysés.

— Je suis désolé, déclara-t-il. Cela n'a rien à voir avec vous. En fait, vous voir ici est ma première joie, cette semaine. C'est juste… C'est juste mon père. Je suis désemparé.

— Que voulez-vous dire ?

— Il tousse sans cesse, parfois même, il crache du sang, et il maigrit. Il refuse de voir un médecin. Il affirme que, comme ils n'ont pas sauvé ma mère, ils ne peuvent pas le sauver. J'en ai quand même fait venir un mais il a balancé un presse-papiers sur le pauvre docteur. Qui a pris ses jambes à son cou.

— Oh, Kyle ! Que puis-je faire ?

— Si je le savais, je vous le dirais, mais je pense qu'il n'y a rien à faire.

Il s'appuya contre le mur de briques rouges et s'accroupit. Puis, après avoir passé ses doigts dans sa tignasse bouclée, il se couvrit le visage de sa main. Je m'approchai de lui et posai ma main sur son épaule.

— Laissez-moi essayer.

Il me contempla, une lueur d'espoir dans le regard.

— Qu'entendez-vous par là ?

— Je suis infirmière. Du moins, je vais le devenir. Mais j'ai déjà une petite expérience. Pourquoi ne tenterions-nous pas de voir s'il me laisserait m'occuper de lui ?

Un sourire incertain se dessina sur ses lèvres.

—Je tiens trop à votre amitié. Je ne vais pas la mettre en péril en vous exposant à un vieil homme irascible qui jette des objets à la tête de visiteurs non désirés.

—Je crois que j'ai esquivé ce râteau avec une certaine adresse.

Il lui jeta un coup d'œil, avant de répliquer :

—C'est vrai.

Puis, se redressant, il essuya ses mains à son pantalon. Je touchai son bras mais il resta immobile.

— Kyle, je suis sérieuse. Pourquoi ne me laissez-vous pas voir votre père ? N'est-ce pas ce à quoi servent les amis ?

Je voyais qu'il hésitait. Enfin, il répondit :

—D'accord. Je vais vous conduire à son chevet. Une seule fois, ajouta-t-il en levant son pouce, comme pour appuyer sa déclaration. Mais s'il vous manque d'égards, ce sera fini. Je ne veux pas voir votre jolie tête fendue par un objet qu'il vous aura lancé.

—Je pense que ma jolie tête pourra l'encaisser.

—Je le pense aussi.

Il prit une mèche de cheveux qui pendait sur mon épaule, la tint un instant entre ses doigts. Puis, tournant les talons, il s'éloigna pour reprendre son travail, tout en me lançant :

—Si vous êtes libre demain, je viendrai vous chercher à 9 heures.

—C'est parfait !

Qu'importaient mes autres engagements. Demain, je ne laisserais pas tomber Kyle.

Le matin arriva, le ciel gris et nuageux contrastant avec mon euphorie à la perspective de voir Kyle pour la seconde journée consécutive. Je le retrouvai à la limite de la propriété. Non que cela ait de l'importance. Père était déjà parti travailler et mère était au lit avec une migraine. Elle n'avait même pas dû m'entendre sortir.

Kyle contourna sa camionnette pour venir m'ouvrir la portière du passager. Ses gestes, toujours pleins de considération, étaient néanmoins machinaux. Sa propre humeur était en parfait accord avec le temps. Je me sentis coupable de me réjouir de passer la journée avec lui en des circonstances aussi malheureuses. Me préparant à la tâche qui m'attendait, je ne tardai pas à me plonger à mon tour dans mes réflexions.

Je profitai de notre silence pour observer la route, alors que nous traversions la ville. Depuis tout le temps que Kyle occupait mes pensées, je n'avais jamais réfléchi à l'endroit où il vivait. Une fois sur Ranelagh, il se gara à proximité d'un immeuble, non loin de la gare. Lorsqu'il vint m'ouvrir la portière, je descendis, un peu perplexe. Du linge pendait à des fils tendus à travers la rue le long de laquelle se dressaient des immeubles en béton gris. Des enfants jouaient aux billes sur l'étroit trottoir et j'entendais des cris s'échapper d'une fenêtre en hauteur. Le quartier offrait un contraste saisissant avec Newsham Park. Voir qu'un homme doté d'autant d'entrain que Kyle habitait un endroit aussi misérable m'attrista.

Après avoir sorti une clé de sa poche, il ouvrit la porte d'entrée du bâtiment et nous empruntâmes un long couloir sombre. Kyle, toujours perdu dans ses réflexions, me précédant, nous montâmes l'escalier. Je supposais qu'il était distrait par le but de notre visite – ce qui était sans doute le cas. Aussi, lorsque, enfin, il brisa le silence, ses paroles me prirent au dépourvu.

— Comme vous pouvez le constater, ce n'est pas Westcott Manor, lâcha-t-il avec un haussement d'épaules.

Soudain, l'évidence me frappa. Il était gêné de me faire découvrir le lieu où il vivait. Ne comprenait-il donc pas ? Ne voyait-il pas que ma rencontre avec lui avait bouleversé ma vie ?

— Cela n'a pas la moindre importance, m'empressai-je de le rassurer.

L'ombre d'un sourire passa sur son visage. Arrivé devant la porte portant le numéro 33, il tira une nouvelle clé et l'ouvrit.

L'intérieur ne correspondait pas à ce à quoi je m'étais attendue. Les murs du salon inondé de lumière, en dépit des rares fenêtres, étaient décorés de tableaux aux couleurs vives, représentant des collines verdoyantes.

— C'est le passe-temps de mon père, m'expliqua Kyle, répondant à ma question muette.

Voyant que j'avais remarqué le chevalet poussiéreux, avec une toile à moitié finie, dressé devant la fenêtre, il précisa :

— C'est sa façon de se rappeler l'Irlande. Je ne suis pas censé y toucher.

L'appartement était impeccable.

— Sachant que vous veniez, j'ai fait le ménage hier, déclara-t-il. Une dame ne doit pas voir comment deux célibataires peuvent se laisser aller.

— C'est un intérieur extrêmement douillet, le complimentai-je en lui rendant son sourire.

Un bruit de toux nous parvint de l'autre pièce, suivi par un grincement de sommier. Lorsque nous entrâmes, je vis un vieil homme émacié luttant pour prendre appui sur ses bras. Se calant contre un oreiller, il plaça un marque-page enrubanné dans le missel qu'il avait à la main.

— Papa, j'ai amené Julianne, comme nous en avions discuté.

— Et je t'avais dit de ne pas te fatiguer avec ça, maugréa Mr McCarthy.

— Tu ne vas pas bien. Tu es malade. Et, étant donné que tu refuses de voir un médecin, Julianne a gentiment proposé de venir te parler.

Bourru, le vieil homme rétorqua :

— Je n'ai besoin d'aucune aide, mon garçon ! Emmène cette jeune personne et laisse-moi tranquille.

— Mr McCarthy, je ne resterai pas si tel est votre souhait, déclarai-je d'une voix paisible, en m'avançant vers la tête du lit. Mais j'aimerais vraiment passer du temps avec vous.

Je m'installai sur la chaise à son chevet, pris sa main et me composai l'expression la plus suppliante.

Le malade commença par avoir un geste de recul, puis se radoucit.

— Eh bien, étant donné que vous êtes venue jusqu'ici…

Sans quitter son visage buriné des yeux, je suggérai :

— Kyle, si vous nous prépariez du thé pendant que nous faisons connaissance ?

Comme s'il comprenait que me laisser seule avec son père faciliterait les présentations, Kyle s'éclipsa et ferma la porte derrière lui.

— Mr McCarthy, s'il est vrai que je suis ici pour vous aider à aller mieux, n'allez pas penser que ma visite est totalement désintéressée. Les rosiers de ma mère ont besoin d'être entretenus. Et je vous défends bien de le répéter à Kyle !

Les commissures de ses lèvres se relevèrent et il laissa échapper un petit rire. Puis il se tourna sur le côté, faisant craquer les ressorts du lit.

— Il fait de son mieux, *cailín*, concéda-t-il. Mais il est plus doué pour transporter la tourbe et tailler les haies.

— Je sais. Vous comprenez donc mon problème. Si nous ne vous remettons pas sur pied, notre jardin ne sera plus jamais pareil. Je sais que, depuis que vous venez, mère ne tarit pas d'éloges sur votre travail.

Je me félicitais d'avoir appris de ma mère l'art de la manipulation par le charme. Ce talent se révélait fort utile, en cette occasion.

Le distrayant par ce que mon père aurait appelé « bavasser », je l'examinai à son insu. Sa main dans la mienne était moite. Lorsque je voulus vérifier sa température, je repoussai une mèche de cheveux de sa figure, et frottai son front de ma main. Je sentis la chaleur qu'il dégageait. Mr McCarthy fut pris de petites quintes de toux et couvrit sa bouche d'un fin mouchoir jauni, avant de le remettre sous ses couvertures. Mais j'eus le temps de remarquer que le tissu était taché de rouge. Même pour une novice comme moi, il était facile de diagnostiquer son mal.

Après avoir frappé, Kyle entra avec trois tasses à thé en délicate porcelaine fleurie. Le service avait peut-être appartenu à sa mère.

Avec précaution, il m'en tendit une, en donna une à son père, et garda la fêlée pour lui. Je croisai son regard et, d'un léger signe de tête, lui indiquai que je savais ce qui n'allait pas. Mais, attendant que nous soyons sortis de la chambre pour en parler, il avança une chaise et tout en buvant notre thé, nous nous mîmes à bavarder.

Quand nous eûmes fini, je me levai, lissai ma jupe et posai ma tasse sur la commode.

— Merci beaucoup, Mr McCarthy, de m'avoir permis de vous rendre visite. J'ai l'intention d'annoncer à ma mère que vous serez bientôt rétabli pour vous occuper de son jardin. N'oubliez pas ce que je vous ai dit !

Visiblement enchanté de la complicité que j'avais créée entre nous, il m'adressa un clin d'œil.

— Ne vous inquiétez pas, chérie. Je serai là aussi sûr que saint Paddy peut apaiser un serpent.

Lorsque son fils s'approcha pour déposer un baiser sur son front, le vieil homme le repoussa d'un geste.

— Allez, file ! le rabroua-t-il, bougon. Je suis certain que tu as du travail qui t'attend.

Je m'éloignai du lit et Kyle me fit signe de sortir la première. Puis il ferma la porte derrière nous, posa sa tasse dans l'évier et nous prîmes place à la table de la cuisine. Voyant la détresse qu'exprimait mon visage, il s'alarma.

Incapable de le regarder, je baissai la tête.

— Je ne suis pas optimiste. C'est de toute évidence la tuberculose. J'en ai vu plusieurs cas à l'hôpital. La maladie est très avancée. Je suis vraiment désolée, Kyle.

Avec un soupir résigné, il rétorqua :

— C'est ce que je craignais. J'espérais juste que vous pourriez le confirmer et que je pourrais essayer de le convaincre de se faire soigner. Lorsque je suis rentré pour une semaine, au printemps, il n'allait vraiment pas bien. Au début, il y a eu un léger mieux, mais son état s'est aggravé depuis que je suis revenu. Je ne savais pas quoi faire. Vous n'imaginez pas ce que votre visite signifie pour moi.

M'armant de courage, je prononçai les mots les plus difficiles :

— Kyle, il faut que vous sachiez qu'il n'en a pas pour très longtemps. Vous devez vous y préparer. À ce stade, même s'il permettait à un docteur de l'examiner, la médecine ne pourrait pas faire grand-chose. Peut-être même rien.

Une larme roula sur mon visage, puis une autre. La première était pour Mr McCarthy. La seconde pour Kyle. Je venais de me rendre compte qu'il allait perdre le dernier membre de sa famille. De son index, il les essuya. Il me dominait d'une tête. Je levai les yeux et vis la barbe naissante qui couvrait ses joues. Je sentis ma poitrine se contracter. Nous étions si proches.

— Merci de votre soutien. Il est évident qu'il vous a appréciée.

— Oh, vous savez, j'ai fait usage de tous mes artifices féminins, me forçai-je à plaisanter.

Nous parlions à mi-voix.

— Ils peuvent être assez dangereux, je suppose.

— Je n'y ai recours qu'en cas d'urgence.

Nous échangeâmes un sourire – moment de répit qui ne dura guère.

— Je regrette de ne pas pouvoir amener un prêtre pour lui donner les derniers sacrements, se lamenta-t-il. Mais il piquerait sans doute une crise pire encore que lorsque j'ai mandé le médecin.

— Et si vous me laissiez le convaincre ? Il s'est pris d'affection pour moi. Je pourrais peut-être le faire changer d'avis.

Ainsi, au cours des deux semaines qui suivirent, chaque fois que j'en avais l'occasion, je me rendis au chevet de Mr McCarthy. Ayant décrit la situation à père en lui faisant valoir que c'était pour moi une bonne expérience, je prenais sa voiture dès qu'il m'y autorisait. Mais, la plupart du temps, Kyle passait me chercher. Il lui arriva même de me préparer un repas et, ce qui ne m'étonna pas beaucoup, je découvris qu'il était bon cuisinier. Il semblait doué en tout.

Je ne tardai pas à gagner la confiance de Mr McCarthy et pus lui annoncer tout en douceur la vérité sur son état. Même si, comme je l'avais craint, je fus incapable de le convaincre de voir un médecin. En fait, il attendait même la mort avec impatience. Sa foi lui promettait qu'il allait retrouver sa femme et ses filles. Son seul regret était de laisser Kyle seul.

— Il ne sera pas seul, Mr McCarthy, le rassurai-je. Je serai toujours son amie. Et je suis sûre qu'il a de nombreux amis au séminaire aussi.

Ma réponse parut le tranquilliser et je crus déceler une lueur de reconnaissance dans son regard.

Convaincue qu'il avait accepté la vérité, je lui déclarai que son fils tenait beaucoup à ce qu'il reçoive le sacrement des malades. Je ne comprenais même pas ce que cela voulait dire. Mais si c'était important pour Kyle, cela l'était pour moi. Il accepta ma requête sans la moindre protestation.

Lorsque j'annonçai la nouvelle à Kyle, sur le trajet du retour, transporté de joie, incapable d'attendre plus longtemps, il nous conduisit directement à son église où nous pourrions voir un prêtre.

Tout comme je n'avais pas réfléchi à l'endroit où habitait Kyle, je n'avais pas songé au lieu où il priait. Je me réjouissais de pénétrer dans une partie plus intime de son monde.

L'extérieur de l'église Saint-Étienne me rappela un peu l'oratoire du Cœur-Immaculé-de-Marie, à Londres, même si je ne m'y connaissais pas assez pour relever les nuances en architecture religieuse. L'intérieur était toutefois sensiblement différent. Il offrait les mêmes caractéristiques de base : sol en mosaïque, vitraux, un autel, moins orné que celui de l'église de Brompton Road. Plus accueillant, moins intimidant, il eut d'emblée ma préférence.

Nous gagnâmes le presbytère et, bien que les horaires d'ouverture affichés à l'extérieur soient dépassés depuis longtemps, Kyle frappa à la porte. Une gouvernante répondit, une vieille grincheuse, aigrie, dont le visage s'illumina comme celui d'une jeune fille quand elle le vit sur le seuil.

— Kyle ! Quel plaisir ! Comment va votre père ?

— Son état ne s'améliore pas, Mrs Mawdsley. En fait, c'est la raison pour laquelle je suis ici. Je voudrais que le père Sullivan vienne lui donner l'extrême-onction.

« Extrême-onction » ? Je n'avais pas la moindre idée de ce que c'était mais cela me paraissait bien… « extrême ». Je me promis de lui demander des explications plus tard.

— Quel malheur, mon cher !

Elle parut soudain remarquer ma présence.

— Et qui est-ce ? interrogea-t-elle, une soudaine pointe de malveillance dans la voix.

Je me doutais qu'elle savait que Kyle étudiait afin de venir renforcer les rangs de son père Sullivan. La présence d'une jeune femme blonde au côté de sa recrue devait donc l'intriguer fortement.

— Pardon, j'oublie les bonnes manières. Je vous présente Miss Julianne Westcott. Elle fait des études d'infirmière. Elle est la seule qui soit parvenue à convaincre mon père d'affronter la réalité. Julianne, je vous présente Mrs Mawdsley.

Elle continua à me dévisager comme si j'avais été envoyée par le diable en personne, dans le dessein de détourner Kyle de sa vocation.

— Eh bien, entrez. Inutile de rester dehors. Le père Sullivan est dans la salle à manger mais je suis sûre qu'il voudra vous recevoir. Asseyez-vous ! Je vais le chercher.

La voir s'éloigner en boitant me rappela Quasimodo. Amusée, je m'imaginai crier : « Sanctuaire ! » Mon manque de charité, même si j'en étais consciente, m'aidait à calmer mon embarras. Ce cadre me mettait mal à l'aise.

Assis sur le canapé du salon aux murs crème, Kyle paraissait parfaitement à sa place. Je compris qu'il devait être un familier des lieux. Ce qui, ce soir, ne semblait pas lui procurer un grand réconfort. Il posa ses coudes sur ses genoux et croisa les mains. Ne voulant pas qu'il me surprenne à l'observer, je survolai des yeux les étagères qui tapissaient la pièce sans reconnaître aucun des titres. Plusieurs d'entre eux étaient en latin.

Quelques minutes plus tard, le père Sullivan entra, se tapotant hâtivement les commissures des lèvres d'une serviette de table. Plus petit que Kyle, il commençait à avoir un peu d'embonpoint et une calvitie naissante. Contrairement à sa gouvernante, la présence d'une jeune femme en compagnie de son élève ne sembla ni le scandaliser ni le contrarier. En fait, j'eus même l'impression de voir passer dans son regard un éclair d'amusement, que je ne compris pas. Quand nous nous levâmes pour l'accueillir, il nous fit signe de nous rasseoir. Mais je me sentais plus à l'aise debout, en présence de cet homme. Immédiatement séduite par sa bonté, je mesurai que Kyle serait le même genre de prêtre.

Nous expliquâmes la gravité de l'état de Mr McCarthy et la raison de notre visite. Cette conversation m'éclaira sur quelques points. Tout d'abord, le « sacrement des malades » et l'« extrême-onction » étaient des termes interchangeables. Je préférais la seconde formule que je trouvais beaucoup moins sévère. Ensuite, ce rituel était réservé aux mourants.

Après avoir attrapé son long manteau noir, le père Sullivan nous pria de l'excuser le temps d'aller chercher ses huiles. Puis il sortit à notre suite. Nous nous serrâmes dans la camionnette. Être au milieu des deux hommes me procurait une sensation étrange. Mon épaule touchant celle de Kyle, tous mes sens en alerte, je guettais le moindre de ses mouvements, et mon corps me donnait l'impression de s'embraser chaque fois que nous nous frôlions. Je dus presser mes mains pour les empêcher de le toucher involontairement. J'avais, d'un côté, un rappel impérieux de ce que Kyle ne pourrait jamais être. De l'autre, un rappel tout aussi sévère de ce qu'il était destiné à devenir. Un prêtre respirant la bonté et la compassion. Heureusement le trajet ne fut pas long. Je suffoquais entre eux deux.

Une fois arrivés, nous longeâmes le couloir sombre qui m'était devenu si familier et empruntâmes l'étroit escalier jusqu'au troisième étage. Mr McCarthy ne pouvait plus se redresser. Mais il était visiblement content de nous voir. Après nous avoir demandé de sortir, le père Sullivan referma la porte de la chambre derrière nous. Kyle m'indiqua qu'il allait confesser son père. Voyant que je ne connaissais que très peu de choses sur le sujet, il me fournit patiemment toutes les explications. Ce sacrement de l'Église catholique était destiné à aider le mourant à faire la paix avec Dieu afin de se préparer pour la suite. Réconfortée par sa description, je songeai qu'il devait être agréable de voir vos derniers moments adoucis par les prières d'un prêtre.

Après la confession, le père Sullivan revint nous chercher. Ignorant la chaise que me proposait Kyle, je restai appuyée contre le mur à observer le rituel. Un sourire flottant sur ses lèvres, Mr McCarthy avait les paupières closes. Le père Sullivan lui accordait toute son attention. Lorsque j'avais l'air perplexe, Kyle me donnait les précisions nécessaires, traduisant le latin au besoin.

Alors que le père Sullivan bénissait les yeux du vieil homme avec l'huile, Kyle me chuchota la traduction anglaise :

— « Par cette huile sainte et par Sa grande miséricorde, puisse le Seigneur vous pardonner les péchés que vous avez commis par la vue. »

Lorsque le prêtre dessina des croix sur les oreilles, Kyle poursuivit :

— « Par cette huile sainte et par Sa grande miséricorde, puisse le Seigneur vous pardonner les péchés que vous avez commis par l'ouïe. »

Le rituel continua avec le nez, les lèvres, les mains et les pieds. Toutes les voies par lesquelles le mourant aurait pu commettre une offense au cours de sa vie. Fasciné, Kyle regardait la scène. Je ne le quittais pas du regard. Il ne s'était pas rasé depuis des jours et ses épaules étaient affaissées. Mon cœur se gonfla de tristesse. Combien je compatissais à son chagrin.

Il s'avança au pied du lit et fit un signe de croix. M'agrippant au cadre en fer, je l'observai, captivée.

Tout le long du trajet du retour, Kyle demeura silencieux. Me retenant de l'importuner par une conversation vaine, je faillis m'endormir. J'étais à la fois perplexe et émue par la scène dont j'avais été témoin. Et, après des semaines passées au chevet de son père, je sentais mon corps perclus de fatigue.

— Vous êtes arrivée, annonça-t-il alors que nous remontions l'allée menant à l'hôtel particulier de mes parents.

La camionnette ralentit et il s'apprêta à descendre.

— Je vous en prie, ne vous donnez pas cette peine. Je peux rentrer seule et vous devez aller rejoindre votre père.

Il poussa un soupir résigné, un son auquel je m'étais habituée ces dernières semaines.

— Vous avez sans doute raison, concéda-t-il en refermant sa portière. Merci pour tout. Et merci pour votre présence ce soir.

Le silence s'étirant entre nous, nous nous regardâmes longuement, les yeux dans les yeux. Je me détournai la première.

— Je vous en prie. C'était… c'était différent. Je ne peux pas dire que j'ai tout compris mais c'était assez beau.

— Vous mesurez maintenant pourquoi le séminaire dure huit ans.

— Oui. Vous devez vous souvenir de tant de choses.

— À demain, alors.

J'aurais voulu lui répondre « oui » de tout mon cœur. Mais cela m'était impossible.

— Non. Je néglige beaucoup trop mes parents depuis quelque temps et je voudrais essayer d'aller à Bootle, un peu plus tard dans la semaine. Je n'ai vu mon frère qu'une fois depuis Noël.

— Je n'aurais pas dû monopoliser votre temps, ces dernières semaines. Je n'y ai même pas réfléchi. J'en suis désolé.

— Ne soyez pas désolé. J'ai été heureuse d'être là.

— Nous avons été heureux que vous soyez là.

Après un court silence, il ajouta :

— Je ne sais pas ce que j'aurais fait sans vous.

— Je vous en prie, ne dites pas cela. Votre père aurait fini par se laisser convaincre.

— Si je passais d'ici à deux ou trois jours pour vous donner de ses nouvelles ?

— J'en serais ravie. Et maintenant, allez dormir un peu. Vous avez les yeux rouges et votre père a besoin de vous.

— Vous avez raison. Bonne nuit.

Nous n'arrivions pas à détacher nos regards l'un de l'autre. Si nous avions été en rendez-vous, comme deux amoureux, cela aurait été le moment où je me serais demandé s'il allait m'embrasser.

— Bonne nuit.

Je rompis brutalement le charme et glissai de mon siège. La portière rouillée fit un bruit sourd lorsque je la refermai.

— Je t'aime, lançai-je au nuage de fumée qu'il laissa en démarrant.

Je suivis le véhicule des yeux jusqu'à ce qu'il eût disparu, tout en priant pour que les prochains jours filent comme le vent, jusqu'à ce que je le revoie. Je m'étais tellement habituée à ses visites quotidiennes.

Or, par un étrange coup du sort, je le revis beaucoup plus vite que prévu.

Chapitre 15

Je dormis tard, d'un sommeil réparateur, et ne descendis pas pour le petit déjeuner.

Une fois prête, plus tard dans la matinée, je rejoignis mère dans le petit salon. Maintenant que j'avais un peu de temps à lui consacrer, elle me bombarda de questions. Sa curiosité était plus soupçonneuse que mue par un simple intérêt. Je parus la convaincre que je ne considérais les heures consacrées au père de Kyle que comme une formation à mon métier d'infirmière, même si je voyais qu'elle estimait que je passais trop de temps en compagnie du jeune jardinier et que cela ne lui plaisait guère.

L'après-midi, je parvins à aller au cinéma avec Lucille. Mon amie m'avait manqué. Et pas seulement ces dernières semaines. Je regrettais l'époque où nous étions inséparables. Combien le temps de l'enfance était loin, ces jours heureux où nos dilemmes se limitaient à décider quelle poupée nous allions inviter pour le thé.

Elle écouta le compte-rendu des récents événements. Mes émotions à fleur de peau, je lui racontai que je m'étais sincèrement attachée à Mr McCarthy qui, malgré son mauvais caractère, faisait preuve d'une grande gentillesse à mon égard. Que partager tant de moments avec Kyle m'avait donné l'impression d'être vivante. Que plus j'apprenais à le connaître, plus je l'aimais. Et plus je déplorais ce qui nous séparait.

Je la priai de m'excuser de mon état pitoyable. Mais elle me serra sur son cœur et m'assura que chacune de mes paroles était parfaitement sensée.

À l'heure du dîner, Ben, son amoureux, se joignit à nous. Je me félicitai de cette occasion de mieux le connaître et il me plut d'emblée. À voir sa sollicitude à l'égard de mon amie, je me réjouis de la savoir en si bonnes mains. Devinant qu'elle se sentait un peu coupable d'afficher un bonheur aussi éclatant, je la rassurai d'un sourire affectueux pour lui montrer à quel point je partageais sa joie. J'étais heureuse de voir que, pour une fois, elle était le centre de l'attention. Elle le méritait vraiment.

Je rentrai à la maison sous un ciel menaçant, couvert de lourds nuages noirs. À l'instant même où j'arrivais, il se mit à pleuvoir des trombes d'eau. Pendant une heure, je fis une partie de backgammon avec père qui fumait sa pipe. À Noël dernier, je lui avais communiqué mon enthousiasme pour ce jeu et nous pariions des gages idiots. S'il gagnait ce soir, je devrais nettoyer sa collection de pipes. Si je l'emportais, je n'aurais pas à aller travailler aux entrepôts pendant une semaine. Mère qui n'aimait pas les jeux de société levait les yeux au ciel. Notre goût pour la compétition était pour elle un mystère. Puis elle se replongeait dans son magazine reçu le jour même.

Ayant perdu notre petit tournoi, cinq à trois, je décidai d'aller me consoler avec un bon livre. Après avoir souhaité « bonne nuit » à mes parents, je montai dans ma chambre. Là, j'enfilai mon pyjama le plus douillet, allumai une belle flambée dans ma cheminée et, blottie dans mon lit bien chaud, dévorai le roman policier *The Saint and Mr Teal*. J'adorais ce genre de soirée.

Des heures plus tard, de plus en plus somnolente, j'entendis des tapotements contre mes vitres. Pensant qu'il grêlait, je les ignorai. Même si cela était surprenant, ce n'était pas impossible. Je n'avais plus que douze pages avant de finir mon livre. Écarquillant les yeux, je me concentrai. Mais le son se répéta.

Je me levai et allai ouvrir la fenêtre. Une silhouette dans la pénombre me fit sursauter.

—Julianne, chuchota une voix étouffée. Il faut que je vous voie.

Je reconnus alors Kyle. Il était trempé. D'un doigt sur mes lèvres, je lui intimai de ne pas faire de bruit et hochai la tête.

—J'arrive.

J'étais sur le point d'ouvrir ma penderie pour trouver quelque chose à me mettre, quand je me ravisai. C'était absurde. Si Kyle était là si tard, le soir, sous cette pluie battante, il devait y avoir une urgence. Je me décidai donc pour un moelleux peignoir rose et des mules. Supposant qu'il devait avoir froid, je pris une serviette. Puis je descendis l'escalier sur la pointe des pieds et sortis en catimini par la porte de service. Il me fallut habituer mes yeux à l'obscurité pour le voir.

— Venez, me dit-il en me prenant par la main. Allons nous mettre à l'abri.

Nous nous élançâmes en courant vers la gloriette, au fond du parc. Une fois que nous fûmes à couvert, il me lâcha la main et je m'essorai les cheveux. Puis je lui tendis la serviette et, à son tour, il se frictionna pour se sécher.

L'air très grave, il s'apprêtait à me parler quand, soudain, il remarqua ma tenue. Il esquissa un sourire en coin.

— Vous êtes en pyjama !

— Vous m'avez tirée de chez moi au beau milieu de la nuit sous une pluie diluvienne et vous me parlez de mon pyjama ? J'ai pensé que vous aviez des ennuis, alors je me suis dépêchée.

— Vous avez raison. C'est ma faute. Je suppose que je suis surpris, voilà tout, agréablement surpris, précisa-t-il.

Malgré son regard empreint de tristesse, son sourire s'élargit.

Soudain, à ma grande confusion, je m'aperçus que mon peignoir s'était entrouvert et que mon haut de pyjama, trempé, me collait à la peau. Gênée, je m'empressai de le refermer.

D'une voix crispée, il reprit :

— Non. Je n'ai pas d'ennuis. Mais je voulais vous l'apprendre sans attendre…

— Oui ?

Il baissa les yeux et se passa les doigts dans les cheveux.

— Mon père. Il est mort ce soir.

Spontanément, je nouai mes bras autour de lui. Plaquée contre sa poitrine, j'entendis son soupir à fendre l'âme, comme s'il relâchait toute la pression accumulée depuis des mois. Je perçus les battements précipités de son cœur. Il m'enlaça à son tour et nous restâmes ainsi, oscillant légèrement, nous réconfortant dans notre tristesse partagée. Cette épreuve m'ayant beaucoup rapprochée de Mr McCarthy, j'étais tout aussi frappée par sa perte. Pourtant, au creux des bras de celui que j'aimais, je me grisais de cette proximité physique que, depuis un an, j'avais si ardemment désirée.

L'excès d'émotions me fit sangloter et Kyle me serra plus étroitement.

J'ignore combien de temps nous demeurâmes ainsi, à l'abri de la pluie, nous soutenant mutuellement dans la nuit.

M'attirant encore plus près, comme si c'était possible, il mit sa tête sur mon épaule et je l'entendis refouler un sanglot. Ma main se posant sur sa nuque, je lui caressai doucement les cheveux. Je le sentis tressaillir et, tout à coup, ses lèvres se pressèrent délicatement contre mon cou.

Un frisson me traversa. Tétanisée, j'étais désemparée. En d'autres circonstances, j'aurais pu penser que c'était un baiser. Mais il ne s'agissait pas du tout d'une situation ordinaire. Je ne devais pas commencer à me faire des idées. Pourtant, ne pas réagir était insoutenable.

Ses lèvres sur ma peau se faisaient insistantes. Peu à peu, elles remontaient de mon cou à ma joue. Son intention ne prêtait plus à la moindre confusion. Ne voulant pas qu'il arrête, je restai immobile, sans même respirer. Il leva la tête et me regarda. Si je pouvais refréner mon corps, je ne pouvais maîtriser l'expression de mon visage qui, je le savais, trahissait la violence de mon désir. Plaçant ses mains sur mes joues, il les prit au creux de ses paumes et, lentement, posa ses lèvres sur les miennes.

Avec une infinie délicatesse, il les picora, à plusieurs reprises, chacun de ses baisers gagnant en ferveur. Nous nous embrassâmes avec l'avidité d'un homme et d'une femme éprouvant un besoin désespéré l'un de l'autre, une année d'hésitation balayée par les rafales de pluie.

Il recula, me contempla derechef et me caressa le visage d'une main.

— Julianne, me chuchota-t-il.

En un seul mot, il en prononça mille.

Il me serra contre lui en une nouvelle étreinte et j'entendis les battements affolés de son cœur au diapason des miens. Enlacés, nous riions et pleurions à la fois.

Il me prit alors par la main et m'entraîna vers le banc de la gloriette. Il ne la lâcha pas une fois, mais la pressa plus fort.

Murmurant de nouveau, il baissa la tête.

— Il y a si longtemps que je voulais faire cela, vous n'en avez même pas idée.

Incapable de proférer une parole, je me contentai de le regarder. S'il relevait les yeux, je savais que mon visage exprimerait tous mes sentiments.

— Je suis amoureux de vous depuis la première fois que je vous ai vue, poursuivit-il. Je suppose que renoncer à essayer de le nier n'était qu'une question de temps.

Tout ce que je souhaitais, c'était qu'il m'embrasse encore. Pourtant, je ne pouvais m'empêcher de craindre que ce rebondissement inattendu soit dû au décès de son père.

Peut-être regretterait-il son geste demain matin ? Et mon cœur pleurerait de nouveau.

Plaçant mes mains dans les siennes, je le repoussai. Peinant à croire aux paroles que je m'apprêtais à prononcer, je déclarai :

— Kyle, que faites-vous ? Vous allez détruire tout ce que vous avez construit. Ce n'est pas pour cela que vous êtes venu ici ce soir.

— Non. En effet. Vraiment, je suis tout aussi surpris que vous. Mais je ne suis pas désolé. Pas du tout. Je vous en prie, faites-moi confiance. Il y a longtemps que vous représentez ce que je désire le plus au monde.

— Mais…

— Non. Chut.

Il m'attira de nouveau à lui.

— Je me suis rendu compte au cours de ces derniers mois que je ne pouvais pas être un bon prêtre si je savais que ma vocation était ailleurs.

— Kyle… Que puis-je dire ?

Les rouages de mon esprit tournaient à toute vitesse.

— Je ne pensais pas que vous puissiez un jour partager mes sentiments. Je suppose que c'est pour cela que je me suis si longtemps voilé la face.

Stupéfaite, je répliquai :

— Comment pouvez-vous dire une chose pareille ?

— Regardez-vous. Vous êtes entourée d'amis et d'admirateurs depuis si longtemps. Comment aurais-je pu espérer retenir votre attention ?

— Êtes-vous fou ? J'ai su le jour même où je vous ai vu aider mon frère que vous étiez le seul homme pour moi.

Il se pencha et, avec tendresse, embrassa chacune de mes paupières. Puis, pressant son front contre le mien, il enroula une mèche de cheveux autour de son doigt. Grisés par notre proximité, nous savourâmes ces instants avec délices.

Tous mes sens en alerte, je pouvais sans le moindre remords le voir, le toucher, l'entendre, respirer son odeur, goûter à la douceur de sa peau. Me sentant pousser des ailes, je m'enivrai de l'euphorie du moment.

La réalité se rappela soudain à moi. Je ne lui avais posé aucune question sur son père alors que c'était la raison de sa visite. Je m'empressai de me rattraper.

Un sourire béat flottant sur ses lèvres, tout en continuant à me caresser les cheveux comme si j'étais sa possession la plus précieuse, il déclara :

— Vous savez, c'est lui qui nous a réunis. Pas intentionnellement, bien sûr. Mais de vous voir vous occuper de lui, de voir votre dévotion à l'aider, j'ai compris que ma place était avec vous depuis le début. Il était prêt à partir et vous l'avez aidé à le faire. Il est en paix et je le suis aussi. Et c'est grâce à vous.

Il embrassa le bout de mon nez puis effleura de nouveau mes lèvres de sa bouche.

— J'ai… essayé… tellement fort, chuchotai-je entre deux soupirs.

— Pardon, ma chérie ? demanda-t-il, distrait.

Tournant son visage vers moi, je fis en sorte qu'il m'entende.

— J'ai tout mis en œuvre pour ne pas interrompre vos projets, pour ne pas vous faire oublier vos ambitions. Jusqu'à vous éviter, parfois, pour que ce soit moins difficile.

— Vous êtes un ange d'avoir essayé. Mais vous devez comprendre que vous êtes mon rêve. En fait, j'ai même parlé de vous au père Sullivan.

Me raidissant, je le repoussai. Je n'osais imaginer ce que le bon prêtre pourrait penser de moi, maintenant.

— Vraiment ? Comment avez-vous pu ? Il doit me détester.

Kyle se mit à rire et m'attira derechef contre lui.

— Mais non, il ne vous déteste pas. Le père Sullivan est mon confesseur depuis que je suis enfant. Il me connaît mieux que personne. Cela ne l'a pas surpris. En fait, je pense qu'il l'a même deviné avant moi.

— Mais il souhaite sûrement que vous soyez prêtre, comme lui.

— Le père Sullivan souhaite que je sois là où je dois être. Et je sais que ma place est à votre côté.

— Et quand l'avez-vous vraiment compris ?

Un nouveau sourire se dessina sur ses lèvres.

— Il y a environ dix minutes. Quand vous vous êtes jetée à mon cou.

— Kyle. Je vous en prie. J'essayais juste de vous réconforter.

— Oh, c'était donc ça ? Tout est donc ma faute. Je retire ce que j'ai dit.

— Je vous le défends bien !

Le plaquant contre moi, je l'embrassai avec une fougue visant à lui prouver que je préférais mille fois ce choix pour nous deux.

Lorsque je fus sûre que plus aucun doute ne subsistait dans son esprit, je repris :

— Et maintenant, que décidons-nous ?

—Les décisions attendront. Car si vos parents vous découvrent ici, avec moi, nous n'aurons plus une seule chance d'en prendre.

Je ne voulais pas le voir partir, je ne voulais pas voir ce moment hors du temps prendre fin. Je ne voulais pas dormir de crainte de me réveiller pour m'apercevoir que j'avais rêvé. Mais le froid mordant qui me piquait la peau me confirma que c'était réel et que Kyle avait raison.

—Et puis, il faut que je rentre, ajouta-t-il. Les pompes funèbres doivent venir à la première heure demain matin, ce qui ne me laisse plus beaucoup de temps. Je ne pourrai peut-être pas passer vous voir demain, mais sachez que vous serez au cœur de mes pensées.

—Puis-je vous aider pour les arrangements ?

—Il n'y a pas grand-chose à faire, en toute franchise. Mon père était un homme très secret et il ne connaissait pas beaucoup de monde. Mais l'enterrement aura lieu bientôt et votre présence signifierait beaucoup pour moi. Je sais qu'il y aurait été sensible.

—Bien sûr, je viendrai.

Il me reprit la main et m'entraîna vers la maison, prenant soin de rester dans l'obscurité, nous protégeant de la clarté de la lune. Il était inutile de prendre le risque de nous faire surprendre.

Puis, à l'abri de la terrasse couverte, à l'arrière de la grande bâtisse en briques rouges, il passa son bras autour de ma taille et m'attira à lui. Après m'avoir longuement embrassée, il murmura :

—Julianne… mon amour.

Et il s'enfuit dans la nuit.

Une fois que j'eus regagné ma chambre, tandis que je me séchais, ma dernière conversation importante avec Kyle me revint en mémoire. Ce jour-là aussi, il pleuvait. Peut-être Dieu essayait-il de me mettre en garde. Mais je ne voulais pas l'écouter.

Chapitre 16

Lorsque l'aube se leva, les premières lueurs caressant mes paupières closes, je me rappelai la nuit précédente, savourant chaque détail un par un. En chaque parole, en chaque caresse, j'avais trouvé la perfection.

Le seul nuage qui venait obscurcir mon monde désormais baigné de soleil était la crainte que, rattrapé par la réalité à la clarté du jour, Kyle puisse avoir des regrets. En effet, il n'allait pas être facile de tirer un trait sur toute une vie d'espoirs et d'efforts. Peut-être, cette nuit, ne pensait-il pas vraiment ses paroles, peut-être avait-il momentanément baissé sa garde. Il était évident que perdre son père pouvait provoquer des émotions qui déformaient les intentions.

Cette peur tenace ne fit qu'empirer, ne tardant pas à transformer mon euphorie en pure panique. Pour tout arranger, je ne devais pas voir Kyle ce jour-là. Il ne pourrait donc pas me réconforter de ses mots rassurants. S'il en avait pour moi.

Saisie d'un besoin effréné de m'occuper, pour m'empêcher de penser, je rangeai ma penderie et classai les livres de ma bibliothèque par ordre alphabétique. J'aidai Betty dans la cuisine. Je lus le *Daily Post*. L'Italie avait remporté la Coupe du monde de football la veille au soir, en battant la Hongrie. Une victoire qui allait sûrement alimenter toutes les conversations aujourd'hui. Mais rien ne parvenait à apaiser mon agitation. Peut-être avais-je besoin de changer d'air.

En ce lundi matin, père avait l'intention de partir pour les entrepôts plus tôt que d'habitude pour démarrer sa semaine. Je pensais en profiter pour aller en ville avec lui. Devançant ma requête, il m'appela :

— Julianne ?

— Oui ?

— Si tu avais le temps, j'aurais besoin de ton aide pour les factures des chargements de cargaisons. Il faudrait les grouper par compagnie maritime et les calculer. Tu as perdu notre partie de backgammon, tu ne peux donc pas y échapper.

Il n'avait pas besoin de me le rappeler. C'était l'occasion idéale de sortir de la maison. Et j'étais ravie de passer la journée en sa compagnie.

— Bien sûr, j'ai tout mon temps.

Je le serrai dans mes bras et déposai un baiser sonore sur sa joue. Il me regarda comme si j'étais devenue folle. Trier des piles de papiers n'était généralement pas mon passe-temps favori, ni celui de personne, du reste. Mais il ne pouvait pas imaginer à quel point j'avais besoin d'une distraction.

— Je te laisse conduire, déclara-t-il.

Je pris mon sac à main et il me tendit les clés de l'Aston.

Tout le long du trajet, père me parla affaires, m'entretenant de détails techniques qu'il m'était impossible de suivre.

Le transport maritime était sa vie, sa maîtresse, sa religion. Même quand nous jouions au backgammon, il me racontait les derniers règlements sur les cargaisons. D'aussi loin que je me souvienne, il avait été ainsi. Pourtant, je ne pouvais m'empêcher de me demander si cela avait toujours été le cas. Était-ce vraiment lui ou était-ce sa façon de fuir le drame d'avoir un fils handicapé, et une femme tombée dans l'alcoolisme ?

Aujourd'hui, néanmoins, j'étais soulagée qu'il ne soit pas aux aguets du moindre détail de mon existence. Cela me changeait agréablement de mère qui, depuis quelques semaines, semblait avoir synchronisé ses accès de sobriété avec les moments où Kyle me raccompagnait à la maison. À plusieurs reprises déjà, elle avait essayé de me coincer pour me faire de nouveau part de son inquiétude devant tout le temps que je passais avec lui. Jusqu'à la veille au soir, j'avais des excuses honnêtes. Et j'esquivais ses questions par toutes les réponses qu'elle voulait entendre.

« C'est un bon entraînement pour mes études d'infirmière, mère. »

« Cela m'aidera à ne pas perdre la main pendant mes vacances d'été. »

« Non, il n'y a rien entre le fils McCarthy et moi. Enfin, mère ! C'est un jardinier. »

Mais désormais ? Allais-je être obligée de choisir entre mes parents et Kyle, mes obligations et mon amour ? Pourraient-ils jamais accepter le jeune Irlandais catholique qui vivait dans le quartier défavorisé de la ville ?

Nous nous garâmes devant les immenses bâtiments carrés en briques rouges qui bordaient Albert Dock. Une odeur putride de poisson à marée basse et de navires en cale sèche montait de l'eau. Mais je savais que, pour mon père, c'était le parfum de l'argent. Des mouettes se prélassaient dans un coin ensoleillé qui avait échappé aux ombres jetées par les entrepôts. Mais, en entendant le bruit de nos portières, elles s'envolèrent. À part une, handicapée par une aile blessée. Compatissante, je regardai avec elle les autres s'élever le long d'un transatlantique de la Cunard et disparaître.

Le projet si monotone de trier des factures ne m'avait jamais paru aussi enthousiasmant qu'aujourd'hui. Je les classai par importations et exportations, puis par compagnies maritimes. Maersk, Messageries, Intermodal, et ainsi de suite. Méticuleusement, je calculai leurs frais de stockage temporaire dans nos entrepôts. J'y consacrai presque six heures.

Lorsque j'eus fini, je jetai un coup d'œil dans le bureau de père et vis qu'il travaillait toujours. Après avoir hésité entre prendre un bus ou l'attendre pour rentrer, je décidai de l'aider encore un peu. Pendant environ une heure, je m'occupai à épousseter les étagères et à faire un peu de classement. Il finit par me rejoindre, sa veste jetée sur ses épaules.

— Bravo, princesse. Tu es une femme d'affaires-née, tu sais. Tu pourrais être formidable dans cette profession.

— Merci, mais vous n'ignorez pas que j'ai d'autres projets.

— Je sais, je sais. Mais j'espère que tu es consciente que si ton truc d'infirmière ne te plaît pas, l'affaire familiale sera toujours là pour toi.

— Mon « truc d'infirmière » se déroule à merveille. Vous pourriez peut-être venir me voir à Londres, un jour. Je vous montrerais à quel point je m'épanouis dans cette voie.

— J'en serais ravi. Tu le sais bien. Mais je ne peux pas m'échapper.

C'était toujours l'excuse qu'il invoquait. C'était la raison pour laquelle il n'était pas venu à mes spectacles de ballet. Pour laquelle il était toujours en retard à mes remises de diplôme. Même si je ne doutais pas de son amour pour moi, ses priorités étaient sans appel.

Alors que, prêts à rentrer, nous nous approchions de la voiture, je lui lançai les clés et, sans lui laisser le temps de protester, je m'installai dans le siège du passager. Après avoir passé la journée à l'entrepôt, j'étais fatiguée, je me sentais poussiéreuse. Et je n'avais qu'une hâte, me doucher. Mes pensées revinrent à Kyle, aux instants insensés de la nuit précédente. L'angoisse qu'il ait décidé que tout cela était une erreur se révélait insoutenable. Une telle possibilité était trop douloureuse à envisager. Je devais me changer les idées et je savais exactement comment.

— Père ?

— Oui ?

— Pourquoi n'avez-vous pas eu d'autres enfants ? Vous savez, j'aurais aimé avoir une sœur ou un frère.

Dans une pièce de théâtre, cela aurait été le signal pour qu'après un silence, il m'avoue d'une voix étranglée que j'avais un frère. Et qu'il était si triste de me l'avoir caché. *Le rebondissement du scénario.*

Mais cela ne se passa pas ainsi. Du tac au tac, il me répondit :

— Tu sais, princesse, les affaires étaient en pleine expansion quand tu es née. Nous n'avions pas le temps. En outre, quand on commence par la perfection, on ne peut que faire moins bien.

Il me serra la main, comme se rengorgeant de son compliment. Mais je me dégageai et détournai la tête.

— C'est dommage, dis-je en regardant le paysage défiler derrière ma vitre. Cela aurait été bien.

— J'en suis convaincu. Au moins, tu as Lucille. Elle est comme une sœur pour toi.

— Oui, au moins, j'ai Lucille.

Pauvre Charles. Mes parents l'avaient-ils totalement oublié ? Fermant les yeux, je feignis de dormir durant tout le trajet du retour.

Après s'être garé devant la porte d'entrée, il m'annonça qu'il avait des documents à déposer chez un client.

— Dis à ta mère que je rentrerai tard. M. Laurent est en visite de Paris et j'ai besoin de le voir au sujet de la cargaison pour l'opéra.

Mais mère avait aussi à me parler. La porte refermée derrière moi, je traversai le vestibule en direction du majestueux escalier, quand elle m'appela.

— Julianne ! lança-t-elle d'un ton impérieux.

Je fis volte-face. Assise devant un guéridon, dans le salon, elle me tournait le dos. Devant, s'empilaient des échantillons de tissus. Elle posa un doigt sur l'un d'entre eux et, comme hypnotisée, suivit son motif en volutes.

— Oui ?

— J'ai l'intention de faire retapisser les chaises victoriennes. Que penses-tu de cela ?

Toujours sans me regarder, elle en prit un par un coin. J'entrai et m'approchai. Le tissu était hideux, le genre de chose que je ne l'aurais jamais imaginée choisir.

— Ne les avez-vous pas fait refaire il y a environ deux ans ?

Je savais parfaitement que c'était le cas. Elle les avait fait retapisser lorsque j'avais annoncé mon intention de devenir infirmière. Et quand j'avais douze ans et qu'elle m'avait surprise essayant de participer à la régate de bateaux, au parc. Et quand j'avais sept ans, quand j'avais caressé l'idée de devenir artiste de cirque. Son obsession du capitonnage des chaises victoriennes était liée aux déceptions que je lui causais. Cela lui permettait de se concentrer sur une activité différente, de diriger le superflu.

— Oui, murmura-t-elle. Mais je suis lasse de ce motif.

Elle posa la main à plat sur l'échantillon et se tourna vers moi. Les traits de son visage habituellement si beau étaient déformés par une fureur contenue. Sa main glissa vers une enveloppe posée sur la table et elle la brandit devant moi.

— Kyle McCarthy est venu te voir aujourd'hui.

Kyle était passé ? Je sentis mon cœur faire un bond dans ma poitrine.

— Je lui ai dit que tu étais sortie. Il t'a laissé un mot. Julianne, tu dois savoir que je ne peux vraiment pas…

L'interrompant, je lui arrachai l'enveloppe des mains et déchirai les coins. Étrangement, elle était toujours cachetée.

— Il veut probablement me donner des nouvelles de son père.

Je n'avais nulle intention de lui révéler que j'avais appris sa mort, tôt ce matin. Ni de lui faire part de l'enthousiasme que j'avais mis à consoler Kyle. Je réprimai un sourire à cette pensée.

— Je t'avais prévenue, Julianne Westcott, que ses intentions n'étaient pas louables. Je t'avais prévenue. Mais tu ne m'as pas écoutée.

— Mais…

— Je ne le blâme pas de se faire des idées ridicules à ton sujet. Ils sont des dizaines à soupirer pour toi. Mais si je devais penser une minute, une seconde même, Julianne, que tu partages ses sentiments, je te renierais sur-le-champ.

— Vous ne parlez pas sérieusement.

— Ne me mets pas à l'épreuve. Ma fille ne continuera pas à fréquenter un garçon aussi indigne d'elle, de condition aussi inférieure…

— Aussi « indigne » de moi ? Pourquoi ? Parce qu'il travaille de ses mains ? Parce qu'il ne vient pas d'une famille convenable, riche ? Est-il indigne de moi parce qu'il se tourne vers Dieu, au lieu de se tourner vers la bouteille, comme certaines personnes que je connais ?

La gifle qui me frappa la joue me brûla atrocement. Je l'avais provoquée. Personne ne défiait Béatrice Westcott. Mais je l'avais fait, finalement !

Et je me fichais bien des conséquences. J'avais une lettre de Kyle.

Je me précipitai vers ma chambre mais, me retournant sur le palier, je la frappai à mon tour. Oralement.

— Oh, j'ai oublié de vous dire ! Père ne rentrera pas dîner. Une nouvelle fois. Pas étonnant. Je préférerais dîner avec un vieux client ennuyeux plutôt que d'être obligée de me retrouver assise avec vous et vos jugements et vos secrets, soir après soir. Moi, au moins, je vais repartir pour l'école. Mais il est coincé avec vous pour toujours !

Après m'être enfermée à clé dans ma chambre plus bruyamment que nécessaire, je me laissai choir sur mon matelas de plume. Mon cœur cognait dans ma poitrine à coups précipités. J'ignorais s'ils étaient dus à la dispute ou à l'impatience de lire ma lettre.

Mais, au moins, j'étais seule avec les mots de Kyle. Des mots qui pouvaient soit soulager les craintes qui ne m'avaient quittée de la journée soit me briser le cœur. Priant pour que ce soit la première option, je posai la missive sur mon front et fermai les yeux. Puis je l'ouvris.

Julianne chérie,
Je suis si heureux de pouvoir t'appeler « chérie » ouvertement et ne plus juste le penser. J'avais dit que je ne pourrais pas te voir aujourd'hui mais je n'ai pas pu m'en empêcher. Je n'ai pas cessé de penser à toi depuis hier soir, et tout ce que je veux, c'est te revoir. L'enterrement de mon père aura lieu demain, à 11 heures. Si cela te convient, je peux venir te chercher à dix heures et demie. En dépit de l'occasion, j'ai grand-hâte.
Tendrement,

Kyle.

Je la relus. Trois fois, quatre fois, m'arrêtant sur certains mots. *Kyle n'a aucun regret. Kyle n'a aucun regret!* Je me répétai cette vérité encore et encore. Comme j'avais été stupide de croire le contraire! Bien sûr, il m'aimait. *Toute cette angoisse pour rien.*

Je me dirigeai vers ma penderie pour choisir une tenue pour le lendemain. J'en sortis une robe en crêpe noir, des gants courts de la même couleur, et mes plus beaux bas de soie. Après les avoir posés sur ma chaise, j'allai allumer ma douche afin que l'eau chauffe. Alors que je me déshabillais, je surpris mon reflet dans le miroir. Je me voyais d'un œil nouveau, comme une femme désirée par l'homme qui l'aimait.

Tournant de droite à gauche, je remarquai la minceur de mes jambes, les courbes de mes hanches, ma taille déliée. Comparés à ceux d'autres filles que je connaissais, mes seins étaient de taille moyenne. Mais est-ce que cela avait autant d'importance que l'affirmait Abigaïl ?

Un moment, je laissai mon imagination s'emballer. Puis la vapeur de la douche couvrant le miroir de buée, je pus à peine me distinguer. J'entrai sous le jet d'eau chaude et eus l'impression en me lavant de laisser s'évaporer cette journée étrange.

J'avais hâte de me coucher. Plus vite je dormirais, plus vite le lendemain arriverait. Mais, d'abord, j'avais quelque chose à régler. Si je ne calmais pas le jeu avec mère, l'été serait vraiment invivable. Au mieux, elle redoublerait d'efforts pour me faire rencontrer quelqu'un qui lui plairait davantage. Au pire, elle pourrait restreindre mes activités. Sachant que Kyle partageait mes sentiments, j'avais besoin d'autant de liberté que possible pour aller et venir à ma guise. Aussi décidai-je d'anticiper. Affichant mon expression la plus solennelle, je me dirigeai vers son cabinet de toilette, où elle était en train d'enfiler l'une de ses nombreuses chemises de nuit.

— Mère, je n'aurais pas dû vous parler ainsi. Je ne sais quel démon s'est emparé de moi. La journée au bureau avec père a été longue. Je suppose donc que j'étais épuisée. Mais ce n'est pas une excuse. Je vous prie de me pardonner.

Sans m'accorder un regard, elle passa un déshabillé de soie assorti. Bleu métallique, impeccablement repassé.

Je poursuivis :

— Et je suppose que j'étais anxieuse pour Mr McCarthy père. Je ne peux m'empêcher d'être inquiète. Il était un peu comme mon malade.

Elle daigna alors me regarder et, me montrant ses cheveux, s'assit devant sa coiffeuse. Je pris la brosse en poil de sanglier et commençai à les brosser de haut en bas, les démêlant délicatement. C'était le signe qu'elle était disposée à la conversation.

— Kyle m'écrivait juste pour me dire que son père était mort dans la nuit.

Je continuai à brosser longuement, de haut en bas, comme elle me l'avait enseigné quand j'étais enfant.

— Je suis navrée de l'apprendre, Julianne. Je sais que tu as travaillé très dur à son rétablissement.

En dépit de ses lèvres pincées, je saisis cette petite concession au vol.

— En fait, les espoirs de guérison étaient très minces. Je lui apportais surtout autant de réconfort que possible. Une bonne expérience pour une future infirmière. Je pourrai peut-être en tirer un bénéfice supplémentaire.

Le fait de décrire de manière aussi grossière ces délicieux moments me donnait envie de disparaître sous terre. Mais je ne pouvais pas les lui raconter. En outre, j'avais besoin de l'amadouer, en prévision du lendemain.

— Bref, Kyle m'a proposé de m'emmener à l'enterrement demain matin. Je pense qu'il serait à la fois gentil et utile d'y aller. Vous savez, un peu comme un dernier geste, avant de tourner la page.

— Eh bien, je suppose que je ne peux pas te refuser cela. Mais, Julianne…

— Oui, mère.

Nos yeux se croisèrent dans le miroir ovale.

— Fais attention. En dépit de ce que tu dis, je pense que Kyle te montre trop d'attention. Garde la tête froide et ne sois pas naïve. Après cela, je ne vois aucune raison pour que tu le revoies.

Feignant l'obéissance, je fis un signe d'assentiment.

Elle se redressa et me fusilla d'un regard glacial qui contredisait son ton dégagé. C'était une mise en garde muette. Puis, se détournant, elle poursuivit :

— Comme je suis sotte d'aller m'imaginer que tu puisses partager ses sentiments. Je t'ai élevée pour savoir prendre les décisions les plus judicieuses.

Tout en retirant ses bijoux, elle enchaîna sur l'idée qui la préoccupait :

— De toute façon, il est préférable que tu sois occupée le matin. En effet, demain après-midi, Mrs Sheldon vient prendre le thé, accompagnée de son petit-fils, Simon. C'est un jeune homme charmant qui, apparemment, s'intéresse à toi. Il fait son droit à Oxford.

— Oui, je l'ai entendu dire. Je ne sais pas combien de temps durera l'enterrement mais j'essaierai de rentrer pour le thé.

Les mensonges me venaient plus facilement. *Si j'étais catholique, comme Kyle, serait-ce une raison d'aller me confesser ?* Pourtant, étant donné les circonstances, je me sentais parfaitement excusable.

Ayant fini de brosser sa longue chevelure, je reculai afin qu'elle puisse admirer mon travail. Elle fit glisser ses mains sur toute la longueur de ses cheveux et m'adressa un sourire approbateur. Puis elle me tendit sa joue. J'avais sans doute dû regagner ses bonnes grâces.

— Bonne nuit, mère, lui dis-je en l'embrassant pour la forme.

— Bonne nuit, Julianne.

Je descendis alors à la cuisine où je savais que Betty m'aurait gardé à dîner. Brisant encore une autre règle, même si elle était minime en comparaison, je montai mon assiette dans ma chambre. Mère craignait que la nourriture au premier étage n'attire les rats.

Le lendemain matin, à dix heures trente précises, en entendant le bruit familier du moteur de la camionnette de Kyle, je me précipitai à ma fenêtre et l'aperçus du premier étage. Je ne l'avais jamais vu aussi élégant ! Il portait un costume trois-pièces, une chemise blanche et une cravate grise. Je me hâtai de descendre. Mère semblait surprise par sa nouvelle apparence. Son regard était plus approbateur que ce qu'elle n'aurait souhaité. Dans cette tenue, Kyle pouvait passer pour un homme de notre milieu. Hélas, je savais que le vrai Kyle, celui que j'aimais, ne satisferait jamais ses critères.

— Bonjour, Mrs Westcott, la salua-t-il en retirant son Borsalino.

— Bonjour, Kyle. Je suis navrée pour votre père.

— Merci, Mrs Westcott. Et merci d'avoir autorisé Miss Westcott à assister à l'enterrement. Son aide nous a été très précieuse au cours de ces dernières semaines.

— Vous m'en voyez ravie. Cela va sans doute représenter un atout pour elle pour la suite de ses études.

Son manque de tact me fit tressaillir d'embarras. Quand il me regarda, je lus sa fatigue dans ses yeux.

— La voilà ! Julianne, n'oublie pas le thé avec Mrs Sheldon et son petit-fils, cet après-midi.

Elle m'agrippa la main avec autorité et, tout en gratifiant Kyle d'un regard menaçant, poursuivit :

— Sais-tu que la mère de Simon est une Dewhurst, de la Compagnie des thés Dewhurst ? J'ai entendu dire qu'ils avaient des maisons à Cardiff et même à Paris. C'est un très beau parti.

— Je ferai mon possible pour être rentrée, mère.

Me dégageant de son emprise, je suivis Kyle jusqu'à la camionnette. J'aurais pu lui proposer de prendre l'Aston, mais je ne voulais pas le priver de la dignité de me conduire dans son propre véhicule.

Nous étions arrivés au bout de l'allée et avions franchi le portail en fer forgé, quand, m'autorisant enfin à faire tomber le masque que j'avais arboré pour mère, je m'abandonnai à ma joie d'être de nouveau seule avec lui.

Même la gravité de l'occasion ne parvenait pas à me décourager. Les mêmes pensées devaient l'animer car il se gara sur le bas-côté et, s'approchant de moi, posa sa tête contre la mienne.

— Bonjour, beauté !

Hésitants, nous fermâmes les yeux, envahis par les émotions douces-amères de ce matin inhabituel. S'emparant de mes lèvres, il m'embrassa avec délicatesse, son baiser ne tardant pas à se faire plus avide.

— Bonjour à toi, lui répondis-je, le souffle un peu court.

Il recula et posa derechef sa tête contre la mienne.

— J'ai l'intention de faire cela tous les matins du reste de notre vie.

— Cela me plairait beaucoup. Je pense néanmoins que ma mère aura quelques objections.

— Dans ce cas, je vais devoir la convaincre que ses jardins ont besoin de beaucoup d'attention, afin de me donner une raison d'y passer tout mon temps.

— Et tu devras déménager à Londres avec moi.

— Je ferai mes bagages dès demain.

Il reprit sa place derrière le volant et se remit à rouler.

Je m'attendais à nous voir prendre la route de l'église Saint-Étienne. Or, à ma grande surprise, nous roulions dans la direction opposée, vers la campagne.

Oubliant notre légèreté, je demandai, soudain grave :

— Où allons-nous ?

— Nous nous rendons au cimetière de Notre-Dame-des-Anges, à Charcross, près de Knowsley Park.

— Donc nous n'allons pas à Saint-Étienne ?

— J'y ai été ce matin. Nous avons récité un rosaire et célébré la messe d'enterrement de mon père.

— Pourquoi ne me l'as-tu pas dit ? Je serais venue.

Je ne supportais pas l'idée de ne pas prendre part à chaque aspect de sa vie.

— Je sais que la messe à laquelle tu as assisté à Londres ne t'a pas mise très à l'aise. Je ne souhaitais donc pas t'imposer une situation difficile, ce matin. Il faut se lever et s'agenouiller souvent, et une grande partie de la célébration se fait en latin.

Il savait que cette dernière précision me ferait frémir. J'étais totalement intimidée par cette langue qui m'était si étrangère.

—Je comprends mieux. Ce n'est pas le matin idéal pour m'immerger dans la religion catholique. Mais, Kyle, si nous sommes ensemble, tu vas devoir m'apprendre comment participer.

—Que veux-tu dire ?

—Eh bien, si je dois aller à la messe avec toi.

Il écarquilla les yeux de surprise.

—Tu veux dire que tu te convertirais au catholicisme pour moi ?

—Je deviendrais allemande pour toi, si tu me le demandais.

—Hum ! se contenta-t-il de répondre.

Perdu dans ses pensées, il regardait droit devant lui.

Nous arrivions aux abords d'un immense terrain, couvert de tombes ornées d'anges et de croix. Leur taille et la recherche de leurs ornements témoignaient de la richesse des familles qui les avaient commandées. Au-dessus du vieux portail en fer forgé décrépit, une pancarte indiquait « Cimetière de Notre-Dame-des-Anges ». La peinture noire s'écaillait, dévoilant les couleurs du passé. J'avisai au loin une minuscule chapelle avec un petit clocher. À son côté s'élevait un autre bâtiment de la même taille. J'interrogeai Kyle.

—C'est l'église de Notre-Dame-des-Anges et son presbytère, m'indiqua-t-il. Le prêtre en habite une aile et la gouvernante l'autre. Cette paroisse étant à l'écart de tout, les fidèles ne sont pas nombreux. Mais le rôle principal de cet abbé est de célébrer les messes d'enterrement et l'inhumation, ainsi que de soutenir les familles.

—Comme c'est déprimant !

— Tout dépend du prêtre. Certains aiment ce poste car ils sont de nature solitaire et qu'il s'agit sans doute de l'église la plus isolée où l'on puisse être nommé. En revanche, d'autres prêtres ont un vrai don pour ce travail et le considèrent comme un ministère important. Mais, dans les deux cas, j'ai entendu dire que l'isolement finissait par les atteindre. Ils ne restent donc pas plus de deux ou trois ans.

Le cimetière était immense. Selon Kyle, les plus vieilles sections remontaient à plusieurs siècles. Les plus proches de nous étaient les plus anciennes. Les pierres tombales s'enfonçaient dans la terre, leurs inscriptions usées. Les noms et les épitaphes s'effaçaient peu à peu. Alignées en rangées symétriques, les plus récentes escaladaient la colline.

Voyant qu'il nous serait impossible de trouver notre chemin vers la tombe de Mr McCarthy sans aide, nous prîmes la direction de l'église. Kyle me pria d'attendre dans la camionnette. J'en profitai pour baisser ma vitre et regarder la bâtisse plus en détail.

De petite taille, je doutais qu'elle puisse accueillir plus de cent fidèles. Ses pierres, brunes et grises, disposées au hasard, étaient soudées par des lignes de mortier blanc qui s'étaient décolorées avec le temps. De loin, le clocher m'avait paru plus haut. Je me demandai à quoi ressemblerait le son de sa cloche et imaginai deux plaintes solennelles qui résonneraient, lugubres, dans cet immense lieu de repos. Sous le toit en pente raide s'ouvraient de simples fenêtres en ogive, de la même forme que l'unique porte.

Le parvis était dallé des mêmes pierres que les murs. Un couple âgé en sortit, le rosaire à la main, suivi par Kyle. La femme lui montra le presbytère du doigt et je n'entendis pas ce qu'elle lui dit. Lorsqu'il alla frapper, il fut accueilli par le prêtre qui devait être le dernier envoyé dans cette magnifique retraite. Il hocha la tête puis, passant son bras autour des épaules de Kyle, l'invita à entrer. Celui-ci se retourna et me fit signe qu'il ne serait pas long. Il revint muni d'une carte des lieux où était indiqué l'emplacement de la concession.

— Nous sommes parés, me déclara-t-il. Je suis content que nous nous soyons arrêtés. Nous aurions pu tourner en rond pendant des heures.

Me tendant la carte, il me demanda de le guider.

La partie la plus récente du cimetière se trouvait à un demi-mile, environ. Nous ne tardâmes pas à atteindre notre destination.

Après avoir coupé le moteur, il descendit de voiture et vint m'ouvrir la portière. Six personnes se trouvaient déjà là. Se penchant à mon oreille, il me chuchota :

— Tu te souviens du père Sullivan et de Mrs Mawdsley. Les autres sont Mr Aldan, notre propriétaire depuis aussi longtemps que je me souvienne, et deux paroissiens de Saint-Étienne. L'autre est Mr Paddock. Il est propriétaire d'un bar près de notre appartement et il vient lui aussi du Wicklow. Mon père aimait aller y boire une pinte ou deux et parler du bon vieux temps avec lui. Mr Paddock est le seul qui parvenait à faire rire papa du passé.

— Ne penses-tu pas qu'il est en train de rire d'avoir retrouvé ta mère et tes sœurs ?

— Je n'en doute pas une seconde.

Je joignis les mains en signe de respect, mais, surtout, parce que je ne voulais pas que Kyle me les tienne. J'étais soudain très intimidée à la perspective de rencontrer ces gens qui faisaient partie de sa vie. Ils avaient tous assurément été au courant de sa vocation. Je ne savais pas quelles explications il avait pu leur donner mais je n'étais pas vraiment désireuse de les connaître.

Mais Kyle avait des intentions différentes. Sans se douter de mon anxiété croissante, il dénoua mes mains et s'empara de l'une d'entre elles. J'essayai de me dégager, en vain.

— Es-tu sûr de vouloir me tenir la main ? murmurai-je. Que vont-ils penser ?

— Que j'ai bien de la chance de tenir la main d'une aussi belle demoiselle.

Je voyais qu'il avait déjà envisagé la situation sous tous les angles. Et, contrairement à moi, il avait choisi de n'en rien cacher. Me sentant honteuse du contraste entre ma duplicité et son courage, je me jurai silencieusement de marcher dans ses traces, à l'avenir. Quel bonheur de constater qu'il avait une telle confiance en notre amour. *En nous.*

« *Nous* ». Cela sonnait tellement bien.

Pourtant, en dépit de ce qu'il m'avait raconté l'autre soir, j'avais du mal à croiser les yeux du père Sullivan. Qu'importait sa compréhension vis-à-vis de notre amour naissant. Quant à Mrs Mawdsley, elle me foudroya du regard comme si elle regrettait de ne pas pouvoir me pousser dans un puits.

Mes pensées ne tardèrent pas à revenir à la raison de notre présence là. D'un geste affectueux, je posai ma main sur le cercueil tout simple dans lequel reposait Mr McCarthy.

— *Requiem aeternam dona eis, Domine, et lux perpetua luceat eis*, commença le père Sullivan.

Même si je ne comprenais pas les mots, la tête inclinée, je priai pour le père de Kyle à ma façon. J'avais apporté une rose du jardin de mère, des buissons qu'il avait passé trop peu de temps à tailler, et je la jetai sur son cercueil en lui murmurant un « au revoir ».

À la fin de la cérémonie, tout le monde se dispersa, nous laissant en compagnie du père Sullivan. Après avoir échangé une poignée de main avec Kyle, le prêtre me serra dans ses bras comme s'il me connaissait depuis longtemps. Reconnaissante de me voir acceptée de si bon cœur, je souris à cet homme empreint de bonté et de générosité.

— Eh bien, mon fils. C'est une journée placée sous le signe du chagrin et de la joie.

— Père Sullivan, je le regrette, mais je ne me sens pas triste, aujourd'hui. Mon père est enfin parti retrouver ma mère, mes sœurs et Notre-Seigneur. Il ne souffre plus. Et je…

S'interrompant, Kyle me contempla d'un air adorateur.

— … je suis honoré d'être accompagné par Miss Westcott.

Le visage du père Sullivan s'éclaira d'un sourire approbateur.

— Miss Westcott, puis-je vous appeler Julianne ? J'ai l'impression que nous nous connaissons un peu mieux, maintenant.

Ignorant les paroles appropriées à ce genre de situation, je me contentai de faire un signe d'assentiment.

— Il est bon de voir que vous avez rendu son sourire à Kyle. Je me doutais depuis quelque temps de ce qu'il se passait, ajouta-t-il avec un clin d'œil à son intention.

— Je regrette de ne pas l'avoir su, rétorquai-je. Cela m'aurait épargné de passer une année à avoir migraine sur migraine !

Tous deux partirent d'un éclat de rire. Ce qui, en d'autres circonstances, aurait pu paraître étrange dans un cimetière. Mais Kyle et le père Sullivan étaient si affables, qu'en dépit de l'environnement, il était difficile de ne pas se sentir d'humeur légère en leur présence.

Après avoir pris congé du bon prêtre, nous reprîmes la route de Liverpool. J'étais heureuse de trouver une telle bienveillance de la part de quelqu'un de si proche de Kyle. Je ne m'étais pas attendue à ce que tout soit aussi simple.

— Kyle… qu'allons-nous faire au sujet de mes parents ?

Il me regarda, surpris.

— Que veux-tu dire ?

— Je veux dire, que… qu'ils… ne vont pas très bien te recevoir.

— Oui, j'y ai déjà pensé.

Avec un soupir, il ramena son attention sur la route.

— Écoute, je suis conscient que ce ne sera pas facile. Mais, quoi qu'il arrive, nous l'affronterons ensemble.

— Je sais.

Ignorant comment aborder la situation, je me mordillai la lèvre inférieure.

— Tu le fais souvent, tu sais.

— Quoi ?

— Tu te mordilles la lèvre quand tu es nerveuse, ou quand tu réfléchis trop.

Le fait qu'il ait remarqué ce détail chez moi me plaisait.

— Vraiment ? Je suis désolée.

— Ne sois pas désolée. C'est adorable.

À son intonation, j'eus l'impression que, pour lui, tout ce que je faisais était adorable. Il allait être difficile de demeurer à la hauteur de ses attentes. Remarquant que j'étais toujours préoccupée, il me tendit la main pour me rassurer.

—Julianne, nous sommes heureux ensemble. Depuis notre toute première conversation, notre complicité semble couler de source. Nous ne sommes pas obligés de leur parler tout de suite. Tu trouveras la meilleure façon de gérer la situation. Mais je suis ici pour rester, et tôt ou tard, ils le sauront. Aie confiance.

—Tu as raison. Merci.

Il ralentit et s'arrêta un peu avant le portail de la maison. Sans cesser de tenir ma main, il se mit à me caresser les cheveux de l'autre. M'attirant vers lui, il m'embrassa pour me tranquilliser.

—Je veux pouvoir faire cela sans me cacher.

—Moi aussi. Bientôt. Je le promets.

Lorsqu'il s'engagea dans l'allée qui menait à l'hôtel particulier, j'aperçus une voiture inconnue. J'arrivais donc à temps pour le thé. Avec un grognement de frustration, je me préparai à voir ma mère jouer une nouvelle fois l'entremetteuse, avec toute la subtilité qui la caractérisait. J'étais sur le point de supplier Kyle de m'emmener loin de là. Mais il avait raison quand il me disait que j'allais devoir affronter mes parents pour leur avouer la vérité. Le plus tôt serait sans doute le mieux. Ainsi, je n'aurais pas à dépenser tant d'énergie à continuer cette comédie.

Après l'avoir embrassé sur une joue en espérant que personne ne nous ait observés de la fenêtre, je sautai de la voiture et lui promis de le retrouver le lendemain au lac.

J'avais beau m'y être préparée, à peine entrée, j'eus l'impression de tomber dans un guet-apens.

— Julianne ! Te voilà enfin ! Nous commencions à nous inquiéter ! s'exclama mère de sa voix la plus mondaine.

Je savais qu'elle était déçue de constater que je n'avais pas donné la priorité à son thé, mais elle n'en laisserait rien paraître devant ses invités. Elle me serra chaleureusement contre son cœur comme si elle était coutumière de ce genre de démonstrations d'affection, avant de poursuivre :

— Mrs Sheldon a apporté des petits gâteaux absolument exquis. Et Simon me racontait des histoires sur ses tournois d'aviron à Oxford.

Elle se tourna vers ses hôtes.

— Je vous prierais de bien vouloir excuser la tenue de ma fille. Elle a dû se rendre à un enterrement ce matin, dans le cadre de ses études d'infirmière. Elle est vraiment appliquée, ne trouvez-vous pas ?

Le bavardage abrutissant continua pendant une bonne demi-heure. Je restai polie, m'acquittant de toutes les amabilités qui étaient attendues de moi. Sans cesser un instant de planifier le pique-nique que j'allais préparer pour notre rendez-vous au lac du lendemain. Kyle aimait-il les sandwichs au poulet ? Quel était son parfum de thé préféré ? J'étais enchantée d'avoir une occasion de connaître tous ces menus détails sur lui.

Enfin, Mrs Sheldon et Simon se levèrent, nous remercièrent et, interprétant visiblement mes bonnes manières pour de l'enthousiasme, décidèrent d'un autre thé dans la semaine à venir. Simon alla jusqu'à me demander si j'aimerais me joindre à lui pour dîner le lendemain soir.

Mais je déclinai cordialement, lui répondant que j'avais déjà des projets. Sans préciser que je devais sortir avec un ami.

Après avoir refermé la porte derrière eux, mère commença à virevolter en tous sens. Elle tenait tellement à se convaincre que l'après-midi avait été un succès, qu'elle choisissait de croire à ses propres désirs plutôt que d'ouvrir les yeux sur la réalité. Posant ses mains sur mes épaules, elle déclara :

— Ne trouves-tu pas Simon merveilleux ? Si intelligent, une carrière si brillante devant lui. Tu devrais accepter son invitation à dîner pour demain soir. C'est un très beau parti, Julianne. Ne le laisse pas filer.

— Mère, je vous ai dit que j'avais déjà des projets.

— Eh bien, annule-les, ma chérie. Tu pourras toujours voir Lucille une autre fois. Elle comprendra.

Le moment était donc venu de lui dévoiler la vérité. Sinon, je n'aurais plus jamais un instant de paix. Prenant une profonde inspiration, je m'avançai d'un pas.

— Ce n'est pas avec Lucille que j'ai rendez-vous demain.

— Avec qui, alors ? Lotte ? Anne ?

Je vis à son visage qui se décomposait qu'elle commençait à deviner la vérité qu'elle redoutait.

— C'est avec Kyle, mère.

Chapitre 17

« L'ENFER N'A DE FUREUR ÉGALE À CELLE D'UNE FEMME bafouée. »

Je compris soudain la signification de cette phrase. Et mère était la femme bafouée. Son visage devint cramoisi, le teint de sa figure se confondant avec le rouge de son fard à joues, et ses mains se crispèrent sur ses hanches.

— Qu'entends-tu par « c'est avec Kyle » ? Son père est mort, maintenant. Ton rôle d'infirmière est terminé chez eux.

— Je ne vois pas Kyle à cause de son père. Je vois Kyle parce que je suis amoureuse de lui. Et qu'il l'est de moi.

Voilà ! Je l'avais dit. Même les Allemands n'auraient pas pu lâcher une bombe comme celle-là.

Elle leva les mains puis agita un doigt devant mon visage.

— Helen Julianne Westcott, c'est absolument inacceptable. Je pensais cette question réglée. Ce n'est pas convenable !

— Pourquoi n'est-ce pas convenable ? Il s'est comporté en parfait gentleman avec moi.

— Ce n'est pas un gentleman. C'est un jardinier. Comme tu l'as déclaré toi-même. Et n'as-tu pas dit aussi qu'il voulait être prêtre ? Il est catholique, Julianne, me rappela-t-elle, insistant sur ce terme comme s'il s'agissait d'une tare. Il est irlandais et il n'a pas d'argent. Souhaites-tu que je poursuive ?

J'étais sûre qu'elle le ferait si je le lui permettais. Elle était manifestement prête à sortir son arsenal.

— Je me fiche de ce que vous pensez de lui, mère. Je l'aime. Je ne voulais pas l'aimer et j'ai essayé de m'en empêcher. Mais je l'aime. Et je ne peux rien y changer !

Sur ces mots, je me précipitai dans l'escalier quatre à quatre et allai m'enfermer à clé dans ma chambre. Ma mère me suivit. Ignorant ses coups répétés sur le battant en bois, je me jetai sur mon lit et m'enfouis la tête sous un oreiller.

— Attends un peu que ton père l'apprenne !

Une heure plus tard, un coup plus doux retentit à ma porte.

— Julianne, puis-je entrer ? s'enquit une voix masculine hésitante.

Toujours prostrée, je me levai et allai ouvrir. Puis, faisant demi-tour, je regagnai mon lit avant même qu'il soit entré. L'air résigné, il essaya de s'asseoir à côté de moi. Mais, allongeant les jambes, je l'en empêchai. Il prit la chaise de la coiffeuse. Si j'avais été d'humeur à y prêter attention, j'aurais trouvé comique la vision de sa silhouette massive sur la petite chaise au coussin à franges roses.

Nous gardâmes le silence, dans l'espoir que l'autre amorcerait la conversation. Je refusais de céder. Je voulais d'abord entendre ce qu'il avait à me dire.

— Princesse, ta mère m'a tout raconté.

— Elle ne vous a exposé que son point de vue ?

— Bien entendu. Et c'est pourquoi je voulais en parler avec toi. Je t'en prie, tu dois comprendre que ta mère est tout aussi triste que toi. Elle ne souhaite que ce qu'il y a de mieux pour toi. Et moi aussi.

— Simon Sheldon, par exemple. Et tous les autres prétendants qu'elle rêverait de me voir épouser. Ce n'est pas ce qu'il y a de mieux pour moi. Et je pense que je suis assez grande pour en décider seule.

— Bien sûr, tu l'es. Et je te fais confiance. Elle aussi, elle te fera confiance. Laisse-lui juste du temps. Mais, de grâce, mets-toi à notre place. Tu es notre petite fille. Et maintenant, tu habites à Londres et tu fais ces études passionnantes pour devenir infirmière.

Je le regardai d'un air interrogateur. C'était la première fois dans cette maison que les mots « infirmière » et « passionnant » étaient associés dans la même phrase.

Il poursuivit :

— Oui, j'ai pris conscience de l'importance que tu attachais à tes études. Je paie tes cours parce que je sais que c'est ce que tu veux. Tu as un très bel avenir devant toi. Alors ne prends pas de décisions importantes pour le moment. Pas au sujet de ce jeune homme. Je dirais même, au sujet d'aucun jeune homme.

Il s'interrompit, une expression plus sévère se peignant sur son visage.

— Néanmoins, je vais mettre le holà au sujet de celui-ci. Ta mère me dit qu'il est catholique.

— Oui, et alors ?

— Tu connais parfaitement mon sentiment. Ce sont tous des satanés papistes, des traîtres à la Patrie. Et leurs sympathies vont à ceux qui sont prêts à détruire la couronne et le commerce.

— Ce n'est pas un peu trop général ?

— Tu n'en connais pas autant que moi. Et il te suffit de me faire confiance à ce sujet. Cela, je le défends absolument.

— Mais...

— Je ne veux pas entendre un mot de plus, Julianne. Désormais, tu auras mon soutien total concernant tes études, et je demanderai à ta mère de te laisser en paix pour le reste. Mais tu dois m'obéir sur ce point.

Les larmes que j'étais incapable de retenir me picotèrent le visage. Je m'étais engagée à être sincère. À m'efforcer de lui faire comprendre la situation et de le faire revenir sur ses préjugés. Mais devant une telle désapprobation, si je voulais un avenir quelconque avec Kyle, je n'avais plus d'autre choix que tricher.

— Oui... père, balbutiai-je. Je vais... je vais essayer de voir les choses à votre façon.

— C'est bien. Et maintenant, sois patiente avec ta mère et attends d'avoir fini tes études pour penser sérieusement aux garçons.

Je hochai la tête tout en me mordillant la lèvre inférieure. Je ne voulais plus prononcer un seul mensonge.

— Bien, répéta-t-il en sortant. Et si tu séchais ces jolis yeux verts et que tu descendais ?

— Je ne suis pas encore prête. Mais je ne vais pas tarder.

Il quitta ma chambre et j'écoutai le bruit de ses pas jusqu'au rez-de-chaussée. Puis, épuisée par toutes ces émotions, je m'assoupis.

Cette même semaine, je ne revis Kyle qu'une fois, le jour où je m'éclipsai en catimini pour notre pique-nique. J'ignorais quand se présenterait la prochaine occasion.

Il travaillait tous les jours. Et mes parents surveillaient mes activités de très près. Lucille était partie pour le bord de la mer avec sa famille, me privant de mon excuse habituelle pour sortir. Mère ne m'adressait quasiment plus la parole. Quand elle était à la maison, elle passait son temps à tripoter ces fichus échantillons et tapoter un verre vide, rempli de glaçons, qu'elle gardait toujours à proximité.

Ne supportant plus d'être séparée de Kyle, je lui envoyai un mot chez lui, dans lequel je lui suggérai de nous retrouver au moins une fois par semaine au lac de Newsham Park. Notre routine consistait à nous asseoir sur un banc sélectionné avec soin, de crainte qu'un ami de mes parents ne nous surprenne. Feignant de nous concentrer sur les canards et les enfants, nous ne nous parlions que lorsque nous étions sûrs qu'aucun passant ne nous entendrait.

—Tu me manques, lui disais-je en me penchant pour l'embrasser dans le cou.

—Toi aussi, tu me manques, Julianne.

—Mère et père sont invités à dîner mardi soir. Je veux te voir ailleurs que dans un parc.

—Je ne peux pas. Je dois aller chercher mes affaires à Durham.

—Tu n'as pas tout rapporté quand tu es revenu, à la fin du trimestre ? m'étonnai-je.

—Je pensais y retourner. Mais maintenant que j'ai été ensorcelé par cette petite fée, me taquina-t-il, je vais me contenter de reprendre le travail de mon père.

Après s'être assuré d'un coup d'œil que nous étions bien seuls, il me donna un léger coup de coude.

— Dans ce cas, que dirais-tu de jeudi ? Ils doivent dîner avec des clients de père qui viennent d'Amsterdam. Je suis sûre que je pourrai m'échapper.

— Je ne peux pas. Je vais travailler dans le parc des Whitehead.

Son expression se faisant soudain très grave, il poursuivit :

— Ce qui m'amène à aborder le sujet dont je voulais te parler. Tu sais que je veux passer le plus de temps possible avec toi. Mais nous ne pouvons pas continuer ainsi. Je n'aime pas mentir. Quand allons-nous parler à tes parents ?

— Je ne sais pas encore. Donne-moi du temps.

— Combien de temps, Julianne ? Qu'attendons-nous ? Sois honnête avec moi. Est-ce juste une aventure pour toi ? Un rite initiatique de jeune fille riche ?

— Bien sûr que non ! Tu le sais bien !

Je ne l'avais jamais entendu prononcer une parole cruelle.

— Eh bien, dans ce cas, tu vas être obligée de me dire quelque chose que je peux croire. Penses-tu que faire l'autruche va t'aider à obtenir ce que tu veux ? Parce qu'il est temps de prendre une décision. Maintenant.

— Je sais ! m'exclamai-je. Mais tu me demandes l'impossible. Et tu n'as pas de parents dont tu doives solliciter la bénédiction !

Devant la tournure soudaine que prenait la conversation, je me sentais plus embarrassée qu'affligée. Je savais à quel point il avait raison.

Il me lança un regard meurtri. Cette comédie nous épuisait tous les deux.

— Je n'ai pas voulu dire cela. Je suis désolée. Kyle, je suis désolée !

Je jetai un coup d'œil à la ronde. Voyant que le couple qui se promenait près de nous semblait absorbé par les enfants qui jouaient avec leurs bateaux, je lui caressai le bras.

— Je veux juste que tu comprennes que c'est compliqué. Écoute-moi. Je suis tout ce qui leur reste. Et, en dépit de nos différends, ils ont essayé à leur façon de m'offrir une très belle vie. Cette nouvelle les anéantirait. D'un point de vue personnel. D'un point de vue social. Je ne sais pas si mon père me pardonnerait un jour et je ne le supporterais pas. Sans parler du fait que nous devons affronter la possibilité très réelle qu'ils me coupent les vivres. De quoi vivrons-nous, alors ? D'amour ? Même moi, je sais qu'on ne peut vivre heureux quand il faut payer les factures.

Il me regarda enfin. Puis, indifférent à qui pourrait nous voir, il glissa ses doigts entre mes cheveux.

— Oui, c'est compliqué. Oui, nous aurons à surmonter des obstacles. Et je ferai tout ce qui sera en mon pouvoir pour subvenir à tes besoins. Mais cela en vaut la peine.

M'enveloppant d'un regard empreint de sincérité, il déclara avec conviction :

— Je sacrifierais tout pour toi, Julianne. Je t'aime.

Mon cœur se mit à battre la chamade. C'était la première fois que je l'entendais prononcer ces paroles.

— Je t'aime, chuchotai-je à mon tour. Tu as raison. Je ne vais pas tarder à agir. Je le promets. Mais, je t'en prie, sois encore un peu patient.

Je me levai, comme le voulait la comédie que nous avions répétée, et ouvris mon ombrelle. C'était la plus large que j'aie pu trouver, un accessoire désuet, mais idéal dans notre situation. La plaçant de manière à nous cacher de tous, je lui offris mes lèvres qu'il embrassa d'un baiser trop bref. Puis d'un autre.

— À la prochaine fois, dit-il, peinant visiblement à me quitter.

— À la prochaine fois.

Je rentrai à la maison, un sourire las aux lèvres.

Après des semaines à m'être comportée de façon exemplaire, mère parut satisfaite de ma docilité apparente. Un après-midi, alors que j'étais en train de couper une pomme dans la cuisine, elle entra et me lança d'un air dégagé :

— Julianne, ma chérie.

Sa voix me fit sursauter. Le couteau m'échappa des mains et m'écorcha un doigt. Je plongeai une serviette dans un verre d'eau et la serrai pour arrêter le filet de sang.

— Mrs King doit partir pour Birmingham car sa mère est très malade. Elle sera peut-être absente pendant longtemps.

Je fermai les yeux, essayant de comprendre en quoi cette nouvelle me concernait. Je ne fus pas longue à le savoir.

— On m'a donc demandé de présider le comité de la fête.

— Je croyais que lorsqu'on l'avait présidé une fois, on ne pouvait plus être sollicitée, fis-je remarquer.

— Oui, c'est exact. Mais nous devons relever les défis qui se présentent à nous. Ne penses-tu pas ?

Je faillis m'étrangler. Quand elle disait de telles choses, je ne pouvais m'empêcher de penser à Charles.

— Bref, tu as été d'une telle efficacité l'année dernière que j'aimerais te confier de nouveau l'organisation des stands.

Peut-être était-ce sa façon de se réconcilier avec moi. Ce genre d'événement était la seule occupation qui nous réunissait. Peut-être était-ce ma dernière chance de faire naître un semblant d'affection entre nous, si infime soit-il, dans l'espoir que je ne passerais pas à côté de cette occasion pour toujours.

— Je serais contente de pouvoir vous aider. De quoi avez-vous besoin ?

Encouragée, elle avança une chaise, prit place à côté de moi et me montra les notes laissées par Mrs King.

— Eh bien, cette année, nous collectons de l'argent pour l'hôpital Smithdown. Il construit une maternité neuve et le comité a voté pour que l'argent lui soit reversé. Mrs Moore et Mrs Ward sont de nouveau impliquées. Je pensais donc que nous devrions intervenir et décider seules d'un thème pour le lancer d'anneaux.

— L'année dernière, le thème des cierges a rencontré du succès parce que vous collectiez de l'argent pour la cathédrale. Une maternité, vous dites ? Hum…

Après un instant de réflexion, je suggérai :

— Et si nous prenions pour thème des biberons ?

La fête nous procurant un sujet de conversation neutre, nous continuâmes à discuter. Après avoir passé les plans en revue, pris des notes pour améliorer certains points, nous décidâmes d'enrôler Lucille. Ces moments passés avec mère à programmer les stands des réjouissances se révélèrent presque agréables. Fidèle à la parole donnée à père, elle avait cessé de jouer l'entremetteuse.

Lorsque Lucille rentra de la mer, je l'accueillis avec joie. Comme l'année précédente, nous nous lançâmes dans les préparatifs de l'événement. Plus que tout, c'était bon d'avoir retrouvé ma meilleure amie. Même si ce fut un peu à contrecœur qu'elle accepta de me servir d'alibi chaque fois que je voudrais voir Kyle.

— Je n'aime pas plus la duplicité que lui, Jul.

— Parce que tu crois que j'aime ça ? J'attends juste le bon moment pour parler à mes parents.

— Et quand penses-tu le voir arriver ? Quand vous aurez dix mille enfants ?

Heureusement, son cours de morale ne dura pas et nous reprîmes les joyeuses activités d'été que nous partagions depuis tant d'années. Elle devint une vraie menace au backgammon, nous dévorâmes les magazines de cinéma et allâmes voir plusieurs films. Hélas, les actualités de Movietone, projetées avant la séance étaient de plus en plus démoralisantes.

En Allemagne, les Juifs avaient reçu l'ordre d'ajouter « Israël » ou « Sarah » à leurs prénoms pour identifier leur origine. Tout comme mes concitoyens, je trouvais ce type d'information très alarmant. Je ne pouvais m'empêcher de songer à des connaissances de notre famille – des amis, des voisins – qui pourraient avoir à endurer ce type d'injustice si Hitler prenait le pouvoir en Grande-Bretagne.

Le soir, le passe-temps préféré de père était désormais d'écouter les membres du gouvernement s'exprimer à la radio. Même s'il était clair qu'il ne souhaitait pas voir la guerre éclater, du point de vue des affaires, il devait également se préparer à une recrudescence de ses services en cas de conflit. La proximité de ses entrepôts avec le port de Liverpool leur octroyait une grande valeur. Même s'ils pouvaient aussi devenir des cibles.

Au moins ses diatribes antiallemandes l'avaient-elles distrait de sa rage contre les catholiques. Il n'abordait plus la question de l'IRA.

Kyle essayait de me parler de la guerre, un sujet qui semblait électriser les hommes. Mais lorsqu'il voyait à quel point cela me contrariait, il se taisait. Je me rappelais mon père me racontant le nombre incalculable d'hommes que nous avions perdus dans la dernière. Hormis ma peur pour Kyle, j'étais perturbée par la pensée qu'une nouvelle génération pouvait repartir pour le combat.

Mais, fidèle à la tradition britannique de garder le sourire dans l'adversité, je n'avais nulle intention de laisser les hostilités lointaines décourager mon enthousiasme pour la kermesse de bienfaisance qui se profilait. La veille de la fête, je dormis chez Lucille où nous fîmes des essais de coiffure. C'était à son tour de prendre part aux enchères. Pourtant, la perspective ne l'emballait pas vraiment. Même si Ben, son amoureux, avait promis d'enchérir sur elle, elle craignait de le voir perdre. Et elle ne supportait pas la pensée de passer, ne serait-ce qu'un après-midi, en compagnie d'un autre. Mais lorsqu'elle émit l'idée de ne pas prendre part au concours, Ben la traita de sotte et lui recommanda de nc pas s'inquiéter. Elle finit par capituler. Quand nous lui dénichâmes une sublime robe rouge, assortie au grenat en pendentif offert par mère l'année précédente, son enthousiasme parut renaître.

Les premières heures des festivités se déroulèrent en tout point comme celles de l'année précédente. Une fois les stands contrôlés, accompagnées par nos amoureux, Lucille et moi décidâmes de nous amuser. Kyle me précédait de quelques pas et je rêvais de lui tenir la main. Mais si père était à Paris pour la conférence mondiale sur le transport, je savais que mère papillonnait un peu partout. Kyle et moi étions de nouveau tombés d'accord pour parler à mes parents. Toutefois, sachant que je venais tout juste de rétablir un semblant de complicité bienveillante avec ma mère, il avait accepté d'attendre la fin des réjouissances.

Ben et lui semblaient en grande forme et ne cessaient pas de se lancer des regards de conspirateur. Et lorsque nous leur demandions ce qu'ils mijotaient, ils prenaient l'air aussi innocent que perplexe.

Les laissant derrière nous, le crépuscule tombant, nous entrâmes dans le pavillon où se déroulaient les enchères. Nous venions d'assister à la victoire de Maude Parker, le ventre arrondi par sa grossesse, dont le gâteau à la banane venait de détrôner le pain au citron d'Alice White. La vie de famille lui allait bien. Au souvenir des préparatifs de son mariage en compagnie de Kyle, je souris.

Dans sa robe rouge, le grenat brillant à son cou, avec ses cheveux relevés et des accroche-cœurs caressant ses joues, Lucille était très belle. Comme je n'étais pas candidate, cette année, ma tenue était beaucoup plus simple. Pourtant, Kyle paraissait incapable de me quitter des yeux. Je mettais sa fascination sur le compte de la lumière tamisée des lampions qui faisait des miracles pour le teint.

Après avoir embrassé Lucille sur la joue, je lui assurai que ce serait elle qui récolterait le plus d'argent, et partis rejoindre Kyle et Ben pour assister aux enchères.

Cette année, il y avait quatorze participantes et Lucille portait le numéro quatre.

À la demande générale, même s'il n'était plus maire, l'ex-lord-maire Denton présidait l'événement. Sa voix de stentor subjugua le public. Les premières offres restèrent modestes et Ruby Haught atteignit le plus haut chiffre.

— Et maintenant, nous avons notre candidate numéro quatre, Miss Lucille Morris. Elle aime jouer au backgammon, aller au cinéma, et à partir de janvier, doit suivre des études d'enseignante au Centre de formation d'Edge Hill.

La foule applaudit poliment.

— Ai-je 12 shillings ?

Je remarquai que l'ex-maire avait monté sa première mise depuis l'année précédente.

Je surpris Kyle qui passait une enveloppe à Ben. Lorsque je lui lançai un coup d'œil inquisiteur, il se contenta de hausser les épaules et de déposer un baiser sur mon front. Les enchères rebondirent entre plusieurs spectateurs. Mais je n'entendis pas Ben une seule fois. Au moment où la vente allait se conclure pour 2 livres 4 shillings, Ben agita la main.

— Six livres, deux shillings.

Tous les regards se braquèrent sur lui. À l'exception de Kyle, tout le monde semblait abasourdi. Je vis Lucille pétrifiée sur la scène. Denton qui croyait visiblement avoir mal entendu le pria de répéter son offre.

— Six livres, deux shillings ! cria-t-il de nouveau.

Une clameur s'éleva dans le public et l'ex-lord-maire frappa de son marteau comme un juge ramenant l'ordre dans un tribunal. Encouragé par la foule, Ben sauta sur l'estrade pour revendiquer sa fiancée.

Kyle souriait. Je le foudroyai du regard. Pourquoi ne m'avait-il pas mise au courant de leur plan ? Mais ma colère était feinte. Quoi qu'il arrive, je ne pourrais jamais lui en vouloir. En outre, je jubilais de voir que Lucille avait remporté le plus gros chiffre de toute l'histoire de ces enchères.

Au bout d'un moment, les acclamations s'apaisèrent. Lucille et Ben descendirent de la scène et Denton appela la candidate numéro cinq. J'étais désolée pour elle. Un tel triomphe ne serait pas facile à surpasser. Me prenant par la main, Kyle m'entraîna loin de la foule, dans le petit bois, derrière l'orchestre. Il m'enlaça d'un bras ferme et, ma main toujours dans la sienne, nous nous mîmes à danser, oscillant en cadence.

Comme chaque fois qu'il me touchait, un frisson me traversa. Sentant son visage près du mien, je laissai échapper un soupir d'impatience. Silencieux, nous savourions cet instant d'intimité. Je ne doutais pas une seconde qu'il soit animé des mêmes pensées que moi : comme les choses étaient différentes cette année !

Dans un geste qui me rappela notre nuit dans la gloriette, il se pencha vers moi pour m'embrasser doucement sur la joue, avant de me chuchoter, ses lèvres contre mon oreille :

— Je dois te dire quelque chose.

Il n'ajouta rien, se contentant de me picorer derechef le cou de baisers. Il était conscient du supplice qu'il m'infligeait et il en appréciait chaque seconde.

— Quoi ? demandai-je d'une voix faible.

Je ne voulais pas qu'il mette un terme à ses baisers. En même temps, j'étais curieuse de savoir ce qu'il avait à m'annoncer.

Se concentrant maintenant sur l'autre côté de mon cou, il continua à m'embrasser. Puis, remontant vers mon autre oreille, il me nargua.

— Cela va te plaire.

Sur ces mots, il déposa une pluie de baisers sur ma peau.

Incapable de supporter plus longtemps cette attente, et ne pouvant plus lui permettre de m'embrasser sans franchir une limite de bienséance, je le repoussai pour le regarder et le pressai :

— Qu'y a-t-il, Kyle ? Tu es bien secret, ces derniers temps.

— Oh ! Cette soirée recèle des tas de secrets. Je t'accorde trois essais pour deviner.

Abertillery

Lorsque le père McCarthy entra dans la pièce, les enfants se turent. Au chevet de leur mère morte, je ne percevais que le son étouffé de leurs voix. Mais les paroles du père semblèrent les apaiser.

J'aurais aimé rentrer chez moi, à présent. Mais je ne pouvais sortir que par cette pièce pleine de monde. Je me sentais claustrophobe et mettais mon malaise sur le compte de cette maison. En vérité, c'était mon propre esprit qui se refermait sur moi. Comme de l'électricité statique perturbant un programme de radio, des voix me parvenaient, entrecoupées.

« … n'aime pas la duplicité… »
« … dix mille choses… »
« … j'interdis… »
« … secrets… »
« … je vais m'enrôler… »
« … seras en sécurité ici… »

Même s'ils étaient indésirables, les souvenirs que ces mots faisaient naître persistaient à m'assaillir. Comme une artillerie, ils martelaient les vestiges de ma forteresse, y faisant des trous qui, morceau par morceau, laissaient filtrer le passé.

Les voix de ceux que j'avais aimés, de ceux que j'avais quittés, s'élevèrent en moi comme une vague, jusqu'à ce que, submergée, je m'écroule à terre et m'abandonne à mes larmes. Elles avaient beau me brûler la peau, je ne fis rien pour les essuyer. J'étais censée souffrir à cause de ce que j'avais fait. *Ma punition éternelle.* Peut-être n'était-ce que le début de mon calvaire.

J'entendis le prêtre revenir dans la pièce. Je n'avais pas besoin de voir son visage pour enfin admettre l'évidence. *La voix. L'anneau à son doigt. Sa présence rassurante.* Mon Kyle se tenait devant moi. Que pouvais-je faire ?

Chapitre 18

« *DES TAS DE SECRETS* »,« *TROIS ESSAIS* »...

S'amusait-il à me faire tourner en bourrique ? C'était visiblement le cas. Mais j'étais prête à jouer.

Il prit ma main pour m'entraîner plus loin sous les branches. Savourant l'intimité que nous procuraient les arbres, nous nous assîmes sur un gros tronc mort.

— Trois essais, nous sommes d'accord ?

Il hocha la tête.

— Tu as découvert que j'allais m'enfuir avec le révérend Parker parce que je suis déterminée à être avec un homme de Dieu, quoi qu'il arrive.

— Très drôle. Je sais qu'il est déjà marié et beaucoup trop âgé pour toi. Recommence.

— D'accord. C'est toi qui as fait le pain à la banane gagnant et qui a laissé Maude s'en attribuer le mérite.

— Elle te l'a dit ?

Simulant la surprise, il posa sa main sur sa bouche. Avant de la laisser retomber.

— Je suis content que mon secret soit découvert. Casser toutes ces noix. Écraser les bananes. Je mérite les félicitations !

— Ha, ha, ha ! Numéro trois. Mais si je me trompe, tu me révéleras le secret ?

— Promis.

— Ben et toi passez vos soirées sur les falaises de Wallasey, à attirer les bateaux vers leur destin tragique pour les piller.

— Il faut bien gagner sa vie !

— Je ne sais plus quoi inventer. Que mijotes-tu ?

Je m'approchai plus près de lui et feignis un regard courroucé.

— Tu as gagné. Secret numéro un. J'ai dessiné des plans de jardin et je les ai envoyés à des sociétés de paysagistes à Londres. L'une d'entre elles a accepté mon travail et m'a engagé. Je pars avec toi.

Je restai bouche bée de surprise. Il venait de répondre à la question qui m'obsédait. Qu'allait-il arriver au prochain trimestre ? Exultant de joie, je le serrai contre moi et lui couvris le visage de baisers.

— Kyle ! Kyle ! Quelle merveilleuse nouvelle ! Je ne peux pas y croire ! C'est trop beau pour être vrai !

Il me repoussa, me tenant par les poignets.

— Doucement, beauté. Ce n'est qu'un poste de débutant et je vais devoir travailler des années avant de pouvoir créer quoi que ce soit par moi-même. Mais c'est un début et cela signifie que nous pouvons être ensemble !

— Je me fiche que tu viennes habiter Londres pour nettoyer les toilettes du roi. Je suis tellement heureuse ! Je ne savais pas ce que j'allais faire sans toi.

Ma liesse le fit sourire. Lorsque je me fus enfin calmée, je repris :

— Je ne sais pas s'il peut surpasser le secret numéro un, mais quel est le secret numéro deux ?

— Un peu de patience.

Il s'interrompit, pour accentuer l'effet dramatique.

— As-tu remarqué l'enveloppe que j'ai passée à Ben pendant la vente aux enchères ?

— Oui, bien sûr. Mais je l'avais oubliée. De quoi s'agissait-il ?

— Il a beaucoup économisé pour enchérir sur Lucille. Mais comme il s'inquiétait que cela ne suffise pas, j'ai contribué de 4 livres, 7 shillings.

Après un court silence, comme pour accentuer l'effet de surprise, il poursuivit :

— C'est la somme avec laquelle j'aurais voulu te gagner l'année dernière. Mais je n'ai pas pu. Cette année, j'ai donc décidé d'aider un ami.

Je rougis, songeant à quel point tout aurait été plus facile, si les choses s'étaient déroulées différemment, un an auparavant. D'un autre côté, attendre une année nous avait rendus plus forts.

— Quel beau geste ! Quelle considération ! Et comme je suis heureuse que Lucille se soit retrouvée la cible d'autant d'attention, pour une fois. Personne ne le mérite plus qu'elle. Merci. Tu es le meilleur !

— Je ne t'ai pas dévoilé l'intégralité du secret numéro deux.

— Ce n'est pas fini ?

— Non, mais tu dois promettre de ne le dire à personne.

— N'est-ce pas la définition d'un secret ?

— Je suppose que si.

Il se pencha, comme s'il s'apprêtait à trahir une confidence. La chaleur de son souffle dans mon oreille me grisa. Surprise par son silence, je l'implorai du regard.

— Dis-moi ! Kyle ? Qu'est-ce que c'est ? Tu me rends folle !

— Pendant le pique-nique, Ben va demander Lucille en mariage.

Étonnés par mon cri, les danseurs sur la piste regardèrent en direction des arbres.

— Vraiment ? Oh, mon Dieu ! Lucille va être si heureuse !

Il croisa les bras et me dévisagea d'un air perplexe. Mes longues semaines de réserve forcée commençaient à avoir raison de moi. Me rendant compte que je commençais à réagir comme Lotte –*quelle horreur !*–, je m'exhortai au calme. D'un ton plus posé, je poursuivis :

— Bien. Secret numéro trois. Je t'écoute.

— Non, répliqua-t-il résolu.

— Mais tu as promis.

— À voir ta réaction aux deux premiers, je crains que tu ne fasses un infarctus si je t'en dis davantage.

Je l'enjôlai, lui promis de me maîtriser. Il finit par céder. Je savais qu'il tirait grand plaisir à me faire languir.

— Tu as gagné. Secret numéro trois, dit-il en se penchant de nouveau vers moi, mes mains entre les siennes. Donc, Ben va demander Lucille en mariage.

En une fraction de seconde, il fut à genoux et déclara :

— Et moi aussi, je te demande en mariage.

Je plaquai une paume sur ma bouche et le dévisageai, incrédule. Même si ce n'était pas vraiment une surprise.

J'avais envisagé cette issue depuis quelque temps déjà. C'était la seule voie qui s'offrait à nous. Mais ne m'attendant pas à ce qu'il se lance ce soir, je ne trouvais pas mes mots.

Toujours à genoux, Kyle repoussa ma main et embrassa chacun de mes doigts. Je me noyai dans ses yeux de la couleur du whisky.

— Julianne, murmura-t-il d'une voix pleine de douceur. Avant que je te rencontre, le chemin de ma vie était tout tracé. Et il était très beau. Puis tu es arrivée, avec ton charme, ton amour pour ton frère, l'affection que tu as montrée à mon père, et j'ai senti en moi un vide dont j'avais toujours ignoré l'existence. Il n'a cessé de se creuser, à chacune de nos rencontres, jusqu'à me faire si mal qu'ayant perdu toute faculté de me concentrer, j'étais incapable d'étudier. Je savais qu'il ne serait jamais comblé, que je ne serais jamais vraiment en paix, si nous n'étions pas ensemble. Tu es ma vocation. J'ai été conçu pour t'aimer, pour te protéger, pour le pire et le meilleur, et j'en ferai le serment. Alors, acceptes-tu de faire de moi un homme épanoui et de m'épouser ?

Incapable de proférer une parole, je me contentai de le regarder, éperdue. Je peinais à croire que je puisse inspirer un tel amour.

Haussant les sourcils de cette façon qui ne manquait jamais de me faire rire, il reprit :

— Et ta réponse est…

Me tirant de ma stupéfaction, je souris et le serrai dans mes bras.

— Oui ! Mille fois oui !

Il sortit un sachet noir de sa poche et une bague tomba au creux de sa main. Soulevant ma main gauche, il la glissa à mon annulaire. C'était un petit diamant rond, serti d'or. Je n'avais jamais vu une aussi belle bague. Pourtant, il trouva le moyen de s'excuser.

— Je te promets de t'en offrir une autre, de la taille que tu mérites. Mais je voulais que tu aies une bague dès ce soir.

D'un doigt sous son menton, je levai son visage vers le mien et lui rétorquai d'un ton grave :

— Je n'ai pas besoin d'une autre bague. C'est exactement ce que je veux.

Je scellai mes paroles d'un baiser exprimant toute ma tendresse. Quand il prit fin, Kyle se rassit sur le tronc, à côté de moi.

Nous restâmes ainsi, jusqu'au crépuscule, chavirés par ce nouvel amour. Voulant savourer pleinement notre bonheur, nous décidâmes d'attendre le lendemain pour discuter des détails du mariage.

Le mardi, nous fîmes une promenade sur les rives de l'un des lacs du parc et louâmes une barque pour l'après-midi. Je me souvins du jour où, quelques mois auparavant, j'avais regardé les couples, envieuse de leur bonheur. Un bonheur que je connaissais aujourd'hui. Je vivais le plus heureux des étés. Lucille ne s'était pas trompée le soir du nouvel an : 1938 se révélait être une année parfaite. Hormis le fait que cette perfection se jouait à l'insu de mes parents.

Plusieurs décisions s'imposaient. Par exemple, nous ne parlerions pas à Lucille de nos fiançailles avant que Ben ait fait sa propre demande. Ce qui n'était qu'une question de jours. Même si cela me mettrait au supplice, j'étais sûre de pouvoir patienter pour lui dévoiler ma grande nouvelle. Jusque-là, Kyle garderait ma bague. Je sentais déjà le vide à mon doigt.

Non sans appréhension, j'acceptai qu'il aille demander ma main à mon père. Nous savions pourtant tous les deux quelle serait la réponse. Mais il soutenait que c'était ce que dictaient les convenances et qu'il ne les esquiverait pas. Il déclina ma proposition de l'accompagner. J'espérais un miracle. Néanmoins, nous tombâmes d'accord pour nous marier, avec ou sans consentement paternel.

Nous fixâmes la date de la demande en mariage au mercredi soir. J'avais besoin de quelques jours pour me préparer. L'entretien allait assurément changer les choses à jamais, pour le pire ou le meilleur, et j'avais besoin d'un peu de temps pour rassembler mes esprits. Je me félicitai que ce soit le soir du *Richard Robbins Comedy Hour.* L'émission radiophonique mettrait peut-être mon père de bonne humeur. Je suggérai à Kyle de se présenter à notre porte dès qu'elle serait finie. Lorsque l'heure de l'émission arriva, j'avais les nerfs en pelote.

— Tiens, Julianne, tu portes le foulard que je t'ai offert ? me fit remarquer père.

Ce n'était pas vraiment l'un de mes préférés, mais il me l'avait rapporté de Paris. J'étais prête à tout pour être dans ses bonnes grâces.

— Bien sûr ! Je l'adore.

Je parvins même à virevolter sur moi-même avant de le rejoindre sur le canapé. Comme si je lui faisais une démonstration de pirouette après l'un de mes cours de danse classique.

— Tu as entendu le sketch de Richard Robbins de la semaine dernière, à propos de l'éléphant et du vendeur de voitures ? me demanda-t-il.

— Non. Lucille et moi étions accaparées par les préparatifs de la fête.

— Ah, oui, c'est vrai ! C'était à mourir de rire. Tu devrais l'écouter plus souvent, comme tu le faisais avant.

— C'est une très bonne idée.

Il tapota la place à côté de lui. Je m'approchai et, les jambes repliées, posai ma tête sur son épaule. Il sentait la menthe et le tabac. Fermant les yeux, j'inspirai longuement, mémorisant ce parfum. Peut-être était-ce la dernière fois que nous étions assis ainsi.

— Quelque chose te préoccupe, princesse ? Tu es très agitée, ce soir.

Il avait raison. Les poings crispés, je frappais nerveusement le canapé de mes pieds. Je voulais lui parler, qu'il apprenne ma décision de ma bouche. Je voulais croire que mon père m'aimerait assez pour faire confiance à mon cœur. Mais si cela tournait mal, Kyle allait arriver en plein drame, ce que je ne pouvais permettre.

— J'essaie de me détendre après toute l'effervescence du week-end, c'est tout, me contentai-je de répliquer.

— Eh bien, je suis heureux que ces festivités soient derrière nous. Je commençais à me sentir comme un célibataire. Ta mère et toi n'étiez jamais disponibles.

Il m'embrassa sur le crâne et je refoulai une larme.

— Dis-moi, et si tu allais monter le volume pour ton vieux père ? L'émission va débuter dans une minute.

— Quel vieux père ? interrogeai-je en m'approchant de la radio.

— Tu es bien ma fille ! lança-t-il en riant.

« Nous interrompons notre programme habituel pour une retransmission spéciale de Downing Street. Le *Richard Robbins Comedy Hour* reviendra vendredi prochain, à l'heure habituelle. »

Oh, non ! Pas ce soir. De tous les soirs, pas ce soir. Ce communiqué risquait d'avoir des conséquences désastreuses sur l'humeur de père.

Je ne m'étais pas trompée. Après avoir écouté le Premier Ministre Chamberlain, suivi par un groupe de commentateurs, il se mit à fulminer. L'Allemagne semblait se préparer à envahir la région des Sudètes, en Tchécoslovaquie, et, dans un effort d'apaisement, la Grande-Bretagne envisageait d'approuver la manœuvre allemande.

— Les salauds ! tempêta-t-il.

Je ne savais pas s'il parlait des Allemands, ou bien des membres du Parlement dont la réticence à entrer en guerre le mettait en fureur. Tout Liverpool connaissait ses opinions tranchées sur la question et son soutien à Winston Churchill. Une position qui lui valait des commentaires constants dans les journaux. Dans un article récent, il était accusé d'être un belliciste. En effet, l'armée ayant sans nul doute besoin de faire usage de ses entrepôts, la guerre ne pouvait que lui rapporter de gros bénéfices.

J'étais moi-même perturbée. Entendre les mots « Grande-Bretagne » et « guerre » associés ne me disait rien qui vaille. Surtout à cet instant précis. Je trompai l'attente en feuilletant un magazine, essayant d'empêcher les pages de bruire, et comptai les minutes jusqu'à l'arrivée de Kyle. Puis, jetant un coup d'œil à ma montre, je priai pour que l'émission d'informations ne dure pas plus d'une heure.

Mère descendit. Très élégante, elle nous annonça qu'elle avait une réunion avec le comité d'organisation de la kermesse pour en calculer les recettes. Tout en tapotant sa pipe, père la regarda sortir en hochant la tête. En une autre occasion, il aurait pu observer : « Vous en faites trop, Béatrice. » Mais, ce soir, les coudes posés sur ses genoux, il fusillait la radio du regard.

Je tremblai intérieurement. Cela n'augurait rien de bon pour Kyle.

J'aperçus enfin les lumières des phares de sa camionnette et entendis le bruit de sa portière qui claquait. Père demeura immobile. Il ne réagit toujours pas quand la sonnette retentit.

J'étais sur le point d'aller répondre lorsque je me souvins que mère venait d'engager un majordome la semaine précédente, sous prétexte qu'elle était débordée. Je savais que la vraie raison était que Mrs Parkington en employait un et qu'il n'était pas question qu'elle se sente inférieure.

Le protocole était encore nouveau pour moi. Mais je restai assise et attendis que Kyle soit annoncé. Une minute plus tard, un coup retentit à la porte du salon.

— Un monsieur vous demande, Monsieur, déclara le majordome de sa voix égale et raffinée.

Naturellement, mère ne pouvait recruter que le personnel le plus stylé.

— Faites-le entrer dans mon bureau, répondit-il sans même s'enquérir de l'identité du visiteur.

Sentant tout mon corps se raidir, j'agrippai mon magazine. Je n'aurais même pas une chance d'apercevoir Kyle avant qu'il se retrouve face à mon père. Je n'étais pas du genre à prier mais la gravité de la situation semblait ne pas me laisser le choix. J'avais l'impression que ma vie était en jeu. Par ailleurs, il n'y avait pas d'heure pour solliciter le soutien d'une puissance supérieure.

Père bourra sa pipe de tabac, se leva et, laissant le salon ouvert, gagna son bureau. Je glissai un regard en direction du vestibule. Les grandes portes se refermèrent sur le dos de Kyle.

Je retins mon souffle, attendant le début de la tirade. Mais aucun son ne filtrait de la pièce. J'éteignis la radio, me dirigeai vers l'entrée et retirai mes chaussures afin d'éviter de faire du bruit. Malgré mes pieds nus, la fraîcheur du marbre me laissa indifférente. Je devais être aussi près de Kyle que possible.

Hormis le « tic-tac » menaçant de l'horloge du salon, le silence était aussi dense que le brouillard matinal pouvait l'être à Londres.

Je fis les cent pas. Essayant de me distraire l'esprit, je suivais les veines du marbre de mes yeux en les imaginant en petites rivières qui n'allaient nulle part.

Au bout d'un moment, j'entendis la porte s'ouvrir. Je montai sur la pointe des pieds jusqu'au premier palier, prenant bien soin de me cacher. La pendule choisit cet instant pour sonner neuf longs coups lugubres, m'empêchant de distinguer ce qui se disait dans le vestibule. Une fois le conciliabule terminé, la porte d'entrée se referma et père regagna le salon vide.

Sans lui laisser le temps de se lancer à ma recherche, je me précipitai dans ma chambre, enfilai un pull et des chaussures, et m'échappai par un escalier de service menant à la cuisine. Les feux arrière de la camionnette formaient déjà deux points distants à l'horizon. Ils étaient sur le point de s'évanouir dans la nuit quand elle s'arrêta. Je me mis à courir et, arrivée à quelques mètres, repris mon souffle. Puis, passant une main dans mes cheveux, je repris mon calme et m'avançai d'un pas décidé vers la portière de Kyle.

Il descendit de voiture, sa silhouette se dessinait dans la pénombre. Mais à mesure que j'approchai, sa vue me coupa le souffle. Il portait le même costume qu'à l'enterrement de son père. Il n'avait jamais été aussi beau. Sans me sourire, il ne répondit pas à mon étreinte quand je l'enlaçai. Les coups précipités de nos deux cœurs résonnaient en cadence. Sans dire un mot, il m'entraîna vers la portière du passager et m'aida à monter.

Puis il revint s'installer derrière son volant. Quand je fis mine de m'approcher de lui, il me prit fermement la main et m'en empêcha. Il détourna les yeux en croisant les miens.

Sentant mon inquiétude croître, je le pressai :

— Qu'y a-t-il, Kyle ?

Le regard toujours fixé droit devant lui, il finit par demander d'une voix neutre, les épaules affaissées :

— Pourquoi veux-tu m'épouser, Julianne ?

— Pourquoi me poses-tu cette question ?

— Ne pourrais-tu pas faire un plus beau mariage ? Une bien plus belle alliance ?

— Tu sais que c'est faux. Que s'est-il passé dans ce bureau ?

Me tenant toujours à distance, il tourna enfin la tête vers moi.

— Ton père a évidemment été surpris par ma démarche. Il m'a laissé entendre qu'il pensait t'avoir déjà exprimé clairement ses sentiments. Mais, pour lui rendre justice, je dois préciser qu'il a gardé son calme et m'a proposé de m'asseoir.

— S'est-il installé à côté de toi ou derrière le bureau ?

— Derrière le bureau.

— Oh ! C'est mauvais signe.

— Pourquoi dis-tu cela ?

— Quand j'étais petite, lorsqu'il me convoquait dans son bureau, je savais que j'allais avoir des ennuis en fonction de l'endroit où il était assis. S'il m'attendait dans l'un des deux fauteuils d'invités, il voulait juste bavarder. Mais s'il était sur sa chaise de travail, de l'autre côté, je comprenais que j'avais fait une bêtise. Il ne plaisante pas quand il est installé là.

— Eh bien, cela confirme la manière dont l'entretien s'est déroulé.

— Était-ce si terrible ?

— Ni bon ni mauvais, je suppose.

Il se tourna de nouveau vers sa vitre.

— C'est-à-dire ?

— Juste que nous avons eu une conversation, d'homme à homme, qui m'a fait prendre conscience de certaines choses. Contrairement à mes craintes, il ne s'est pas mis en colère. En fait, je pense même que ma démarche a forcé son respect. Mais il est resté inflexible sur un point, Julianne. Un point qui me fait moi-même hésiter. Je ne suis pas celui qu'il te faut.

Après de telles paroles, il n'était plus question qu'il me tienne à distance. Je l'attrapai par le bras et l'obligeai à me regarder.

— Ne l'écoute pas ! Il n'y a pas une once de vérité dans tout cela. Ne comprends-tu pas ? Il sait exactement comment convaincre les gens de voir sa version des choses !

C'est un manipulateur-né. Pourquoi crois-tu que sa réussite est si éclatante ?

— Je l'ignore. Je sais juste qu'il veut le meilleur pour toi. Ce qui est aussi mon cas. Et il m'a fait comprendre que tu serais beaucoup plus heureuse avec un autre.

— C'est de la pure folie. Je t'en prie, cesse de me parler ainsi. Ne détourne pas les yeux. Regarde-moi !

Sa voix soudain altérée, il reprit :

— Je te regarde. Et je vois la vérité. Mais tu la vois sûrement aussi. Tu peux épouser qui tu voudras. Tu as le monde à tes pieds. Je ne suis rien. Je n'ai pas les moyens de t'offrir le train de vie auquel tu es habituée. Je n'ai pas de parents. Sans parler de ma religion qui fait de moi une sorte d'ennemi.

— Je me fiche de tout cela et tu le sais ! Il t'a embobiné, Kyle ! Je t'en prie, ne le laisse pas gagner. Je t'en supplie !

Je baissai la tête et, crispant les poings, j'enfonçai mes ongles dans mes paumes de main.

— Non, il ne m'a pas embobiné. Il m'a juste fait comprendre ce que j'aurais déjà compris si je n'avais pas été aussi égoïste. Et ce que toi aussi, tu verras un jour. Quand il sera trop tard. Et si tu ne m'aimais pas vraiment, Julianne ? Et si tu pensais m'aimer alors que je ne suis pour toi qu'une échappatoire ? Tu m'as dit toi-même que tu avais décidé de devenir infirmière en partie parce que ce choix de carrière était contraire à la volonté de tes parents.

Effondrée, je l'écoutai me répéter mes propres paroles. S'il m'avait frappée, cela ne m'aurait pas fait plus mal.

— Comment oses-tu comparer ces deux situations ? Cela n'a rien à voir avec nous. Et ce n'est même plus le cas. J'aime ce que je fais et tu le sais.

— Cela n'a pas d'importance. Ce qui compte, c'est le gouffre dû à nos différences. Et c'est vraiment la mort dans l'âme que je reconnais que je dois renoncer à toi.

Je me détournai et levai les yeux vers le ciel nocturne. Peut-être étions-nous ce que l'on appelait des amants maudits ?

— Kyle, écoute-moi. Je ne sais pas comment te convaincre de la sincérité de mes sentiments. Mais si tu ne veux plus de moi, loin de moi l'idée de te forcer.

Mes paroles étaient lentes, déterminées, chacune d'entre elles me brûlant la bouche à mesure que je les prononçais.

— Chérie, regarde-moi, me murmura-t-il, d'une voix accablée.

D'un revers de la main, j'essuyai le mascara qui coulait sans nul doute sur mes joues. Son doigt se posa sur le mien et, l'abandonnant, me caressa le visage avec une infinie tendresse.

— Ce que je veux le plus au monde, c'est être avec toi, chuchota-t-il. Je serais prêt à renoncer à tout. Mais ce que je veux plus encore, c'est ton bonheur. Je ne supporterais pas de te voir regretter un jour tous les sacrifices que tu auras faits pour moi.

— N'est-ce pas ça, l'amour ? Kyle ? Tout se donner mutuellement ?

— Si, tu as raison. Mais c'est aussi faire passer le bonheur de l'autre avant le sien.

— Je préférerais me laisser mourir plutôt que tu mettes un terme à notre histoire et que tu me quittes. Ce serait ça, mon bonheur ?

— Tu ne mourras pas. Tu rencontreras quelqu'un en temps voulu, et les moments que nous aurons partagés te resteront comme un souvenir d'été charmant et d'amitié très chère. Mais tu seras contente d'avoir fait le bon choix.

— Le seul bon choix que je puisse faire, c'est toi ! lançai-je avec conviction.

Je l'attirai contre moi et l'embrassai avec une telle fougue que j'aurais pu lui faire mal. Ma colère et ma douleur étaient à leur paroxysme. Mais je savais qu'il agissait ainsi par amour. Il fallait que je lui fasse comprendre que je l'aimais aussi. Que j'étais prête à me donner à lui, ici même, dans sa camionnette. Il comprendrait alors à quel point j'étais sérieuse et n'aurait plus d'autre choix que de m'épouser.

Sans grande conviction, il fit mine de se dégager. Quand je l'enlaçai de mes jambes, il céda et, cessant de me résister, m'embrassa à son tour, à perdre haleine. Je dévorai son cou de mes lèvres, lui léchai l'oreille, la mordillai et il laissa échapper un petit cri.

Son étreinte se durcissant, d'une main, il dégagea le bas de mon chemisier de ma jupe. Quand je sentis ses doigts effleurer la peau nue de mon dos, je cessai de l'embrasser et retins mon souffle, étouffant un cri d'extase lorsque, de ses pouces, il dessina le renflement de mes seins. Ivre de désir, j'étais déjà en train de déboutonner mon chemisier, quand ses mains se posèrent abruptement sur mes hanches et qu'il me repoussa sur mon siège. Je n'étais même pas arrivée au deuxième bouton.

— Nous ne pouvons pas faire cela. Pas ici.

— Tu as raison, acquiesçai-je, le souffle un peu court. Une voiture pourrait passer. Allons chez toi.

Je regardai au-dehors, guettant les passants.

— Ce n'est pas ce que je veux dire. Nous ne pouvons pas le faire de cette façon. Je te désire, Julianne, reconnut-il d'une voix rauque, tendue. Tu n'imagines pas à quel point.

Il passa vigoureusement sa main dans ses cheveux, aplatis par la transpiration.

— Mais pas comme cela. Tu le regretteras toute ta vie. Nous devrions d'abord nous marier.

— Tu es sérieux ? Tu veux toujours m'épouser ?

Je poussai un soupir de soulagement. Il redevenait raisonnable.

— Bien sûr, je le veux. C'est tout ce que j'ai toujours désiré. Je suppose que tu m'as convaincu que tu voulais la même chose.

— Tu es bien sûr de ne pas avoir besoin de plus de persuasion ?

Prenant mon air le plus suggestif, je m'avançai pour achever ce que nous avions commencé, mais il me repoussa fermement.

— Encore un peu de persuasion, et quelqu'un va finir par appeler les gendarmes.

Il tourna la clé de contact et démarra.

— Je suis désolé, poursuivit-il. Je n'aurais pas dû douter de nous. Je t'aime et je veux que tu sois heureuse. Mais je refuse que tu regrettes ton choix.

— Je suis heureuse. Incroyablement heureuse. Mais ta sollicitude me touche profondément.

— Tiens, essuie-toi les yeux avec ce mouchoir. Ensuite, je te raccompagnerai devant chez toi.

— Très bien. Mais quelle sera la prochaine étape ?

Il prit une profonde inspiration.

— La prochaine étape, c'est que je retourne voir ton père dès ce soir et que je lui confirme nos projets.

Je réfléchis un instant. Je ne souhaitais pas un mariage commençant sur un mensonge. D'un autre côté, je connaissais la position importante qu'occupait mon père dans cette ville et quelles relations il pouvait faire jouer par amour pour moi. J'expliquai donc que je ne voulais pas prendre le risque qu'il nous mette des bâtons dans les roues.

— Tu as sans doute raison, acquiesça Kyle avec un soupir résigné. Nous devrons nous passer du consentement de tes parents. Mais il va falloir que je parle au père Sullivan, pour fixer la date de la cérémonie. J'irai le voir à la première heure demain matin.

— Alors, ne perds pas de temps. Puisque je n'aurai pas de grand mariage familial, je voudrais t'épouser dès que possible.

Un instant songeur, il reprit, après un silence :

— Tu es vraiment sûre de toi ? Pas de grand mariage ? Pas d'annonce dans le journal ?

À son sourire malicieux, je vis qu'il me taquinait. Il devait sûrement savoir désormais que ce genre de choses ne comptait pas pour moi.

— Tu as raison. Pas de mois passés à délibérer sur une robe et un menu, à trouver des musiciens, à réserver une église, à organiser le placement des invités, à…

— Je vois. En fait, je n'avais pas compris à quel point je te rendais service.

— C'est le cas, mon amour. Un mariage ne dure qu'un jour. Notre union durera toute la vie.

Je lui pinçai la joue en un geste affectueux, puis regardai devant moi le temps de parcourir la très courte distance qui me séparait de l'hôtel particulier.

J'entrai en catimini par la porte de service et remontai dans ma chambre. Mon père m'appelait mais je l'ignorai. Je ne me fatiguai même pas à me déshabiller. Je voulais me coucher tout de suite, au cas où il monterait. Je tirai mes draps sur mon visage au moment précis où je l'entendis passer devant ma porte. Le cœur battant, le souffle saccadé, je fermai les yeux et priai silencieusement : *S'il vous plaît, ne frappez pas.* Il ne le fit pas.

Le lendemain matin, je m'éveillai très tôt et partis à vive allure dans l'Aston Martin, avant que mes parents se lèvent. J'avais lamentablement négligé Charles, il était grand temps que j'aille le voir.

J'arrivai à l'Institution Bootle bien trop tôt pour les visites. Je me garai et dus attendre une heure. Au moment où je m'avançais vers le perron, je tombai sur Miss Ellis qui grimpait l'escalier.

—Miss Westcott, mon ange ! Quelle surprise ! Vous nous avez manqué.

Elle me serra dans ses bras comme une mère l'aurait fait avec sa fille.

—Je sais. Je suis désolée. Ai-je manqué à Charles ?

—Vous n'ignorez pas comment il est. Il n'est pas facile de savoir ce qu'il pense. Mais je suis sûre qu'il sera heureux de vous voir.

Nous atteignîmes le haut des marches et, m'effaçant devant elle, je lui ouvris la porte.

—Et maintenant, j'ai encore quelques minutes avant d'ouvrir le standard téléphonique. Si vous en profitiez pour venir vous asseoir avec moi et me raconter ce que vous devenez ?

Elle me fit signe d'entrer dans le bureau de la réception et me rejoignit sur le canapé.

— Pour commencer, Miss Ellis, je dois vous annoncer quelque chose. Je ne vais plus être Miss Westcott bien longtemps.

— Tiens donc, ma jeune demoiselle ! Racontez-moi tout !

— Je ne vais pas tarder à être Mrs McCarthy.

Elle poussa un cri tellement perçant qu'il dut résonner jusqu'au bout du couloir, et applaudit de joie. Comme c'était bon de pouvoir partager cette nouvelle avec quelqu'un, surtout quelqu'un qui se réjouissait autant. Mais, surtout, comme il me plaisait de dire Mrs McCarthy. *Julianne McCarthy. Mrs McCarthy.* J'aimais le son de ce nom.

Avide de détails, elle me mitrailla de questions. Mon histoire la fit tantôt sourire, tantôt froncer les sourcils. Elle finit néanmoins par me mettre en garde.

— Il ne faut pas brusquer les choses, ma chère petite. Contrarier vos parents n'est pas une bagatelle. Et vous pourriez le regretter un jour.

— Je le sais.

D'une certaine façon, je me sentais désolée pour eux. Le fils qu'ils avaient oublié était à Bootle. Et leur fille leur causait une immense déception. Pour un couple qui accordait une telle importance au statut social et à sa réputation, ses enfants étaient certes loin de combler ses espérances.

— Puis-je voir Charles, maintenant ?

C'était l'heure de la toilette de mon frère, avant le petit déjeuner. Je fus autorisée à attendre dans sa chambre jusqu'à son retour. Au bout de quelques instants, il entra d'un pas traînant au bras d'un nouvel aide-soignant qui sembla satisfait de me le confier pendant qu'il allait s'occuper d'autres malades.

Le prenant par la main, je l'entraînai vers la fenêtre où certaines de ses plantes avaient beaucoup poussé. Lorsque nous les caressâmes ensemble, il sourit.

Je sortis alors un petit train de bois de mon sac et l'aidai à le faire rouler sur la table. Il sourit de nouveau.

— Je vais être obligée de te dire « au revoir » encore une fois, lui annonçai-je. Je sais que ce n'est pas juste, car tu m'as bien peu vue, cet été. Mais je dois me marier. Avec Kyle. Tu le connais. C'est lui qui t'a donné les plantes. Te rends-tu compte que c'est toi qui nous as réunis, Charles ? Je veux te remercier.

Bien sûr, il ne pouvait pas m'entendre. Mais, au moment de partir, je le serrai sur mon cœur à l'en étouffer, dans l'espoir de lui faire comprendre tout ce que j'aurais voulu lui communiquer.

— Je ne sais pas quand je te reverrai, mais je t'aime. Et, cette fois, je t'écrierai plus souvent, je te le promets.

Sur le chemin du retour, je m'armai de courage, m'attendant à une réception glaciale.

La maison était silencieuse. J'ignorais si mère se trouvait au premier étage ou si elle était sortie. Mais j'aperçus de la lumière dans le cabinet de père. Ne sachant s'il était seul, je frappai discrètement.

— Entre.

J'ouvris la porte, non sans hésitation. Penché sur des documents qu'il étudiait, il ne leva pas les yeux tout de suite. Je m'installai dans mon fauteuil habituel, devant son bureau, et j'attendis. Sur l'étagère, j'aperçus la photo du mariage de mes parents, un peu fanée par le soleil. Évoquant mille souvenirs, toutes les autres étaient des clichés de moi : en robes de bal, à mes anniversaires, au cours de nos voyages. En les regardant, j'étais partagée entre l'envie de pleurer et de rire.

Enfin, père toussota et redressa la tête vers moi. Sans rien dire, il plaqua ses paumes sur le bureau en acajou. Il semblait hésiter. Puis il finit par le contourner pour venir s'asseoir à côté de moi.

Il avait beau me dominer de toute sa taille, c'était bon signe. Joignant les mains, il commença :

— Bien, j'ai eu une conversation très sérieuse avec ton jeune homme.

— Oui, père. Nous… nous aimerions nous marier.

— C'est ce qu'il m'a annoncé. Mais je lui ai expliqué, comme tu dois maintenant le savoir, que je ne peux le permettre.

— Mais…

Il leva une main, m'intimant le silence.

— Tu es une fille intelligente, Julianne. Mais tu restes une jeune fille, qui est à peine une femme. Je peux te pardonner tes engouements romantiques. Mais je ne peux pas te laisser gâcher ta vie. Tu dois finir tes études et trouver un jeune homme qui te correspondra mieux. Celui-ci ne remplit pas du tout tes critères. D'ailleurs, lorsque nous nous sommes quittés, il était bien d'accord avec moi.

— Oui, père.

Il était plus facile de feindre la docilité que d'essayer en vain de lui prouver le contraire. En outre, j'avais de la chance de m'en sortir sans une réprimande. À ce stade, mon seul objectif était de traverser les quelques semaines à venir en paix et de m'assurer que rien ne vienne contrecarrer nos projets. J'espérais qu'après notre mariage, quand mes parents comprendraient qu'ils n'avaient plus leur mot à dire, nous pourrions avoir la conversation honnête dont je rêvais.

—Tu n'auras pas besoin de le revoir. J'ai rompu définitivement pour toi. Tu ne dois plus avoir aucune communication avec lui. Tu m'as bien compris ?

—Oui, père.

—Je sais que tu te sens blessée. Et j'en suis désolé. Mais, Julianne, attends d'avoir une fille. Vouloir ce que tu estimes être le mieux pour elle pousse parfois à prendre des décisions difficiles.

—Je comprends.

—À propos, je n'ai pas parlé à ta mère de ce dernier rebondissement. J'attends la même chose de toi. Il n'est pas nécessaire de la contrarier. De toute façon, puisque c'est fini, il n'y a aucun dommage.

Je sentis le soulagement me submerger. Je n'avais nulle envie d'aborder le sujet avec ma mère.

—Je suis fatiguée. J'aimerais aller me reposer maintenant.

—Très bien. Je pense que Betty a laissé de la galette dans la cuisine. Alors si tu veux en prendre au passage pour la monter dans ta chambre, je ne dirai rien à ta mère non plus.

—Voulez-vous que je vous en apporte ?

—J'en ai déjà pris, répondit-il en se tapotant l'estomac. Mais merci.

—Très bien. Nous nous verrons au dîner.

Il était déjà revenu à ses papiers étalés sur son bureau. Mais, au moment où je m'apprêtais à sortir dans le vestibule, il m'arrêta.

— Il y a encore une chose.

Je m'immobilisai et me tournai pour le regarder.

— Je t'ai dit que je ne pouvais pas te reprocher d'être romantique. Mais ta conduite est inexcusable. Tu as déjoué l'interdiction de le voir en le rencontrant à mon insu. Aussi, jusqu'à ton départ pour Londres, tu es privée de téléphone, de sorties avec Lucille, de promenades au parc. Tu resteras aider ta mère à la maison ou tu m'accompagneras au bureau. Mais tu ne le verras plus. Me suis-je bien fait comprendre ? répéta-t-il.

— Oui, père, acquiesçai-je, d'un ton faussement soumis.

— Bien. Et maintenant, monte.

Mon père venait de me priver de toutes mes chances de m'échapper. J'allais devoir avoir recours à mon imagination.

Deux jours plus tard, Lucille me rendit visite. Le nouveau majordome qui, avais-je appris, s'appelait Collins, la fit entrer.

— Julianne, que se passe-t-il ? Je ne cesse pas de te téléphoner mais personne ne veut me laisser te parler. J'ai finalement décidé de venir.

— J'ai dû aider mes parents. Ce qui m'a beaucoup accaparée.

— Pas à moi, Jul. Je te connais depuis que tu as sept ans. Je lis en toi comme dans un livre ouvert. Mais si tu ne veux pas te confier, tu dois avoir tes raisons. En outre, j'ai une heureuse nouvelle à t'annoncer.

Je m'en voulus immédiatement. Avec tous ces événements, j'avais presque oublié ce qu'elle voulait m'annoncer. J'étais la pire des amies.

— Raconte, la pressai-je.

— D'accord, je ne peux plus attendre. Ben m'a demandé de l'épouser !

Nous grimpâmes à vive allure pour nous réfugier dans ma chambre où nous pourrions parler en privé. Devant son bonheur éclatant, pour la première fois depuis des jours, je parvins à sourire. Sans pour autant mentionner mes propres projets de mariage. D'abord pour ne pas ternir sa joie, ensuite, pour ne pas faire d'elle ma complice.

Tandis que j'écoutais son bavardage, mes pensées persistaient à revenir à mes propres problèmes.

Mon problème immédiat était comment entrer en contact avec Kyle. Père n'autorisait aucune communication, aucune sortie. Il me contraignait à passer mes journées avec lui aux entrepôts et continuait à me surveiller le soir. Ma chance se présenta une semaine plus tard, alors qu'il devait faire une tournée de clients. Ce jour-là, il me demanda de me consacrer à ma mère.

Une idée me traversa l'esprit. C'était une idée vraiment déplorable. Mais j'étais désespérée. Après m'être convaincue que ce n'était pas si grave, je décidai de mettre deux somnifères dans la tasse de thé de mère. De toute façon, ne faisait-elle pas une sieste presque tous les après-midi ? Pendant une heure au moins, elle ne pourrait même pas entendre une tornade dévaster la maison.

Ne sachant pas exactement de combien de temps je disposais, je pris la voiture et fonçai jusqu'à l'appartement de Kyle. Il n'était pas chez lui. Je glissai donc un mot sous sa porte et repartis en sens inverse, à la même vitesse. Ce même soir, après le dîner, pour me faire pardonner, je me montrai particulièrement attentionnée avec ma mère, bien remise de son somme de l'après-midi. Puis je fis une partie de backgammon avec père que je laissai gagner. Après les avoir embrassés tous les deux, je montai me coucher. Je jouais la fille modèle. À 22 heures précises, je sortis sur la pointe des pieds par la porte de service et m'enfuis en direction de la gloriette.

Une silhouette surgit de derrière un arbre.

— C'est toi ?

Kyle s'avança jusqu'au bord du sentier, éclairé par la lune.

— Oui.

Je tombai dans ses bras et le serrai contre mon cœur, sans un mot. J'avais l'impression de ne pas l'avoir vu depuis une éternité.

— J'ai eu ton message. Je devenais fou. Je ne savais pas ce qui t'était arrivé.

— Je sais. J'ai été comme en prison. Je t'en prie, dis-moi que cela en a valu la peine, que tu as de bonnes nouvelles.

— Oui, acquiesça-t-il en sortant un papier de sa poche. Voilà le document pour notre licence de mariage. Tu vas devoir aller à la mairie et signer en personne.

— Je trouverai un moyen.

— Et j'ai parlé au père Sullivan. Le fait que tu ne sois pas catholique ne devrait pas être un problème car il a demandé une dispense à l'évêque. Il s'est personnellement porté garant pour nous. Il pourra nous marier à l'église Saint-Étienne dans deux semaines.

— Encore deux semaines à attendre ?

— Oui. C'est le temps qu'il faudra pour obtenir le consentement de l'évêque.

Ne pas se marier à l'église catholique n'était pas envisageable pour Kyle. Ce que je soutenais. J'avais déjà bien de la chance de l'épouser. Si nous devions attendre plus que prévu, qu'il en soit ainsi. Il avait sans doute perdu un peu de sa rédemption en se détournant de sa vocation, je ne voulais pas être responsable d'un châtiment supplémentaire.

— Le père Sullivan souhaiterait consacrer ce temps pour nous préparer au mariage mais, étant donné les circonstances, je suppose que cela ne va pas être possible.

— Je ne pense pas. Cela va m'être suffisamment difficile de m'échapper pour la licence de mariage.

— Il comprendra. C'est un homme très bon.

— Oui, je sais.

— Julianne, avant que nous allions plus loin, es-tu bien sûre de ne pas vouloir essayer de parler encore une fois à tes parents ? Peut-être que s'ils savaient que nous avons fixé une date, que tu es déterminée, ils changeraient d'avis.

C'était la raison pour laquelle j'aimais cet homme. Il était prêt à tout par souci de droiture. Je posai ma tête sur sa poitrine, comme, je l'espérais, je le ferais pour le restant de mes jours.

— Si j'avais le moindre espoir que cela puisse aider, je le ferais. Mais ils ont pris leur décision et moi aussi. Toute référence à notre mariage ne ferait que les inciter à l'empêcher par tous les moyens. C'est mieux ainsi.

— Tu les connais mieux que moi. Je suis simplement désolé de voir que nous en sommes arrivés là. Je t'aime, ajouta-t-il avec un baiser sur ma tête. Tu ferais mieux de rentrer. Tu as assez d'ennuis comme ça, inutile d'en rajouter. Au cas où nous ne pourrions pas nous parler, nous nous laisserons des messages ici, sous ce rocher. Je te tiendrai au courant de ce qui se passe.

—C'est une bonne idée.

Il m'embrassa de nouveau, sur le front, cette fois, et me serra à m'étouffer.

—Deux semaines de plus, chérie. Et nous serons ensemble pour toujours.

—J'ai tellement hâte.

Je rentrai à la maison en prenant bien soin d'éviter le clair de lune.

Le reste de la semaine, je fis preuve d'une conduite exemplaire. Même père me complimenta sur ma façon de réagir. Un après-midi, alors que je travaillais pour lui, je mentis sans vergogne :

—En fait, j'ai réfléchi pour parvenir à la conclusion que vous aviez sans doute raison.

Je sentais déjà les feux de l'enfer s'enflammer. Ces mensonges devenaient de plus en plus faciles au fil du temps.

—Est-ce le paquet qui doit être déposé à la gare ? repris-je de mon expression la plus innocente.

Il jeta un coup d'œil à sa montre.

—Oui. Et le coursier est en retard.

—Et si j'allais l'y porter pour vous ?

J'avais remarqué que le bureau des mariages n'était pas loin de la gare. Ce serait peut-être ma seule chance.

La tête baissée, j'étais concentrée sur mes dossiers, mais je sentis ses yeux sur moi. S'il me regardait d'un air soupçonneux, je renoncerais.

—Je suppose que c'est une bonne idée, concéda-t-il. Merci.

Lorsque j'eus enfin signé la licence, je laissai un message pour Kyle en lui annonçant la bonne nouvelle. Le lendemain soir, je trouvai sa réponse.

Bonjour, beauté. Bonnes nouvelles. La dispense est arrivée, nous sommes parés, et nous devrions pouvoir nous marier plus tôt que prévu. Que dirais-tu de jeudi ? Retrouve-moi à notre banc et prends une valise avec assez de vêtements pour quelques jours. Je t'emmène quelque part. C'est une surprise.
Je t'aime.

Kyle.

Jeudi ! Ce n'était que dans trois jours. Trois jours et je serais mariée à Kyle ! Je lui répondis au dos de son billet pour lui confirmer que je serais au rendez-vous.

Père avait dû s'adoucir car, lorsque je lui demandai si je pouvais accompagner Lucille qui, chaperonnée par sa tante, allait voir des robes de mariée chez *Lewis's*, sur Ranelagh, le lendemain, il ne refusa pas d'emblée.

— Des « robes de mariée » ? Ça ne va pas être un peu difficile pour toi, princesse ?

— Peut-être. Mais il s'agit de Lucille. Je ne peux pas manquer cela avec ma meilleure amie. Un mariage n'arrive qu'une fois dans une vie.

— Tu as raison. Et j'ai peut-être été un peu sévère avec toi. Si sa tante est avec vous, je suis d'accord.

— Elle sera là.

— Amuse-toi bien !

— Merci !

C'était si bon d'être en ville avec Lucille ! Mon amie avait perdu un peu de son efficacité habituelle et, pour une fois, j'étais celle qui la rassérénait.

— Oh, Jul ! s'écria-t-elle. J'ai dix mille choses à faire. Je ne l'aurais jamais imaginé ! Et dire que c'est un petit mariage !

Elle était attirée par les robes aux jupes fluides. Mais je finis par la convaincre d'opter pour une coupe plus droite, évoquant un fourreau.

— Tu comprends, plus la robe est simple, plus nous pouvons te faire une coiffure élaborée. Et y ajouter des fleurs.

Je relevai ses cheveux en un chignon lâche, laissant des mèches caresser ses joues.

— Tu as toujours eu un goût exquis, Jul. Tu as tout à fait raison.

Soudain un peu attristée par la pensée que je n'en porterais jamais, je caressai les magnifiques robes. J'avais prévu un tailleur tout simple en ivoire qui attendait déjà dans ma penderie.

Quand nous quittâmes le rayon des robes de mariage, la tante de Lucille nous laissa pour aller faire d'autres courses. Une fois seules, nous nous arrêtâmes devant le rayon de la lingerie.

— Tu crois que nous pouvons ? me demanda mon amie pouffant comme une adolescente.

— Absolument !

Un jour, quand nous avions douze ans, pendant que ma mère achetait des produits de beauté, nous avions discrètement exploré cette partie du magasin. Nous pavanant devant les miroirs, nous avions fait mine d'essayer des corsets sur nos corps menus.

« Regarde ma poitrine, Lucille ! » m'étais-je exclamée en tournant sur place.

La vendeuse qui nous avait surprises avait agité un doigt réprobateur. Abandonnant les articles sur le sol, nous nous étions enfuies dans un autre rayon.

Les souvenirs de tous les moments heureux que nous avions partagés affluant, je regardai Lucille. Aujourd'hui, nous étions de vraies femmes, avec de vrais seins.

Je lui montrai une chemise de nuit noire, bordée de dentelle rouge.

— Qu'en penses-tu ?

— C'est carrément ridicule, Julianne ! Tu es coquine.

Pourtant, elle la prit.

J'examinai d'autres pièces. J'étais particulièrement charmée par un déshabillé rose au corsage à motifs en losanges et une chemise de nuit en soie écru, bordée de dentelle. Un peignoir la complétait. Je pris le tout. On n'avait jamais assez de peignoirs. Et mes parents auraient dépensé beaucoup plus d'argent pour un mariage traditionnel.

— C'est pour toi, Jul ?

— Oui.

— C'est un peu chic, tu ne trouves pas ?

— Je me marierai un jour. Pourquoi ne pas commencer à faires des réserves ?

— Tu as raison. C'est amusant de faire ces emplettes ensemble. J'aime bien celle-là.

Elle brandissait une chemise de nuit blanche avec un décolleté plongeant.

— C'est toi, maintenant, la coquine, la taquinai-je.

Elle se mit à rire.

— Je sais. Mais un voyage de noces n'arrive qu'une fois dans une vie. De toute façon, le prix est exorbitant. C'est beaucoup trop pour un article que je porterai si peu !

Je regardai l'étiquette. Elle avait raison. Pour la plupart, cette chemise équivalait à deux semaines de salaire.

— Mais elle t'ira très bien. Et puis, tu as raison. Un voyage de noces n'arrive qu'une fois dans une vie. Je te l'offre.

Je l'ajoutai à ma pile et en choisis une autre pour moi.

Avant de partir, je pris soin d'acheter des boutons de manchette en argent à l'intention de père, pour le remercier de m'avoir laissée sortir.

Puis, une fois rentrée, je montai discrètement à ma chambre, chargée de mes sacs. Après avoir posé une valise sur le lit, j'y empilai tout ce que je pensais utile pour quelques jours, prenant soin de mettre la lingerie sur le dessus afin qu'elle ne se froisse pas. Je remplis alors deux malles de la quasi-totalité de mes possessions et j'appelai un déménageur pour qu'il vienne les chercher le mercredi, à 10 heures, lorsque père serait au travail et mère à son brunch mensuel des dames patronnesses.

Le mercredi soir, j'étais prête à partir.

Il me restait une dernière tâche à accomplir. Je ne pouvais plus la repousser.

J'avais deux lettres à écrire.

Je décidai de commencer par la plus facile.

17 août 1938

Ma chère Lucille,

Tout d'abord, je tiens à te dire à quel point je suis heureuse de tes fiançailles avec Ben. C'est un homme vraiment bien, adorable, et vous avez de la chance de vous être trouvés. J'ai hâte de voir un jour tous vos bébés aux yeux bleus, avec des fossettes.

Ensuite, je voulais te prévenir que je pars pour quelques jours. Mon retour à Londres est toujours prévu pour la semaine prochaine, mais je pars demain. Avec Kyle.

Ne sois pas choquée. Même si, peut-être, c'est beaucoup demander. Nous devons nous marier demain. Lorsque tu liras ces lignes, je serai déjà Mrs Kyle McCarthy (comme j'aime écrire ces mots). Nous nous sommes fiancés le soir des enchères.

Nous avons tellement parlé de ton mariage qu'il m'a été difficile de t'annoncer le mien. J'ai bien failli le faire à plusieurs reprises, mais je me suis retenue. Et uniquement pour ton bien.

Car quand nous en avons fait part à père, il a refusé de nous donner son consentement, pour les raisons que tu peux imaginer. Mais ce n'est pas ce qui m'arrêtera.

Je ne voulais donc pas te mettre dans la confidence pour ne pas t'obliger à mentir ni à cacher quoi que ce soit nous concernant. C'est pourquoi je voulais que tu ne l'apprennes qu'une fois que je serais mariée. Je serai de retour dans quelques jours et j'espère vivement

que, si tu me parles encore, nous pourrons fêter cela ensemble.
Je t'aime, Lucille. Je sais déjà que tu comprendras car tu es un ange. La route sera semée d'obstacles. Mais, au moins, Kyle et moi les affronterons ensemble.
Je t'embrasse,

Jul.

La suivante était beaucoup plus délicate à écrire et me demanda de nombreux brouillons.

Chère mère, cher père,

Me voilà face à l'épreuve la plus difficile de ma vie. Mais il m'est absolument impossible de l'éviter. Je vais donc aller droit au but.
Lorsque vous lirez ces lignes, j'aurai épousé Kyle.
Mille pensées doivent vous assaillir à cet instant précis. À commencer par la surprise, la colère. Qui sont tout à fait justifiées. Ce n'est pas ce que nous avions prévu, ni les uns ni les autres.
Mais vous devez comprendre que j'aime Kyle depuis plus d'un an maintenant, et j'ai toujours su que si, par miracle, il partageait mes sentiments, je l'aimerais toujours.
Nous voulions votre bénédiction mais nous allons nous en passer. Même si cela vous paraît un peu précipité, nous ne nous montrons pas impétueux. Notre décision est mûrement réfléchie. Nous déménageons tous les deux à Londres et trouvons plus approprié pour diverses raisons d'y arriver mariés. Kyle s'est renseigné sur un studio qui se

trouve à proximité de mon école et de son nouveau travail.
Je vous supplie de songer à lui ouvrir votre cœur. C'est un homme bon, très bon, qui m'aime. Il veut prendre soin de moi. Il s'est toujours comporté en parfait gentleman avec moi et il a autant de chagrin que moi d'agir à votre insu. Peut-être plus encore. Je sais qu'il sera un gendre exemplaire. Et j'espère de tout cœur que vous le connaîtrez un jour comme je le connais et que vous le verrez ainsi.
Je rentrerai dimanche après-midi. Je ne peux pas vous dire où je pars car, en toute honnêteté, je l'ignore moi-même. Kyle m'a préparé un voyage de noces-surprise comme cadeau de mariage. Lorsque je reviendrai, et que le choc se sera un peu estompé, nous pourrons avoir une vraie discussion sur notre avenir à tous.
Je vous aime tous les deux. J'aime Kyle. Et vous m'aimez. En gardant tout cet amour que nous partageons à l'esprit, faisons en sorte que tout se déroule au mieux.
Je vous embrasse,

Julianne.

Ce n'était pas parfait mais j'avais une crampe à la main et c'était le mieux que je puisse faire pour le moment.

Le lendemain matin, je déposai la lettre destinée à mes parents, sur mon lit, mis celle de Lucille dans la pile de courrier à envoyer. Puis, munie de ma valise, je refermai la porte derrière moi. Je n'avais pas la moindre idée de ce qui m'attendrait si je la rouvrais un jour.

Chapitre 19

La camionnette de Kyle était garée à l'endroit habituel, plus bas, sur le chemin. Il prit ma valise et la mit à l'arrière.

—Bonjour, beauté. Ça y est ? Tu es prête ?

Un sourire radieux aux lèvres, il m'embrassa sur la joue, puis poursuivit :

—Puis-je te demander un service ?

—Tout ce que tu voudras.

—Nous avons un peu de temps avant le rendez-vous avec le père Sullivan. Serais-tu d'accord pour que nous passions par Charcross pour visiter la tombe de mon père ?

—Bien entendu.

Nous reprîmes la route du vaste cimetière. Cette fois, nous savions exactement où nous allions et n'eûmes pas besoin de nous arrêter à l'église. Kyle prit la brassée des fleurs qui se trouvait entre nous. Puis nous nous dirigeâmes vers la tombe et nous agenouillâmes.

—Pourrais-tu affirmer qu'il aurait approuvé ce que nous allons faire aujourd'hui ? m'enquis-je.

— Je le crois.

— Mais n'était-ce pas son rêve de te voir devenir prêtre ?

— Si, je pense. Mais, au cours des dernières semaines que tu as passées avec lui, il a vraiment appris à t'aimer. Il m'a même confié que tu lui rappelais ma mère.

— Vraiment ? Tu ne me l'avais pas dit.

— Il t'a même qualifiée de *cailín maith* – une fille bien. Et il m'a confié que tu aurais plu à ma mère. C'était le plus grand compliment qu'il pouvait faire.

— C'est une jolie pensée. Je l'aimais aussi, tu sais. Même s'il était bourru.

Main dans la main, nous regagnâmes la camionnette et prîmes la direction de Saint-Étienne.

Avant de descendre, il déposa le reste des fleurs dans mes bras. Il avait choisi mes préférées : des tulipes, des lys et des jonquilles.

— Je les ai fait pousser spécialement pour toi. Je comptais te les offrir une fois qu'elles seraient en fleurs, mais j'ai décidé de les garder pour que ma ravissante épouse ait un bouquet digne de sa beauté.

— Je suis sans voix, Kyle.

Redevenu espiègle, il s'exclama :

— Eh bien, c'est une première !

— Arrête ! le rabrouai-je en lui donnant un coup de coude. Mais, sincèrement, elles sont magnifiques. Où les as-tu fait pousser ? Tu n'as pas de jardin dans ton appartement.

— Miss Ellis s'est débrouillée pour me trouver un lopin de terre.

À ce nom, mon cœur se gonfla d'affection.

— J'ai autre chose pour toi, ajouta-t-il en tirant de la poche de son manteau un sachet en velours qu'il vida dans sa main.

Trois bagues en tombèrent.

— Donne-moi ta main.

Il prit l'anneau orné d'un diamant et le glissa à mon annulaire gauche.

— Je te rends ta bague de fiançailles. Désormais, tu pourras toujours la porter.

Je tendis la main pour l'admirer.

— Et voici l'alliance pour aller avec, déclara-t-il en me présentant sa paume ouverte. Mais je pense que tu vas devoir attendre un peu, pour la passer.

— Je sais.

Il me montra alors le troisième anneau, une alliance en or plus large, avec une bande d'argent au milieu.

— Et celle-ci, finit-il, était l'alliance de mon père. J'ai pensé qu'elle serait parfaite pour la circonstance.

Je me hissai sur la pointe des pieds pour l'embrasser.

— Je n'arrive pas à croire que c'est vraiment en train d'arriver.

Prenant les bagues, je les remis dans le pochon de velours, que je rangeai dans mon sac, en prévision de la cérémonie.

Le mariage fut à l'image de ce que je souhaitais. Simple, sans prétention, très loin de ce que ma mère aurait organisé. Il fut un temps où, tout comme elle, j'aurais peut-être souhaité une cérémonie en grande pompe. Mais c'était à l'époque où je croyais que le spectacle lié à l'événement était nécessaire. Désormais, je comprenais l'amour et je savais que tout ce qui comptait, c'était Kyle et moi, et notre engagement. Tenant mon bouquet de la main gauche, j'avais glissé ma main droite dans celle de Kyle.

Ce fut avec la plus grande aisance que je prononçai mes serments, promettant de l'aimer jusqu'à la mort, pour le pire et le meilleur. Et j'exultai de l'entendre dire « oui » lorsqu'il prononça le même vœu. Contenant difficilement sa joie, il se redressa de toute sa taille.

Mais ce fut le père Sullivan qui formula mes paroles préférées.

— Je vous déclare maintenant mari et femme, unis par les liens du mariage.

« Mari. » « Femme. » Des rôles inédits pour nous. Je répétai les mots plusieurs fois. Leur nouveauté me laissait un goût d'une douceur incomparable dans la bouche, comme une friandise exquise. J'étais convaincue de ne pas être la première jeune mariée à les savourer.

Nous eûmes pour témoins Mr Alden, le propriétaire, et Mrs Mawdsley. Le premier, un sourire de fierté aux lèvres, rayonnait. La seconde donnait l'impression de vouloir m'arracher les yeux. Nous avions désormais trois adversaires à notre mariage et nous priions de ne pas en avoir davantage.

Kyle tendit son appareil à Mr Alden et le pria de nous prendre en photo. Nous posâmes, d'abord tous les deux, puis avec le père Sullivan. Mrs Mawdsley, pour sa part, déclina notre invitation de se joindre à nous. Ce qui ne m'étonna guère.

Nous remerciâmes alors le père Sullivan du fond du cœur, pour son soutien, pour sa foi en nous. Kyle et moi étions tout à fait conscients du rôle qu'il avait joué dans la concrétisation de ce mariage. Nous l'invitâmes à un petit déjeuner tardif, mais il insista pour que « le jeune couple parte sans plus attendre en voyage de noces ».

Sans nous faire prier, nous nous précipitâmes hors de l'église, d'un pas aussi respectable que possible.

En sortant de Liverpool, Kyle prit la direction de l'est. Nous ne tardâmes pas à arriver à hauteur de Wallasey, ce qui nous rappela notre escapade de décembre. Un temps qui nous semblait déjà à des années-lumière.

— Tu sais, j'ai bien failli t'embrasser au milieu des sapins de Noël, ce jour-là, me confia alors Kyle. Tu étais tellement adorable avec mon bonnet enfoncé sur tes oreilles.

— Je regrette que tu ne l'aies pas fait. J'espère que tu vas te rattraper, plaisantai-je.

— J'en ai bien l'intention, Mrs McCarthy !

Nous poursuivîmes notre badinage, comme le couple fraîchement marié que nous étions. À une époque, toutes ces fadaises que se racontaient les amoureux me faisaient lever les yeux au ciel. Mais maintenant que je le vivais, je ne m'en lassais pas.

En continuant vers l'ouest, nous dépassâmes Abergele, Conwy, Llanfairfechan, puis Bangor. Je pensais que la ville universitaire serait enfin notre destination. J'en avais si souvent entendu parler. Mais Kyle ne s'arrêta pas.

Lorsque nous arrivâmes à Caernarfon, il m'annonça que nous y passerions les trois nuits suivantes. Mais, avant que nous allions à l'hôtel, il voulait m'emmener ailleurs.

Il approcha de la jetée et se joignit à la file de voitures pour monter dans le ferry. Après nous être garés au premier niveau, nous escaladâmes les deux étages jusqu'au pont extérieur. La plupart des passagers restaient sur le pont intérieur et nous fûmes heureux de trouver un endroit où nous pouvions nous asseoir seuls. La brise du large jouait dans mes cheveux et mes tentatives pour essayer de les empêcher de s'envoler firent rire Kyle. Quand il me demanda si j'avais envie de redescendre, je déclinai. Je préférais cet endroit écarté.

Tout le temps que dura la traversée du détroit de Menai, nous gardâmes le silence, heureux de savourer le roulis de l'eau. J'oscillais comme au son d'une berceuse. Le froid me gagnant, je croisai les bras. Kyle me serra contre lui.

Lorsque le ferry aborda à l'île d'Anglesey, nous retournâmes à la camionnette où nous attendîmes notre tour pour débarquer. Kyle mit le contact, le véhicule crachota et gémit et, bientôt nous roulions sur l'autre rive du détroit.

L'île, à la fois verdoyante et rocailleuse, n'était pas très peuplée. En suivant la route côtière, nous ne tardâmes pas à nous trouver dans une zone particulièrement reculée. Arrivé à une fourche, Kyle consulta une carte avant de prendre à gauche, le long d'une étroite péninsule au milieu de laquelle se déroulait la route, bordée par la mer des deux côtés. J'avais l'impression que nous avancions le long d'un doigt de femme qui nous invitait à venir partager ses secrets. Kyle m'indiqua que nous étions maintenant sur l'île de Llanddwyn, qui, à marée haute, se trouvait séparée d'Anglesey.

Nous longeâmes le phare, puis une maison de pêcheurs. Mais il ne ralentit qu'en abordant un champ rocailleux, vallonné. Au centre, s'élevaient les ruines d'un petit bâtiment.

Seuls trois pans de mur, à moitié écroulés, se dressaient encore. L'un d'entre eux était percé d'une arche qui avait dû être une fenêtre. Le reste se limitait à des rangées de pierres empilées avec soin, échos envoûtants du passé.

Kyle arrêta la voiture. Ne comprenant pas pourquoi nous étions venus jusque-là, je lui lançai un coup d'œil perplexe. Lorsque je le vis prendre son appareil photo, je fouillai dans mon sac en quête de mon rouge à lèvres et de mon fard à joues. S'il avait l'intention de me photographier, je voulais être aussi jolie que possible. Lorsque j'eus fini de me remaquiller, il me conseilla d'emporter mon foulard. Il devait prévoir que le vent allait se lever.

Glissant mon bras sous le sien, je me laissai guider à travers les sentiers couverts de mousse.

— Où sommes-nous, Kyle ?

— C'est, ou plutôt, c'était, l'église de Sainte-Dwynwen.

— De qui ? Je n'ai jamais entendu parler de cette sainte.

— Elle vivait au XVe siècle, raconta-t-il. Elle est tombée amoureuse d'un jeune homme du nom de Maelon, mais son père voulait qu'elle en épouse un autre. Quand elle a supplié Dieu de la préserver de ce mariage, un ange lui est apparu pour lui donner une potion qui effacerait tout souvenir de Maelon. Au lieu de cela, la potion a transformé son amoureux en bloc de glace. Elle a promis à Dieu de se retirer du monde s'Il le ramenait à la vie. Son souhait a été exaucé. Alors, elle a fondé un couvent ici même et a passé le reste de ses jours à prier avec ferveur pour que tous les amoureux trouvent le bonheur qu'elle n'avait pas eu.

— Quelle tristesse ! Quelle vie de solitude !

— J'imagine. Mais des années plus tard, au Moyen Âge, cet endroit est devenu un lieu de pèlerinage pour les amoureux qui venaient solliciter son soutien. La légende dit qu'il y avait ici un étang peuplé d'anguilles. Les couples jetaient des miettes de pain à l'eau et les recouvraient d'un mouchoir. Si les anguilles mangeaient le pain et chahutaient le mouchoir, les amants se resteraient fidèles.

— Comme c'est étrange. Même si ce n'est pas dénué de romantisme.

Il se mit à rire.

— Ne crains rien. Il n'y a plus d'anguilles. Mais je tenais à t'amener ici parce que sainte Dwynwen est la patronne des amoureux. J'ai pensé que ce serait l'endroit idéal où commencer notre voyage de noces.

Les cadeaux de Kyle venaient du fond de son cœur. Ils m'étaient plus chers que tout ce que j'aurais jamais pu m'offrir chez *Harrods*. Qui d'autre aurait pu avoir une pensée aussi délicate ?

— Je voulais aussi te prendre en photo, devant cette chapelle. Tu n'as jamais été aussi belle qu'aujourd'hui.

J'essayai de hausser les sourcils d'un air incrédule, l'imitant quand il faisait le pitre. Sans succès. Je savais qu'avec mes joues rougies par le froid et mes cheveux en bataille, j'étais loin d'être à mon avantage. Il se montrait particulièrement flatteur. Pourtant, il insista. Reconnaissante que mon foulard ne soit pas destiné à nourrir les anguilles, je le nouai autour de mon cou et m'assis dans l'ouverture de l'ancienne fenêtre. Prenant son temps, Kyle cadra son image puis, dès qu'il fut satisfait de sa position, il se mit à me mitrailler. Je posai, docile. Jusqu'au moment où, décidant qu'il avait pris assez de clichés, je me mis à faire des grimaces. En riant, il me rejoignit.

M'enlaçant la taille d'un bras, il attrapa les bouts de mon foulard pour m'attirer vers lui et m'embrassa avec tendresse.

Nous ne pouvions pas nous attarder. Le dernier ferry n'allait pas tarder à partir. Et même si l'endroit était idéal pour la plus romantique des lunes de miel, il était probable qu'il y ferait très froid. La chaleur d'un hôtel était beaucoup plus attirante.

Je retirai mon foulard, trouvai un rocher dentelé et l'y attachai solidement pour qu'il ne s'envole pas. Puis, me tournant vers les ruines, je chuchotai :

— Occupez-vous de nous, sainte Dwynwen, gardez-nous fidèles jusqu'au jour de notre mort.

Le retour en ferry se fit par un froid glacial. À contrecœur, j'acceptai de rester sur le pont inférieur qui était couvert. Bercée par la mer, je posai ma tête sur l'épaule de Kyle et m'assoupis.

Je rêvai de sainte Dwynwen, la belle damoiselle de l'époque médiévale. Ses longs cheveux roux volant au vent, elle semblait me crier quelque chose. Je ne pouvais l'entendre, aussi ses cris se faisaient de plus en plus pressants. Mais le bruit des vagues m'empêchait de percevoir ses mises en garde.

Nous atteignîmes Caernarfon au crépuscule. Kyle avait réservé une chambre dans un petit hôtel, le *Menai Bank Hotel*. Le charmant *bed and breakfast*, aux murs couleur pêche, surplombait le détroit. Avec ses bow-windows et ses lucarnes en ogive, l'endroit semblait tout droit sorti d'un conte de fées. En ce jeudi, nous semblions être les seuls clients. L'établissement se remplirait pour le week-end.

Mais, ce soir, il était tout à nous.

Après avoir pris la clé de notre chambre, nous nous hâtâmes de monter à l'étage.

Chapitre 20

Le comptoir de la réception du *Menai Bank Hotel* offrait un large éventail de brochures aux pages colorées faisant la publicité des sites locaux. Celle de Caernarfon montrait des photos de l'immense château qui se trouvait à une courte distance de notre hôtel. À Segontium, non loin, on pouvait admirer des ruines romaines, et des vestiges des Vikings à Beaumaris. Pourtant, nous ne visitâmes aucune de ces attractions touristiques.

Lorsque, enfin, notre dernier jour arrivé, nous émergeâmes de notre hôtel, la ville grouillait d'activité. Le ciel avait pris cette teinte gris pâle qui annonçait le crépuscule et le soleil couchant illuminait les nuages d'une teinte orange. Nous marchâmes main dans la main sur les berges de l'Afon Seiont et trouvâmes l'emplacement du loueur de barques qui nous avait été recommandé par le propriétaire de l'hôtel.

Un homme aux cheveux grisonnants était assis sur une jetée blanchie à la chaux.

— Vous êtes Brecon ? lui demanda Kyle.

— Oui, acquiesça l'homme.

— Bien. Nous aimerions faire une promenade en barque avant la nuit.

— C'est la seule que j'aie pour le moment, dit-il en montrant un petit bateau à rames blanc, sur sa droite. Mais c'est un bon rafiot.

Si l'embarcation avait besoin d'une couche de peinture, elle semblait solide. Son nom, *Aberfa*, s'étalait en lettres bleues sur sa coque arrière.

Après avoir payé la location, Kyle me tint par les mains pendant que je m'installais. Puis il me suivit. Brecon donna une petite poussée au bateau qui se mit à glisser sur l'eau, frôlant les barques de pêche sur les côtés. Sans parler, Kyle, la tête tournée vers l'arrière, manœuvra pour sortir de l'étroit passage. J'étais impressionnée par les talents de navigateur de mon mari.

Lorsque, laissant les berges derrière nous, nous pénétrâmes en eaux plus profondes, il se détendit.

— Allonge tes jambes, Julianne, me conseilla-t-il.

— Je ne vais pas te gêner ?

— Tu as déjà rencontré un homme que les jambes d'une jolie femme assise à côté de lui dérangeaient ?

Je sentis mes joues m'empourprer.

— Kyle McCarthy, tu dis des choses…

— Et je ne me lasserai jamais de les dire, Mrs McCarthy.

Savourant le délice d'entendre mon nouveau nom, je souris.

Nous passâmes le long de maisons peintes de couleurs vives. Leurs toits offraient divers tons de rouge. Les rives sur lesquelles des gens pique-niquaient étaient jalonnées d'esquifs de pêcheur et de canots de plaisance. Au loin, nous apercevions Caernarfon Castle, dans son écrin de collines. Mais, tout à notre bonheur de jeunes mariés, nous étions tellement absorbés l'un par l'autre que nous restions indifférents à la beauté du paysage.

— J'ai trouvé une église pour aller à la messe demain matin, m'annonça Kyle. Sainte-Monique. Je sortirai tôt, sans te réveiller. Puis, après le petit déjeuner, nous pourrons rentrer.

Incapable de parler, je détournai les yeux.

— Que se passe-t-il, Julianne ? me demanda-t-il, cessant de ramer.

Je baissai la tête. Il se pencha en avant et nous dûmes changer de position pour ne pas perdre l'équilibre. Il me tendit la main.

— Tu ne veux pas penser à demain, c'est ça ?

Serrant les lèvres, je fis un signe d'assentiment.

— Ma chérie, tu ne dois t'inquiéter de rien. Nous sommes deux, désormais. Tu ne seras plus jamais seule pour affronter les épreuves.

Je levai les yeux vers lui.

— Je ne sais pas ce que je vais dire à mes parents. Tu n'as pas idée de la façon dont ils vont me recevoir. J'aimerais que nous puissions oublier Liverpool et aller directement à Londres.

Me pressant la main, il déclara :

— Je sais à quel point ce sera difficile pour toi. Mais il ne faut pas que cela gâche ces dernières heures.

Prenant mon visage au creux de ses paumes, il l'attira plus près. Puis, après avoir effleuré ma bouche d'un baiser, il ajouta :

— Je t'aime. Quoi qu'il arrive, tu peux compter sur mon amour. Rien ne pourra jamais changer mes sentiments.

Les larmes me picotaient les paupières. Je hochai la tête et souris. Nous ne prononçâmes plus une parole avant d'avoir fait demi-tour et avoir ramené l'*Aberfa* à son propriétaire.

Le lendemain matin, je me réveillai après une courte nuit de sommeil. J'avais suivi le conseil de Kyle et avais empêché mes appréhensions de gâcher les précieuses heures qui nous restaient. J'avais faim. Mais je remarquai qu'il était déjà en train de lacer ses chaussures.

— Où vas-tu ?

— À la messe à Sainte-Monique. Tu t'en souviens ? Je voulais te laisser dormir.

Il s'approcha de moi et déposa un baiser sur mon front.

— Je vais t'accompagner si tu me laisses une minute pour me préparer. Mais nous pouvons d'abord prendre le petit déjeuner ?

— Je ne peux pas, chérie. Je jeûne.

Me redressant, je remontai le drap sur moi et, d'une main, remis de l'ordre dans mes cheveux.

— Que veux-tu dire ?

— Cela signifie que je ne peux pas manger avant d'aller à la messe.

— Pourquoi pas ?

— C'est l'une des règles. La faim physique est censée nous faire ressentir la faim spirituelle pour communier.

— Bon. Je vais juste te croire sur parole. Mais il y a beaucoup de choses que je ne comprends pas, Kyle.

— Tu n'y es pas obligée. Tu as toute la vie pour apprendre. Et uniquement si tu le souhaites. Je n'ai aucune exigence, je ne te demande rien.

— Je sais. Tu as été très respectueux à ce sujet. Mais je veux comprendre. Alors j'espère que tu me permettras de te poser des questions.

— Bien sûr. Je t'en prie.

Il me tendit la main pour m'aider à me lever. Le drap glissa, révélant ma nudité. Faisant courir mes doigts de sa poitrine à son épaule, je murmurai d'une voix suggestive :

— Tu es sûr de vouloir sortir si tôt ?

Il déposa des baisers au creux de mes paumes.

— Mon amour, je n'aimerais rien tant que de demeurer ici pour toujours. Mais nous devons rentrer à Liverpool aujourd'hui. Je me vois donc dans l'obligation de décliner. À mon plus grand regret.

Je me levai d'un bond.

— Dans ce cas, je t'accompagne.

— Aimerais-tu que je commande un petit pain pour toi à la cuisine ? Tu n'as pas à jeûner, toi.

— Non. Quoi que tu fasses, je le ferai. Nous sommes unis en tout.

L'intérieur de l'église était beaucoup plus sobre que le Cœur-Immaculé-de-Marie ou même que Saint-Étienne. La plupart des fidèles étant dans l'industrie de la pêche, la simplicité de leur mise était en accord avec celle de l'église. Les femmes portaient de longues mantilles en dentelle sur les cheveux. Gênée d'être tête nue, je me promis de demander à Kyle de m'en acheter une pour éviter de l'embarrasser.

Je commençais à m'habituer au latin et, pour la première fois, je suivis la messe avec un missel. Aidée par les traductions, je me sentais beaucoup moins perdue. L'anglais, très formel, avait quelque chose de shakespearien. Mais ce cérémonial suivant lequel on devait se lever, s'asseoir, s'agenouiller, était toutefois ce que je trouvais le plus difficile à comprendre. J'essayais d'imiter Kyle en tout mais, en dépit de mes efforts, j'avais toujours une seconde de retard. Il m'expliqua plus tard que les positions étaient liées aux prières. Encore une chose que j'allais devoir apprendre.

Après être rentrés à l'hôtel pour prendre notre petit déjeuner, nous chargeâmes nos valises dans la camionnette et partîmes vers l'ouest. À mesure que les miles défilaient, une angoisse grandissante m'étreignait, me prenant la poitrine en étau. Je redoutais la scène qui m'attendait lorsque j'arriverais au manoir.

Parvenus devant l'hôtel particulier de mes parents, nous affrontâmes la première dispute de notre mariage. Et, je l'espérai, la dernière. Kyle avait la ferme intention d'entrer leur parler. Il partait du principe qu'il leur devait cette marque de respect et que je méritais d'avoir mon mari à mon côté pour cet entretien qui serait, sans nul doute, éprouvant. Je savais qu'il avait raison. Malgré cela, je refusai catégoriquement son aide. C'était une entrevue qui n'avait que trop tardé et je devais l'affronter seule.

Avec la plus grande réticence, il céda et accepta de m'attendre au bord du lac.

Le cœur battant à coups précipités, je suivis des yeux sa camionnette qui s'éloignait. Puis je me tournai vers la maison dans laquelle j'avais grandi. La majestueuse demeure en briques rouges ne m'avait jamais paru aussi intimidante. Je m'aperçus soudain que je n'avais plus l'impression d'y être chez moi. J'étais une femme mariée et, bientôt, je serais chez moi dans notre studio londonien.

La seule culpabilité que je ressentais était due à la déception que j'avais causée à mes parents. Mais je ne me sentais pas du tout fautive d'avoir épousé Kyle. Si j'entrais, l'air penaude, je donnerais l'impression d'en avoir honte. D'un autre côté, si je gardais la tête haute, l'air détachée, je passerais pour indifférente à leur douleur. Je me décidai donc pour une attitude aussi naturelle que possible. J'étais une jeune mariée heureuse et je voulais partager ma joie avec mes parents.

Je sortis la clé de ma poche et soulevai bruyamment le loquet pour leur annoncer mon arrivée. La porte grinça, et je la refermai sans ménagement. À ma grande surprise, personne ne vint à ma rencontre. Ils devaient pourtant savoir que j'étais rentrée. Le salon et les autres pièces que j'inspectai étaient déserts. J'aperçus alors un rai de lumière sous la porte du bureau de mon père. Il coupait toujours l'électricité s'il n'y était pas.

Je frappai doucement.

— Entrez, dit-il, comme à son habitude.

Tremblante, je pris une profonde inspiration. Je regrettais finalement que Kyle ne fût pas à mes côtés. Pourquoi ne l'avais-je pas écouté ? Nous n'étions mariés que depuis quatre jours et je n'en faisais déjà qu'à ma tête !

J'ouvris la lourde porte et la refermai sans un regard pour la silhouette derrière le bureau. Lorsque, hésitante, je me retournai, ma première impression fut que père avait pris dix ans en quatre jours. Je m'étais attendue à le voir en colère. Or, son visage n'exprimait qu'un pur désespoir. Il aurait été presque plus facile de le voir s'indigner. Je savais quelque part que je le méritais.

Je m'avançai vers l'un des fauteuils qui lui faisaient face et m'assis sur le bord. Cette fois, il ne contourna pas son bureau pour me rejoindre.

— Papa, dis-je, utilisant ce mot que je n'avais pas prononcé depuis une décennie.

Je n'avais soudain qu'une envie, grimper sur ses genoux et l'embrasser.

— Julianne.

Il avait le ton qu'il réservait à ses employés réfractaires.

Un moment, nous restâmes assis à nous jauger, à nous observer, sans savoir quoi dire. Nous étions dans une impasse. Je sentis les larmes me monter aux yeux.

— Papa, répétai-je.

Je me levai et, allant à lui, nouai mes bras autour de son cou.

— Rassieds-toi, s'il te plaît ! m'intima-t-il en montrant le fauteuil que je venais de quitter.

Docile, j'obéis et croisai les mains sur mes genoux, tout en jouant nerveusement avec mon alliance.

— Où est mère ?

N'avais-je pas indiqué dans ma lettre que je serais de retour cet après-midi ?

Il me regarda d'un air étonné, comme si ma question le surprenait.

— Ta mère a décidé d'aller passer quelques semaines chez ta tante, à Hereford.

Ce qui signifiait, à mots couverts, qu'elle ne souhaitait ni me voir ni me dire « au revoir » avant mon départ pour Londres, dans quelques jours. Je ne doutais plus un instant de son état d'esprit. Mais mon père était resté. S'il avait voulu m'éviter, il aurait pu trouver bien des prétextes de voyage. Le fait qu'il soit là devait compter pour quelque chose. J'étais reconnaissante pour ce lambeau d'espoir.

— Vous avez eu ma lettre? demandai-je, même si la réponse était évidente.

— Bien sûr. Nous l'avons découverte jeudi après-midi. Et j'ai passé le reste de la journée à parcourir la ville en voiture, à me rendre dans tous les endroits où je pensais pouvoir te trouver. Je suppose qu'il était déjà trop tard.

— Oui, père. Nous nous sommes mariés à 9 heures du matin et nous sommes partis directement pour Anglesey.

Voyant qu'il ne disait rien, je lui donnai quelques détails sur le mariage et sur les endroits que nous avions visités ces derniers jours. Mon bavardage plein de nervosité comblait le silence que je voulais éviter à tout prix.

Enfin, je murmurai :

— Père, je suis désolée. Du moins, je suis terriblement désolée de vous avoir causé du chagrin, à mère et à vous. Vous devez savoir que ce n'était pas mon intention. Mais je n'ai pas le moindre regret d'avoir épousé Kyle.

— Et où est Kyle? Ne crois-tu pas qu'il aurait pu m'affronter seul?

— Il le voulait. En fait, il s'est vraiment mis en colère quand j'ai insisté pour venir vous parler sans lui. Je vous en prie, ne lui en tenez pas rigueur. Je ne lui ai pas laissé le choix.

— Il avait raison d'être en colère, Julianne. Si tu te crois assez mûre pour te marier, tu dois l'être assez pour accepter les conséquences de ton acte. Que cela me plaise ou non, Kyle est ton mari et il devrait être ici.

— Vous avez raison. Il avait raison. J'ai eu tort de le renvoyer.

— Permets-moi de te poser une question. Est-ce que tu attends un enfant ? C'est pour cette raison que tu as fait ça ?

— Pardon ? Bien sûr que non. Comment pouvez-vous penser une chose pareille ?

— Cela expliquerait tout.

— Non. Je vous ai déjà tout raconté. J'aime Kyle, il m'aime, il vient à Londres avec moi et nous voulions nous marier.

— Eh bien, j'espère que tu vas aimer mourir de faim car c'est ce qui va vous arriver. Je ne te donnerai plus ta pension.

— Cela ne me fait rien. Je ne m'attends pas à ce que ce soit facile, mais j'ai des projets et nous serons tous les deux.

Il se pencha vers moi.

— Écoute, Julianne. Je suis déçu que tu m'aies désobéi. Je suis consterné que tu aies épousé un garçon que j'avais clairement refusé. Mais, surtout, je suis furieux. Je suis furieux de voir que tu m'as menti et que tu es partie te marier à mon insu.

— Nous avons essayé de vous mettre au courant de notre projet. Kyle est venu vous parler. Mais vous ne l'avez pas écouté.

— C'était comme si un renard était venu annoncer à une poule qu'il comptait faire une descente dans le poulailler. Quel homme as-tu épousé ! Il était assis dans cette pièce, il écoutait ce que je lui disais et il avait même l'air d'accord. Puis il a eu l'audace de retourner sa veste pour faire exactement ce que je lui avais défendu. C'est ce qui est permis chez les catholiques aujourd'hui ? La duplicité ? La manipulation ? Il aurait fait un bon prêtre !

Il tapa du poing sur son bureau si violemment que les crayons s'entrechoquèrent dans leur boîte.

— Mais ce n'est plus lui, le problème, poursuivit-il. Je me suis toujours félicité de partager avec toi une relation aussi ouverte qu'honnête. Or, je ne vois plus comment, désormais, je pourrais te refaire confiance un jour.

Je le dévisageai, abasourdie. Avais-je bien entendu ses paroles ? Mais s'il voulait la guerre, j'étais prête à riposter.

— Je suis d'accord, père. « Une relation aussi ouverte qu'honnête ». C'est la raison pour laquelle vous ne m'avez jamais parlé de Charles, n'est-ce pas ?

Ses yeux s'écarquillèrent imperceptiblement mais son visage resta de marbre.

— Je ne vois pas à quoi tu fais référence.

— « Aussi ouverte qu'honnête ». C'est pourquoi vous avez fait preuve d'une telle franchise pour me dire que j'avais un frère jumeau.

Son menton se mit à trembler. Finalement, il demanda :

— Comment as-tu…

— Cela n'a pas d'importance. Mais je le sais. Et j'aurais été heureuse de l'apprendre dès mon enfance. D'apprendre que je n'étais pas fille unique. Je me serais sentie beaucoup moins seule.

— Tu ne comprends pas. Il n'est pas comme toi. Il a eu beaucoup moins de chance.

— Si. Je comprends. Je comprends qu'il aime le chocolat. Je comprends qu'il aime faire pousser des plantes. Je comprends qu'il aime faire des promenades. Je comprends qu'il ne peut ni me voir ni m'entendre mais qu'il sait que je suis là.

Mon père s'affala dans son fauteuil, comme un écolier pris en faute.

— Comment… comment sais-tu ces choses ?

— Parce que je suis allée le voir. Plusieurs fois, au cours des années passées. Oh, vous avez trouvé un endroit « charmant » pour lui, et je m'en réjouis. Le seul problème, c'est qu'il ne peut voir ni les sols en marbre ni les rideaux de brocart. Mais avec une présence amie, il se sent aimé. Il aurait peut-être souhaité connaître ses parents.

Se penchant, il posa ses coudes sur le bureau et se prit la tête entre les mains. Puis, levant vers moi des yeux rougis, il expliqua :

— Tu n'imagines pas ce que c'est de voir son fils naître ainsi, dans ma position. Tu ignores les répercussions que cela a eues sur ta mère.

Je ne le savais que trop bien, mais, préférant ne rien répondre, je profitai du fait qu'il ait enfin l'air de vouloir parler pour l'écouter. Avec un soupir, il prit une photo d'elle, jeune, sur son bureau.

— Elle était si vibrante, si joyeuse. Je l'ai rencontrée à un concert, à Newsham Park. La foule était très élégante, tout le monde était venu dans ses plus beaux habits. Assis sagement, les spectateurs applaudissaient à la fin de chaque morceau. Mais pas ta mère. Ses chaussures dépassaient de sa jupe et elles s'agitaient en cadence. Le reste de son corps était immobile, pourtant, elle dansait.

J'écoutais avec attention, vivement intéressée malgré moi. Ils avaient toujours dit qu'ils s'étaient rencontrés à un bal de bienfaisance. Je ne connaissais pas cette partie de l'histoire.

—Quand j'ai surpris son regard, j'ai cru qu'elle se détournerait. Mais pas le moins du monde. Elle a plongé ses yeux dans les miens, presque comme si elle me défiait. J'ai donc commencé à battre des pieds en cadence, moi aussi. Et nous avons continué ainsi jusqu'à la fin du concert, séparés par dix chaises, en échangeant des coups d'œil. À la fin, elle a disparu. J'ai cru devenir fou tellement je l'ai cherchée. Aussi, lorsque deux semaines plus tard, je l'ai aperçue, à une soirée dansante, je me suis dirigé droit vers elle pour l'inviter à danser. Et j'ai rempli son carnet de bal de mon nom.

Me regardant de nouveau, il posa la photo. Puis il croisa les mains sur son bureau.

—Elle était si vivante. Elle n'avait peur de rien. Elle était capable de tout. Puis Charles et toi êtes nés. Sachant que je voulais un fils, elle en désirait un ardemment. Lorsque Charles est né si… anormal, quelque chose s'est brisé en elle. Elle ne pouvait pas le regarder. Elle ne pouvait même pas le nourrir.

Il pencha la tête et la secoua. Puis il ajouta, chuchotant presque :

—Je n'ai jamais vraiment retrouvée ma Béatrice. Parfois, j'ai l'impression d'être face à une inconnue.

Ce portrait triste et aride qu'il avait peint de leur mariage m'émouvait malgré moi. Néanmoins, je ne pouvais m'empêcher de penser à ce qu'il avait dit de mon mari, à ces mots qu'il n'avait pas encore retirés.

—Mais pourquoi n'êtes-vous jamais allé le voir ? Depuis tout ce temps, vous avez un fils, et vous n'êtes jamais allé le voir.

— Il est plus facile ainsi de l'oublier. Même si je suppose que l'on n'oublie jamais. Il est plus facile de feindre qu'il n'existe pas et de continuer à vivre comme si de rien n'était.

— Peut-être, mais vous m'avez lésée. Vous vous êtes lésés vous-mêmes et, assurément, vous avez lésé Charles. Puisque nous parlons de relations aussi ouvertes qu'honnêtes !

Il se redressa et frappa de son poing sur le bureau.

— N'essaie pas de me distraire du vrai problème. J'ai peut-être commis mes propres erreurs, Julianne, mais cela n'excuse en rien ton comportement. Cette conversation est toujours au sujet de ton catholique et toi.

— Le catholique a un prénom, père. Il s'appelle Kyle. Et maintenant, il est mon époux. Et souhaiteriez-vous savoir comment nous nous sommes rencontrés ?

— Franchement, non. En fait, je vais téléphoner à mon avocat et voir ce que nous allons pouvoir faire.

— Non, vous allez m'écouter ! J'ai rencontré Kyle à l'Institution Bootle, quand il s'occupait de Charles. Il prenait soin de votre fils par pure bonté pendant, que loin de lui, vous niiez son existence. Vous pouvez toujours faire des dons à la cathédrale, mère peut continuer à collecter une fortune royale pour les défavorisés, mais tant pis pour vos valeurs ! Elles sont vides. Et pendant tout ce temps, c'est un catholique qui a pris soin de votre fils, comme vous auriez dû le faire depuis le début.

Il me dévisagea comme si je venais de le frapper. Impuissants, nous vîmes notre relation si précieuse se désintégrer sous nos yeux.

Me levant, je poursuivis :

— Je suis désolée que vous ne puissiez envisager les choses ainsi, père. Mais vous avez le choix. Et si vous faites celui auquel je m'attends de votre part, c'est vous qui serez perdant. Puisque l'honnêteté vous est si précieuse, j'ai une nouvelle pour vous : vous avez déjà perdu un fils. Et maintenant, vous allez perdre votre fille. Et vous allez laisser passer la chance de connaître le meilleur gendre dont vous puissiez rêver. Vous avez beau être un homme riche, père, vous êtes très pauvre de cœur.

Sur ces mots, je sortis en trombe et me précipitai dans le parc pour retrouver Kyle.

Ce même jeudi, nous prîmes le train de 9 heures pour Londres. Une semaine jour pour jour après notre mariage, quasiment à la même heure. Qu'il était étonnant de voir combien les choses pouvaient changer en si peu de temps ! Kyle avait vendu sa camionnette au jardinier qui avait remplacé son père à l'Institution Bootle. En dépit de mon intention de l'y accompagner pour dire « au revoir » à Miss Ellis et à Charles, je fus retenue à l'appartement par un rhume de cerveau. Je le chargeai donc de les embrasser tous les deux pour moi.

Avant de partir, j'avais vu Lucille qui m'avait assaillie de questions. Aussi variées que « Comment tes parents vont-ils expliquer ton départ à leurs relations ? » ou « Comment est-ce de faire l'amour ? Vraiment, raconte-moi, je suis si nerveuse ! » À la première, je répondis que c'était le cadet de mes soucis. À la seconde, qu'elle le découvrirait en temps voulu. Mais, avec un clin d'œil entendu, je lui promis que c'était merveilleux.

Contrairement à mes parents qui ne prirent pas la peine de se déplacer, elle vint nous faire ses adieux à la gare. Le père Sullivan l'accompagnait.

Ce trajet en train était notre second voyage ensemble, cette semaine. Me félicitant que, cette fois, Kyle ne conduise pas, je m'assis plus près de lui. Lorsque j'eus faim, il sortit des sandwichs au concombre qu'il avait emballés. Le wagon de troisième classe était très différent du luxueux compartiment de première classe dans lequel j'avais voyagé l'année précédente. Là, pas de gravures, pas de sièges au capitonnage brodé, pas de serveurs aux petits soins. Mais cela m'était bien égal. Kyle était un excellent substitut à cette atmosphère huppée. J'exultais de bonheur.

Toutefois, une déception nous attendait à Londres.

L'appartement sur lequel Kyle s'était renseigné après avoir vu une petite annonce était toujours libre. Ne pouvant croire à notre chance, nous eûmes vite fait de déchanter en le visitant. Sa description était pitoyablement optimiste. L'« appartement douillet, de style cottage, au-dessus d'un charmant café de quartier » se révélait être « un placard à balais sordide, au-dessus d'un pub atrocement bruyant. Rats disponibles sans supplément ». Nous félicitant de ne pas avoir envoyé de caution ni signé de papiers, nous filâmes aussi vite que possible. Après avoir trouvé une pension de famille, nous y passâmes les premières nuits, en épluchant les petites annonces de location dans le journal.

Nous étions sur le point de renoncer quand, quelques jours plus tard, je retrouvai Abigaïl pour dîner. Kyle avait rendez-vous avec son nouvel employeur et Dorothy n'était pas encore rentrée à Londres.

Je racontai mes dernières péripéties à mon amie.

— Tu t'es enfuie pour te marier ? jubila-t-elle en buvant mes paroles. Et moi qui pensais être une Américaine intrépide.

Tu es membre honoraire du club! Et qu'allez-vous faire maintenant?

—Kyle a été engagé chez un paysagiste. Et je vais demander un emploi à l'hôpital pour payer mes cours. Je ne pense pas pouvoir les reprendre à plein temps, mais je vais continuer à les travailler. Peut-être y a-t-il des logements pour les couples mariés.

—N'y compte pas! La liste d'attente est déjà pleine et vous risquez de ne rien avoir avant une bonne année. Je pense que j'ai une meilleure idée.

—Que veux-tu dire?

—L'assistante de mon père vient de se faire transférer à l'ambassade de Rome. Elle a un petit appartement ravissant, non loin de l'école et elle doit le sous-louer. Je ne crois pas que le loyer soit trop élevé, puisqu'elle le paie avec un salaire de secrétaire. Peut-être pourrions-nous trouver un arrangement.

—Tu es un ange, Abigaïl!

—Attends! Je t'ai volé ton petit ami, c'est le moins que je puisse faire pour toi.

—Oh, Roger? Il n'a jamais vraiment été mon petit ami. Et vous êtes beaucoup mieux assortis, tous les deux.

—Je ne sais pas. Je me demande souvent ce que certains de ses collègues si guindés pensent de moi. Bien sûr, je sais comment me tenir aux réceptions où il m'emmène. Je ne suis pas fille de diplomate pour rien. Mais, de temps en temps, je suis incapable de tenir ma langue. Pourtant, il a l'air d'apprécier mon grain de folie. Et il aime me faire des câlins.

—Abigaïl!

— Ne fais pas semblant d'être choquée ! Tu me connais mieux que cela. Mais notre ami parlementaire si correct peut se montrer plein d'ardeur, affirma-t-elle.

— J'ai peine à le croire.

— Mais c'est la vérité. Il y a eu une fois…

— Je ne veux pas le savoir.

— Comme il te plaira. Je ne voudrais pas froisser tes oreilles innocentes. D'un autre côté, tu es mariée maintenant. Tu connais les choses de la vie.

— Change de sujet, Abigaïl ! la rabrouai-je.

— Très bien. Quand veux-tu visiter l'appartement ?

Le logement se situait à Lambeth, sur Black Prince Road, au-dessus d'un pub appelé *The Jolly Gardeners.* Un nom tout à fait prédestiné ! Nous pûmes emménager dès le lendemain, ce qui fut idéal. Il se trouvait plus près de l'école d'infirmières que du bureau de Kyle, mais faire la navette ne le dérangeait pas.

Le bâtiment en briques rouges et blanches comptait trois étages et nous étions au deuxième. De la voie ferrée toute proche nous parvenait le vrombissement du train, un bruit qui nous devint vite tellement familier, que nous ne l'entendions plus. Si le loyer était un peu au-dessus du budget prévu, le fait que l'appartement soit meublé compensait. En outre, cerise sur le gâteau, Kyle se vit autorisé à utiliser une partie du toit pour y installer des bacs en bois dans lesquels il fit pousser des herbes et de petits légumes. Cela me rappela la passion de mon frère pour les plantes.

La location de l'appartement m'ouvrit les yeux sur le coût de la vie. Je n'en avais jamais pris conscience auparavant.

L'année précédente, mon père me faisait parvenir une rente confortable et, même si je n'avais jamais été particulièrement prudente, elle ne s'épuisait jamais. Tout ce dont j'avais besoin était disponible. Si j'avais faim, je commandais un sandwich et une boisson dans un café. Si je m'ennuyais, je m'achetais un magazine. Si j'avais froid, je m'offrais un pull dans une boutique sans même en regarder le prix. Mais la réalité ne tardant pas à me rattraper, je compris vite que ce style de vie et son insouciance appartenaient au passé. Je découvris que me préparer mes propres sandwichs était beaucoup plus économique, que l'on pouvait emprunter un magazine à une amie et que le prix d'un pull de qualité pouvait nourrir une petite armée.

Naturellement, rien de tout cela ne gênait Kyle. Il avait toujours mené une existence frugale. S'il était fier de mes efforts, il ne laissait jamais passer une occasion de me taquiner.

— Que fais-tu, chérie ? me demanda-t-il un soir, avec le plus grand sérieux.

J'étais en train de jeter les restes de notre dîner à la poubelle. Comme j'étais encore novice en matière de cuisine, ils étaient, hélas, nombreux.

— Je vide les assiettes.

— Comment ? Tu ne gardes pas les os pour le marché des occasions ?

— De quoi parles-tu ?

— Les os. Ne savais-tu pas que tu pouvais les laver et les revendre aux cordonniers ? Ils les broient et utilisent la poudre pour cirer les chaussures.

— Je l'ignorais.

— Oh, si. Bien sûr, ils le nieront quand tu les aborderas pour la première fois. Mais c'est juste pour te faire baisser ton prix. Ne tombe pas dans le panneau. Si tu persistes et leur dis que c'est 50 pence ou rien, ils te les achèteront à ton tarif.

— C'est très intelligent ! Je n'y aurais jamais pensé.

— Ce n'est pas un secret. Quand j'étais enfant, c'était ma façon d'économiser pour acheter son cadeau de Noël à mon père. Toute l'année, je vendais nos os.

Je ne m'imaginais pas que nous avions un tel besoin d'argent. Néanmoins, je voulais que Kyle soit fier de moi. Au troisième cordonnier que je visitai, qui se montra d'abord perplexe puis me menaça d'appeler la police si je ne décampais pas, je pris la mesure de l'étendue de ma candeur.

Lorsque je racontai mes déboires, Kyle piqua un fou rire, auquel Abigaïl qui trouvait la blague excellente se joignit de bon cœur. Piquée au vif, je décidai d'exiler mon mari sur le canapé pour la nuit.

Mais il avait l'air si malheureux, tout seul dans le salon, et notre lit paraissait tellement vide sans lui, que j'enfilai l'une de mes chemises de nuit neuves et l'appelai pour qu'il me rejoigne.

Même sans ses excuses les plus sincères et sa promesse de ne plus jamais recommencer, je savais que je n'aurais pas pu lui en vouloir longtemps.

Qui donc disait qu'il fallait de l'argent pour s'amuser ?

Chapitre 21

Les nouvelles des continuelles agressions nazies jetèrent un voile sur la joie de nos premiers mois de vie commune. Fin novembre, la rumeur se répandit d'une nuit appelée *Kristallnacht*, ou « la Nuit de cristal » en Allemagne et en Autriche, suivie de la déportation de trente mille Juifs dans des camps de concentration, de l'incendie de mille synagogues et du saccage de sept mille de leurs commerces. Les gens se suicidaient par centaines terrorisés à la perspective d'affronter les temps à venir. Lorsque nous avions assez d'argent pour aller au cinéma, les actualités de Movietone nous montraient les rues des villes d'Allemagne et d'Autriche jonchées de débris de verre, à mesure que la destruction progressait.

Très égoïstement, je craignais l'implication de la Grande-Bretagne dans une guerre de plus en plus menaçante. En effet, Kyle ne pouvait plus avoir recours à l'exemption du séminaire. Si quoi que ce soit devait lui arriver, ce serait ma faute. Et la possibilité de voir la violence se déchaîner dans nos propres rues était terrifiante.

Jusque-là, les professeurs à l'école d'infirmières parvenaient à maintenir une impression de normalité. J'étais donc trop occupée pour y penser. Nos études impliquaient un approfondissement des cours d'anatomie et de physiologie, et nos heures à l'hôpital étaient toujours aussi pénibles. On nous encourageait à songer au choix d'une spécialité et j'hésitais entre soigner les gens âgés ou devenir sage-femme.

Alors que décembre s'avançait, je décorai notre petit appartement avec des bougies aux fenêtres que j'entourai de guirlandes. Kyle avait rapporté des branchages et un arbre de Noël anémique qu'il avait dénichés grâce à l'un de ses contacts professionnels.

Deux semaines avant Noël, je m'étais assoupie sur un cahier ouvert quand j'entendis frapper à ma porte. Je me levai pour aller ouvrir et me trouvai nez à nez avec un homme de haute taille, dans son pardessus de laine, debout sur le seuil.

— Père ! m'écriai-je.

Malgré la manière dont nous nous étions séparés, je ne pus m'empêcher de me jeter à son cou. Il me rendit mon étreinte, non sans une certaine raideur. Mais le simple fait qu'il soit là était pour moi un bon signe.

— Bonsoir, Julianne, me salua-t-il.

Je lui fis signe d'entrer. Il retira son chapeau et le tapota au-dessus de l'évier pour le débarrasser de sa fine couche de neige. Je m'empressai de fermer mes livres et de les empiler avec mes pages de notes sur un coin de la table. Puis, j'essuyai les miettes de mon goûter qui jonchaient ma chaise.

— Asseyez-vous, père. Je vous en prie.

Il balaya la pièce du regard et esquissa une moue.

— Tu as un manteau ? Il y a un restaurant à quelques rues d'ici. Nous pourrions parler là-bas.

— Oui, bonne idée.

Je m'emmitouflai chaudement et nous prîmes le chemin de *Princes Arms*. Dans le petit établissement au sol dallé de carreaux noirs et bleus, chaque table était éclairée par une lampe en cuivre. J'avais déjà jeté un coup d'œil à l'intérieur mais je n'avais pas eu les moyens d'y entrer.

Nous nous installâmes dans un box capitonné de cuir vert. Sachant immédiatement qu'un pot-au-feu serait le plat idéal par une journée aussi froide, j'en commandai un.

Puis, tandis que mon père examinait le menu, je me préparai à entendre ce qu'il avait d'assez important à me dire pour être venu jusqu'à moi.

— Je suis contente de vous voir. Quelle merveilleuse surprise ! m'exclamai-je.

Il referma son menu et croisa les mains.

— Moi aussi, je suis content de te voir. Je suis à Londres pour une conférence sur les transports. J'avais aussi une réunion avec un fabricant de chaussures qui souhaitait exporter via Liverpool. Mais il a dû annuler son projet. J'ai donc décidé de te rendre visite pour prendre de tes nouvelles.

J'aurais été curieuse de savoir s'il n'avait pensé à moi qu'après coup, une fois son rendez-vous d'affaires annulé. Ou bien si sa fierté l'empêchait de reconnaître qu'il avait vraiment eu envie de me voir.

— Nous sommes très heureux, père. Kyle fait des extras pour que je puisse poursuivre mes études et je fais des heures supplémentaires à l'hôpital. Il est très bon avec moi. Nous nous entendons à merveille. Vraiment.

Le serveur en smoking arriva juste à temps. Père commanda un rôti au pudding et je choisis un thé à la menthe avec mon pot-au-feu.

Un peu gênée, je tripotai nerveusement mon collier.

— Comment va mère ? avançai-je.

— Elle va bien. Elle s'occupe beaucoup. Tu lui as brisé le cœur, tu sais.

Je me contentai de garder le silence.

— Elle a quand même estimé opportun de t'envoyer un cadeau de Noël.

Il sortit de sa poche un petit paquet et m'encouragea à l'ouvrir. Je tirai le long ruban de soie et défis le papier avec autant de soin que l'écrin semblait avoir été emballé. À l'intérieur se trouvait un bracelet d'argent avec une breloque en forme d'ancre.

Ainsi, je n'avais pas été un simple substitut à un exportateur de chaussures.

— Ta mère l'a trouvé dans une boutique sur Lord Street. Elle a pensé te montrer ainsi que, si travailler était ta façon de te rebeller contre les projets qu'elle avait caressés à ton sujet, elle t'accorde son pardon et sa bénédiction pour venir te former dans mes bureaux sur les docks, et pour approfondir tes connaissances sur le transport maritime.

Se penchant vers moi, il poursuivit :

— Nous avons discuté de ta folie, Julianne. Peut-être avons-nous été trop sévères en y attachant une telle importance. Nous aurions dû nous rendre compte que tu t'étais emballée, comme le font les jeunes quand ils se rebellent, avec l'ambition de se débrouiller seuls. Nous avons donc pensé que, depuis, tu aurais compris que ton mariage était une erreur. Nous sommes donc prêts à te reprendre à la maison, si tu le souhaites.

Je pris une profonde inspiration, me retenant de prononcer les paroles cinglantes que j'avais sur le cœur. Malgré tous mes efforts pour éprouver ne serait-ce qu'une once de pitié pour cette femme, le ressentiment m'étouffait.

Imperturbable, mon père ajouta :

— Il n'est pas trop tard. Ce n'est pas comme si tu avais une bonne raison pour te retenir de mettre un terme à ce fiasco. Un bébé, par exemple.

Je me levai d'un bond.

— Si notre conversation doit être de cette nature, je pense que je vais rentrer chez moi. Rien n'a changé depuis notre entretien du mois d'août. Kyle est mon mari. Nous sommes heureux. Je ne vais pas revenir. Et tant que nous ne serons pas tous les deux bienvenus, je ne remettrai pas un pied à Liverpool.

— Rassieds-toi, Julianne ! m'ordonna-t-il.

La petite fille en moi, celle qui, autrefois, grimpait sur ses genoux pour se voir donner une pastille à la menthe en cachette avant le dîner, ne put qu'obéir.

— Écoute. Oublions une minute cette discussion sur ton mariage avec ce catholique. Je suis convaincu qu'avant longtemps tu comprendras notre façon de penser. Alors je ne vais pas t'ennuyer avec ça. Mais la vérité, c'est qu'il faut que tu saches que, d'ici peu, plus personne ne sera en sécurité à Londres. Je suppose que tu suis les nouvelles qui arrivent d'Allemagne ?

— Bien sûr. Tout le monde ne parle que de cela. En fait, l'hôpital nous prépare pour une arrivée massive d'enfants juifs au cours des semaines à venir. La plupart d'entre eux sont les seuls rescapés de leur famille et nous allons sans doute être obligés d'en garder quelques-uns, suivant leur état de santé.

— Je l'ai appris, en effet. Dix mille au cours des prochains mois. Beaucoup vont être envoyés vers le nord et la Société des dames patronnesses de Liverpool travaille à leur trouver des familles où les placer. Tu vois, tu pourrais continuer cette tâche dans ta ville.

— Je comprends votre intention. Je sais que vous pensez m'être utile. Et je l'apprécie. Mais je suis chez moi, à Londres. Je suis chez moi avec Kyle. Je n'ai aucune intention de retourner à Liverpool.

— Eh bien, dans ce cas, je ne vois pas ce que nous avons à nous dire de plus.

Il fit signe au serveur et sortit une liasse de billets.

— Merci d'emballer les plats que nous avons commandés et de les remettre à cette jeune dame. Je dois partir.

Puis, après avoir posé quelques billets supplémentaires devant moi, il se leva.

— Amuse-toi tant que tu le pourras, Julianne. Nous te verrons quand tu auras changé d'avis.

Sur ces mots, il sortit. Sans me retourner pour le suivre des yeux, je restai en contemplation devant les 10 livres qu'il m'avait laissées. Par principe, j'aurais voulu les abandonner sur cette table. Et peut-être offrir ainsi au serveur le meilleur Noël de sa vie. Mais si cet argent permettait à Kyle de travailler quelques longues heures de moins, je pouvais peut-être oublier ma fierté et le prendre. Finalement, je repartis avec mes plats empaquetés et les billets.

J'avais choisi de travailler à l'hôpital le jour de Noël. Mais, grâce à cet argent, je pus donner ces heures mieux rémunérées à une autre infirmière. Pour notre premier Noël ensemble, Kyle et moi décidâmes d'assister à la messe de minuit au Cœur-Immaculé-de-Marie. Nous sûmes par le chauffeur de taxi qui nous y conduisit que l'église était communément appelée « l'Oratoire de Brompton ». La course en taxi était une folie mais la perspective de prendre le métro à une heure aussi tardive n'était pas très rassurante.

Lorsque nous rentrâmes à l'appartement, nous nous blottîmes à côté de notre petit sapin de Noël. Le salon était baigné par la douce lueur des bougies à nos fenêtres, leurs flammes vacillant dans l'obscurité.

— Joyeux Noël, Julianne !

— Joyeux Noël, Kyle !

Nos lèvres se frôlèrent en un baiser. Au contact de nos nez glacés, nous partîmes d'un éclat de rire.

— Tiens, j'ai un cadeau pour toi.

Il me tendit un paquet qui ressemblait à un livre. Je l'ouvris pour découvrir un volume de *Rebecca,* de Daphné du Maurier.

— Oh, merci ! J'en ai entendu parler et j'avais grande envie de le lire.

Je me jetai à son cou.

— Il m'a été recommandé chez *W.H. Smith.* Il paraît que ce roman fait fureur, en ce moment.

— Je sais.

Je l'ouvris pour lire les premières pages : « J'ai rêvé l'autre nuit que je retournais à Manderley. » Mais je le refermai vivement.

— Je ne vais pas le commencer maintenant. Sinon, je ne pourrai plus m'arrêter. Et je veux t'offrir ton cadeau.

— D'accord, je suis prêt.

— Je vais te donner un indice. C'est petit.

— Une montre.

— Plus petit.

— Un porte-billets.

— Plus petit. Minuscule. Infime.

Il resta silencieux. Prenant sa main, je la posai sur mon ventre.

— Kyle, nous allons avoir un bébé.

Ce fut tout particulièrement à cette période que je regrettai ma relation avec ma mère. Comme il aurait été réconfortant d'avoir quelqu'un d'autre qu'un médecin pour m'expliquer à quoi m'attendre. Les cours pour la formation de sage-femme que j'avais pris traitaient plus de l'accouchement que des mois le précédant. Kyle fit tout ce qu'il put pour s'occuper de moi, satisfaire mes lubies de nourriture, soigner mes nausées, me soutenir dans ma fatigue car, si merveilleux que soit un mari, une femme a besoin d'une femme. J'avais hâte de partager ma nouvelle et de me plaindre de mon état auprès de Dorothy et Abigaïl. Toutefois, personne ne devait savoir avant Lucille.

Pendant des semaines, j'essayai de la joindre. Mais, entre les lignes téléphoniques partagées et nos emplois du temps respectifs, j'en arrivais à me demander si elle apprendrait l'existence de mon enfant avant qu'il entre au lycée. Bien sûr, nous étions en contact par courrier. C'est ainsi que je sus que la date de son mariage avec Ben avait été fixée au 10 juin et que Lucille avait démarré ses cours pour devenir professeur. Mais j'avais hâte d'entendre sa voix.

Enfin, le miracle se produisit et l'opérateur trouva une ligne libre pour me passer son domicile. Ses cris de joie durent assourdir quiconque écoutait sur la ligne partagée.

— Je vais être tante ! Enfin, plus ou moins. Mais quand même ! Je peux à peine le croire. Kyle doit être surexcité.

— Oh, oui. Encore plus que moi, probablement. Tu sais, entre les moments où il me masse les pieds et ceux où il va me chercher les folies que je réclame, il a déjà commencé à sculpter des pièces du berceau, et ce n'est pas mal du tout.

— Mon Dieu, tu as fait le bon choix, Jul.

— Je le sais, Lucille. Si seulement mes parents pouvaient le voir.

— Aucune amélioration de ce côté ?

— Non. Mon père est venu en décembre et ils m'ont envoyé une carte de Noël. Mais elle n'était adressée qu'à moi. Je ne peux pas me réconcilier avec eux tant qu'ils n'acceptent pas Kyle comme mon mari.

— Ne crois-tu pas qu'ils n'auront pas le choix si tu attends un bébé ?

— On pourrait l'espérer, j'imagine. Mais je ne sais plus quoi attendre.

— Quand vas-tu leur parler ?

— Cela va peut-être te paraître stupide, mais j'ai pensé venir à ton mariage en juin et le leur annoncer à cette occasion.

— Ne seras-tu pas énorme à ce moment-là ? Es-tu sûre de vouloir attendre aussi longtemps ?

L'espace d'une minute, je me tus, pour laisser passer une crampe. J'en avais souvent, ces derniers temps.

— Jul ? Tu es là ?

— Oui, répondis-je en me frottant le ventre. Dis donc ! Ce n'est pas facile de faire pousser un bébé.

— Je ne peux pas l'imaginer. Même si j'espère être à ta place un jour. Peut-être plus vite que prévu.

— Lucille ! m'exclamai-je, choquée.

— Laisse-moi d'abord t'expliquer. Je voulais dire qu'après ce discours de Chamberlain, l'autre jour, la guerre n'a jamais paru aussi imminente. Ben est certain que nous allons la déclarer et qu'il va être mobilisé. Nous avons donc décidé d'avancer le mariage. En fait, il va avoir lieu en avril, dans quelques semaines seulement.

— En avril ? Oh, Lucille, je ne pourrai pas venir à Liverpool. J'ai encore des cours et je suis censée assister à l'inauguration d'un hôtel avec Kyle. Son équipe de paysagistes en a dessiné le parc, à Kensington.

— Je le craignais un peu. Je n'aurais jamais cru que nous n'assisterions pas à nos unions respectives. Mais ainsi va la vie, parfois. Zut ! Voilà que je recommence. Ben me dit que cette guerre me rend trop morose. Les hommes, n'est-ce pas ? Il doit y avoir dix mille autres sujets dont nous pourrions discuter. Je t'écoute !

Nous échangeâmes des potins pour nous distraire. Miss Ellis et moi correspondions de façon régulière et je savais donc que Charles était égal à lui-même. Abigaïl et Roger s'étaient fiancés. J'avais appris à faire des pains à la cannelle et Kyle adorait l'acidité du jus de citron que j'ajoutais au glaçage. Lucille m'annonça que Blythe avait accepté le poste de comptable dans les bureaux de mon père lorsque Mavis avait pris sa retraite.

Je fus prise d'une nouvelle contraction. Avec réticence, j'annonçai à Lucille que je devais retourner à mes cahiers. Mais j'omis de lui avouer que la douleur était si violente que je devais m'allonger. Je ne voulais pas l'inquiéter inutilement. Et je refusais qu'elle perçoive la peur dans ma voix.

Chapitre 22

Le lendemain du jour où Kyle eut fini le magnifique berceau, je me mis, hélas, à saigner.

On m'avait expliqué qu'il n'était pas rare d'avoir quelques pertes. Mais les saignements s'accentuèrent pour, finalement, ne plus s'arrêter. Kyle insista pour que nous allions à l'hôpital. Même si l'endroit m'était familier, je me sentis déchirée de me trouver de l'autre côté de la barrière. D'entendre un inconnu m'annoncer la pire nouvelle qu'une femme puisse entendre. Nous étions arrivés en famille, nous repartîmes en couple.

Une fois rentrée, je ne quittai pas mon lit pendant deux semaines. D'un point de vue physique, je me portais bien. Mais à mesure que le choc s'estompait, le chagrin m'envahissait, me submergeant au point que je pouvais à peine respirer. Je m'étonnais qu'un être que je n'avais pas connu puisse me causer une douleur aussi violente. Je refoulais des sanglots qui voulaient jaillir. À plusieurs reprises, je me demandai même si l'heure de ma sanction pour avoir épousé Kyle n'avait pas, finalement, sonné.

Mais de crainte que ce compte ne soit toujours pas réglé, je gardai cette pensée pour moi.

Tous les soirs, à son retour, Kyle me préparait à dîner et m'aidait à passer un pyjama propre. Je n'avais même pas pris la peine de retirer celui de la nuit précédente. Je surprenais ses regards inquiets quand il croyait que je dormais. Sa peine me brisait le cœur. J'aurais dû me confier à lui, mais je ne savais comment. J'avais l'impression d'être tombée au fond d'un puits noir et de lutter pour remonter à la surface, sans aucune aide, même pas une corde.

Lucille me supplia de lui permettre de venir s'occuper de moi. Mais je refusai de la voir. Elle était sur le point de se marier, de vivre le plus beau jour de la vie d'une jeune fille. Elle m'avait pourtant mise en garde. Alors, si je m'étais infligé ce châtiment, je ne supportais pas la perspective de lui faire partager mon malheur.

Je découvris plus tard que Kyle correspondait avec mes amis et mes professeurs pour les tenir informés de mon état. Avec le recul, je ne compris pas comment il était parvenu à régler les factures, sans mon revenu.

Ne voulant pas me déranger, il dormait sur le canapé. Néanmoins, la solitude lui pesait. La troisième semaine, un peu hésitant, il me rejoignit dans notre lit, tira doucement les draps et se glissa à côté de moi. Je fus inondée par la chaleur de son corps. Je n'aurais jamais pensé que sa simple présence à mon côté pouvait ainsi combler le vide qui m'avait envahie. Je le laissai m'enlacer d'un bras ferme et me mis à pleurer à chaudes larmes. Me tournant pour le regarder, je lus une immense fatigue dans ses yeux rougis. Il prit ma main, la porta à ses lèvres et ferma les paupières. Nous restâmes allongés ainsi, toute la nuit, en silence.

Nous nous endormîmes juste avant l'aube. Quand nous nous réveillâmes, tard dans la matinée, le soleil illuminait la chambre, nous invitant à redécouvrir le monde qui nous attendait. Kyle se leva le premier, et sortit pour moi un chemisier rose et une jupe plissée blanche. Je regardai les vêtements comme s'ils étaient neufs. Pendant qu'il préparait le petit déjeuner, je pris ma douche et sentis que l'eau estompait mon chagrin. Il m'avait lancé une corde au fond du puits et, à mesure que je remontais, je voyais la lumière, au loin. Je commençais à me sentir de nouveau normale.

Par un matin glacial de mars, Kyle entra, chargé de sacs, sa casquette couverte de givre.

— Je reviens du marché, Julianne, lança-t-il.

Il posa tout sur la table et se frotta les mains.

— Tu as pensé aux médicaments contre la migraine ?

— Oui, et j'ai pris du poulet et des carottes pour le dîner.

— C'est magnifique. Je vais t'aider.

— Non.

Il s'avança et déposa un baiser sur mon front.

— J'ai un autre projet pour toi.

Je lui jetai un coup d'œil soupçonneux.

— Tu mijotes quelque chose, Kyle McCarthy.

— Oui, et je pense que cela va te plaire.

— De quel genre de surprise s'agit-il ?

— Ce n'est pas une surprise. C'est une tâche que j'ai pour toi.

Il contourna le canapé pour venir s'asseoir à côté de moi.

— Je t'ai apporté du papier à lettres. Je veux que tu écrives à ta mère.

— Pardon ? Ai-je bien entendu ? Tu veux vraiment que j'écrive à ma mère ?

Il me prit la main.

— Réfléchis, Jul. Il n'y aura pas de meilleur moment pour te réconcilier avec elle. Quoi que tu puisses dire sur elle, elle t'a mise au monde et tu as pu constater par toi-même que ce n'était pas chose aisée. Tu n'as pas besoin de lui parler du bébé. Mais tu peux peut-être trouver quelques paroles gentilles. Après tout, c'est bientôt la fête des mères.

Un moment silencieuse, je finis par concéder, à contrecœur :

— Je sais que tu as raison. C'est l'une des qualités qui auraient fait de toi un excellent prêtre, Kyle. Pour toi, la famille et le pardon passent avant tout. Mais je n'ai pas les mots.

— J'y ai pensé aussi, au cas où. Regarde.

Il sortit une carte et une enveloppe du sac. La lithographie montrait une scène florale. À l'intérieur se trouvait un message neutre qui aurait pu être envoyé à presque tout le monde.

— Quelqu'un a déjà écrit ces mots pour toi. Tu peux juste signer, « Votre fille qui vous aime, Julianne », et je la posterai pour toi.

— « Votre fille qui vous aime, Julianne » ? N'oublie pas que je m'adresse à Béatrice Westcott.

— Et que penserais-tu de : « Avec toute mon affection, Julianne » ?

— Et si je lui disais « Chaleureusement » ?

— C'est parfait ! Je t'apporte un stylo.

Comme promis, Kyle posta ma carte et je m'émerveillai encore une fois de l'homme que j'avais épousé. Il avait été congédié, ignoré par mes parents qui avaient essayé de me soudoyer pour m'empêcher de l'épouser. Et pourtant, il cherchait à apporter une trêve à notre séparation.

Quoi qu'il en soit, son plan fonctionna. Je reçus une carte d'anniversaire de mes parents, signée de leurs deux noms et contenant un billet de 10 livres. Naturellement, Kyle n'y était pas mentionné et mon instinct me fit penser que c'était une nouvelle tentative pour m'attirer à la maison. Comme s'ils me montraient à quel point il me serait facile de voir tout ce qu'ils imaginaient être mes désirs satisfait. Mais je décidai d'imiter Kyle et de croire à leurs bonnes intentions.

Alors que j'émergeais peu à peu de mon brouillard pour reprendre ma routine, je regardais le monde avec des yeux neufs. Comme si je n'étais plus celle que j'avais été, mais que j'étais désormais une version plus adulte de moi-même. Il était plus aisé d'être joyeux et plein d'entrain quand les réalités de la vie ne vous avaient pas encore rattrapé. En l'espace d'une année, la jeune fille qui rêvait d'amour, ne manquait jamais une occasion d'aller danser, et fréquentait les boutiques les plus élégantes était devenue une mère qui avait perdu son enfant, et la citoyenne d'un pays menacé par une guerre imminente. Des prospectus nous préparaient au rationnement et des guetteurs étaient recrutés parmi la population civile pour prévenir des attaques aériennes. Un ingénieur vint inspecter notre immeuble pour évaluer le potentiel de la cave comme abri. Je n'avais plus d'autre choix que de devenir adulte.

Bizarrement, celle que j'avais été ne me manquait pas. J'avais l'impression qu'elle avait été une coquille vide qui, depuis, s'était remplie de souvenirs et d'expériences.

Nous avions déjà vécu tellement de moments sur lesquels nous pouvions nous retourner, des moments à chérir. Et beaucoup d'autres nous attendaient encore. Mais je savais que la coquille pouvait aussi se combler d'expériences douloureuses. L'année précédente, j'étais une toute jeune fille. Cette année, j'étais une femme. Cette transformation ne pouvait se faire sans quelques bleus à l'âme.

Lorsque arriva le début de l'été, nous décidâmes de nous distraire de notre chagrin toujours vivace. Nous profitions de la douceur de l'air pour nous promener le soir et nous sortions le week-end. Kyle me traitait comme si j'avais été une poupée de porcelaine pouvant se briser à tout instant. Parfois, cela m'irritait, mais je savais que sa sollicitude n'était due qu'à son souci de mon bien-être. Encore une fois, je songeai qu'il aurait fait un merveilleux prêtre, plein de compréhension. Je me sentis de nouveau coupable de l'avoir privé de cette vocation. Le jour où je lui fis part de mon sentiment, il m'affirma avec véhémence qu'il n'avait aucun regret, aussi ne me risquai-je plus jamais à aborder le sujet.

Peu à peu, à mesure que les semaines s'écoulaient, je trouvais plus facile d'être à la maison. Je ne passais plus chaque instant à me rappeler qu'il manquait quelqu'un.

À la suite de cette expérience, je fus contente d'avoir choisi de devenir infirmière. J'étais désormais amenée à faire mon possible pour comprendre les autres femmes. Et je me félicitais tout particulièrement d'avoir décidé, plusieurs mois auparavant, de suivre le cours pour devenir sage-femme. Après ma fausse couche, j'avais cru qu'il serait douloureux de mettre au monde les bébés des autres. Mais je savais que d'autres femmes se présenteraient pour les mêmes raisons que moi et qu'elles auraient besoin de mon soutien, comme j'avais eu besoin de celui que j'avais reçu.

En outre, j'avais la certitude que Kyle et moi serions un jour parents, et que je pourrais alors partager cette nouvelle expérience avec mes patientes.

La fin de l'été marqua notre premier anniversaire de mariage, que nous fêtâmes dans la joie. Nous dînâmes sur un bateau qui nous promena sur la Tamise pendant deux heures. Enlacés, nous oscillâmes doucement au son de l'orchestre. Je n'avais jamais autant aimé Kyle qu'à cet instant.

Je pensais que ce dîner était notre cadeau d'anniversaire de mariage. Mais mon époux m'annonça qu'il avait prévu autre chose. Une surprise qui ne devait pas arriver avant une semaine ou deux. Lorsque je le suppliai de m'en dire davantage, il me regarda de ces yeux rieurs qui m'avaient tant manqué depuis le drame. Tapotant mon nez de son doigt, il me répondit que je n'avais d'autre choix que de m'armer de patience.

Je passai mes derniers jours de vacances, avant de reprendre les cours, à rafraîchir la peinture de l'appartement, à le nettoyer de fond en comble, et à préparer des dîners chauds pour mon mari. J'avais hâte de recouvrer un rythme normal.

Un soir, je décidai de lui faire la surprise de lui confectionner des petits pains à la cannelle. Ce serait ma première fournée depuis ma fausse couche et la dernière avant que je reprenne les cours. Je voulais ainsi lui montrer ma reconnaissance pour tout ce qu'il avait fait pour moi au cours de ces mois difficiles.

Concentrée sur les mesures, je ne l'entendis pas entrer. Lorsqu'il m'enlaça la taille de ses bras, je poussai un cri d'étonnement.

— Bonsoir, beauté, me chuchota-t-il en me mordillant l'oreille.

Le médecin avait levé son interdiction depuis plusieurs semaines déjà. Pourtant, Kyle montrait toujours une certaine réticence à me faire l'amour et cette abstinence me rendait particulièrement sensible à sa caresse.

— Bonsoir à toi, lui dis-je en me retournant et en l'embrassant sur les lèvres.

Il se mit à rire et frôla ma joue de son doigt. Visiblement, j'étais couverte de sucre glace. À mon tour, je posai une main sur mon visage, le couvrant de farine. Mortifiée, je me retournai vers mon saladier et le réprimandai gentiment pour avoir gâché ma surprise.

Il me fit pivoter sur place avec douceur mais fermeté, et avança un bras pour goûter le glaçage. Puis il m'en couvrit les lèvres, qu'il dégusta, avant de répéter son manège. Cette fois, je lui rendis son baiser avec fougue, avide de recouvrer notre intimité disparue. Manifestement étonné par mon ardeur, il me repoussa pour me demander si tout allait bien. Pour toute réponse, je posai ma cuillère en bois sur la table et fis mine de dénouer mon tablier.

M'interrompant dans mon élan, il en défit les cordons lui-même. Puis, après me l'avoir retiré par la tête, il fit de même avec mon chemisier. Ne semblant plus se soucier de la fragilité de sa poupée de porcelaine, il me couvrit les joues, le menton, le cou d'une pluie de baisers.

Nous n'arrivâmes même pas jusqu'à la chambre.

Je ne sais à quelle heure je me réveillai. Mais, au-dehors, il faisait encore nuit. À côté de moi, Kyle dormait toujours.

Il s'agita lorsque je bougeai. J'allumai la lampe et, avec un sourire béat, fis courir ma main le long de son bras.

— Bonjour, me murmura-t-il en clignant des yeux, alors qu'ils s'accoutumaient à la lumière.

— Bonjour, répondis-je en m'étirant, languide.

— Tu es prête pour ton cadeau ? me demanda-t-il.

— Mon « cadeau » ? m'étonnai-je. Ne me l'as-tu pas donné cette nuit ?

— Hum. Ce cadeau, je peux te le faire aujourd'hui, demain, à tout moment.

— Dans ce cas, pouvons-nous décider qu'aujourd'hui est mon anniversaire ?

— Tu sautes des fêtes. Il faut d'abord passer Noël, Boxing Day, le jour de l'an…

— Bien, j'ai compris. Je veux juste savoir de quel cadeau il s'agit.

— Notre cadeau d'anniversaire de mariage. J'avais l'intention de te l'offrir hier soir mais tu m'as fait tout oublier.

Je m'appuyai sur un coude.

— Compte sur moi pour ne pas te laisser oublier, si tu ne me dis pas de quoi il s'agit.

— Tu me fais du chantage. Tu as gagné. Voilà.

Il me tendit une simple enveloppe blanche. À l'intérieur, je trouvai des billets pour *The Dancing Years*, au Royal Theatre sur Drury Lane, pour le lendemain.

— Kyle ! Tu t'en es souvenu ! Comment as-tu obtenu des billets ? Ils sont impossibles à trouver, maintenant que la comédie musicale s'arrête à cause de la guerre.

— Le père d'Abigaïl m'a donné un coup de pouce. Apparemment, il connaît tout le monde, même les directeurs de théâtre.

— Oui, je sais. Oh, je me fiche de la façon dont tu les as eus. Je suis tellement contente !

Pour la première fois depuis que je le connaissais, Kyle s'était arrangé pour avoir une journée de congé. Nous nous levâmes pour prendre notre petit déjeuner, puis nous allâmes nous recoucher, sans beaucoup dormir...

Enfin, nous nous préparâmes pour la représentation qui était en matinée. Peu de temps auparavant, j'aurais jubilé de pouvoir dire que j'allais voir un spectacle si populaire. Mais j'avais tourné la page sur de telles frivolités. Je ne vivais désormais plus que pour le bonheur d'être mariée et aimée.

Je n'allais pas tarder à apprendre que je devais m'accrocher à ce bonheur de toutes mes forces. Non seulement mon petit monde était sur le point de basculer, mais le monde entier allait bientôt se voir bouleversé.

Le 3 septembre, l'Angleterre déclarait la guerre à l'Allemagne.

Ce qui avait paru inévitable était maintenant définitif.

La nouvelle ne fut pas soudaine. Au cours des semaines précédentes, Londres avait commencé des préparatifs visibles, et le discours du Premier Ministre, en fin de matinée, ne fit qu'officialiser l'entrée en guerre. À peine dix minutes plus tard, les sirènes annonçant les raids aériens résonnèrent. Leur vacarme allait s'amplifiant, au diapason de nos appréhensions. Même s'il ne s'agissait que d'essais, leur son était angoissant. Comme un prélude à ce qui allait devenir une réalité dévastatrice. Je sortis le masque à gaz que j'avais acheté l'année précédente. J'avais cessé de l'emporter partout avec moi mais j'allais devoir recommencer. Kyle en reçut un à son bureau. Nous les plaçâmes devant la porte d'entrée afin de ne jamais les oublier quand nous quittions l'appartement. Les cartons bon marché dans lesquels ils étaient livrés me rappelèrent la fragilité de cette nouvelle vie.

Le soir, le couvre-feu fut instauré. Au début, après avoir calfeutré nos fenêtres de couvertures, nous écoutions la radio à la lueur des bougies. Plus tard, il fut possible de se procurer du tissu spécial couvre-feu pour 2 shillings le mètre. Certains craignaient même d'allumer une allumette. Lorsque je vis les enfants partir en train pour aller rejoindre des parents, au loin, je sentis mon cœur se briser pour leur pauvre mère. Qu'est-ce qui était le plus difficile ? D'avoir perdu mon bébé ou d'envoyer un enfant adoré dans le vaste monde, vers un avenir incertain ? C'était la même souffrance. Quelle que soit la séparation, elle était insoutenable.

Les mères qui vivaient cette épreuve étaient faciles à reconnaître. Le regard apathique, elles ne vivaient plus que pour les télégrammes leur apportant des nouvelles.

La capitale était métamorphosée. Les trottoirs étaient peints en blanc afin que les voitures puissent les éviter pendant le couvre-feu. Des sacs de sable étaient empilés contre les bâtiments les plus importants pour les fortifier. Le ciel était parsemé de ballons de barrage pour repousser les avions ennemis. Lambeth, notre quartier, était particulièrement protégé, en raison de sa proximité avec la gare Waterloo, et le tunnel derrière notre appartement régulièrement inspecté pour prévenir les explosifs. Des avions transportant des bombes et des troupes survolaient constamment la ville et nous écoutions avec attention à la radio les nouvelles qui nous indiquaient leur destination. Plus d'une fois, je me demandai si Ben était à bord de l'un d'eux, sa formation de pilote étant maintenant de première utilité.

De nombreux Londoniens devancèrent l'appel du gouvernement à quitter Londres. Les routes du pays grouillaient de réfugiés qui, allant tous dans la même direction, fuyaient vers la campagne.

À notre tour, nous envisageâmes de partir. Peut-être pour Liverpool. Mais mon école restait ouverte et le métier d'infirmière n'avait jamais paru plus vital. Je m'accrochai à mes études avec une détermination accrue. Elles étaient devenues pour moi à la fois une distraction et une nécessité. Le bureau de Kyle ne tarda pas à fermer car plus personne n'engageait de paysagistes. Comment savoir à quoi ressemblerait le paysage, d'un jour à l'autre ? Mais avec tous ces départs, il n'eut aucun mal à trouver des remplacements. Tantôt il livrait du lait, tantôt il empilait les sacs de sable. Malgré son dos douloureux, il n'émit jamais une seule plainte.

Maintenant que ma convalescence était terminée, je me réjouissais de ce changement de rôle : désormais, c'était moi qui prenais soin de lui. Le soir, je lui massais le cou et les épaules, pressant mes pouces sur ses tensions musculaires. Si je touchais un endroit particulièrement sensible, il émettait un grognement, m'incitant à employer plus de douceur.

Pendant la journée, j'étudiais et, certaines nuits, je travaillais à l'hôpital. Trop fatigués, nous ne cuisinions plus. Se nourrir n'était plus synonyme de plaisir, il ne s'agissait plus que d'une nécessité. Une réalité qui se confirma pour tout le monde au début de l'année 1940, lorsque la nourriture devint rationnée. Au début, le rationnement ne toucha que la viande, le beurre et le sucre. Puis ce fut même le cas pour le papier. Nous nous contentions de mets fades et profitions de nos dimanches pour utiliser la majorité de nos coupons. Ce qui n'était pas rationné était toujours rare et ce qui n'était pas rare manquait de variété. Les fruits, le poisson et le pain étaient limités par la quantité qui pouvait être apportée à Londres. Des denrées pour lesquelles il fallait faire la queue pendant parfois plus d'une heure, ce qui mettait à rude épreuve la patience de la plupart des clients. Je prenais la précaution d'avoir toujours un livre avec moi. Mais j'évitais à présent les romans policiers qu'affectionnait tant Lucille. Je trouvais la mort bien assez omniprésente.

Les restaurants n'étant pas soumis au rationnement, il nous arrivait de nous offrir un dîner à *Corner House*. Là, toutes classes sociales mélangées, les gens se retrouvaient pour fuir la réalité et se figurer, le temps d'une soirée, que la vie était comme avant.

Mère et moi communiquions maintenant de façon plus régulière, tout en nous limitant à des nouvelles et des détails impersonnels. Elle ne s'enquit pas une fois de Kyle et je ne fis pas une fois référence au bébé que nous avions perdu. C'était un début de relation cordiale mais je m'en réjouissais. J'avais toutefois un regret : elle ne se doutait pas que c'était Kyle qui encourageait notre réconciliation.

Les hommes jeunes continuaient à être appelés sous les drapeaux. Je sentais l'impatience de mon mari qui voulait partir vers le continent pour servir son pays d'adoption. Mais je savais également qu'il était réticent à l'idée de me laisser. Après un été si éprouvant, il me considérait toujours comme fragile. Je ne voulais pas le voir partir. Si le pays avait besoin de lui, il serait appelé.

Mais le naufrage du destroyer britannique, le *HMS Exmouth*, dans lequel les cent soixante-quinze membres d'équipage périrent, eut un profond impact sur lui. Son désir de se joindre à l'effort de guerre devint de plus en plus pressant et je cédai à son désir de s'enrôler. De toute façon, cela devait arriver, ce n'était qu'une question de temps. Par ailleurs, de quel droit aurais-je empêché mon mari de participer à un combat qu'un si grand nombre de citoyens avaient déjà rejoint ?

Une heure après son départ pour le bureau de recrutement, il reçut ses papiers de conscription.

Après avoir passé la visite médicale, il fut affecté à la septième division blindée. Il partirait bientôt pour l'entraînement avant d'être muté en première ligne en Égypte.

L'Égypte ! Dire que, lorsque je me languissais pour cet amour qui m'était interdit, Durham était pour moi à l'autre bout du monde. Et maintenant que j'avais mon amour, il allait vers un désert lointain, à une distance que je ne pouvais même pas concevoir.

Même s'il parvint à le contenir devant moi, je devinais son enthousiasme. Fidèle à son habitude, il trouva une analogie avec sa foi : comme la fuite en Égypte de Joseph et Marie pour protéger leur fils, il vit cette affectation comme un voyage providentiel, qui nous protégerait tous du mal.

Nous passâmes les deux dernières semaines à prétendre qu'il n'y avait pas de guerre, que la vie était belle et légère. Plusieurs fois, nous allâmes au cinéma, dépensant nos économies si soigneusement gagnées. Le temps d'un film, nous oubliions les soucis du monde. Lorsque *Pinocchio* sortit, nous vîmes le dessin animé deux fois d'affilée. Nous dînâmes dans des restaurants abordables et fîmes l'amour le soir comme si le lendemain n'existait pas. Ce qui pouvait très bien se révéler exact.

Kyle devait rejoindre son unité à 7 heures, le matin du 23 mars. La veille, il dormit du sommeil paisible d'un homme investi d'une mission. Je me réveillai quelques heures plus tôt, après une nuit agitée, remplie de cauchemars, me tournai vers lui et me plaquai si près que nos deux corps se retrouvèrent quasiment imbriqués l'un dans l'autre. Puis, encadrant son visage de mes paumes, je gravai ses traits dans ma mémoire. Sans ouvrir les yeux, il sourit et me salua, comme tous les matins :

— Bonjour, beauté.

Combien de mois, combien d'années, avant que j'entende de nouveau ces mots dont je ne me lassais pas ?

Sachant pourtant qu'il n'avait pas le choix, je chuchotai désespérément :

— Ne pars pas.

Il pressa ma paume sur ses lèvres et répondit :

— Je le dois.

En silence, nous restâmes allongés ainsi, un long moment, un million de pensées se bousculant dans mon esprit. Le sien, en revanche, paraissait serein. Je regrettais de ne pouvoir ressentir la même confiance. Mais, encore une fois, j'avais l'impression que mon monde était en train de s'écrouler.

Une question me taraudait tout particulièrement. Quelque chose que je ne lui avais jamais demandé mais qui m'avait toujours intriguée. Ignorant si ma chance de la lui poser se représenterait, je commençai :

— Kyle ?

— Hum ?

— Pourquoi es-tu tombé amoureux de moi ?

Je trouvais étrange de ne jamais avoir osé en avoir le cœur net. Peut-être était-ce parce que je craignais sa réponse. Pour moi, Kyle était travailleur, drôle, beau, tendre, et doté de tant d'autres qualités. En comparaison, j'avais l'impression d'être une jolie fille, plutôt banale, malgré mes quelques traits de caractère honorables. Il s'apprêtait à partir courageusement pour la guerre et j'étais tapie dans mon coin, comme une souris apeurée. Pour la première fois, je regrettai qu'il ait pris la nationalité britannique, tant d'années auparavant. Il aurait pu, sinon, s'enfuir en Irlande, ce pays qui était resté neutre. À une époque, il avait été prêt à embrasser l'existence vénérable d'homme de Dieu. S'il avait toujours été au séminaire, il aurait été exempt de service militaire. Mais parce qu'il m'avait épousée, il avait dû endurer des travaux de toutes sortes et il allait maintenant risquer sa vie. En quoi étais-je digne de tels sacrifices ? Je l'ignorais. Et c'était au moins une chose que je devais savoir avant son départ.

Les yeux écarquillés, il me regarda d'un air incrédule.

— Tu n'en as vraiment pas la moindre idée.

— Non. Dis-moi.

Prenant appui sur un coude, il me sourit comme si j'étais une petite fille sur le point d'entendre une histoire. Combien son sourire allait me manquer !

— Tu te rappelles, il y a quelques années déjà, quand tu as fêté ton anniversaire dans votre jardin ?

— Oui, c'étaient mes seize ans. Comment le sais-tu ?

— Apparemment, l'organisation de l'événement représentait une sacrée épreuve pour ta mère car elle a engagé des extras. Son jardinier de l'époque a fait venir mon père pour l'aider. J'étais sur le point de passer mon examen de fin d'études et, ce week-end-là, j'avais beaucoup de travail de révision. Mais il avait besoin de moi. Et même si je n'étais guère enthousiaste, j'ai accepté de venir. C'est alors que je t'ai vue.

— Je portais une robe en mousseline verte, pour cette fête. J'adorais cette tenue.

— Pas au moment où je t'ai aperçue. Tu étais sortie te promener dans le parc, tôt. Perdue dans tes pensées, tu enroulais une mèche de cheveux autour de ton doigt et tu te mordillais la lèvre inférieure, comme tu le fais toujours.

— Je ne m'en souviens pas.

— Moi si. Le souvenir est très vivace. Tu n'avais pas l'air d'une jeune fille qui s'apprête à célébrer son anniversaire. Tu semblais… incertaine. Un peu anxieuse.

— Oh, je me rappelle m'être sentie anxieuse. Mère voyait cette fête comme mon entrée dans le monde, mes tout premiers pas dans la société. Elle avait invité des tas de gens que je ne connaissais même pas. Je voulais être sûre de ne pas commettre d'impair.

— C'est ce que je voulais dire. Tu paraissais si vulnérable. J'ignorais la cause de ta tristesse, mais je voulais te protéger. Bien sûr, c'était impossible. Quelques heures plus tard, quand je t'ai revue, tu m'es apparue comme une vision. Je n'avais jamais contemplé pareille beauté. Naturellement, tu as immédiatement été assaillie par une horde d'invités et j'ai compris qu'il était inutile de me leurrer, que tu ne remarquerais même pas ma présence.

—Kyle, je n'en avais aucune idée!

—Qu'importe. N'es-tu pas toute à moi, aujourd'hui?

—Pour toujours.

Il roula sur le dos et regarda le plafond.

—Ce n'est pas tout, tu sais. Je voyais parfois tes parents dans la rubrique mondaine du journal. Une ou deux fois, tu étais en photo avec eux. Lorsque je t'ai revue à l'Institution Bootle, j'ai su exactement qui tu étais. Quand tu es entrée dans la chambre de ton frère, j'ai eu le souffle coupé.

—Tu t'es comporté comme si tu ne m'avais jamais rencontrée. Pourquoi ne m'as-tu rien dit?

—Que t'aurais-je dit? «Bonjour, Miss Westcott. Vous ne me connaissez pas mais je me souviens de vous avoir vue il y a quelques années et je ne vous ai jamais oubliée.»

—Cela m'aurait beaucoup plu.

Il se tourna de nouveau pour me regarder et m'enlaça la taille d'un bras.

—Je ne pouvais pas le savoir. Je n'avais pas franchement l'impression d'être ton type.

—Ai-je vraiment un type?

—Réfléchis. Les ravissantes jeunes filles de la bonne société anglicane ne tombent pas amoureuses d'immigrés irlandais, catholiques et séminaristes de surcroît. Et, sur les photos des journaux, tu étais toujours entourée de gens issus de ton rang.

—Tu as sans doute raison.

—Néanmoins, j'ai découvert que sous les boucles, le maquillage, les escarpins élégants, se cachait une fille au cœur d'or qui venait rendre visite à son frère et qu'elle était devenue amie avec la secrétaire.

— Miss Ellis ?

— Bien sûr. Tu sais, elle n'a pas fait preuve de la plus grande subtilité pour trouver des prétextes de mentionner ton nom devant moi. Je pense qu'elle se considérait comme une sorte d'entremetteuse.

— Et cela ne t'a jamais fait réagir ? Je me sentais tellement coupable : sous le prétexte de rendre visite à Charles, c'était toi que je venais voir, à Bootle.

— Tu n'es pas sans savoir que les hommes sont un peu obtus. Par ailleurs, tu apparaissais de plus en plus souvent dans les rubriques mondaines. Ensuite, il y a eu ces folles enchères. Sans oublier que ma voie était toute tracée et qu'il n'y avait pas de place pour une femme dans ma vie.

— Alors, qu'est-ce qui t'a fait changer d'avis ?

— Tout d'abord, le fait que je ne pouvais cesser de penser à toi. J'avais gardé une coupure de journal avec ta photo. Quand elle glissait de mon cahier, je racontais aux autres séminaristes que tu étais ma cousine. Ensuite, le soir où nous nous sommes retrouvés coincés dans cette grange, il m'a fallu me faire vraiment violence pour ne pas t'embrasser. Puis il y a eu les semaines où tu t'es occupée de mon père. J'ai su alors que mon cœur allait se briser si je ne pouvais pas être avec toi. C'est là que j'ai vraiment compris que je t'aimais.

— Pourquoi ne m'as-tu jamais raconté tout cela avant ?

— Je supposais que tu le savais déjà.

— J'avoue que j'en ai eu une petite idée le jour où tu m'as amenée à la gloriette.

— Tu veux dire, le jour où j'ai fait cela ?

Il se pencha pour m'embrasser le cou, faisant revivre l'instant où j'avais compris qu'il m'aimait. Mais, cette fois, il n'arrêta pas. Et chacun de ses baisers, chacune de ses caresses alluma en moi un brasier d'une telle intensité que je sus que je n'oublierais jamais ce moment.

Quand il se leva pour aller prendre sa douche, un grand vide m'envahit. Kyle revint dans la chambre, vêtu de son uniforme. Devant cet homme, mon mari, prêt pour son rôle de soldat et de protecteur, je sentis mon cœur faire un bond dans ma poitrine. Je savais qu'il devait partir là où son devoir l'appelait et que notre temps était compté. Nous étions tombés d'accord pour nous dire « au revoir » ici même. L'accompagner à la gare aurait comme irrémédiablement scellé nos adieux et je ne pouvais l'accepter. Pourtant, en le voyant à cet instant, je faillis changer d'avis. Mais c'était mieux ainsi. Si je faisais abstraction de l'uniforme, je pouvais m'imaginer qu'il se rendait juste au travail et qu'il serait de retour le soir.

Du moins, j'essayai de m'en convaincre.

Chapitre 23

Il paraît que l'on se sent moins seul quand d'autres souffrent aussi. Si la guerre avait généré son lot de tourments quotidiens, elle avait aussi forgé des amitiés dues à la solidarité.

Un après-midi, alors que j'étais en route vers l'hôpital, je fus témoin de l'une de ces scènes déchirantes auxquelles j'avais déjà assisté beaucoup trop souvent. Une quarantaine d'enfants étaient sur le point de monter dans un bus. Leurs manteaux boutonnés, ils portaient tous des cartables ou des valises, et les boîtes contenant leurs masques à gaz autour du cou. Des badges cartonnés indiquant leurs noms étaient attachés à leurs vestes. Ils ressemblaient à des adultes miniatures sur le point de partir pour le travail. En réalité, ils étaient en route pour quelque destination lointaine. Si quelques-uns avaient la chance d'aller rejoindre de la famille, d'autres seraient hébergés par des inconnus.

Les entourant, leurs mères leur disaient « au revoir » aussi joyeusement que possible, en leur répétant à quel point ils allaient s'amuser. Elles aidaient les plus jeunes qui, agrippés à leurs ours en peluche, pleuraient, à grimper les marches. Lorsque le bus se fut éloigné, emportant leurs petits qui agitaient les mains, leurs sourires de composition s'évanouirent. Elles s'étreignirent, en larmes. L'une d'elles en berçait une autre, écroulée en sanglots contre un réverbère.

C'était une scène quasi quotidienne. Des dizaines de milliers d'enfants étaient envoyés dans des zones d'accueil dans tout le pays. Ces départs me bouleversaient. Je n'osais imaginer les difficultés liées au déplacement d'un tel nombre d'enfants à l'autre bout du pays sans en perdre la trace. Je pensais à leurs cauchemars et à leurs mères qui n'étaient pas avec eux pour les consoler. Il fallait que le danger soit bien grand pour que le meilleur choix soit d'expédier sa progéniture vers l'inconnu. Chaque jour, je me sentais un peu plus reconnaissante que mon propre bébé ait quitté ce monde sans devoir affronter pareille épreuve.

Avec deux voisines de mon immeuble, dont les maris étaient aussi partis pour le combat, nous créâmes un petit club visant à partager nos rations de plus en plus maigres et à faire preuve de créativité pour les rendre plus savoureuses. N'ayant pas appris à cuisiner comme elles, j'étais avide de connaissances. De plus, je tentais ainsi d'oublier ma constante inquiétude pour la sécurité de Kyle. Pourtant, aucune activité ne pouvait chasser ne serait-ce qu'un instant l'angoisse que me procurait son absence.

Mary Margaret pensait que son mari était en France. Celui de Pamela faisait route vers l'Italie. Elles avaient toutes les deux envoyé leurs enfants à Salisbury.

Un soir, Dorothy se joignit à nous en apportant un hachis de légumes à base de carottes et de pommes de terre écrasées.

Elle avait épuisé sa ration de viande et se lamentait de la fadeur de son plat.

— Je sais comment lui donner un peu de goût, déclara Margaret. Un poivron vert. J'en ai un en bas que tu pourras emporter chez toi.

Mary Margaret était la seule catholique parmi nous. Si d'aventure cette guerre avait une conséquence bénéfique, ce serait peut-être la réconciliation des deux religions séparées par un conflit séculaire.

Restée seule avec Dorothy, je sortis une bouteille que j'avais mise de côté.

— Du vin rouge ? Mais où as-tu trouvé cela, Julianne ?

— Mon père était à Londres il y a une quinzaine de jours pour une réunion gouvernementale. Il me l'a apportée. Je l'ai gardée pour une grande occasion.

— C'est une grande occasion ?

— Je pense que par les temps qui courent, nous devons fêter chaque jour où nous sommes vivantes. Tu n'es pas d'accord ?

— Entièrement d'accord. C'est à cela que je vais boire !

Je versai le vin dans des verres de fortune et nous trinquâmes. Puis nous le bûmes, savourant la sensation d'engourdissement momentané qui nous aidait à oublier la guerre.

— À la santé de ton père ! lança Dorothy. Ta mère l'a accompagné ?

— Non. Mais cela n'a rien d'étonnant. Elle ne se joint jamais à lui dans ses voyages d'affaires. Nous nous écrivons de temps en temps. Pas plus de quelques mots sur nos occupations respectives. Elle ne mentionne jamais Kyle et adresse toutes mes lettres à Julianne Westcott. Mais pour Kyle et pour la cause pour laquelle il se bat, je crois que je peux lever mon verre à la santé de ma mère!

—À la santé de ta mère!

—Santé!

J'étais contente de pouvoir partager ces moments avec Dorothy, en dehors des cours. Les infirmières chevronnées ayant été transférées dans les hôpitaux militaires, les élèves infirmières devaient assumer de nouvelles responsabilités. Nous étions toutes les deux épuisées. Abigaïl qui avait épousé Roger avait quitté l'école pour remplir son rôle de femme de politicien. Ils avaient déménagé à Mayfair, près de la nouvelle ambassade des États-Unis, sur Grosvenor Square, un quartier qui regorgeait de boutiques et de restaurants chic comme les prisait ma mère. En dépit de nos meilleures intentions, nous ne pûmes tenir notre promesse de nous voir.

Au milieu de toute cette incertitude, seule la routine me permettait de rester saine d'esprit. J'avais pris l'habitude de passer mon masque à gaz autour de mon cou après avoir boutonné mon manteau et enfilé mes chaussures. Même si je trouvais idiot de le porter jour après jour, le gouvernement nous avait mis en garde: nous pouvions en avoir besoin à n'importe quel instant. Et, avant de partir, Kyle m'avait fait promettre de suivre toutes les précautions recommandées. Je ne manquais jamais la messe du dimanche. Mais je restais toujours assise au fond et ne communiais pas avec le reste de la congrégation. Désormais familière des gestes et des positions, je pouvais passer pour très pieuse. En vérité, j'allais à l'église parce que c'était l'endroit où je sentais le plus la présence de Kyle. À chaque instant de la journée, et même pendant mes nuits agitées, alors que son côté dans le lit me paraissait désespérément vide, je m'inquiétais. Mais, à la messe, je me sentais envahie d'une profonde paix, comme si, après avoir coulé au fond de l'eau, j'aspirais enfin une grande bouffée d'air.

Lucille et moi nous écrivions souvent, nous communiquant les nouvelles que nous avions de Ben et de Kyle, même si celles-ci dataient souvent d'un mois. Certes, tous deux nous affirmaient que nous leur manquions, et nous les croyions. Mais nous lisions entre les lignes qu'ils aimaient leur travail. D'après nos informations, ni l'un ni l'autre ne s'étaient retrouvés face à de violents combats. Pourtant, nous les soupçonnions de ne pas tout nous dire. Ben était opérateur radio, à l'écart des premières lignes. Kyle était canonnier dans un char, quelque part à la frontière entre l'Égypte et la Libye. À part le fait qu'il avait participé à la capture de prisonniers de guerre italiens, je n'avais pas beaucoup de détails. Dans la plupart de ses lettres, il s'informait surtout de moi.

Nous recevions souvent nos réponses à nos missives respectives avec un décalage car le courrier mettait des semaines à arriver.

Kyle était parti depuis dix semaines lorsque je remarquai les signes familiers d'une maternité. Quand le médecin confirma ce que je soupçonnais, je ne ressentis pas le sentiment d'exultation de la première fois. D'abord, mon mari n'était pas là pour que je partage la nouvelle avec lui. Et je craignais une nouvelle fausse couche. J'étais donc réticente à l'idée de m'attacher à ce bébé comme je l'avais fait avec le premier. Sans oublier les nausées qui m'accablaient.

En outre, il m'était impossible de me réjouir, alors que les enfants de tous nos amis avaient été exilés à des centaines de miles, laissant leur mère le cœur brisé. Mon allégresse avait laissé place à la peur pour l'avenir de mon bébé à laquelle se mêlait l'incertitude liée au retour de son père.

Dorothy et moi obtînmes notre diplôme d'infirmière en toute discrétion. Néanmoins, nous le fêtâmes avec Abigaïl et Roger qui nous invitèrent à dîner dans l'un des rares restaurants haut de gamme restés ouverts. Mes parents avaient envisagé de venir à Londres pour l'occasion. Mais, après avoir reçu leur message de félicitations, je les suppliai de n'en rien faire. Ils auraient remarqué mon visage épuisé et se seraient inquiétés. Je n'étais pas disposée à leur annoncer que j'étais enceinte. Maintenant que Kyle était parti, les lettres de mère étaient de plus en plus chaleureuses. J'aurais été curieuse de savoir si père lui avait parlé de notre conversation sur Charles. Je supposais que non.

Alors que le milieu de l'été approchait, je commençai à me sentir mieux et à croire que, cette fois, je ne perdrais pas ce bébé. Chaque journée passée me donnait l'impression d'avoir remporté une petite victoire. Je finis par en parler à Lucille. Mes amis de Londres étaient déjà tous au courant et mon ventre qui s'arrondissait me trahissait. Mary Margaret et Pamela m'offrirent une multitude de robes de maternité qu'elles avaient gardées. L'époque des tenues frivoles était révolue. Changement qui rejoignait la liste de tous les autres qui avaient eu lieu ces dernières années.

Les missives de Kyle, irrégulières, exprimaient toute son adoration. Je devinais néanmoins qu'il continuait à me cacher les informations pénibles. S'il ne me donnait que très peu de détails sur ses missions, il avouait que la chaleur de l'été africain était brutale et qu'il aurait tout donné pour passer une journée de pluie anglaise au lit, avec moi. J'étais parfaitement d'accord.

Je ne lui parlais pas du bébé. Même si ma grossesse se déroulait sans problème, je refusais de l'inquiéter. Ne souhaitant pas troubler sa concentration, je voulais qu'il garde l'esprit aiguisé, et qu'il rentre vivant et en bonne santé. Je remplissais donc mes lettres d'anecdotes sur les dîners avec mes voisines et sur l'hôpital. Elles étaient légères, pleines d'amour.

En juillet et en août, nous apprîmes que la Luftwaffe avait augmenté le nombre de ses attaques contre les bases aériennes de la RAF. Mais le pilonnage n'éroda en rien la détermination de l'Angleterre. Aussi, dans les tout premiers jours de septembre, le führer dirigea sa hargne sur les civils, déclenchant un déluge continu de bombes sur Londres et sur d'autres villes.

La première fois que j'en entendis une, j'eus l'impression que le feu avait embrasé le ciel. Elle fut suivie par une autre, puis une autre encore, dans un vacarme assourdissant. Totalement désorientée, j'étais incapable de savoir si le bâtiment détruit était l'immeuble contigu, ou un autre, à un mile de là. Après avoir enfilé ma robe de chambre sans même prendre le temps d'en nouer le cordon, je sortis, pieds nus, et descendis à tâtons les marches de béton froides qui menaient à la cave. Des voisins m'imitaient et nous titubions, inconnus sans noms, nous précipitant vers un semblant de sécurité. Même à la cave, nous étions obligés de rester dans l'obscurité. La seule lumière qui, de temps en temps, illuminait la lucarne, provenait des bombes et des flammes qui dévoraient les décombres. Elle éclairait des femmes et des enfants agrippés les uns aux autres, le visage figé par la terreur.

Pendant cinquante-sept jours d'affilée, le ciel nocturne fut enflammé par les explosions. Tous les Londoniens qui n'avaient pas fui la capitale finissaient leurs nuits dans les abris. Je passais les miennes à l'hôpital dont le sous-sol, lui aussi, avait été transformé en abri. De nombreuses personnes dormaient dans les stations de métro. Notre appartement ne fut pas détruit mais il fut endommagé par des éclats d'obus. La rue voisine n'était plus qu'un amas de ruines.

Les bombes ne faisaient aucune discrimination et toute la population était touchée. Certains bâtiments étaient percés d'énormes trous, d'autres formaient des tas de gravats méconnaissables. Le bruit d'un immeuble qui s'effondrait, évoquant un énorme craquement, se mêlait aux hurlements des sirènes, aux cris des pompiers, aux crépitements des incendies qui dévoraient la ville, en une monstrueuse symphonie. Parfois, un bébé pleurait en réaction à tout ce tumulte.

Il était ahurissant d'observer la vie quotidienne continuer au milieu d'un paysage aussi dévasté. Voir le laitier enjamber des piles de gravats pour livrer son lait dans les maisons restées debout. Emprunter une rue que j'avais remontée deux jours auparavant et me trouver nez à nez avec un trou si profond que j'avais l'impression que j'allais voir le centre de la terre. Le spectacle le plus perturbant était peut-être celui des quelques bambins demeurés à Londres qui sautillaient dans cette nouvelle aire de jeux en béton et se fabriquaient des jouets à partir des reliques de quelque disparu. Combien j'aurais aimé être un enfant et pouvoir trouver de la joie au milieu de tant de douleur ! Je pensais à Charles avec, malgré moi, une pointe d'envie. Malgré la solitude à laquelle le condamnaient ses handicaps, il était protégé des menaces que désormais l'existence nous infligeait chaque jour.

Si l'on ne faisait quasiment jamais appel à mes compétences de sage-femme, celles de l'infirmière étaient fortement mises à l'épreuve. Le rôle dans lequel je m'étais imaginée, faire des piqûres, vérifier les fonctions vitales, réconforter les malades, n'était plus qu'un fantasme du passé. Nous étions appelées pour maintenir les entrailles d'un patient que l'on recousait. Ou pour immobiliser quelqu'un que l'on amputait d'une jambe. Couverts de sang, les sols étaient jonchés de ciseaux et d'instruments que les chirurgiens se passaient de main en main, sans avoir le temps de les désinfecter. Les cris dus aux pénuries d'antalgiques hantaient le peu de sommeil que nous pouvions nous accorder. Nous soignions indifféremment les civils et les soldats. J'aimais m'occuper des soldats. J'avais l'impression d'aider Kyle. Je leur tenais la main, écoutais leurs histoires, et, trop souvent, ma voix était le dernier son qu'ils entendaient avant de quitter ce monde.

À la mi-novembre, après avoir reçu maintes supplications de mes parents et de Lucille de partir de Londres, je compris que, par considération pour le bébé, je n'avais plus le choix. Liverpool avait déjà connu son lot de destructions, mais, au moins, je ne serais plus seule. Je décidai de prendre le train le 28. J'avais l'intention de commencer par aller voir Lucille, puis mes parents, le lendemain. J'avais besoin que mon amie me donne la force d'affronter ma mère pour la première fois depuis que je m'étais enfuie. Je m'inquiétais de la réaction de mes parents devant ma grossesse. La nouvelle agirait-elle comme un baume, leur faisant accepter ma décision ? Deviendraient-ils des grands-parents gâteaux ? Ou considéreraient-ils l'enfant comme le coup de grâce qui anéantirait tous leurs espoirs de me voir quitter Kyle ?

Je dis « au revoir » à mes amies. Nous nous étreignîmes, sans savoir si nous nous reverrions un jour. Londres ne serait plus jamais la même et nous ne savions pas combien d'entre nous allaient succomber dans ces bombardements.

Quand, en fin d'après-midi, mon train entra en gare de Liverpool, je poussai des cris de joie en apercevant Lucille sur le quai. Cela faisait si longtemps que nous ne nous étions pas vues. Les lettres ne compensaient pas l'absence. Je la serrai longuement sur mon cœur, avec l'impression d'avoir de nouveau douze ans.

Une fois que nous fûmes arrivées dans son appartement de Birkenhead, sur l'autre rive de la Mersey, elle s'empressa de préparer du thé et de m'offrir des gâteaux.

— Julianne, si une telle chose est possible, tu es encore plus belle enceinte.

— Je crois bien qu'il te faut des lunettes. J'ai l'impression d'être une baleine sur le point d'exploser. L'accouchement est prévu dans trois semaines et je ne sais pas comment je vais faire.

— Oh, tu vas y arriver, chérie. Et je serai là pour t'aider.

Je lui souris. À part Kyle, il n'y avait personne avec qui je souhaitais plus partager ce moment.

— Tu ne l'as pas dit à tes parents ? s'enquit-elle.

— Non. J'ai été sur le point de le faire. J'ai commencé une lettre, j'ai pris mon téléphone. Mais ne sachant pas comment ils allaient réagir, j'ai préféré reporter. Je suppose que je ne peux plus le leur cacher, désormais, ajoutai-je en regardant mon ventre proéminent.

Lucille se mit à rire.

— Je ne pense pas non plus. Tu es plutôt ronde.

Je ripostai en lui lançant une serviette à thé au visage. C'était si bon de rire, de recouvrer un semblant d'insouciance. Même l'espace d'un moment.

Tout en dégustant des fraises qu'elle avait réussi à dénicher, nous décidâmes d'aller voir le nouveau film de Cary Grant, *Mon épouse favorite*, l'histoire d'un mari dont la femme resurgit après une disparition de plusieurs années. Puis Lucille me mit au courant des dernières nouvelles et des potins locaux. Le fils de John et de Maude avait maintenant deux ans et elle adorait aller les voir pour les aider. Maude était de nouveau enceinte et, cette fois, espérait avoir une fille. Lotte était partie vivre à New York après avoir rencontré un commercial en voyage d'affaires à Liverpool. Sans surprise, elle s'était lassée de lui. Mais elle était tombée amoureuse de la ville et envoyait souvent des cartes postales de tous les endroits qu'elle visitait. Blythe travaillait sur les docks, facilitant la communication entre les bureaux portuaires et les navires en transit.

Liverpool était soumis aux mêmes précautions que Londres. Le ciel de ma cité natale était constellé de ces ballons de barrage qui m'étaient désormais familiers. Des projecteurs et des mitrailleuses antiaériennes avaient été installés pour protéger le Merseyside. Les bombardiers approchaient généralement par la côte galloise, se repérant aux lumières de Dublin.

Jusque-là, la ville avait été un peu moins touchée que la capitale. Elle l'était quand même. La cathédrale avait été endommagée, les enfants partaient par milliers dans le Cheshire et dans d'autres régions, et la moitié de la zone portuaire de Wallasey avait été détruite. Et dire que l'on avait craint l'IRA !

Birkenhead, le plus grand port de la côte ouest, cible de choix, avait déjà subi deux cents raids aériens. Les habitants avaient instauré des abris pour la nuit dans leur cave et dans les stations de métro. Celui de Lucille, un refuge officiel, se trouvait dans le sous-sol du Centre de formation d'Edge Hill. Situé au troisième étage, l'appartement de mon amie n'était pas sûr, aussi s'y réfugiait-elle souvent. Je devais y passer ma première nuit à Liverpool.

Nous avions été si absorbées par notre conversation que nous avions perdu la notion du temps. L'heure était venue de gagner l'abri.

Nous rangeâmes la vaisselle du dîner. Puis Lucille sortit un oreiller et une courtepointe pour chacune de nous. D'après elle, même s'il y faisait très froid, l'arrivée des autres habitués réchauffait les lieux. Nous prîmes aussi de la nourriture. Elle avait fait des réserves sur ses rations pour ma visite.

Puis nous sortîmes dans la nuit glaciale. Je m'emmitouflai frileusement dans mon manteau de laine. J'étais transie. L'obscurité plongeait Liverpool dans une atmosphère angoissante. J'étais habituée à voir Londres ainsi, mais, ce soir, je trouvai ma ville natale particulièrement lugubre.

Nous pressâmes le pas, en compagnie de quelques autres retardataires, et arrivâmes au centre de formation, sur Durning Road. Trois cents personnes environ étaient déjà entassées dans les caves. Lucille ne s'était pas trompée en évoquant la chaleur corporelle. Par contraste avec l'extérieur, le sous-sol donnait l'impression d'être un fourneau. Je m'empressai de retirer mon manteau.

Des lits de camp étaient installés comme lits de fortune. Remarquant mon état, un adolescent me proposa le sien. Je le remerciai en lui offrant une barre chocolatée, une friandise devenue bien précieuse. Lucille étala son édredon rose et jaune sur le sol, à côté de moi. Les liens de la petite communauté s'étaient soudés au fil des dernières semaines. Elle salua ses connaissances, pour la plupart des jeunes filles qui étaient ses élèves.

J'observai non sans curiosité les réactions des membres de ce groupe inhabituel. Même après des mois et des centaines de raid, certains étaient pétrifiés par la peur. D'autres, acceptant la situation avec flegme, faisaient des parties de cartes. Les quelques enfants présents inventaient des jeux.

Une fillette d'environ quatre ans s'approcha de moi et resta en contemplation devant mon ventre. Avec ses boucles blondes et ses fossettes, elle était adorable. En la regardant, je ne pus m'empêcher de me demander à quoi ressemblerait mon bébé. Serait-il blond comme moi ou aurait-il les cheveux châtain foncé de Kyle ? Mes yeux verts ou ses yeux bruns ?

— Tu as avalé un ballon ? me demanda-t-elle, en suçant son pouce.

— Non, j'attends un bébé.

— Il va sortir ce soir ?

— Je ne pense pas. J'espère que non !

— C'est un garçon, une fille ou un chiot ?

— Je ne sais pas encore. Mais je ne crois pas que ce soit un chiot. Pourquoi, tu aimes les chiots ?

— J'ai un chiot mais je n'ai pas le droit de l'amener ici. Ils disent qu'il doit rester à la maison.

— Comment s'appelle ton chiot ?

— Buster.

— Et toi ?

— Geneviève.

— Eh bien, Geneviève, quand tu rentreras chez toi demain matin, embrasse Buster pour moi, d'accord ?

Son visage s'illumina à cette perspective.

Une sirène se mit à hurler au loin et tout le monde sursauta. Une bombe explosa. Le silence se fit, personne ne voulant exprimer ses craintes sur l'endroit où elle était tombée.

Lucille et moi nous blottîmes l'une contre l'autre.

— Ce n'est pas comme ça d'habitude, me chuchota-t-elle. Nous avons les sirènes d'alerte, mais je n'ai jamais entendu une explosion si proche.

À l'autre bout de la cave, le policier responsable de l'abri essayait de calmer une femme en train de crier.

La sirène continua à mugir mais nous n'entendîmes plus aucune bombe. Des murmures étouffés parcoururent l'assemblée.

— Ce n'est pas comme un abri à Londres, chuchotai-je à Lucille.

— Que veux-tu dire ?

— À Londres, la plupart des gens descendent dans le métro dès que les trains s'arrêtent pour la nuit. Ils sont si nombreux que certains dorment sur les voies, d'autres dans les escaliers roulants.

— Je suppose que nous ne sommes pas si mal lotis ici.

Un bruit sonore éclata non loin. Paniqués, ceux qui s'étaient endormis se réveillèrent. Lucille et moi nous serrâmes l'une contre l'autre, jusqu'à ce que le silence revienne.

— Tu as eu des nouvelles de Ben ? demandai-je alors d'une voix presque inaudible.

Lucille me répondit sur le même ton.

— Il est comme Kyle. Il n'écrit pas beaucoup sur la guerre. Sans doute pour éviter de m'inquiéter. Je sais qu'il est en France, mais il ne m'a rien dit de plus. Ils doivent être obligés de censurer ce qu'ils nous racontent. C'est pénible, tu ne trouves pas ?

— Si. Mais c'est sans doute une mesure de sécurité. Ou peut-être cherchent-ils simplement à nous tranquilliser.

— Je suppose que tu as raison. Et, pour être honnête, j'en ferais autant. Par exemple, je n'ai pas raconté à Ben que je passais mes nuits dans cet abri. À moins qu'il le lise dans les journaux, j'ignore s'il sait à quel point la ville de Liverpool a été frappée.

— J'ai écrit à Kyle pour lui dire que je quittais Londres pour aller chez mes parents. Je suis sûre que le temps que mon courrier lui arrive, il continuera à adresser les siens à l'appartement. J'espère en recevoir bientôt ici. Je ne vis plus que pour ses lettres. En dépit de toutes mes occupations, je compte les jours jusqu'à son retour.

— Comme je te comprends. Mais maintenant que tu es ici, l'attente va me paraître plus amusante. Si l'on peut dire.

La torpeur commençait à nous gagner. Lucille avait passé la journée à étudier pour ses examens et mon long voyage en train m'avait fatiguée. Elle m'embrassa sur la joue.

— Bonne nuit, Jul. Je suis contente que tu sois ici. Même avec le bébé, dans quelques semaines, ce sera comme au bon vieux temps.

— Nous pourrons jouer au backgammon et celle qui perdra aura comme gage de changer le bébé.

— Ce n'est pas équitable. En général, c'est toi qui gagnes. Et n'oublie pas que tu seras sa maman.

— Tu as raison. La perdante lavera les couches, alors.

— D'accord, je suis partante.

Je m'allongeai sur le lit de camp. Il m'était impossible de me mettre sur le dos. Le poids de mon estomac me donnait l'impression de m'enfoncer. Je me tournai donc sur le côté droit, puis essayai le gauche, avant de trouver une position acceptable. Malgré mon état, j'étais logée à meilleure enseigne que Lucille. Pliant son édredon en deux, elle s'en servit comme matelas sur le sol en ciment, et se couvrit de l'autre partie.

Nous passâmes dix minutes à nous agiter en tous sens. En dépit de notre fatigue, nous étions incapables de trouver le sommeil.

— Jul ? Tu dors ?

— Non.

— À propos de « maman », à quelle heure vois-tu tes parents demain ?

— Je dois les retrouver vers midi, dans un restaurant près des docks.

— Cela fait bien deux ans que tu n'as pas vu ta mère ?

— En effet. La pauvre.

— « *La pauvre* » ? Comment peux-tu dire ça ? Elle a été abominable avec toi.

— C'est mon saint de mari qui déteint sur moi.

Nous étouffâmes un petit rire.

— Mais réfléchis, poursuivis-je. Son fils est né handicapé. Père passe sa vie à travailler. Et sa fille, sur laquelle elle concentrait toute son énergie depuis dix-huit ans, s'enfuit pour se marier et s'en va vivre à l'autre bout du pays. Elle a beau s'entourer de ses relations mondaines, elle est très seule.

— Tu dois avoir raison.

— Figure-toi que Kyle m'a dit la même chose de moi.

— Mais encore ?

— Il avait remarqué que, dès que j'étais seule, j'étais différente de celle que j'étais en public.

— J'aurais pu te faire la même remarque.

— Et c'est pour ça que je t'aime. Tu me reconnais beaucoup plus de qualités que je ne le mérite.

Une dame âgée nous interrompit, nous priant de nous taire. Nous remarquâmes alors que presque tous les occupants de l'abri étaient parvenus à s'endormir. Après m'avoir souhaité de nouveau « bonne nuit », Lucille alla s'installer sur un lit de camp qui s'était libéré, de l'autre côté de la salle. Je fermai les yeux et, indifférente aux sirènes omniprésentes, je finis par sombrer dans le sommeil.

Pour me réveiller en pleine scène d'apocalypse.

Chapitre 24

L'EXPLOSION, L'ÉCROULEMENT DU BÂTIMENT, LES FLOTS torrentiels : tout alla très vite.

Je m'étais endormie sous un solide labyrinthe de canalisations et de tuyaux au plafond, certains avec des fuites. À leur place, les débris laissaient maintenant entrevoir des lambeaux de ciel. Tout autour de moi s'éparpillaient des morceaux de brique, de mortier, des éclats de verre, comme si un géant maléfique, écumant de colère, s'était déchaîné. Sous les gravats, gisaient les corps écrasés. La forte odeur de gaz faisait tousser et cracher tous les survivants. La gorge en feu, j'étais aveuglée par les cendres et la fumée. Des miettes de débris tombaient en tournoyant comme par une tempête de neige. Je me redressai dans mon lit, posai les pieds sur le sol effondré, et m'avançai à petits pas précautionneux, contournant les lits de camp et les décombres. Je voyais que les gens hurlaient, mais j'avais l'impression d'avoir les oreilles bouchées. Les sons m'arrivaient étouffés, déformés.

Lucille ? Où était-elle ? Je regardai autour de moi, frénétique, incapable d'estimer dans quelle direction se trouvait son lit de camp. Je commençai à l'appeler. Mais sans doute n'entendait-elle pas plus que moi. Je me remis à crier quand une contraction me déchira le ventre, me pliant en deux de souffrance. L'enfant en moi pouvait-il percevoir l'horreur autour de nous ? Instinctivement, je posai mes mains sur mon ventre et me mis à osciller en fredonnant. La pression s'atténua. Je continuai néanmoins à murmurer ma berceuse, tant pour calmer le bébé que pour m'apaiser.

À quelques pas de moi, une autre mère et un autre enfant étaient enlacés, tous les deux sans vie. Plaquant ma main sur ma bouche, je refoulai la nausée qui me submergea.

Du coin de l'œil, j'aperçus alors la petite Geneviève en pleurs. La fillette secouait une femme, sans doute sa mère, en l'implorant de se réveiller. Même à cette distance, il était manifeste qu'elle ne se réveillerait plus jamais. Après m'être frayé un chemin jusqu'à la petite, je commençais à la soulever dans mes bras quand une atroce douleur me transperça le dos, m'obligeant à la relâcher. Me penchant aussi bas que possible, je lui demandai de me suivre. Devant son air désorienté, j'ajoutai que Buster l'attendait chez elle. Mes paroles semblant l'avoir convaincue, elle me prit la main et nous nous faufilâmes à travers les décombres.

De petits brasiers se consumaient à travers la pièce au plafond éventré. J'étais terrifiée à la perspective du gaz qui, d'un instant à l'autre, pouvait s'enflammer.

La plupart des rescapés paraissaient hagards. Beaucoup hurlaient devant les corps inanimés de leurs proches. Des cartes jonchaient le sol. L'œil solitaire d'un joker me regardait, perplexe. À mesure que la lumière se faisait plus vive, je retrouvai enfin mes repères et me dirigeai vers le coin où se trouvait le lit de camp de Lucille. J'espérais le découvrir vide, je souhaitais de toute mon âme qu'elle aussi fût en train de me chercher.

Mais alors que Geneviève et moi nous approchions, je vis la pile de poutres et de fils électriques ballants. Des étincelles fusaient des extrémités déchirées, comme des feux d'artifice, et je dus baisser la tête pour éviter les câbles qui se balançaient à partir des chevrons. Quand je me retournai pour m'assurer que Geneviève était saine et sauve, je la vis se précipiter dans les bras d'un homme qui l'agrippa et se mit à pleurer contre son manteau.

— Maman est là-bas, indiqua-t-elle en pointant un doigt dans la direction dont nous arrivions.

Je poursuivis ma progression. Les poutres ressemblaient à des piles d'os cassés, distordus, dispersés de toutes parts. Ne pouvant les soulever pour les écarter de mon chemin, je les enjambai du mieux que je pus.

Mon Dieu, je vous en supplie, faites que je trouve Lucille.

Soudain, ma prière fut exaucée. Mais pas comme je l'avais souhaité. Je reconnus le motif familier de la courtepointe rose et jaune de Lucille. Son bras en émergeait, inerte. Sans me soucier un instant des débris, ni du crépitement des câbles électriques, je me jetai sur elle. En dégageant son visage, je constatai qu'il était remarquablement indemne. Hélas, son pauvre corps avait été écrasé par une poutre. Je fis tourner sa tête vers moi, dans l'espoir vain qu'elle me regarderait et que je pourrais la sauver. Mais ses yeux étaient désespérément clos. Elle semblait si paisible. Visiblement, elle ne s'était rendu compte de rien. Même si c'était une piètre consolation, j'en fus reconnaissante.

Ma gratitude fut de courte durée. Soudain anéantie, je me mis à sangloter. Je pleurai, je gémis, je jurai, je hurlai son nom. Pourquoi était-ce arrivé ? Nous étions dans un abri. Nous étions censées y être en sécurité. Or, personne n'était protégé. La moitié des occupants de cette cave semblaient morts.

Une épaisse fumée s'éleva en volutes autour de moi. Mais j'y prêtai à peine attention. Je continuai ma litanie dans le vide, sanglotant pour mon amie. La vapeur s'intensifia, m'obligeant à la remarquer, et me brûla la peau. En levant la tête, je vis qu'elle s'échappait de ce qui avait été un chauffe-eau. Une canalisation brisée en pendait. L'espace d'une seconde, la vapeur sembla s'atténuer. Le chauffe-eau était peut-être vide. Soudain, en un éclair d'un blanc aveuglant, je le vis exploser.

Je clignai des yeux et perçus de la lumière dans le brouillard qui m'entourait. Battant des paupières pour m'éclaircir la vue, je distinguai la forme d'une femme, penchée sur moi. Elle était vêtue de blanc. Mais la coiffe blanche d'infirmière qui m'était si familière m'indiqua qu'elle n'était pas un ange. Une fine croix en or pendait à son cou.

Je reconnus alors d'autres détails de l'endroit où je me trouvais : une feuille de température ; des piles de gaze. J'étais sur un lit d'hôpital, appuyée contre des oreillers. Je discernai le contour de mes pieds sous la couverture. Soudain, effarée, je m'aperçus que j'avais le ventre plat.

— Où est mon bébé ? hurlai-je.

J'avais un goût bizarre dans la bouche.

L'infirmière me tapota les mains qui étaient enveloppées dans de la gaze. Je vis alors que mon visage aussi portait des bandages.

—Allons, allons, ma brave petite. Votre enfant va très bien. Elle est dans la pouponnière. Elle dort, sans doute. Vous pourrez la voir dans un petit moment.

« Elle » ? Mon bébé était né ? Je n'en avais pas le moindre souvenir.

Lisant la perplexité dans mon regard, l'infirmière avança une chaise pour s'asseoir à mon chevet, la soulevant légèrement pour ne pas rayer le carrelage.

—Voilà deux semaines que vous êtes sous sédatifs. Vous ne cessiez pas de faire des cauchemars. Nous avons donc estimé que c'était la meilleure solution. Mais comme vous dormiez mieux, ces derniers temps, les médecins ont atténué la dose.

Elle se pencha pour tirer mes couvertures. Ses cheveux châtain clair étaient tirés en un chignon impeccable sur sa nuque et elle sentait la vanille.

—Je m'appelle Jane Bailey, se présenta-t-elle. Je vais m'occuper de vous jusqu'à votre rétablissement.

Malgré mon état léthargique, je murmurai avec peine, mais conviction :

—Lucille. Je me souviens de Lucille. Elle était…

Et je me mis à pleurer.

L'infirmière prit un mouchoir et me sécha les yeux, sans doute pour éviter que l'humidité ne pénètre sous les bandages. J'avais fait de même avec mes malades, à Londres.

—Que s'est-il passé ? chuchotai-je.

Elle me fournit les explications. Au matin du 29 novembre, le Centre de formation d'Edge Hill de Dunning Road avait été touché par une mine parachutée. Sur les trois cents personnes environ qui s'y étaient abritées, cent soixante-six avaient péri. Beaucoup, comme moi, étaient blessés. Certains avaient été tués, écrasés par les débris, d'autres brûlés par le gaz qui s'était enflammé. Je faisais partie de ceux qui avaient eu de la chance, si l'on pouvait dire. Mes brûlures avaient été causées par l'eau bouillante qui avait jailli du chauffe-eau quand il avait explosé, tel un baptême digne d'un conte d'horreur. Je me trouvais à l'hôpital Smithdown, plus bas dans la rue. Une étrange pensée me traversa l'esprit. C'était l'hôpital auquel étaient destinés les dons de la dernière fête à laquelle j'avais participé.

Les gens continuaient à défiler pour essayer d'identifier leurs proches, tâche particulièrement difficile car beaucoup étaient morts, brûlés.

J'avais été découverte inconsciente. Mais le traumatisme avait déclenché un accouchement prématuré. On m'avait donc fait une césarienne. D'abord minuscule, ma fille avait vite atteint un poids normal grâce aux soins des infirmières et se portait maintenant comme un charme.

Mon sommeil avait beau avoir été peuplé de rêves corroborant le compte-rendu de Jane Bailey, c'était beaucoup à assimiler en une seule fois.

— J'ai soif, fut tout ce que je pus dire.

Jane m'aida à boire du jus de fruits grâce à une paille. J'en reconnaissais à peine le goût mais j'appréciais de le sentir couler dans ma gorge. Elle m'expliqua que le médicament anesthésiait en grande partie mes souffrances. Il m'aidait aussi à supporter ce qui aurait été un engorgement insoutenable. Mes seins durs comme de la pierre étaient lourds du lait destiné au bébé que je n'avais pas encore vu.

— Bien. Maintenant, ma chère, êtes-vous de Liverpool ? me demanda-t-elle en prenant l'écritoire et le stylo glissé à son oreille. J'ai besoin de quelques informations sur vous. Et si vous commenciez par me donner votre nom ?

Je fermai les yeux et détournai la tête. Je ne voulais pas lui donner mon identité. Pas plus que je ne voulais lui indiquer que j'étais infirmière ni lui fournir aucun autre renseignement. Une partie de moi-même refusait de croire que j'étais là. C'était juste mon cauchemar qui continuait et je n'allais pas tarder à me réveiller. Lui donner mon nom rendrait soudain cette situation beaucoup trop réelle.

— Bien, je ne vais pas vous importuner maintenant. Dieu sait que vous avez traversé assez d'épreuves. Si vous ne voulez pas parler, vous avez vos raisons. Si vous faisiez un petit somme ? Nous pourrons peut-être reprendre plus tard.

Je fis mine de retirer mes oreillers, pour pouvoir m'allonger plus confortablement, quand elle m'arrêta.

— Oh, non, mon chou. Il ne faut pas faire ça. Nous essayons de faire dégonfler vos seins. Cela marchera beaucoup mieux si vous restez dans la position dans laquelle nous vous avons installée.

Jane me tapota de nouveau les mains et quitta la chambre, après m'avoir montré la sonnette pour l'appeler si j'avais besoin d'elle. À peine la porte refermée, j'arrangeai les oreillers en un compromis plus confortable.

Puis je m'allongeai et essayai d'oublier tout ce qu'elle venait de me dire. En vain. Les visions de cet enfer m'assaillaient : le feu, les poutres brisées, les cadavres. *Lucille.*

Pauvre Lucille. Je ne pouvais penser à elle sans pleurer. Le sel de mes larmes brûlait ma peau tuméfiée. Mon cœur saignait pour son père. Elle était l'aînée de ses quatre enfants et sa seule fille. Il devait être anéanti par le chagrin. Pourtant, si ce n'était qu'un piètre réconfort, le fait qu'on ait au moins pu l'identifier me rassérénait un peu. Ne pas savoir ce qu'il était advenu d'un être cher devait être la pire des souffrances.

Je me souvins alors de mes parents.

Me cherchaient-ils ? Je supposai que oui. Je leur avais dit que je passerais ma première nuit à Liverpool chez Lucille. Sachant qu'Edge Hill était son école, ils se douteraient que nous nous y étions réfugiées.

Néanmoins, il était peu probable qu'ils me trouvent. Comme ils n'étaient pas au courant pour le bébé, ils ne chercheraient pas une femme enceinte dans les hôpitaux. Après les avoir tous visités, de guerre lasse, ils finiraient par déduire que j'avais péri dans l'attaque et que mon cadavre gisait parmi les nombreux restes non identifiés.

Un instant, je fus tentée de leur envoyer un message pour les prévenir que j'étais vivante et que je me trouvais à Smithdown. Mais quelle serait la réaction de ma mère ? Elle avait déjà abandonné un enfant qui ne correspondait pas à ses critères. Que penserait-elle de sa fille brûlée ? Je n'étais pas sûre d'être prête à le découvrir. J'avais besoin d'être plus informée sur le pronostic avant de faire cette démarche.

Vers l'heure du dîner, Jane entra, chargée d'un plateau avec de la soupe et de la compote de pommes. S'activant, elle le posa et tapota mes oreillers pour les remettre dans leur position.

—Je sais que ce n'est pas très confortable, ma chère, mais nous avons nos propres règles.

Après avoir jeté un coup d'œil à la ronde, elle ajouta à mi-voix :

—Écoutez-moi. Quand je finirai ma garde, vous serez libre de les arranger à votre convenance. Peut-être pourrez-vous dormir d'un bon sommeil pendant quelques heures, avant que quelqu'un ne le remarque.

Puis, approchant une chaise, elle s'assit à côté de moi.

—Et maintenant, regardons un peu là-dessous.

Elle prit l'une de mes mains et entreprit de dérouler la gaze. Le médicament était si puissant que je ne sentis presque rien. Je repensai à ce soir, si lointain, où j'avais fait rouler mon bas sur ma jambe, dans la vieille grange. Je me rappelai à quel point cela avait été désagréable quand je l'avais fait glisser sur la plaie. Et la façon dont Kyle m'avait regardée, à l'instant où, pour la première fois, j'avais commencé à comprendre ses sentiments pour moi. La douleur du souvenir me fit tressaillir intérieurement. Pourtant, étant donné mon état, je restai comme paralysée.

Jane poursuivit :

—Nous changeons vos pansements tous les jours pour les garder propres. Et nous vous lavons avec de l'eau froide. Au départ, vous aviez beaucoup de cloques. Nous n'y avons pas touché. Mais elles cicatrisent peu à peu.

Elle ne quitta pas un instant mon visage des yeux.

— Bien. C'est votre main droite qui a le plus souffert. Je pensais donc commencer par elle. Après cela, tout le reste ira mieux.

Je baissai le regard et, malgré moi, fus prise d'un tremblement à la vue qui s'offrit à moi. Mon bras était couvert de taches rouge et blanc. À certains endroits, la couche de peau avait disparu. Je voyais encore les traces des cloques mais, comme Jane l'avait dit, elles avaient été bien soignées. Je me doutais que les cicatrices ne partiraient jamais. Toutefois, cela aurait pu être bien pire.

Lorsque j'eus pris conscience des dommages subis par ma première main, Jane retira le bandage qui protégeait la seconde. Elle était un peu plus mobile. Et même si elle était tout aussi meurtrie, les marques étaient un peu moins visibles.

— Comme vous pouvez le voir, celle-ci est moins atteinte.

Je baissai les yeux sur mes mains qui avaient été si gracieuses et me rendis compte que mon anneau n'était plus là.

— Où est mon alliance ?

C'était la première fois que j'entendais ma voix. J'étais abasourdie. Elle était éraillée, rauque ; je ne la reconnaissais plus. Elle était devenue beaucoup plus grave.

— Nous avons un coffre-fort en bas, pour les objets de valeur de nos malades. Je l'y ai rangée. Vous pourrez la récupérer quand vous le voudrez.

— Pourquoi ai-je une voix aussi étrange ?

— Je pense que vous avez inhalé beaucoup de fumée avant qu'on vous trouve. Elle a dû brûler vos cordes vocales. Pour être franche, j'ignore si cela s'améliorera. Le temps le dira. Mais nous ne pouvons rien y faire.

Résignée, je fis un signe d'assentiment. Je supposais que j'allais devoir m'habituer à beaucoup de changements, désormais.

—Vous êtes prête pour la dernière étape? s'enquit-elle alors en me montrant ma figure.

Je secouai la tête.

—Pas encore. S'il vous plaît, attendons.

Il fallait d'abord me laisser le temps de m'habituer à ma nouvelle voix.

—Comme vous préférez. Mais je vais devoir changer la gaze.

Lentement, elle dénoua la bande. L'air sur mon visage me procura une sensation de fraîcheur.

—Combien de temps demandera la cicatrisation?

—Nous y sommes presque. Je dirais encore une semaine avant que nous puissions retirer la bande pour de bon, puis deux semaines de plus pour surveiller.

—C'est grave?

Elle pencha la tête de côté et me regarda, comme si elle était en train de choisir soigneusement ses mots.

—Je ne vais pas vous mentir. Ce ne sera pas comme ce devait être avant. Mais si vous en prenez soin, non, ce ne sera pas si grave.

Je décidai alors d'affronter l'inévitable.

—Je pourrais peut-être y jeter un coup d'œil, dans ce cas.

—Vous êtes sûre, ma chère?

—Oui.

De ma main droite j'essayai d'attraper le miroir sur ma table de nuit. En vain.

—Ne vous inquiétez pas. Je vais vous le tenir.

Je fermai les yeux et elle le leva à hauteur de mon visage. Puis, peu à peu je les rouvris, comme si la lenteur de la révélation pouvait en atténuer le choc. Ce fut peine perdue. J'étouffai un cri d'effroi.

Couvert de grandes marques rouge et blanc, mon visage ressemblait à mes mains. La partie sous les yeux était particulièrement à vif. Comme Jane l'avait promis, les cloques encore visibles étaient en train de cicatriser. Étonnamment, mes traits étaient intacts. Pendant mes études, j'avais vu des photos de grands brûlés qui perdaient leurs oreilles et leur nez. Peut-être, en cours, nous montrait-on toujours les pires cas.

Mais j'étais méconnaissable. Sans me rendre compte que je posais la question à voix haute, je me demandai s'il en serait toujours ainsi.

— C'est difficile à savoir mais, si comme je le pense, vous voulez que je sois honnête, je dirais que oui.

Je pris une profonde inspiration et refoulai mes larmes de peur qu'elles ne brûlent ma peau à vif. Je n'aurais jamais cru qu'une telle chose puisse m'arriver. Et c'était insoutenable.

— Que va-t-il se passer ? m'enquis-je.

— Les marques vont s'atténuer avec le temps. Elles ne seront plus aussi visibles mais elles seront là. Votre peau va cicatriser au point que vous n'aurez plus mal, mais elle va prendre un aspect parcheminé. Nous avons des crèmes hydratantes pour pallier ce phénomène. Toutefois, elles sont plutôt destinées au confort qu'à autre chose.

— Merci, chuchotai-je. Merci de m'avoir dit la vérité.

Je savais que cela aurait pu être bien pire. Je savais que je faisais partie de ceux qui avaient eu de la chance. Néanmoins, j'étais accablée par le reflet que me renvoyait le miroir. Ce n'était pas moi que je voyais dans cette glace. Ce visage était celui d'une inconnue, le visage de quelqu'un qui donnait l'impression d'avoir été battu. Ce n'était plus celui de la fille de Béatrice Westcott, de celle qui, quelques années auparavant, avait été la débutante la plus en vue de Liverpool. Ce n'était pas celui de la gagnante des enchères. Ce n'était pas celui de la femme d'un homme comme Kyle, de celle que, tous les matins, il appelait « beauté ».

Et ce n'était sûrement pas le visage d'une nouvelle mère, le visage qu'un bébé regarderait avec adoration. Il aurait peur. Et un jour, sa peur laisserait la place à de l'embarras.

Ayant déjà fait l'expérience des larmes sous mes bandages, je me fis violence pour rester de marbre. Certes, j'avais douté de mériter un homme aussi merveilleux que Kyle. Ce doute était désormais une certitude. Comment pourrait-il m'aimer ainsi ? Comment pourrais-je même lui demander d'essayer ? Il avait renoncé à tout pour moi. Au rêve de sa mère, à sa vocation. Ce n'était pas ce qu'il avait espéré. Et c'était très loin de ce qu'il méritait.

Mon mariage avec lui m'avait donné l'impression de vivre au paradis. Désormais, j'étais en enfer. Si j'avais jamais nourri le moindre doute quant à l'existence de Dieu, il était balayé. Il y avait un dieu et il me punissait d'avoir empêché Kyle de suivre sa vocation. Lucille avait eu raison. *Lucille, si intègre, si droite, si précieuse.* Son souvenir me faisait encore plus mal que mes blessures.

Alors, non, je ne préviendrais pas mes parents. Je n'écrirais pas à Kyle. Il était préférable que tous me croient morte. Ainsi, tout serait en ordre. Il ne serait pas lié à une femme défigurée. Il ne serait pas contaminé par mon crime contre Dieu.

Et peut-être Dieu jugerait-il bon de lui pardonner et de le laisser reprendre la vie qu'il était censé mener depuis toujours. Le désespoir qui m'aveuglait m'empêchait sûrement de croire à la possibilité d'un bonheur futur. Mais je ne voyais aucune autre voie possible.

Au fil des jours, alors que mes doses de médicaments diminuaient, je sentis peu à peu la brûlure de mes blessures. Ainsi que la douleur de mes canaux lactifères qui s'asséchaient, un souvenir lugubre car je n'avais jamais vu mon bébé.

Jane passait beaucoup de temps avec moi et venait même me voir quand elle n'était pas de garde. J'appris qu'elle était originaire de Birkenhead et qu'elle était venue habiter Liverpool avec son mari vingt ans auparavant. Peu après, il avait été envoyé en France et était mort pendant la seconde bataille de la Somme, en 1918. Elle ne s'était jamais remariée et ils n'avaient pas eu le temps d'avoir d'enfant.

Pourquoi ces tragédies ? Les quelques contacts que j'avais eus avec l'Église avaient été très formels, comme si Dieu était une divinité inaccessible et que nous étions ses sujets obéissants. Cependant, Kyle m'avait fait découvrir un dieu de bonté et, pendant un temps, j'y avais cru. Mais ce dieu qui prenait l'époux de Jane avec une telle violence, qui arrachait Lucille à sa famille, qui me punissait d'avoir aimé… Je ne voulais rien avoir à faire avec lui ni avec aucun autre.

Et pourtant, rien ne pouvait altérer la foi de croyants comme Jane.

Je voyais qu'elle aimait les enfants. Quand elle n'était pas avec moi, elle était à la pouponnière, et venait me raconter les progrès de ma fille. Perplexe, elle ne comprenait pas pourquoi je persistais à refuser ses propositions de m'amener le bébé. Comment aurait-elle pu comprendre que si je tenais dans mes bras cette enfant que j'avais faite avec Kyle, j'allais fondre et que je ne pourrais jamais m'en séparer ? Quelle vie pouvais-je lui offrir ? Si je refusais de la voir, c'était par amour.

Avec le temps, on me retira mes bandages et je m'habituai à mon nouvel aspect. De petits morceaux de mon cuir chevelu avaient brûlé et il était peu probable que mes cheveux blonds repoussent à ces endroits. Mes mains ressemblaient à mon visage. J'avais perdu toute sensation. Jane faisait quotidiennement travailler mes muscles pour qu'ils réapprennent leurs fonctions. Même si marcher m'était difficile parce que j'avais été si longtemps immobilisée, mes jambes étaient relativement indemnes. Lorsque je le pouvais, Jane m'aidait à me lever et, me soutenant, me faisait arpenter le couloir pour les renforcer. Elle savait que je ne voulais pas approcher de la pouponnière. La rééducation dura ainsi, jusqu'au jour où je pus de nouveau marcher normalement.

Après m'avoir apporté mon petit déjeuner, un matin, et m'avoir félicitée pour mes progrès et pour mon appétit, Jane prit une profonde inspiration. Elle s'apprêtait à m'annoncer quelque chose.

— Mon ange, déclara-t-elle, puisque je ne lui avais toujours pas révélé mon nom, j'espère que cela ne vous fera rien, mais je ne peux pas continuer à appeler l'enfant « Bébé ». Malgré son jeune âge, elle grandit, elle s'éveille et elle développe une petite personnalité. J'ai commencé à l'appeler Lily. Elle est si mignonne, si innocente, elle me rappelle une fleur de Pâques.

Honteuse, je baissai la tête. Quel genre de mère fallait-il être pour refuser de regarder son bébé, de lui donner un prénom ? Même ma mère, en dépit de tous ses défauts, avait nommé mon frère, Charles.

— Bien sûr, s'empressa-t-elle de préciser, vous pouvez lui donner le prénom que vous voudrez. Elle ne se souviendra de rien. Mais pour le moment, à la pouponnière, tout le monde a pris l'habitude de l'appeler Lily.

— Lily est un prénom ravissant. Je ne peux rien imaginer de plus joli.

Le visage de Jane s'illumina.

— Est-ce que cela signifie que je peux commander son certificat de naissance ?

Je secouai la tête avec force.

— Pas encore.

Mais je n'ajoutai rien.

Je n'avais pas réfléchi au certificat de naissance. Cela me rappela que j'allais bientôt devoir faire des projets. Je ne pouvais pas toujours rester dans le cocon de l'hôpital ni laisser Jane s'occuper de moi. Je pris soudain conscience du fait qu'elle devait tenir les administrateurs à distance, repoussant les comptes inévitables engendrés par mes soins.

Je n'avais toujours pas la moindre idée de ce que j'allais faire.

Le soir de Noël, elle m'apporta un paquet. Et, sans s'en douter, m'indiqua la voie à suivre.

— Un cadeau pour vous. Joyeux Noël ! s'exclama-t-elle en déposant le gros paquet sur mon lit.

— Vous n'aviez pas à me faire de présent. Je n'ai rien pour vous.

— Eh bien, votre rétablissement me suffit. Vous avez fait de tels progrès que le médecin vous a donné la permission de sortir samedi.

J'ouvris mon cadeau avec délicatesse. Mes mains fonctionnaient mieux désormais, même si je n'avais quasiment pas de sensations dans la droite. La gauche était très sensible et la texture rêche du papier me donna des élancements. Mais je dissimulai ma douleur. Jane avait un regard plein d'espoir et je ne voulais pas la décevoir.

Le paquet contenait tout ce dont j'allais avoir besoin pour mon premier jour à l'extérieur. Des chaussures de cuir neuves, des bas, des dessous, une jupe, un chemisier, un manteau, un chapeau et des gants. Sobres et fonctionnels, ils étaient très loin de ce que j'avais porté à une époque. Mais ils avaient dû coûter un certain prix et je me sentais indigne d'une telle générosité.

— Vous n'auriez pas dû, murmurai-je d'une voix étranglée.

Je refoulai mes émotions. Elle ne pouvait même pas imaginer l'ampleur de ma reconnaissance.

— Allons ! lança-t-elle avec son pragmatisme habituel, nous ne pouvions pas vraiment vous laisser partir de l'hôpital en chemise de nuit. *Vogue* n'approuverait pas. Non que ces affaires soient tellement mieux…

— Jane, l'interrompis-je en posant ma main sur son bras, avant qu'elle ait eu le temps d'en dire davantage. Ils sont parfaits. Merci.

Je caressai mes présents. Les bas étaient délicieusement doux et soyeux. Mais j'évitai les fibres dures du manteau qui m'irriteraient sûrement la peau.

Un plan commençait à se dessiner dans ma tête quand la voix de Jane me tira de mes pensées.

— Et ce n'est pas tout. Les filles de la pouponnière ont aussi un cadeau.

Sortant un autre paquet, elle le posa à côté du premier. Il était plus petit. J'étais perplexe. Que pouvait-on encore m'offrir ?

Je l'ouvris et, devant son contenu, mon cœur fit un bond dans ma poitrine. À l'intérieur, je trouvai des vêtements pour Lily, des couches et un hochet. Toutes les infirmières qui s'occupaient de moi ainsi que celles de la pouponnière avaient signé une carte qui disait : « Joyeux Noël, petite Lily. »

— Elle va leur manquer, vous savez. J'espère que vous l'amènerez en visite de temps en temps.

— Bien sûr, promis-je d'un ton vague.

J'avais évité l'angoisse de voir cette nouveau-née parfaite. Or, aujourd'hui, elle était une réalité, bien plus que lorsque je la sentais donner des coups de pied dans mon ventre. Je regardai la layette pastel étalée autour de moi, choisie par celles qui s'étaient occupées d'elle quand j'avais refusé de le faire. Tous ces vêtements étaient tellement minuscules. Je ne pouvais imaginer un être assez petit pour les porter. Comme elle devait être fragile. Elle avait besoin d'une personne aussi forte qu'équilibrée pour prendre soin d'elle.

Après avoir posé les paquets sur la chaise à côté de moi, Jane plaça un écrin, enveloppé dans du papier de soie, au creux de ma main.

Je reconnus mon alliance qu'elle était allée chercher dans le coffre. J'essayai de la glisser à mon annulaire, mais lorsque je vis qu'elle ne m'allait plus, je la rangeai dans ma poche. Peut-être était-ce un signe, comme pour me confirmer que je prenais la bonne décision.

La nuit venue, incapable de fermer l'œil, je réfléchis longuement, pour arriver à certaines conclusions. Je n'étais plus Julianne Westcott, pas plus que je n'étais Julianne McCarthy. J'étais un fantôme sans nom, sans visage, face à un avenir incertain. Lily ne méritait pas d'être entraînée dans cette vie. À ma façon, je l'aimais trop pour cela. Elle était l'incarnation de l'amour que Kyle et moi avions partagé et ma malédiction ne devait pas rejaillir sur elle. Peut-être n'étais-je pas meilleure que ma propre mère. Mais je préférais croire que mes raisons d'abandonner mon enfant étaient bien plus altruistes.

M'armant de courage, j'écrivis une lettre, à peine lisible, de mon écriture tremblotante, dans laquelle j'énumérai mes intentions. Les paroles prononcées par père quelques années auparavant me traversèrent l'esprit : « Julianne, attends d'avoir une fille. Vouloir ce que tu estimes être le mieux pour elle pousse parfois à prendre des décisions difficiles. »

25 décembre 1940

Chère Jane,

Même si j'ai tout perdu, je sais que je vous ai trouvée. En plus d'avoir été mon infirmière, vous avez été mon réconfort, une conseillère, une amie. Je vous suis très reconnaissante pour vos cadeaux et, à mon tour, je souhaite vous en faire un. Je ne suis pas capable d'être une mère pour Lily. Pendant ce mois, vous l'avez été plus pour elle que je ne pourrai jamais l'être. Je vous laisse le paquet contenant les affaires de bébé et je vous supplie de bien vouloir élever ma Lily comme votre propre fille.

Déterminée, je la pliai sans la signer. Après avoir enfilé mes vêtements neufs, je jetai un coup d'œil dans le couloir pour m'assurer que la voie était libre. Voyant que le poste des infirmières était vide, je passai devant sur la pointe des pieds. J'aperçus un sac, laissé sans surveillance, qui semblait me tendre les bras. Demandant à être absoute pour ce dernier péché, je m'en emparai et sortis en courant dans la nuit froide.

Je me hâtai tellement que je faillis me faire renverser par une voiture.

—Attention, madame! me cria un homme par la vitre.

Ce « madame » me rappela soudain que je n'avais pas de nom. Je ne pourrais tenir longtemps ainsi. J'allais devoir en trouver un.

Il ne me fallut pas longtemps pour choisir. J'optai pour mon premier prénom, qui m'avait été donné en l'honneur de cette grand-mère que je n'avais jamais aimée. Au moins, il serait idéal pour ce nouveau visage. J'allais m'appeler Helen. Et, afin de créer un lien éternel avec ma nouvelle amie et le bébé que je laissais avec elle, je décidai de choisir le patronyme Bailey. Je serais désormais Helen Bailey.

Chapitre 25

En ce matin de Noël, le métro ne fonctionnait pas. Je marchai donc aussi longtemps que je pus et me réfugiai sur le seuil d'un magasin jusqu'au lever du jour, afin de me protéger du froid.

Me tournant dans la direction de l'hôpital, l'espace d'un instant, je m'interrogeai. Avais-je fait le choix le plus sensé ? Mon absence n'avait sans doute pas été encore remarquée. Je pouvais toujours me raviser. Mais ma décision était irrévocable. Il était préférable que Kyle suppose que j'étais morte plutôt que de rentrer de la guerre pour retrouver une femme brisée, indigne de lui. Préférable pour mes parents de me perdre plutôt que d'avoir plus d'explications à fournir, plus de déceptions à endurer. Préférable pour Lily de grandir au sein d'un foyer stable et aimant. Ces pensées me réchauffèrent le cœur.

Je fis glisser mes doigts dans mes cheveux, une habitude qu'il me serait difficile de perdre. J'avais oublié à quel point ils étaient clairsemés, maintenant. Peut-être pourrais-je me contenter de garder mon foulard. Cela simplifierait tout.

J'enfonçai mes mains glacées dans mes poches et sentis mon alliance. Je fis mine de la passer à mon annulaire gauche, puis, avec un soupir accablé, la rangeai.

Je regardai alors le sac à main que j'avais dérobé à l'infirmière inconnue. En dépit de mon sentiment de culpabilité, je me persuadai que mon acte avait été dicté par la nécessité. J'étais sûre que les circonstances atténuantes appelaient le pardon. Ce larcin n'était en rien comparable à ce que j'avais volé à Dieu. Mais allait-il déclencher des recherches ? J'étais facile à décrire. Après m'être assuré d'un coup d'œil que la rue était déserte, je fis agir le fermoir. Le sac contenait un petit miroir, un tube de rouge à lèvres, une clé, et une enveloppe. À l'intérieur, je trouvai 5 livres et un mot disant :

Esther, offre-toi un joli cadeau pour Noël. Je regrette de ne pas être avec toi. Je t'embrasse, maman.

La mère d'Esther avait été généreuse. Je me mis à réfléchir à la façon d'utiliser au mieux cette découverte.

Les premières lueurs de l'aube de Noël s'allumant à l'horizon, je pris la direction de la station de métro la plus proche. Avec 5 livres, j'aurais pu trouver un taxi. C'était une somme non négligeable. Mais j'étais déterminée à me montrer économe dès le départ. La tête couverte de mon foulard, je passai inaperçue, et montai dans le premier métro de la journée.

Je descendis à Ranelagh et jetai un coup d'œil à l'immeuble gris qui, pendant quatre jours, avait été ma première résidence de femme mariée. Les souvenirs me submergèrent.

L'amour, le désir, la maladie, le salut. Je m'empressai de les refouler. Ces souvenirs appartenaient à une autre. Une femme qui était belle. Enfonçant mes mains dans mes poches, je poursuivis mon chemin. La laine de mon manteau grattait ma peau abîmée.

À quelques rues de là, j'atteignis ma destination. *Saint-Étienne.* Si ma décision de venir là n'était pas délibérée, à bien y penser, je m'aperçus qu'elle s'expliquait. En dépit de mes réticences, j'avais un profond besoin de me retrouver dans un endroit familier. Je ne pouvais retourner à Westcott Manor. Quant à la perspective d'aller chez Lucille, elle m'était intolérable. Pour moi, elle était toujours ma meilleure amie. Je savais qu'elle ne franchirait plus jamais mon portail pour venir me voir. Je n'étais venue à Saint-Étienne que deux ou trois fois, mais c'était un endroit chaleureux, un endroit où, l'espace de quelques heures, je pourrais me sentir en sécurité.

Décorée de gerbes de fleurs, l'église scintillait des flammes des bougies. Il était 8 heures et un chœur d'enfants avait commencé à répéter pour la messe de Noël. Choisissant une place à l'écart, au bout d'une rangée, je souris en voyant la procession remonter vers l'autel. *Cher père Sullivan. Si seulement il avait conseillé à Kyle de rester au séminaire. Il serait en train de servir la messe à Durham aujourd'hui, au lieu de se battre pour sa vie sur un lointain champ de bataille.*

À la fin de la messe, je décidai de tenter une expérience. Tour à tour, les fidèles, en file indienne, allèrent serrer la main du prêtre et lui souhaiter de bonnes fêtes. Je me joignis à eux et tins la main du père Sullivan un peu plus longtemps que nécessaire, pour l'obliger à me regarder avec attention. Mais il ne sembla pas du tout me reconnaître.

Je regagnai ma place et écoutai la messe suivante, sans cesser un instant de réfléchir au choix que je devais faire. Si je demeurais à Liverpool, je ne résisterais pas au besoin de m'enquérir un jour de mes parents, de Kyle ou de Lily. Et cela ne ferait qu'accroître ma tentation de revenir dans leurs vies. Mais je m'étais infligé cette punition et je n'avais nulle intention de la leur faire subir.

L'argent dans le sac d'Esther me permettrait d'aller où je voulais. Mais si Julianne Westcott avait des références comme infirmière, ce n'était pas le cas de Helen Bailey. Or, je ne pouvais avoir recours à ces compétences sans certificats. D'un autre côté, en ces temps de guerre troublés, ne me suffirait-il pas de prouver mon savoir-faire pour me voir ouvrir des portes ?

Comme s'il m'envoyait un signe, le père Sullivan dit une prière pour les citoyens de Manchester, dévasté par une attaque des Allemands, deux jours auparavant. Le 23 et le 24, des milliers de bombes avaient été lâchées sur la ville, provoquant le plus grand incendie depuis le début de la guerre. Quatorze infirmières avaient trouvé la mort à l'hôpital. Une personne suffisamment qualifiée en soins infirmiers pourrait sûrement être utile.

Ma décision prise, dès le lendemain matin, je partis pour Manchester, allant à contre-courant des milliers de gens qui évacuaient les lieux.

Et ce fut ainsi que je gagnai ma vie. Je suivais la guerre de ville en ville, choisissant celles où la tragédie frappait le plus durement. Je me présentais comme une infirmière itinérante qui avait perdu ses papiers dans le Blitz. Mon histoire, confortée par la preuve de mes capacités et par les marques de mes blessures, était crédible. Lorsqu'une région recouvrait un semblant de stabilité, je partais pour une autre cité saccagée où, malgré mes mains déformées, mon aide était essentielle.

À la première occasion, j'envoyai anonymement de l'argent à Esther à Smithdown, pour la rembourser, en y ajoutant une petite somme pour le désagrément.

J'avais fini par m'habituer aux regards étonnés. Le temps où ma beauté suscitait l'admiration était bien révolu. Aujourd'hui, on me regardait parce que j'étais dévisagée. Pourtant, si pénible qu'elle soit, cette pensée me traversait rarement l'esprit. J'étais entourée de blessés et de mourants qui, pour la plupart, offraient une apparence bien pire que la mienne.

Je parvins à endurer cette existence étrange, d'une ville sinistrée à l'autre. Je me fichais bien de mourir. J'étais déjà morte pour tous ceux que je connaissais, tous ceux que j'aimais, et plus vite je périrais sous les bombes allemandes, plus vite cette vie de nomade cesserait.

Mois après mois, je me languissais de me trouver dans la ligne de mire. De rejoindre Lucille qui aurait mérité de vivre contrairement à moi. Si je n'avais pas été aussi lâche, elle serait peut-être toujours là aujourd'hui. Si j'avais accepté de voir mes parents tout de suite, nous aurions toutes les deux dormi à Westcott Manor, et aurions passé la soirée à rire jusqu'à ce qu'ils nous demandent de nous coucher. La petite Lily aurait rompu la glace entre eux et moi, et, au retour de Kyle, ils l'auraient accueilli à bras ouverts.

Cette vision ne se concrétiserait jamais. J'avais fait de mon mieux pour essayer de tout réparer. J'étais morte afin que Kyle puisse vivre et le dieu plein de bonté auquel il croyait devait tenir ses engagements. S'il était tragique d'avoir dû lui cacher l'existence de sa fille, j'avais fait le meilleur choix pour elle. Après tout, je ne savais pas s'il reviendrait. Je devais me convaincre qu'il aurait compris ma décision.

Année après année, je vis des milliers de gens mourir autour de moi. Pourtant, la mort m'était refusée. Je vécus. Chaque mois de novembre éveillait en moi des sentiments doux-amers à la pensée des étapes qu'avait dû franchir mon enfant, élevée par une mère qui la méritait. À quoi avait ressemblé son premier sourire ? À quel âge avait-elle eu sa première dent ? Portait-elle ses cheveux nattés ou en une cascade de boucles ? Mue par ce qu'il me restait d'amour dans ce bas monde, chaque année, je lui envoyais un cadeau, « Aux bons soins de Jane Bailey », à l'hôpital. Une fleur séchée, une robe de poupée, quoi que je puisse trouver en cette époque de pénurie, toujours accompagné du même message :

À ma Lily chérie. Je te souhaite le plus heureux des anniversaires.

Après chacun de ces envois, je m'assurais de changer de ville afin que le cachet de la poste soit déjà périmé quand ma lettre arrivait.

Quand vint la fin de la guerre, je me retrouvai sans les références nécessaires pour être engagée de façon permanente. Au fil de mes errances, je ne m'étais jamais fait d'amis, n'avais jamais gardé aucune trace de mes missions. Alors que le pays fêtait sa victoire, je foulais sans but les rues jonchées des serpentins et des confettis qui pleuvaient. Dans l'Angleterre qui se relevait, le besoin de mes services n'était plus aussi pressant.

Pendant quelques années encore, je parvins à exercer mon travail inhabituel, en choisissant des villes qui peinaient à se remettre des dommages qu'elles avaient subis. Hélas, cette situation ne pouvait durer éternellement. Je ne tardai pas à voir mes revenus décroître. J'avais suffisamment économisé pour tenir, mais pas plus d'un certain temps. Le hasard ayant fait qu'un pneu du bus dans lequel je me trouvais ait crevé à la périphérie de Stoke-on-Trent, je décidai d'en descendre et de prendre une chambre dans une pension de famille.

Toutefois, l'argent n'était pas le plus gros problème. Je commençais à souffrir de la solitude.

Un jour, je pris un couteau dans ma main droite dont j'essayais encore de recouvrer l'usage. Dans ma main gauche, je tenais une pomme. Alors que je pressais la lame contre le fruit, elle glissa, me coupant le poignet. Je m'apprêtais à prendre une serviette quand, fascinée par la flaque de sang qui s'élargissait sur le plan de travail, je m'arrêtai. Le sang qui s'écoulait de ma blessure semblait emporter toute ma tristesse. Toujours immobile, je le regardai goutter sur le sol, sur mes chaussures.

Enfin, je pris la serviette et essuyai les dégâts. Mais l'image me hantait. Tout comme cet étrange sentiment de paix qui m'avait envahie. Je parvins pourtant à nouer étroitement un linge autour de mon poignet.

Quelques semaines plus tard, je me tailladai de nouveau. Cette fois, je le fis exprès. Encore une fois, j'observai d'un œil détaché le sang et la tristesse quitter mon corps. Si seulement je pouvais me couper assez profondément, si seulement je pouvais attendre assez longtemps, tout serait fini.

Pourtant, un instinct de survie me poussait toujours à me panser de la serviette à temps.

Je finis par découvrir que cet instinct était lié à mon frère. L'ayant enseveli avec tous les autres souvenirs de ma vie d'autrefois, je n'avais pas pensé à lui depuis longtemps. Mais avec la naissance du prince héritier, il devint difficile de le gommer de ma mémoire. Le prénom « Charles » était dans tous les journaux, dans toutes les conversations, sur toutes les babioles. Au cours de cette période, pas un jour ne passait sans qu'il ne soit prononcé devant vous, au point de vous en donner la nausée.

« Charles, un enfant tellement adorable. »

« Charles, le nouvel espoir de la monarchie. »

Je n'avais que trop attendu pour retourner à Bootle. J'utilisai mes dernières livres pour payer mon billet de train.

Alors que la campagne qui défilait derrière la vitre devenait de plus en plus familière, je l'ignorai et me concentrai sur un numéro de *Vogue* oublié sur une banquette. En le feuilletant avec les yeux de la femme que j'étais à présent, je remarquai que le style des chapeaux avait changé. Ils étaient plus hauts, avec des plis et des courbes qui ne paraissaient pas naturels. Contrairement à la nouvelle mode des jupes plissées, qui me plaisait, je n'étais pas séduite par leur apparence. Lasse de sa futilité, je reposai le magazine et fermai les yeux, dans l'espoir de dormir jusqu'à l'arrivée.

Le train fit une embardée, me réveillant. Lorsque je regardai au-dehors, je constatai que nous roulions très lentement.

— C'est à cause des nouveaux rails qu'ils construisent, expliqua une voix en face de moi.

Je levai les yeux pour voir une dame âgée, trapue, qui serrait un sac à main et un parapluie dans ses mains. Son chapeau, pratique, était plat et décoré d'un ruban dans lequel était piquée une fleur de soie.

— Ils passent leur temps à construire et à reconstruire, ajouta-t-elle. Dans tout le pays. On a parfois l'impression que nous ne nous remettrons jamais de cette guerre.

— Je sais, acquiesçai-je. Je me suis promenée un peu partout dans le pays depuis la victoire, il y a trois ans. À chaque étape, j'ai vu la même chose. Des villes qui repartaient de zéro. La vie qui reprenait lentement.

— Bien sûr, cette région a été terriblement bombardée par les Allemands.

— Est-ce que Bootle a été gravement touché? demandai-je.

C'était une partie du pays que j'avais évitée.

— Oh, oui. Mais pas plus qu'ailleurs, je suppose. J'ai une très bonne amie, sur Milton Street, qui est morte. Marly Conyard, la pauvre. Elle était en train de donner à manger à un chat errant quand elle a été frappée.

— Moi aussi, j'ai perdu une amie.

— C'est une sale affaire, la guerre. Je suis contente qu'elle soit finie.

Comme je ne répondais rien, elle poursuivit :

— Et où allez-vous ?

— À l'Institution Bootle pour rendre visite à… un ami.

— L'Institution Bootle. Ah ! Quelle tristesse.

— Que voulez-vous dire ?

— Elle a été durement touchée juste avant la fin de la guerre. Elle a perdu une aile entière.

Mon cœur se glaça.

— Je l'ignorais.

— Vous le verrez quand vous y arriverez. Elle n'a pas trop mal été rafistolée, quoique la pierre ne vienne pas de la carrière d'origine. En regardant bien, vous pouvez voir la partie neuve.

— Y a-t-il eu des blessés ?

— Oui, et quelques morts. Je suppose que votre ami a été épargné.

— Je ne peux que l'espérer.

Je n'avais plus envie de parler. Je ne voulais pas me torturer l'esprit sur le sort de Charles, ni imaginer l'Institution Bootle autrement que ce qu'elle avait été.

Nous bringuebalant de droite et de gauche, le train progressait sur les rails de fortune, tandis que les cheminots travaillaient à réparer le cratère béant laissé par une explosion.

Lorsqu'il entra en gare, à Bootle, je saluai ma compagne de voyage et descendis. Les fumées de la locomotive souillaient l'air, chassant l'odeur fleurie de mon souvenir.

— Taxi, mademoiselle ?

Un homme au sourire édenté me proposa de m'accompagner où que je veuille aller. J'inspectai mon porte-monnaie, quasiment vide, et refusai.

— Je vais marcher, merci.

Je me souvenais que l'Institution se trouvait à trois miles de la gare environ, en direction du nord. En outre, il faisait beau. Je sortis un sandwich de mon sac et le mangeai en chemin.

Après avoir entendu les commentaires de l'inconnue, je m'étais préparée au pire. Mais l'Institution Bootle semblait avoir été relativement préservée. Maintenant que je savais où regarder, je constatai que la pierre de l'aile gauche était légèrement décolorée, un détail que je n'aurais pas remarqué sans les informations de la femme du train.

Je montai les marches familières que je n'avais pas empruntées depuis dix ans. Alors que j'allais ouvrir la porte, des pensionnaires sortirent, en compagnie d'un aide-soignant. Emmitouflés dans leurs vêtements d'hiver, ils riaient, leur nez et leurs joues rougis par le froid. Parmi eux, se trouvait une fillette qui paraissait avoir à peu près l'âge de Lily. En voyant son bonnet de laine rose et ses gants assortis, je pensai que j'aurais peut-être le temps de tricoter les mêmes pour ses huit ans, en novembre prochain. Après l'avoir observée plus longtemps que je ne l'aurais dû, j'essuyai la larme glacée qui m'avait échappé.

Puis, me détournant, je levai le regard vers la sculpture alambiquée qui surplombait le seuil. *La complexité de la vie immortalisée dans le bois.* Avec un soupir résigné, j'entrai. Le vestibule n'avait pas changé, ses canapés se révélaient aussi impeccables que lors de ma dernière visite.

Une jeune femme aux cheveux d'un châtain terne, tirés en un chignon d'une sévérité consternante, était assise derrière le bureau de la réception. Quand elle me vit, elle écarquilla les yeux. Elle s'empressa de les baisser et traîna les pieds sous sa chaise de métal.

— Où est Miss Ellis ? demandai-je.

Mâchouillant le bout de son crayon, elle regarda dans le vide.

— Miss Ellis ? répéta-t-elle. Je ne sais pas trop. J'ai remplacé Mrs Hainsworth. Je crois que Miss Ellis travaillait ici avant elle. Elle est partie vivre avec sa fille, je crois.

— Je ne pense pas qu'elle ait des enfants.

— Ou avec sa sœur, alors. Je ne sais pas.

Elle retira son crayon de sa bouche, sans pour autant le reposer. Je compris aux cartes étalées devant elle qu'elle jouait au solitaire, ou à un autre divertissement futile.

— Bref, que voulez-vous ?

— Je suis venue voir Charles. Charles Westcott. Est-il ici ?

— Oui, Charles. Vous êtes une parente ?

— Je suis… je suis une amie.

— Vous devez être une parente ou avoir une permission spéciale.

— J'ai une permission. De sa sœur.

— Je ne savais pas qu'il avait une sœur.

— Si, il en avait une. Elle est morte. Dans le Blitz.

— Je suis désolée, je ne peux pas vous laisser entrer sans permission.

Je n'avais pas parcouru tout ce chemin pour me voir congédiée par une idiote sans cervelle. Me penchant vers elle afin qu'elle puisse bien voir mon visage, je perçus son léger tremblement.

— Écoutez, sur son lit de mort, sa sœur m'a demandé de venir m'assurer qu'il allait bien. Vous ne refuseriez pas son dernier souhait à une morte ?

— Non… Je suppose que non.

— C'est bien ce que je pensais. Et maintenant, indiquez-moi sa chambre.

Elle sortit un registre et poussa un stylo vers moi.

— Voilà. Vous devez signer ici.

Avec un nouveau soupir, je me pliai à cette comédie. *Helen Bailey.* Le nom me venait naturellement, désormais. Il m'avait fallu quasiment deux ans pour perdre le réflexe de commencer mon prénom par un « J ». Plus longtemps que pour écrire spontanément mon nom de femme mariée. Elle regarda ma signature et parut satisfaite.

— Il est dans la chambre 203. Un peu plus bas, dans le couloir, sur votre droite.

Entendre que mon frère était toujours dans la 203 me procura un sentiment de réconfort. Certaines choses, si insignifiantes soient-elles, restaient immuables.

J'avançai vers la chambre avec l'impression d'avoir été là la veille. Je la trouvai vide, mais inchangée. Les mêmes rideaux de brocart encadraient les fenêtres qui surplombaient les mêmes jardins. Qui étaient toujours aussi bien entretenus, par un autre que le père ou le fils McCarthy.

La seule différence, c'étaient les plantes dans les pots colorés toujours alignés sur la fenêtre. À l'instar du souvenir du jardinier plein de bonté qui les avait apportées tant d'années auparavant, me volant mon cœur, elles étaient flétries, cassantes, couvertes de toiles d'araignée. Je suivis les brindilles desséchées d'un doigt, effilochant les fils comme du caramel chaud.

Une voix me fit sursauter.

— Pardon.

Je fis volte-face et m'essuyai la main à ma jupe. Un aide-soignant, un homme jeune et mince, avec une ombre de moustache, avait passé la tête par la porte entrebâillée.

— Puis-je vous aider ?

— Je suis venue voir Charles.

— Très bien. Il arrive.

En entendant le pas pesant de mon jumeau, je retins mon souffle.

Je le trouvai inchangé. Il semblait s'être figé dans le temps. L'aide-soignant l'accompagna jusqu'à sa chaise. Craignant presque de le toucher, je reculai d'un pas. Venir là n'avait pas été une bonne idée. De quel droit venais-je le perturber dans ce qui était son monde ?

Au moment où je m'apprêtais à sortir de la pièce, je me cognai le pied au cadre du lit. Tendant un bras, je tentai de garder mon équilibre et ma main vint se poser sur le bras de Charles. Ne montrant aucune surprise, il la prit et la pressa trois fois, en rythme.

J'étais trop abasourdie pour bouger. Ainsi, il n'avait pas oublié notre mode de communication ? Et l'avait utilisé le premier. M'avait-il reconnue ? Pouvait-il sentir ma présence ?

Me tenant toujours la main, il se leva et se dirigea vers la fenêtre. Puis, tâtonnant, il toucha ses pots. Après les avoir tapotés, il fronça les sourcils.

— C'est stupéfiant.

Je me retournai vers l'aide-soignant qui nous regardait.

— Qu'est-ce qui est stupéfiant ?

— Ces vieux pots. En général, il refuse de les toucher. Mais, quand nous essayons de les emporter, il se met à pousser des hurlements. Alors malgré leur piètre apparence, nous les laissons.

Je regardai mon frère. Ma main toujours dans la sienne, il caressait les pots.

— Oui, Charles, ils n'ont pas bougé. Mais toutes les plantes ont dû mourir. Nous allons en planter de nouvelles.

Je le ramenai à sa chaise, retirai ma veste et me frottai les mains. Puis, un par un, je pris les pots et jetai leur lamentable contenu à la poubelle. Je me tournai alors vers l'aide-soignant.

— Et maintenant, il nous faut de nouvelles plantes.

Les yeux brillants, le jeune homme répondit :

— Ma pause est dans un quart d'heure. Je peux trouver de la terre et de jeunes pousses, et voir si ça marche.

— Parfait. À tout à l'heure, donc.

Invoquant le dernier souhait d'une mourante, je passai deux nuits à l'Institution Bootle. Je dormis dans une chambre vide. J'avais l'impression que lorsque nous arrosions les plantes et que nous caressions leurs feuilles, Charles était heureux. Mais ce n'était pas une solution permanente. Si je restais, il allait s'habituer à ma présence. Cet endroit réveillait trop de souvenirs, précisément ceux auxquels j'essayais d'échapper.

Avant de partir, je subtilisai la somme suffisante pour un billet de train dans le sac de la secrétaire. Je n'avais nulle intention de la rembourser.

Lorsque j'arrivai à la gare, voyant que le prochain train en partance était pour Birmingham, j'achetai mon billet.

Chapitre 26

Nous roulions depuis environ deux heures lorsque le contrôleur passa dans chaque compartiment pour demander s'il y avait un médecin à bord. En regardant autour de moi, je constatai que les réactions des autres passagers allaient de la panique à l'indifférence. Comme personne ne semblait capable de répondre à l'appel, je me levai et proposai mon aide. Le contrôleur m'examina de la tête aux pieds d'un air soupçonneux. Mais, n'ayant pas de meilleure proposition, il haussa les épaules et m'entraîna le long du couloir étroit, jusqu'au wagon de première classe, où une dame âgée était tombée.

Me hâtant vers elle, je vis tout de suite qu'elle avait une jambe cassée. Je demandai que l'on m'apporte une cheville en bois ou un bâton solide, afin que je puisse la lui remettre en place. En vain. Sur ma recommandation, le contrôleur autorisa un arrêt d'urgence dans la ville suivante, Stone.

Dès que je fus descendue avec ma protégée, le train repartit, pressé d'amener en temps voulu le reste de ses passagers à leur destination. Avec l'aide d'un porteur, j'installai un lit de fortune sur l'un des bancs de la gare où je fis allonger la dame. Puis, sortant un chemisier de mon sac, je le déchirai et, avec les morceaux de tissu, fixai à la jambe cassée une planche fine apportée par le chef de gare. La femme poussa un cri de douleur, me suppliant de fouiller dans son sac pour y dénicher un tube d'aspirine. Quand le médecin de Walsall arriva, le nécessaire avait été fait.

Il fit transférer la blessée sur la banquette arrière de sa voiture pour la conduire à la ville voisine. Elle agrippa la manche de mon chemisier et me souffla :

— Merci, vous êtes un ange.

Un sourire éclaira son visage tordu par la souffrance.

— N'importe qui en aurait fait autant s'il avait su comment procéder.

— Attendez, je veux vous donner quelque chose.

Elle sortit 3 livres de son sac.

— C'est tout ce que j'ai sur moi, à part l'argent dont j'ai besoin pour finir mon voyage. Mais voici mon adresse à Birmingham. Envoyez-moi la vôtre et je vous paierai comme il se doit.

— Je vous en prie. Ce n'était rien du tout.

— J'insiste.

Elle fourra l'argent dans la poche de mon manteau, puis le médecin ferma la portière.

Tandis que je regardais la voiture disparaître au loin, une idée germa dans mon esprit. Peut-être les grandes villes n'étaient-elles pas l'endroit où je devais chercher du travail. Sans diplôme, on me refuserait toute mission médicale. Mais, dans ces petits bourgs, les choses pouvaient être différentes. Les services d'une infirmière, d'une sage-femme pourraient être appréciés, et la vie y serait certainement moins chère.

Je repris donc mon existence d'infirmière itinérante. Je choisissais de petites localités, privées de médecin, où je passais plusieurs mois à soigner les malades et à mettre des bébés au monde. La plupart du temps, je trouvais du travail après avoir parlé au pharmacien local, qui se félicitait d'avoir de l'aide. Je m'accoutumai aux regards suspicieux qui accompagnaient mon arrivée. Mais la qualité de mon travail ne tardait pas à convaincre les plus sceptiques. Je prenais bien garde de toujours repartir avant d'avoir noué des amitiés durables. Ma punition était d'errer seule dans ce monde, expiant perpétuellement mon péché, malade après malade. À chacun de nos anniversaires, j'expédiais des chocolats à Charles par l'intermédiaire du jeune aide-soignant dégingandé, qui avait été si gentil avec lui. Je laissais une adresse et attendais une réponse, avant de partir pour ma nouvelle destination. Il m'assurait que mon frère allait bien. Mais il avait encore une fois laissé les plantes mourir.

Six autres de nos anniversaires passèrent. Et six autres des anniversaires de Lily qui avait maintenant quatorze ans. Aussi commençai-je à lui envoyer des cadeaux plus adaptés à son âge : un rouge à lèvres et un poudrier, un chapeau que j'améliorai de quelques broderies.

Un jour, à peu près à cette époque, dans un salon de thé d'une lointaine banlieue de Londres, je tombai sur une photo d'Abigaïl et de Roger dans la rubrique mondaine du *Sunday Times*. Roger se présentait aux élections et les journalistes les mieux informés le donnaient favori. Il avait l'air si distingué ! Combien ma vie aurait été différente si je l'avais aimé, comme ma mère l'avait souhaité. Mais ce n'était pas l'existence que je voulais vivre. La belle et impétueuse Abigaïl était à son côté, jouant le rôle pour lequel elle était née. Je ne les enviais en rien.

Deux ans plus tard, au moment du seizième anniversaire de Lily, je me retrouvai dans la ville d'Alcester, alors que le pays était secoué par la crise du canal de Suez et l'intervention des troupes britanniques au Moyen-Orient. Par souci de patriotisme, je lui envoyai une broche représentant le drapeau britannique. Je dus me faire violence pour m'empêcher de penser à l'époque où Kyle s'était battu dans cette partie du monde, de me demander où il pouvait être à présent. C'était une autre vie.

L'année suivante, alors que je me trouvais à Oakham, un plan fut dévoilé visant pour la première fois à permettre aux femmes d'entrer à la Chambre des lords. Si ces événements éveillaient l'attention des ruraux, ils ne parvenaient pas à les distraire de leur labeur quotidien, l'agriculture leur permettant de survivre. C'était ce qui me plaisait à la campagne. Peu influencés par les modes et la politique, les gens travaillaient dur. J'étais devenue une personne très simple, très différente de la jeune fille élevée dans le luxe qui habitait en bordure de Newsham Park.

Mes patients me payaient de diverses façons. Lorsqu'ils ne pouvaient pas me donner de l'argent, ils compensaient avec des vêtements, de la nourriture, un logement, tout ce qui leur venait à l'idée.

Un jour, à Bedworth, je fus payée de façon extrêmement singulière, pour une tâche qui ne l'était pas moins. Depuis deux mois, je remplaçais le médecin qui briguait d'autres ambitions. On frappa à ma porte. J'allai ouvrir et me trouvai nez à nez avec un petit garçon, qui n'avait pas plus de cinq ans. Je reconnus le fils d'un fermier voisin.

— Vous êtes le docteur ? me demanda-t-il, la tête penchée de côté.

Son petit visage exprimait une profonde détresse.

— Non, je suis une infirmière, mais je peux peut-être t'aider. De quoi as-tu besoin ?

— J'ai besoin que vous veniez avec moi.

Il avait l'air si implorant que je ne pus refuser.

— Comment t'appelles-tu ?

— Arthur. J'habite là-bas, ajouta-t-il en montrant du doigt une maison au loin.

Lorsque nous arrivâmes, ignorant la ferme, il m'entraîna dans la grange voisine.

— Elle est là, j'espère que vous pourrez l'aider.

Je regardai autour de moi, cherchant une femme. En vain. Mais quand j'ouvris la porte d'un box et vis le colley allongé sur un flanc, je partis d'un éclat de rire – fait très rare, dans mon cas. Comme c'était drôle de voir qu'un enfant était venu me chercher pour mettre au monde des chiots ! C'est alors que je remarquai la détresse de la chienne. Il se passait quelque chose d'anormal.

Je caressai son poil blanc et noir, humide de sueur. Elle avait déjà mis bas deux petits, mais elle semblait avoir renoncé. Sa respiration était très forte, et les poils blancs autour de sa truffe indiquaient qu'elle n'était plus très jeune.

Elle paraissait souffrir d'une inertie utérine, autrement dit, ses muscles affaiblis ne pouvaient pousser sans aide.

À la fois dégoûté et fasciné, Arthur, appuyé au montant du porche, me regarda aider sa chienne adorée à faire émerger quatre autres chiots. Je libérai chacun d'entre eux de son sac amniotique, puis les déposai devant les mamelles de leur mère qui s'empressait de les lécher. Il y avait longtemps que je n'avais pas été témoin d'une telle vision de bonheur. J'étais en train de me laver les mains à la pompe quand le père d'Arthur rentra des champs.

— Que se passe-t-il ici ? s'enquit-il, son regard allant de son fils à moi.

— Needa a eu ses chiots ! Il y en a sept ! Est-ce qu'on peut les garder ?

— Nous pourrons peut-être en garder un ou deux, fiston, mais nous allons être obligés de trouver des foyers pour les autres.

— Vous en voulez un ? me proposa l'enfant en se tournant vers moi.

C'était la première fois que l'on m'offrait un chiot pour mes services. N'ayant pas l'intention de rester bien longtemps dans cette ville, je n'étais pas sûre de pouvoir accepter. Mais Arthur était si enthousiaste, que je ne pus le lui refuser.

— J'aimerais beaucoup, m'entendis-je répondre.

Sans me demander mon opinion, il sélectionna le plus chétif de la portée, une petite boule noir et blanc.

— Comment allez-vous l'appeler ?

Moi qui n'avais même pas donné de prénom à mon propre enfant j'étais sur le point d'en choisir un pour ce petit cabot.

Après avoir réfléchi quelques instants, je déclarai :

— Je crois que je vais l'appeler Ellis.

Peut-être même m'aimerait-il comme ma vieille amie m'avait aimée.

Ellis me retint à Bedford quelques semaines encore. Il prenait des forces grâce au lait de sa mère. Arthur était ravi de venir me donner de ses nouvelles tous les jours, et je fis moi-même quelques visites à la ferme.

Dès que le chiot fut sevré, je partis sans même dire « au revoir » au garçonnet.

Même si je répugnais à l'admettre, Ellis se révéla être une présence délicieuse. Où que nous vivions, il s'installait dans son petit coin. Lorsque je rentrais, il m'accueillait avec enthousiasme et me léchait le visage. Il y avait des années que personne ne m'avait témoigné une telle affection et, même si elle venait d'un chien, je m'en réjouissais. Parfois, je l'amenais au chevet de mes patients et j'étais intriguée par la différence de comportement que sa présence engendrait.

En dehors d'Ellis, mon seul petit plaisir était la télévision. Bien entendu, étant tout le temps par monts et par vaux, je n'en possédais pas. Mais j'étais fascinée chaque fois que j'avais une occasion de la voir. Vers la fin des années 1950, à l'exception des plus pauvres, la plupart des gens avaient des postes de télévision chez eux. Je supposais que mon père devait en posséder un certain nombre. Bien avant que la majorité de la population ne soit équipée de téléphones, nous en avions déjà plusieurs.

Ce fut en 1961, à Abertillery, la ville des fonderies, que je reçus un paquet de Bootle. Une lettre de mon fidèle correspondant l'accompagnait.

Chère Miss Bailey,

Je suis navré de devoir vous écrire cela. Cette semaine, Charles a succombé à un infarctus qui lui a été fatal.

Il semblait souffrir de douleurs de la poitrine depuis plusieurs semaines et avait peut-être un problème congénital qui n'avait pas été détecté. Ses affaires ont été envoyées chez ses parents, mais j'ai pu substituer ce petit pot pour vous. J'espère qu'il arrivera entier.
Avec tout mon respect,

Andrew Bosch.

J'ouvris le paquet. Il contenait un pot bleu à pois verts. Le serrant contre mon cœur, je sanglotai. D'aussi loin que je me souvienne, c'était la première fois que je pleurais. Mes larmes ne coulaient pas seulement pour Charles, mais pour tous ceux que j'avais perdus. Mon frère avait été mon dernier lien avec Julianne. Maintenant, j'étais vraiment seule au monde.

Je jetai le pot qui alla se fracasser contre le mur, faisant sursauter Ellis. Après en avoir ramassé les morceaux épars, je les posai sur ma table. Il était détruit, exactement comme je l'étais. Je sortis alors acheter les comprimés.

Ils restèrent intacts pendant des semaines. Je les prenais au creux de ma paume, leur teinture me tachant la peau d'une couleur ocre, maladive. J'en avalais un et le recrachais. Ils avaient un goût atrocement amer. Mais ils étaient le moyen d'atteindre mon but et j'étais déterminée, tôt ou tard, à les avaler tous.

Un soir, j'en étalai quatorze, le double de la dose qu'il me faudrait pour en finir. Vingt années de pénitence suffisaient sûrement. Ellis me regardait avec ses grands yeux bruns. Il devait sentir qu'il se passait quelque chose de louche. Il mit son museau sur mon genou. Accablée, j'étais assise sur mon lit.

Pendant des heures, nous nous contemplâmes. Chaque fois que je bougeais, il remuait la queue et s'immobilisait quand il comprenait que je ne faisais que changer de position.

J'avalai le premier avec une grande gorgée d'eau, le forçant à descendre dans ma gorge. *Et d'un!* Je pensai à Charles, à Lucille. Je voulais tant les revoir! Hélas, je partais dans une direction différente. Ils avaient été des anges, sur cette terre. J'étais loin d'en être un.

Je bus une nouvelle gorgée et pris le deuxième. *Et de deux!* Je songeai à mes parents. Comment avaient-ils réagi en apprenant la mort de Charles? Avaient-ils été tristes, avaient-ils eu des regrets, pensaient-ils à moi?

Et de trois! C'était de plus en plus difficile. Ces comprimés avaient un goût atroce et je ne sentais toujours rien. Mais peut-être était-ce trop tôt.

Et qu'allait devenir Ellis? Je me rassurai. C'était un bon chien. Quelqu'un l'adopterait.

J'ouvris le tiroir de ma table de nuit et en sortis la photo de Kyle, prise à son insu, de la fenêtre de Charles. J'étais déjà amoureuse, mais nous ne nous étions pas parlé souvent. Le cadre d'argent s'était terni au fil du temps et je ne l'avais pas regardée depuis longtemps, à part pour la ranger dans son sac à chacun de mes déménagements. Je voulais voir Kyle une dernière fois. C'était ainsi que je voulais me souvenir de lui, sifflotant, travaillant dans les jardins qu'il aimait tant. Je la montrai à Ellis puis la posai sur la table de nuit.

C'était bien trop long. *Inutile de traîner, de faire tant de cérémonies.* Avec un soupir accablé, j'avalai trois autres médicaments et portai mon verre d'eau à mes lèvres.

On frappa à ma porte. Ellis se mit à aboyer comme un fou. Sans mes lunettes, je ne pouvais pas voir la pendule dans l'obscurité, mais il devait être tard. Très tard. On pouvait toujours frapper !

Les aboiements se turent et je pensai un instant que, quel que soit l'intrus, il avait renoncé. J'avalai un autre comprimé et m'apprêtais à prendre le suivant, lorsque les coups à la porte reprirent, plus pressants. Ellis se remit à aboyer, et lorsque je tendis la main vers lui, les médicaments tombèrent sur le sol. Les coups persistant à la porte, il était maintenant déchaîné. En reposant l'eau sur la table, je fis vaciller le cadre, qui tomba, face contre terre.

Il fallait que je réponde. Cela ne cesserait pas.

— Qu'y a-t-il de si urgent ? murmurai-je pour moi-même.

Après avoir allumé la lumière, je passai mes mains dans mes cheveux, l'habitude d'une coquetterie oubliée depuis longtemps. J'évitai de me regarder dans le miroir de mon meublé. Je savais déjà que mes cheveux blonds étaient nuancés de gris. Je n'ignorais pas que les années avaient empâté ma silhouette. Et que les cicatrices sur mon visage, même si elles s'étaient un peu atténuées au fil des ans, lui donnaient toujours l'apparence du cuir tanné.

Les coups avaient enfin cessé. Qui que ce soit, l'importun avait dû m'entendre approcher.

Je reconnus l'un des enfants Campbell. *Thomas ? Tommy ? Timothy ?* Qu'importait. Ils étaient si nombreux.

— Miss ?

— Que veux-tu à cette heure ?

— C'est ma mère. Elle est malade. Très malade

— C'est le bébé ? Il ne doit naître que dans quelques semaines.

— Je suppose que Dieu en a décidé autrement. Il arrive. Mais, cette fois, quelque chose n'est pas normal.

— Dieu n'a rien à voir dans tout cela.

Il ignora mon blasphème. À l'instar de la plupart des habitants de ces villes si pauvres, quand le besoin de mes capacités d'infirmière l'emportait sur leur désir de piété.

Mais ils n'étaient pas punis par le dieu que j'avais depuis longtemps exclu de ma vie.

— J'ai pris la camionnette.

Après l'avoir prié de m'attendre, je m'habillai, puis sortis, chargée de ma sacoche en tapisserie contenant les instruments.

Les comprimés devraient attendre.

Mrs Campbell mourut alors que le prêtre écoutait sa confession. Je le sus, car, pendant toutes mes années d'errance, j'avais rencontré la mort à l'hôpital, dans les villes déchirées par la guerre, sur les visages des villageois. J'enviai cette femme, gisant dans son lit, délivrée des douleurs de l'existence.

Le prêtre était si déterminé à assurer son salut qu'il ne s'en rendit pas compte tout de suite.

— *Exaudi nos, Domine sancte, Pater omnipotens, aeterne Deus : et mittere digneris sanctum Angelum tuum de caelis, qui custodiat, foveat, protegat, visitet atque defendat omnes habitantes in hoc habitaculo. Oremus. Exaudi nos, Domine sancte, Pater omnipotens, aeterne Deus : et mittere digneris sanctum Angelum tuum de caelis, qui custodiat, foveat, protegat, visitet atque defendat omnes habitantes in hoc habitaculo. Per Christum Dominum nostrum.*

Je refoulai les souvenirs d'une nuit similaire, dans un appartement, au troisième étage, bien longtemps auparavant. La nuit où, son père mourant, Kyle m'avait expliqué le rituel, étape par étape.

— *Domine, non sum dignus, ut intres sub tectum meum : sed tantum dic verbo, et sanabitur anima mea.*

De ma main valide, je plongeai la serviette dans de l'eau chaude, avec un geste de recul lorsque ma peau la toucha. Je la pris de ma main droite, pour éviter que la chaleur me brûle les doigts. La vapeur qui s'en échappait me rappelait l'encens qui devait emporter nos prières au paradis. Comme il était étrange que la présence d'un prêtre fasse remonter tous ces détails à la surface.

— *Accipe, soror, Viaticum Corporis Domini nostri Jesu Christi, qui te custodiat ab hoste maligno, et perducat in vitam aeternam. Amen.*

Je détestais cette langue morte. La cadence du latin faisait naître en moi des pensées indésirables. Des images s'imprimaient à mon esprit. Kyle étudiant dans le jardin, Kyle me conduisant à travers les rues d'Anglesey, Kyle et son sourire perpétuel.

Je secouai la serviette, jusqu'à ce qu'elle soit assez froide pour que je puisse la tordre de mes deux mains. Puis, après avoir essuyé délicatement les yeux de la nouveau-née, je fis glisser le linge le long de ses joues, sur sa tête, sur son cou.

En ayant trouvé un autre, sec, je m'apprêtai à la langer et à l'habiller.

— *Oremus. Exaudi nos, Domine sancte, Pater omnipotens, aeterne Deus : et mittere digneris sanctum Angelum tuum de caelis, qui custodiat, foveat, protegat, visitet atque defendat omnes habitantes in hoc habitaculo. Per Christum Dominum nostrum.*

Mr Campbell avait quitté la pièce pour être avec ses autres enfants. J'entendis le tintement de ce qui devait être un flacon de verre. Je sus que c'étaient les huiles du dernier sacrement. Je préparais le bébé pour la vie. Le prêtre accompagnait la mère vers une éternité avec le dieu de bonté auquel il croyait. Une petite vie pleine de rêves à venir ; une vie qui finissait, tous ses rêves appartenant au passé.

Avec délicatesse, je fis passer les mains du bébé dans les manches de la grenouillère, puis fis de même avec ses pieds et fermai les boutons-pressions. Puis je me mis en quête d'une couverture. Mr Campbell était revenu. À son visage accablé, je compris qu'il savait que sa femme était morte.

—*Ego facultate mihi ab Apostolic Sede tributa, indulgentiam plenariam et remissionem omnium peccatorum tibi concedo et benedico te. In nomine Patris, et Filii, et Spiritus Sancti. Amen.*

Le prêtre poursuivait néanmoins sa litanie.

Malgré moi, je m'étonnai. Le corps de la morte ne tarderait pas à être froid, quel était donc l'intérêt de continuer à prier ? D'un autre côté, s'ils avaient envie de perdre leur temps, cela ne me concernait en rien. Si le rituel pouvait rassurer Mr Campbell en lui faisant croire qu'il avait participé au salut de sa femme, cette cérémonie était sans doute de quelque utilité.

Après avoir trouvé ce que je cherchais, je pliai la couverture en deux, formant un triangle, dans lequel je déposai le bébé. Puis je m'acquittai machinalement des gestes habituels : un coin sous son menton, deux coins glissés dans son dos

Prise d'un nouveau vertige, je dus m'appuyer au manteau de la cheminée. Je serrai la fillette contre moi pour l'empêcher de tomber. Bien emmaillotée, elle dormait à poings fermés. Les bébés aimaient se sentir confinés. Cela leur rappelait la sécurité du ventre de leur mère.

L'enfant blottie au creux de mon bras, je me retournai, espérant que le prêtre ait fini. Dos à moi, il était maintenant penché sur la morte, lui donnant la bénédiction d'une croix qu'il dessina du pouce sur son front. C'est alors que je remarquai l'anneau à sa main droite. Il était en or, avec une bande d'argent au milieu.

J'avais déjà vu cette bague. Plus exactement, j'avais déjà vu la même. C'était une simple coïncidence. Cela ne voulait rien dire.

Mr Campbell laissa échapper un soupir résigné, puis, la tête basse, déclara :

— Merci, père…

— Père McCarthy.

À ce nom, tous les souvenirs que j'avais pris soin de refouler au son du latin remontèrent à la surface. Il plana dans la pièce, exactement comme lorsque le garçon venu me chercher l'avait prononcé dans la camionnette.

Je n'aurais pas dû me laisser étourdir ainsi. N'y avait-il pas des milliers de McCarthy dans le monde ?

Ce nom avait été mon nom, un nom que j'avais adoré. L'entendre prononcer capta toute mon attention, comme si j'avais entendu « Julianne ».

J'écoutai la conversation des deux hommes, avec l'impression d'entendre la voix d'un fantôme.

— Le père Trammel a été appelé ailleurs ce soir. Je suis son invité et j'étais disponible pour vous aider.

Submergé par l'émotion, Mr Campbell tendit les mains au père McCarthy qui les serra.

— Je sais que votre présence aurait beaucoup compté pour Agnès.

Immobile, la tête baissée, le père McCarthy attendit qu'il le relâche.

L'instant était si émouvant que j'étais subjuguée. L'esprit embrumé, je luttais contre les visions du passé qui ne cessaient de m'assaillir. J'avais beau avoir l'impression d'être une intruse dans cet instant d'intimité, j'étais comme figée. Enfin, la nouveau-née me procura la raison idéale de m'éclipser. Elle était habillée, et ses frères et sœurs devaient se languir de la connaître.

Tout comme ils devaient attendre avec impatience des nouvelles de leur mère. Je ne pouvais pas être celle qui leur annoncerait sa mort. Ils devaient l'apprendre de leur père, pas d'une inconnue au visage tuméfié.

Au moment où je m'avançais vers la porte portant toujours mon précieux fardeau, le prêtre recula d'un pas et se retourna. Nous étions enfin face à face.

Ces yeux, cette voix, ce nom. Il était devant moi. Le doute n'était plus permis. Je me sentis de nouveau défaillir.

Kyle, mon Kyle ! Ici. Et prêtre, finalement. Une vague de pur bonheur me submergea. Ainsi, mon sacrifice n'avait pas été vain.

Titubant derechef, je serrai le bébé plus fort.

Je sentis sa main se poser sur mon coude pour me calmer. Comme si cela avait été possible ! Mon cœur cognait à coups précipités dans ma poitrine, j'avais le souffle court, le sang me battait aux tempes.

— C'est ma faute, chuchota-t-il.

Il était toujours aussi prompt à porter le blâme. Mais il avait raison. Il avait raison de reconnaître sa culpabilité. Il était coupable de faire resurgir un passé enfoui au plus profond de ma mémoire. D'interférer avec mes projets de quitter ce monde.

J'essayai de reprendre mon sang-froid. Il ne s'agissait là que des rêveries d'une femme désorientée. Qui sentait en elle se réveiller l'âme d'une jeune fille de dix-huit ans, troublée par la proximité de l'homme qu'elle aimait. L'espace d'un fol instant, la jeune fille l'avait emporté sur l'adulte.

Lorsqu'il fut évident que je n'allais pas tomber, il me relâcha et recula. Je passai alors dans l'autre pièce, où plusieurs enfants étaient toujours endormis. Les autres avaient le regard ensommeillé.

— Voilà votre sœur, annonçai-je, sachant qu'aucune parole ne pourrait les réconforter de la perte de leur mère.

Emily se leva, les joues marquées de traînées de larmes, et, avec un sourire, elle prit le nourrisson de mes bras.

— Merci, chuchota-t-elle, en embrassant doucement la minuscule tête duveteuse.

Je retournai dans la chambre où je trouvai le prêtre affairé à rassembler ses affaires dans sa petite sacoche noire.

— Attendez, mon père.

Le mot me laissait un arrière-goût étrange, qui ne me plaisait qu'à moitié.

S'interrompant, il se tourna vers moi. Je me rappelai soudain la sensation de son bonnet chaud sur ma tête le jour où nous arpentions les rangées d'arbres de Noël, à la ferme forestière. Il était si jeune, à l'époque, si insouciant. L'homme qui se tenait devant moi paraissait las.

— Vous avez parcouru un long chemin. J'étais sur le point de faire du thé. Si vous restiez pour en boire une tasse ?

— Cela me ferait grand plaisir, merci.

Replaçant son chapeau sur la table, il me suivit dans la cuisine.

Pendant que je faisais bouillir l'eau et que je cherchais des tasses, je lui jetai des coups d'œil à la dérobée. Je retrouvais presque le même Kyle. Les cheveux châtains, maintenant légèrement gris, rehaussaient sa distinction naturelle. Ses lunettes rondes à monture d'acier lui donnaient l'air intellectuel. Mais il avait perdu son sourire.

Il m'était impossible de me trahir. Pourtant, j'avais tellement de questions. Comment avait-il appris le bombardement d'Edge Hill ? Pourquoi avait-il décidé de retourner au séminaire ?

Limitée à une conversation plus neutre, je demandai :

— Ainsi, vous êtes ici en invité ?

— Juste pour une semaine. Le père Trammel et moi sommes de vieux amis du séminaire. Je suis venu le voir, avant d'aller prendre mes nouvelles fonctions.

— Si je puis me permettre, le père Trammel n'est-il pas beaucoup plus jeune que vous ?

— Oui, mais je suis entré au séminaire plus tard que la plupart des prêtres, expliqua-t-il de bonne grâce.

— Et pourquoi cela ?

Je savais que j'abordais un sujet délicat. Ma curiosité pourrait paraître louche, en cette circonstance. La même pensée dut le traverser, car il me lança un regard interrogateur.

Néanmoins, il répondit :

— J'étais à la guerre. Après la guerre, j'ai fait… des recherches.

Que cherchiez-vous ? La question me brûlait les lèvres. Mais je la refoulai. Ce n'était visiblement pas un sujet dont il semblait disposé à discuter.

« Des recherches. » Tout en éteignant la cuisinière et en filtrant le thé, je réfléchis. *Se cherchait-il lui-même dans la vie qu'il avait dû s'inventer comme veuf ? Cherchait-il quelque chose, notre maison, nos affaires perdues ? Cherchait-il quelqu'un ?* Je n'osais pas en espérer tant. Comme tout le monde, il avait dû accepter ma mort dans le bombardement de Liverpool. Mais s'il m'avait cherchée parce qu'il n'en avait pas la preuve ? Cela aurait été tellement vain. J'avais pris un nouveau départ, sans laisser aucune trace.

Je brûlais de lui tendre la main et de lui dire que j'étais là. Que, derrière cette femme au visage ravagé, se cachait Julianne. Mais, bien entendu, ce n'était même pas envisageable.

Alors que je m'apprêtais à m'asseoir à mon tour, il se leva pour me prendre les tasses bouillantes.

— Faites attention, le thé est encore très chaud, lui signalai-je, sans lui préciser que ma main droite était insensible à la chaleur.

— Tout va bien, dit-il en reprenant son siège.

Il saisit une cuillère et commença à remuer le liquide ambré. La vapeur s'en élevait comme de l'encens.

Je voulais entendre de nouveau sa voix. Elle n'avait pas changé. Elle trahissait juste un peu plus de maturité. Je me demandais si la mienne lui paraissait familière.

Mais c'était impossible. Après la brûlure de mes cordes vocales, elle était devenue trop rauque. Est-ce que quelque chose en moi réveillait des souvenirs, comme il l'avait fait pour moi ? En l'observant, je n'en voyais aucun signe.

— Et quelle est votre prochaine affectation ? m'enquis-je.

— Une petite paroisse, à la périphérie de Liverpool, l'église de Notre-Dame-des-Anges.

« Notre-Dame-des-Anges » ! Bien entendu je me souvenais de cet endroit. La petite chapelle isolée, attachée à l'immense cimetière dans lequel son père reposait. Pourquoi allait-il là-bas ? Il m'avait expliqué que certains prêtres aimaient la solitude des lieux, alors que d'autres choisissaient cette paroisse principalement pour apporter leur soutien aux familles en deuil. Mais que tous, après quelques années, demandaient à être transférés dans une autre. Avait-il été envoyé là-bas, ou avait-il fait la demande de ce coin perdu ?

Tout en remuant mon thé, j'interrogeai d'un ton détaché :

— Est-ce une grande église ?

— Non, c'est une petite église de campagne.

— Ce sont mes préférées. Elles sont en pierre, avec un petit presbytère séparé en deux parties, une pour le prêtre, une pour une gouvernante.

— Oui, en effet. Si je me rappelle bien, c'est le cas pour cette paroisse. Mais comme son terrain est immense, le presbytère abrite plutôt un jardinier. Cependant il est maintenant entretenu par une société de jardinage de Liverpool. Je suppose donc que j'y habiterai seul.

— Vous n'aurez pas de gouvernante ? m'étonnai-je.

— Non, je ne pense pas. J'ai appris qu'il n'y avait pas le budget pour une gouvernante.

— J'espère que vous cuisinez bien.

Il sourit. Ce sourire, sans être éclatant, montrait, au moins, qu'il était à l'aise avec moi. Je n'avais rien vu d'aussi beau depuis vingt ans. J'avais l'impression de contempler le soleil pour la première fois depuis longtemps.

— Je peux me débrouiller dans une cuisine. Je peux même raccommoder ou repriser mes propres chaussettes.

— Eh bien, un prêtre et une gouvernante pour le même prix, dans ce cas ? C'est une aubaine pour une église ! plaisantai-je.

— Je suppose que oui.

Une éventualité me traversa l'esprit. Je me rabrouai intérieurement. C'était une idée bien trop présomptueuse. Mais l'était-ce vraiment ? Si incroyable que cela puisse paraître, il m'était impossible de ne pas la formuler.

— Ainsi, il n'y aurait pas de budget pour une gouvernante ?

— C'est ce que l'on m'a dit.

— Je compte chercher du travail dans le Nord. Mais je suis seule. Tout ce dont j'ai besoin, c'est d'un gîte et d'un couvert. Pourriez-vous envisager de m'engager comme gouvernante ?

Mais je craignais de me montrer trop directe. Il venait de m'expliquer qu'il n'y avait pas d'argent. Je devais reformuler ma proposition.

— Uniquement de façon temporaire, m'empressai-je d'ajouter. Jusqu'à ce que je trouve un autre travail.

À aucun prix, il ne devait se douter que c'était mon souhait le plus cher au monde. Que l'espoir, la vie recommençaient à germer en moi. Il devait seulement croire qu'il me rendrait service.

— Je n'y vois pas d'obstacle. La maison serait vide, sinon. Mais je dois vous prévenir. Je ne suis pas de très bonne compagnie.

— Que voulez-vous dire ?

— Je veux juste que vous sachiez que je ne suis pas très bavard, et que cette existence pourrait se révéler très solitaire pour vous.

— Comme ce ne serait qu'une situation temporaire, je suppose que cela n'a pas grande importance.

— Dans ce cas, c'est entendu.

Je me souvins soudain d'Ellis.

— J'ai un chien. Est-ce que cela vous dérange ? Il est très sage.

— Ce ne sera pas un problème.

Il but une gorgée de thé, puis une deuxième. Après avoir trouvé une feuille de papier, il y griffonna quelques lignes.

— Voici l'adresse de l'église. J'ai l'intention d'y être dans deux semaines. Vous êtes la bienvenue. Mais, si vous changiez d'avis, je comprendrais. Je prierai pour que, où que vous conduisent vos pas, vous soyez protégée. Et je vous demanderai de faire la même prière pour moi.

Il se leva, vida sa tasse d'un trait, et, après avoir récupéré sa sacoche et son chapeau noir, il sortit par la porte d'entrée. Sur le seuil, dans l'espoir qu'il s'attarderait ne serait-ce qu'une seconde de plus, je lançai :

— Merci d'avoir été ici pour les Campbell.

— J'ai été heureux de pouvoir remplacer le père Trammel. Bonne soirée.

Mon cœur battant la chamade, je le regardai s'éloigner. J'étais folle d'impatience. J'allais repartir vivre à Liverpool. Et je serais avec Kyle.

Chapitre 27

Si nous avions été dans un conte de fées, j'aurais dévoilé ma véritable identité à Kyle. Il m'aurait embrassée, un baiser magique qui m'aurait replongée dans une époque enchantée, et nous aurions vécu heureux pour toujours.

Mais c'était juste un fantasme. Je n'avais pas pris cette décision avec l'espoir que nous allions être ensemble. Pour autant que je sache, il était veuf et, aujourd'hui, il était prêtre. J'allais devenir sa gouvernante, une femme au physique ingrat, une présence féminine ne représentant aucune tentation, pour un homme qui, de toute manière, aurait vécu seul.

C'était comme un sursis avant le paradis, une transition. Kyle m'avait parlé un jour du purgatoire. Peut-être était-ce ce qui m'attendait, en fin de compte : un endroit pour expier mes péchés tout en sachant que le paradis était derrière la porte. Et non cet enfer qui avait nourri mes sombres pensées. Seul le dieu de bonté auquel Kyle croyait pouvait nous avoir réunis ainsi.

Je rentrai chez moi et, reconnaissante de n'avoir pas pris plus de trois comprimés, jetai le reste aux toilettes. Je bus quatre verres d'eau à la suite, espérant diluer les médicaments dans mon corps et apaiser les nausées qu'ils avaient provoquées.

Dès le lendemain, je partis pour Liverpool, bien déterminée à rattraper chaque journée perdue. Je trouvai à me loger dans une pension de famille miteuse où, pour quelques pence de plus, l'on accepta de me louer une chambre pour quinze jours, avec mon chien. Ellis, qui était habitué à notre existence nomade, ne parut pas remarquer que nous abordions peut-être une nouvelle phase. Il allait adorer l'espace que lui offrirait le parc de notre futur logement.

Ma première étape fut le majestueux hôtel particulier familial, en bordure de Newsham Park. La guerre semblait l'avoir laissé intact.

Après deux journées passées à faire le guet, le lundi matin, j'aperçus enfin ma mère, en compagnie de son jardinier à qui elle donnait ses instructions. Elle était toujours aussi attachée à sa routine. Le lundi était la journée consacrée au jardinage.

Elle n'avait pas beaucoup changé. Toujours aussi anguleuse, toujours élégante, elle paraissait seulement un peu plus âgée. Même de loin, je voyais qu'elle avait des rides. Je fus tentée d'aller lui parler et fis même mine de m'approcher. Mais j'hésitai. C'était trop douloureux. Aussi me contentai-je de l'observer de loin, jusqu'à ce qu'elle monte dans sa voiture qui, à ma surprise, n'était pas du dernier modèle. Père et elle avaient toujours prisé le dernier cri. Mais si la guerre avait été très lucrative pour les sociétés de transport maritime de

Liverpool, le développement du trafic aérien de la dernière décennie avait entraîné une chute brutale des bénéfices. Connaissant mon père, j'étais sûre qu'il avait trouvé une solution, quitte à fonder une nouvelle société.

Après le départ du jardinier, je franchis discrètement le portail. La gloriette défraîchie, qui aurait eu besoin d'une couche de peinture, était toujours aussi belle à mes yeux. Les paupières closes, je caressai l'une de ses poutres, m'emplissant de souvenirs. Kyle et moi, enlacés, pleurant, ses lèvres sur mon cou remontant vers les miennes. Les sensations se réveillèrent dans mon corps.

M'extirpant de ce rêve, je me dirigeai vers les massifs de fleurs quand j'aperçus une grande pierre gravée, sur laquelle s'étalait l'inscription :

À la mémoire de notre fille adorée,
Helen Julianne Westcott.
Née le 3 mars 1920.
Décédée le 29 novembre 1940.
Qu'elle repose en paix.

Il n'était pas très courant de lire son épitaphe. Si la démarche de mes parents était logique, la découverte de ma propre tombe était plutôt macabre. Pourtant, j'avais été Julianne Westcott. Mais pour si peu de temps que j'avais l'impression que cette pierre tombale s'élevait à la mémoire d'une autre. Je remarquai immédiatement que le nom de McCarthy n'y figurait pas. Je n'en fus guère surprise. Mes parents avaient poursuivi leur croisade. S'ils n'avaient pas pu accepter celle que j'étais à l'époque, comment pouvais-je m'attendre à ce qu'ils m'acceptent aujourd'hui ?

Un autre jour, je me rendis à Albert Dock. Les entrepôts n'étaient plus aussi animés qu'auparavant. Je longeai celui de mon père, espérant le voir lorsqu'il sortirait déjeuner. Sans succès. Le troisième jour, je l'aperçus enfin. Il apparut vers midi, muni d'un sac contenant son déjeuner, et alla s'asseoir sur un banc, face à la mer. Je l'observai, mon cœur se gonflant d'amour. Il n'avait pas été un père parfait, mais il avait fait de son mieux. Imprudemment, je m'approchai du banc.

— Puis-je m'asseoir ? me risquai-je à lui demander, sans pour autant lui faire face.

J'étais partagée entre l'envie et la crainte de soutenir son regard, et de le voir me reconnaître. Mais je n'avais pas à m'inquiéter. Avec le temps, mes yeux verts, voilés par le dur labeur et par la solitude, tiraient sur le gris. Et Dieu sait que mon visage ne ressemblait plus en rien à celui de sa fille, la jeune beauté qui lui avait brisé le cœur. S'asseyant à côté de moi, Ellis se concentra sur les mouettes de la jetée.

— Je vous en prie.

Sans m'accorder un regard, il glissa vers l'extrémité du banc pour me faire de la place.

Je ne prononçai plus une parole. J'avais bien trop peur de fondre en larmes si j'ouvrais la bouche. Nous restâmes ainsi, côte à côte, en contemplation devant la mer. La même odeur persistait, mélange de poisson croupi et d'industrie. Toutefois, comme mon père, elle s'était affaiblie. Lui aussi avait vieilli. Et, contrairement à mère, il avait perdu sa vivacité. Il donnait l'impression d'être un homme que la vie n'avait pas épargné et qui s'était résigné. *Pauvre père.*

Je me doutais que ma mort avait dû être un sacré coup. J'avais toujours pensé qu'il était peut-être celui pour qui ma nouvelle apparence aurait eu le moins d'importance.

Je refrénais mon envie de glisser mon bras sous le sien, de poser ma tête sur son épaule, et de lui chuchoter : « Papa. » J'y résistai, retenue tout particulièrement par la pensée que la surprise pourrait le tuer.

J'avais l'impression qu'il mangeait bruyamment. Ou, peut-être, était-ce le silence qui amplifiait les sons. Lorsqu'il eut fini, il se leva et, après m'avoir lancé un brusque « Bonne journée ! », regagna les bureaux de l'entrepôt et disparut à travers la porte à tambour. Longtemps après qu'elle avait cessé de tourner, je continuai à la regarder.

Les trois jours suivants, je revins, m'asseyant à différents endroits pour l'observer pendant ses déjeuners en solitaire. Le dernier jour, je lui envoyai un baiser de loin.

Je passai le reste de mon temps à Liverpool à glaner des informations sur d'autres personnes que j'avais connues. Quelquefois, je les obtenais dans des archives publiques ou dans de vieux journaux, d'autres fois en démarrant une conversation avec quelqu'un. Dans un coin du cimetière de notre paroisse, je trouvai la tombe de Lucille, couverte de bouquets flétris. J'y déposai le mien, une brassée de marguerites.

J'appris que le père de mon amie était mort une dizaine d'années auparavant et que l'un de ses frères habitait toujours la maison familiale. Ben était rentré de la guerre, amputé d'un bras, privé de sa femme adorée. Il avait reçu des décorations militaires, s'était remarié en 1950 et avait deux fils.

John officiait toujours comme pasteur à l'église et Maude, qui avait eu trois fils, avait désormais une jolie silhouette plantureuse.

Lotte n'était jamais revenue à Liverpool. De New York, elle était partie pour Hollywood, où, après avoir fait de la figuration dans des films, elle avait démarré une carrière d'agent publicitaire. Un métier qui semblait fait pour elle. Je ne lui souhaitais que du bien.

Blythe était morte pendant la guerre, en mai 1941.

Il ne me restait plus qu'à découvrir ce qu'étaient devenues Jane et Lily. À cette idée, j'étais paralysée par l'effroi. Seule Jane connaissait les méandres des cicatrices rouge et blanc sur mes mains et mes bras, ce qui mettait mon anonymat en péril. Et pourtant, la violence de mon désir de voir Lily l'emporta sur ma peur.

Assise au bord du lac, en face de l'hôpital, j'attendis un long moment, repoussant l'instant où je passerais les portes. Le bâtiment en briques rouges, avec ses rangées de lucarnes et ses tourelles, cachait derrière ses fenêtres les malades et les mourants. Si j'en avais d'abord fait partie, j'avais été épargnée, ce que j'avais passé vingt ans à regretter.

Les jambes en coton, je montai les marches et franchis la porte qui ouvrait sur le hall principal. Happée par ces murs blancs, j'entendais des pas pressés résonner partout autour de moi. Je m'approchai de la réception.

— Excusez-moi.

La femme derrière le bureau leva la tête, et ses yeux s'emplirent de cette pitié contre laquelle j'étais désormais immunisée.

— Je voudrais me renseigner sur une infirmière qui travaillait ici à une certaine époque. Peut-être est-elle encore ici. J'espérais que vous pourriez m'aider à la retrouver.

— Naturellement. Comment s'appelle-t-elle ?

— Jane Bailey. Elle travaillait ici il y a une vingtaine d'années.

— Oh, oui, Miss Bailey ! Je vois exactement de qui vous parlez. Elle était absolument charmante. Mais elle n'est plus là. Elle a quitté Liverpool quand sa fille a eu son diplôme de fin d'études, il y a deux ans, environ. Voyons un peu. Où sont-elles allées ? Je crois bien qu'elles sont à Londres, où sa fille devait faire des études d'art. Mais, je suis désolée, je n'en sais pas davantage.

— Cela me suffit. Je vous remercie.

Je m'éloignais déjà lorsqu'une pensée me traversa l'esprit. Je revins sur mes pas.

— Puis-je vous demander si vous connaissiez sa fille ?

— Miss Lily ? Oh, oui. Elle passait de temps en temps. Très jolie demoiselle, très élégante.

— Et elle était heureuse ?

— « Heureuse » ?

L'air un peu surprise, elle pencha légèrement la tête de côté. C'était une question étrange, venant d'une femme étrange. Mais elle sembla décider que celle-ci était inoffensive.

— Oh, mon Dieu, oui ! Elle adore sa mère et vice versa. Jane serait prête à n'importe quoi pour elle. Quand Lily a commencé à s'intéresser à la photo, Jane n'a pas lésiné sur les dépenses pour lui offrir le meilleur appareil du marché. Puis, lorsque sa fille a décidé de faire de la peinture, Jane a transformé leur salon en atelier rempli de toiles, de pinceaux, de chevalets. Certains enfants auraient pu devenir odieux à se voir gâtés de la sorte, mais pas Lily.

Submergée par la joie, je souris. Ma fille était heureuse, aimée, épanouie. C'était tout ce qu'une mère pouvait espérer.

— Auriez-vous une adresse ?

— Non, je suis désolée. L'administrateur en aura probablement une, mais il est en vacances. Je pourrais lui demander de vous la donner par téléphone.

Après avoir remercié la réceptionniste, je déclinai son offre. J'étais heureuse de ces nouvelles qui compensaient la tristesse que Julianne Westcott avait laissée dans sa ville natale.

Je pris alors un taxi pour Charcross. L'endroit était toujours aussi reculé. En sortant de Liverpool, je remarquai à quel point les limites de l'agglomération s'étaient étendues. À la place des champs, des rangées de maisons s'alignaient le long de petites rues insipides qui, si elles n'avaient aucun caractère historique, étaient suffisamment soignées pour être habitées. Puis la banlieue fit place à la campagne et j'en appréciai la solitude. Lorsque j'aperçus le clocher de l'église à l'horizon, je me rappelai soudain que nous étions le 18 août : notre anniversaire de mariage. Cette date évoquait-elle encore quelque chose pour Kyle ? Ou absorbé par sa vocation, ne prêtait-il plus la moindre attention à ce genre de détail ?

Kyle vint m'accueillir au taxi et m'aida à porter mes bagages. Malgré sa surprise évidente, il se montra tout aussi amical que deux semaines auparavant. Visiblement, il avait peine à comprendre mon intérêt pour cette place non rémunérée, dans un endroit aussi isolé, avec, pour seules compagnies un prêtre mélancolique et les tombes des défunts.

La paroisse de Notre-Dame-des-Anges était exactement comme dans mes souvenirs. Et j'y serais désormais chez moi.

Les premiers jours se déroulèrent sans histoire. Kyle était toujours affairé à s'installer. Il époussetait les livres du presbytère et les classait suivant une logique que je ne pouvais comprendre. Lorsqu'il en prenait un sur une étagère pour s'y plonger, plus rien ne semblait exister. Il avait toujours aimé lire et ces volumes seraient ses compagnons tout le temps que durerait son affectation. Ses petites lunettes sur le nez, il était obligé de s'approcher très près de la page pour pouvoir la déchiffrer.

Je devais prendre mes quartiers dans l'autre partie du presbytère. Je m'aperçus tout de suite qu'aucune femme n'était entrée dans ces lieux depuis longtemps. Peut-être même jamais. Contrairement à ce que je lui avais dit, j'avais l'intention de rester là aussi longtemps que lui. Si je ne pouvais être son épouse, je pouvais au moins m'occuper de lui. Je l'aimais toujours à en mourir. J'étais prête à accepter les rares instants que sa vie de prêtre l'autoriserait à me consacrer uniquement pour être près de lui. Je me mis donc au travail.

Alors que je battais les tapis, que je cirais les sols, tous mes sens en alerte me rappelaient que mon mari n'était qu'à quelques mètres de moi, de l'autre côté du mur. Je me sentais aussi légère qu'une jeune amoureuse. Comment la chance avait-elle pu tourner ainsi en ma faveur ?

Son prénom était toujours présent à mon esprit, ce qui me fit comprendre que je devais faire preuve d'une vigilance constante. Pour Julianne, il était Kyle. Pour Helen, il devait demeurer le père McCarthy. Penser à lui de cette manière parviendrait peut-être à étouffer les sentiments amoureux que je ne pouvais m'empêcher de nourrir à son égard. C'était une habitude à laquelle je ferais tout aussi bien de me plier dès le début. Je fis donc mon possible pour le considérer comme le prêtre qu'il était désormais.

Cela se révéla plus facile que je ne l'aurais imaginé. Même si, malgré les années, il n'avait pas beaucoup changé d'un point de vue physique, il n'était plus le jeune homme que j'avais épousé. Kyle passait son temps à sourire, il avait toujours une blague à raconter. Le père McCarthy était sombre, introverti, réservé. Le voir dans cet état me faisait pitié et, au fil des mois, je me sentis de plus en plus reconnaissante de pouvoir être là pour lui. Nous nous étions juré de vieillir ensemble. Et, grâce à la bienveillance de Dieu qui m'accordait ce sursis, notre serment se matérialisait.

Le père McCarthy et Kyle partageaient néanmoins une qualité constante : ils étaient tous les deux d'une bonté sans limites. Pendant les premières semaines, alors que je m'occupais de sa maison et lui cuisinais ses repas, il fit toujours preuve de la plus grande gratitude. Il me proposa d'emprunter des livres dans son humble bibliothèque et je ne l'entendis jamais prononcer la moindre parole désagréable.

Nous nous installâmes dans la routine, nous accoutumant à la vie à Charcross. Tous les matins, il célébrait la messe dans la chapelle pour les rares fidèles présents. Le samedi soir, il préparait ses sermons avec un dévouement fervent. Sa passion pour le prêche ne cessait de m'émerveiller, d'autant qu'il n'avait pas un auditoire nombreux. Je pris l'habitude de traîner en faisant la vaisselle pour le simple plaisir de l'entendre réviser ses sermons. Mâchouillant un stylo, il marchait de long en large, ses feuillets à la main, paré à les corriger. J'aimais assister à ces répétitions. Mais je n'étais pas encore prête à aller l'écouter à l'église, à affronter sa vision dans ses vêtements sacerdotaux, tandis qu'il embrassait totalement sa fonction de prêtre. Pour moi, il était toujours Kyle.

L'église de Notre-Dame-des-Anges s'occupait surtout des enterrements. Mon côté du presbytère devint une sorte de bureau paroissial. J'ouvrais ma porte dès que j'entendais une voiture s'arrêter et je recevais les visiteurs. Regrettant de devoir offrir la vue de mon visage aux familles endeuillées, je m'acquittais à la hâte des formalités administratives, avant de les envoyer au père McCarthy auprès de qui elles trouvaient l'oreille compatissante qu'elles cherchaient. Il avait une véritable vocation pour ce rôle. Par contraste, après avoir passé vingt ans à tenir les gens à l'écart, j'avais du mal à adoucir mon apparence. J'étais décidée à essayer, mais cela prenait du temps.

En cas d'absence de prêtre de famille, Kyle disait également la messe d'enterrement. Le son solennel des cloches résonnait alors lugubrement dans la vallée solitaire.

Lorsqu'il n'était occupé ni à assister ses fidèles ni à étudier, je le trouvais dans le jardin qui n'avait plus été entretenu depuis longtemps. Son talent pour le faire revivre me laissait sans voix. Affairé à tailler les haies, à élaborer des projets de plantations pour le printemps, il semblait presque heureux quand il était là. Hormis sa soutane noire, je retrouvais avec une intense émotion le Kyle du passé. Mais réconcilier les deux personnalités se révélait un défi.

Nous ne parlions jamais plus que nécessaire. Depuis nos tragédies respectives, nous étions devenus deux grands solitaires.

Au mois de novembre, j'envoyai à Lily le paon en bois que Kyle m'avait sculpté dans le temps. Ne connaissant pas son adresse à Londres, je l'expédiai à Smithdown, et m'en remis au destin. Et j'écrivis le même message non signé que j'avais envoyé vingt fois auparavant.

À ma Lily chérie. Je te souhaite le plus heureux des anniversaires.

Je faisais taire la petite voix de ma culpabilité qui me rappelait que j'étais avec son père et qu'ils ignoraient tout l'un de l'autre.

L'avent approchant, je décidai de faire la surprise au père McCarthy d'un assortiment de branchages pour décorer l'église. J'avais encore quelques économies. À l'exception de l'achat occasionnel d'une robe simple pour remplacer une tenue usée, je n'avais aucuns frais. Il m'était donc facile de me faire ce petit plaisir. Je passai une commande et payai un garçon habitant une ferme voisine pour aller la chercher. Lorsqu'elles furent livrées, l'odeur des branches de sapin me rappela le domaine forestier de Wallasey.

M'étant assuré que Kyle serait occupé un moment au jardin, je m'aventurai dans l'église. J'avais fait des recherches sur les traditions de l'avent et de Noël, et j'espérais trouver les accessoires nécessaires dans une réserve.

Je ne m'étais pas trompée. Je trouvai mon bonheur dans une armoire de la sacristie. Je sortis une large couronne dorée et ses cinq bougies. Les trois mauves et la rose seraient disposées autour de la blanche, qui irait au centre. Kyle m'avait expliqué un jour que le mauve représentait le repentir et le rose, la joie. La blanche ne serait allumée que le matin de Noël. Après avoir décoré la couronne de sapin, je reculai d'un pas pour admirer mon œuvre. Elle me semblait une parfaite métaphore de ma vie : si le repentir primait, il était ponctué de rares moments de joie.

Je trouvai une échelle et m'attaquai au reste de la chapelle. J'accrochai des guirlandes de sapin à l'autel et aux colonnes, et les ornai d'élégants nœuds rouges.

À l'instant où je finissais de nouer le dernier, le père McCarthy entra. Devant sa surprise qui le laissa muet, je priai pour que sa réaction soit bon signe.

— J'espère que je n'ai rien fait de mal, m'empressai-je de dire. J'ai commencé par lire en quoi consistaient les saisons liturgiques, pour éviter de commettre des impairs.

S'approchant de l'autel, il observa ma décoration avec attention. Voyant que l'une des bougies de la couronne était tombée, nous tendîmes le bras simultanément, nos doigts se frôlant.

Nos yeux se croisèrent. *Reconnais-moi*, suppliai-je. Je me hâtai de chasser cette prière de mon esprit et de me détourner avant que mon regard ne me trahisse. Son contact avait allumé un brasier en moi et je me félicitai lorsqu'il retira sa main.

Il se retourna de nouveau vers l'ensemble et finit par déclarer :

— Vous n'avez commis aucun impair. C'est parfait.

Puis, les mains croisées derrière le dos, il se mit à faire les cent pas dans l'allée centrale.

— J'ai remarqué que vous n'assistiez jamais à la messe. Maintenant, il faudra que vous veniez admirer votre magnifique travail pendant la cérémonie.

— Je peux l'admirer sans être à la messe. Mais je vous remercie.

— Je suis désolé, je ne voulais pas me montrer indiscret. Je suppose que je trouve simplement étrange que vous fassiez autant pour cette paroisse et que vous n'assistiez à aucun service. Peut-être mes sermons sont-ils plus ennuyeux que ce que je ne pensais.

— Oh, non. Ce n'est pas ça, je vous le promets. En fait, je vous entends les répéter de temps en temps, et je les trouve très bons. Vous y mettez tellement de cœur. Mais vous êtes un guide des âmes qui nous ont quittés. Pourquoi travaillez-vous autant pour les rares fidèles qui assistent à vos messes ?

— Si je peux toucher l'âme d'une seule personne, un seul dimanche, est-ce que cela n'en vaut pas la peine ?

— Je suppose que vous avez raison. Pourtant, vous êtes si talentueux. C'est du gâchis de vous exiler ici.

— Je ne suis pas en exil. J'ai sollicité ce poste.

Je le regardai, étonnée. S'appuyant contre un pilier, il précisa :

— J'ai dédié ma vie à mes chers disparus. Maintenant, je peux faire la même chose pour ceux des autres.

Les mots me brûlaient les lèvres et je dus me mordre la lèvre inférieure pour m'empêcher de lui demander : « Et qui sont vos chers disparus ? »

Penchant la tête de côté, il m'observa d'un air étrange. Je me rappelai soudain toutes les fois où il m'avait taquinée pour avoir mordillé ma lèvre lorsque j'étais pensive. Est-ce que cela avait réveillé un souvenir en lui ? *Si seulement...*

Semblant revenir au présent, il détourna les yeux.

— En fait, mon père est enterré ici. J'aime l'idée d'être près de lui et de pouvoir passer du temps sur sa tombe.

— C'est pour cela que vous faites ces promenades matinales dans la section est du cimetière ?

Je connaissais déjà la réponse. Mais je voulais le garder avec moi, je voulais qu'il continue à me parler.

— Oui. C'est une façon agréable de commencer la journée.

— Il a de la chance d'avoir un fils aussi dévoué.

Et toutes les prières que tu fais pour moi sont vaines puisque je suis ici, juste devant toi.

— Oui, c'était un bon père.

Avec un soupir résigné, il se redressa et se dirigea vers la sacristie pour préparer la messe dominicale du lendemain.

Cette conversation me remplit le cœur de bonheur. J'avais eu la chance de parler de nouveau avec lui.

Voyant que, les quatre dimanches suivants, les rares paroissiens qui sortirent de la messe semblaient apprécier les décorations, je cherchai dans la bibliothèque d'autres livres contenant des leçons de liturgie. Les jours normaux, je parais l'autel de la nappe verte, les jours des fêtes des saints martyrs, d'une nappe rouge. Blanche les jours de messe et noire pour les enterrements. Je couvris le crucifix pour le vendredi saint et le découvris la veille de Pâques. J'aimais me plonger dans ce symbolisme et je pouvais comprendre pourquoi il exerçait une telle fascination sur Kyle. Tout avait sa signification, sa place, un but, au-delà des apparences.

Certaines traditions remontaient aux premiers chrétiens, d'autres s'étaient développées au fil du temps.

Je lus que le Vatican avait le projet de revoir certaines d'entre elles en raison d'un mouvement vers le modernisme. À Noël, le pape annonça son intention de réunir un concile qui devrait aborder ces questions parmi beaucoup d'autres. Si j'avais été catholique, l'événement m'aurait paru d'une importance capitale. Mais le père McCarthy ne semblait jamais affecté par les problèmes extérieurs et continuait à vivre son humble existence de curé de campagne.

Ainsi passaient les saisons. Jour après jour, nous nous installions dans une routine de plus en plus confortable. Il ne me demanda jamais pourquoi je restais dans ce poste qui ne devait être que temporaire. Il aimait consacrer ses soirées à lire au coin du feu et je passais les miennes devant la petite télévision que j'avais achetée. Comme presque tous les Britanniques, je prenais plaisir à regarder *Coronation Street*, me régalant des drames de la vie de ces personnages de la classe ouvrière. Certains soirs, je demeurais assise devant ma fenêtre à attendre, je ne savais quoi au juste. À l'exception de Lily, j'avais là tout ce que je pouvais désirer.

Au fil du temps, je devins si absorbée par mes tâches quotidiennes pour le père McCarthy que j'en oubliais presque le prénom de Kyle. Pourtant, il se rappela à ma mémoire.

À la fin de 1963, il fut pris d'une terrible fièvre qui le confina dans son lit pendant plusieurs jours. Malgré les paroles rassurantes du médecin qui promit qu'il allait se rétablir, inquiète, je décidai que, dès qu'il irait mieux, je lui révélerais tout : mon identité, le bombardement, Lily. Je ne pouvais plus supporter la pensée qu'il ne connaîtrait jamais la vérité. J'assurais tous ses devoirs, hormis, bien entendu, ses obligations de prêtre. Je m'occupais de son jardin. Si, contrairement à Kyle, je n'avais jamais eu la main verte, quand j'arrosais et que je caressais ses fleurs, je me sentais proche de lui. Le parfum de leurs pétales veloutés s'attardait sur mes doigts, me rappelant l'odeur de terre qu'il dégageait la première fois que je l'avais rencontré.

Comme lui, je pris l'habitude de rendre visite à son père, tous les matins, et le priai d'intercéder.

— Mr McCarthy, où que vous soyez, faites ce que vous pouvez pour qu'il guérisse. Je ne suis pas prête à le voir partir. Mais si votre dieu le prend, dites-lui de me prendre aussi, je vous en prie. Je ne veux pas vivre sans lui.

Je lui apportais ses repas que je déposais discrètement dans sa chambre, ce qui renforçait notre intimité. Il m'arrivait, après que j'avais refermé sa porte, de m'asseoir devant, la tête appuyée sur le bois, une paume plaquée sur le battant. Fermant les paupières, je me souvenais du temps où nous partagions la même.

Un soir où il ne répondait pas quand je frappai, je pénétrai avec précaution pour m'assurer qu'il allait bien. J'avais préparé un bouillon de poulet, cuit du pain frais et fait de la tisane. La pièce était en ordre, ses vêtements étaient prêts pour le lendemain sur une chaise, comme j'avais eu coutume de le faire pour Kyle. Sur un chevalet, dans un coin, se trouvait une peinture poussiéreuse, l'un des tableaux représentant un paysage irlandais que son père peignait. Émerveillée de me trouver dans son sanctuaire, je faillis oublier la raison qui m'y amenait. Je me retournai pour regarder son lit. Les couvertures se soulevaient au rythme de sa respiration. Il devait dormir si profondément qu'il ne m'avait pas entendue entrer. Je cherchai un endroit pour poser la nourriture, et faillis la laisser tomber quand je vis ce qui trônait sur sa table de nuit.

Face à moi se tenait ma photo, encadrée. Les couleurs sépia n'altéraient en rien les yeux verts et rieurs de la ravissante jeune fille assise dans les ruines d'une église qui souriait au photographe. Je me rappelai Kyle, le soir de notre mariage. Devant le cliché se trouvait une petite bougie votive, presque entièrement consumée.

Mon cri le réveilla en sursaut et il se redressa vivement. Ses yeux croisant les miens, il surprit mon regard, prit immédiatement la photo et la retourna. Je lui lançai un coup d'œil interrogateur. Il ne réagit pas. Après m'être excusée de mon intrusion, je posai la nourriture sur une petite table et lui demandai s'il avait besoin d'autre chose. Pris d'une quinte de toux, il secoua la tête et me fit signe de sortir.

Plaquant une main sur mon cœur pour en calmer les battements précipités, je fermai la porte et y pris appui. Il avait une photo de moi sur sa table de nuit. J'étais à côté de lui quand il dormait. Chaque matin, il se réveillait en me voyant. J'étais abasourdie. Mon amour pour lui me submergea. Ainsi, il avait toujours des sentiments pour son épouse. Mon cœur se gonflant de pitié, je me souvins alors qu'il la croyait morte. J'aurais tellement voulu lui dire que j'étais là, avec lui. J'étais là mais j'avais changé. J'étais là et je l'aimais plus que tout au monde. Mais m'aimerait-il en retour ? J'aurais parié mes vingt dernières années que la réponse était « non ».

Lorsqu'il fut rétabli, il évita de m'adresser la parole pendant presque deux semaines. De son point de vue, j'avais vu par hasard la photo d'une jolie femme sur sa table de nuit de prêtre. Que devais-je penser de lui ? Sachant que le sujet ne serait pas abordé, je me mis en quatre pour redoubler de gentillesse, de sollicitude, pour lui faire comprendre que je ne le jugeais pas.

Et je revins sur ma décision d'avouer ma trahison.

Mais le sort, Dieu, ou le destin, avait d'autres plans. Nous étions revenus à notre routine quand, le premier dimanche de l'avent, je reçus une visite-surprise.

Chapitre 28

Pour la troisième année consécutive, j'étais absorbée par mes décorations de Noël. Chaque année, je les fignolais un peu plus. Cette fois, j'étais occupée à nouer autour des bougies de luxueux rubans harmonisés à leurs couleurs. J'étais en train de les faire bouffer quand j'entendis la porte s'ouvrir. Je me retournai, m'attendant à voir arriver le père McCarthy ou l'un de ses vieux paroissiens qui passaient allumer un cierge de temps à autre.

Mais c'était une jeune femme. Elle portait une tunique verte, agrémentée d'une large ceinture blanche. Une cape de couleur assortie enroulée autour de ses épaules, elle avait un petit sac doré à la main. Elle remonta l'aile vers moi, ses bottes à talons taupe résonnant sur les dalles de pierre. Si j'avais eu vingt-cinq ans de moins, c'était exactement le style d'ensemble que j'aurais choisi.

— Puis-je vous aider ?

— Oui. Je viens organiser un mariage.

Quelle étrange requête !

— Un « mariage » ? Êtes-vous sûre d'être dans la bonne église ? Nous sommes plutôt habitués aux enterrements, ici.

Penchant la tête de côté, elle sourit.

— Je sais. Ma mère m'a conseillé de venir jeter un coup d'œil. Elle est venue dans ce village il y a quelques semaines et m'a dit que ce serait un endroit idéal à envisager. Voyez-vous, mon fiancé et moi avons grandi à Liverpool et nous cherchions une église à proximité. Mais nous aimerions nous marier à la campagne.

Malgré ma surprise, je m'aperçus en survolant la nef du regard que le lieu était, en effet, idéal pour un mariage. La lugubre nappe noire qui décorait souvent l'église pouvait être remplacée par une nappe blanche, brillante. J'imaginai la chapelle croulant sous les fleurs et les rubans, et un tapis blanc déroulé le long de l'allée. Ce serait parfait.

— La taille nous conviendrait à merveille, ajouta-t-elle. Nous ne voulons pas une grande cérémonie. Nous souhaitons juste réunir un peu de famille et quelques amis proches.

— Je suis sûre qu'il n'y aura aucun problème. Mais il faudra faire preuve de patience à mon égard. Je ne suis pas habituée aux détails de l'organisation d'un mariage.

Je me suis moi-même enfuie pour me marier.

— Oh, je sais exactement ce que je veux. Je suis certaine que nous pourrons y travailler ensemble.

Je lui fis signe de s'asseoir sur un banc et pris place à côté d'elle. De près, je fus frappée par l'éclat de ses yeux qui avaient la couleur ambrée du whisky et par la texture soyeuse de ses longs cheveux blonds. *Quelle jeune femme ravissante, raffinée !* Prête à se mettre au travail, elle sortit un carnet et stylo, et tira ses cheveux en une épaisse queue-de-cheval, dévoilant une longue tache de naissance sous son oreille. À la seconde même où je me faisais la réflexion qu'elle ressemblait étonnamment à celle de Kyle, elle se présenta, une main tendue.

— Je m'appelle Lily. Lily Bailey.

Lily. La Lily de Jane Bailey. Ma Lily !

Sentant soudain mon sang se glacer dans mes veines, j'assimilai l'évidence. Le souffle coupé, je détournai les yeux et, suffocante, je fus prise d'une quinte de toux.

— Vous allez bien ? s'inquiéta-t-elle en me tapotant le dos.

— Oui, mentis-je entre deux quintes. Je vais bien. Je ne sais pas ce qui m'arrive.

Jane. Ne venait-elle pas de me dire que sa mère était venue là récemment ? Mon pouls s'affola. J'avais pris tant de précautions pour dissimuler mes traces. Je craignais sa colère ou, pire, sa vertu sans tache, en opposition à mes énormes péchés. Mais peut-être ne s'agissait-il que d'une incroyable coïncidence. Peut-être ne savait-elle rien de moi. Je pouvais très bien m'inquiéter pour rien. J'espérais que Lily déciderait que l'église ne correspondait pas à ses désirs et que je n'aurais jamais à le découvrir.

Pourtant, maintenant qu'elle était là, j'aurais voulu la garder près de moi pour toujours.

Une fois que j'eus repris mes esprits, elle poursuivit :

— Bien. Donc, je recommence. Je m'appelle Lily Bailey. Mon fiancé se nomme Albert Howell. Est-ce que cela vous aiderait si je l'écrivais ?

J'étudiai son regard qui exprimait la plus grande candeur. Elle n'avait pas la moindre idée de la situation. Elle ne pouvait se douter de l'identité de celle qui se tenait devant elle.

Prenant le crayon et le cahier, je répliquai :

— Non, je vous en prie. À propos, je m'appelle Helen.

Je pris soin de ne pas lui révéler notre nom commun.

— Helen. Je suis contente de vous rencontrer. Bien, nous pensons nous marier au printemps…

Tout en l'écoutant parler, je pris des notes, peinant à me concentrer.

Lily était là. Le bébé sur lequel je n'avais jamais posé les yeux. Le bébé pour lequel j'avais choisi une autre mère. Le bébé qui était le fruit de cet amour si profond entre Kyle et moi. Toute à l'enthousiasme de ses projets, Lily ne remarqua pas que je détaillais chaque trait de son visage. En fait, elle ressemblait beaucoup à ma mère dont elle avait hérité le port de tête. Digne et élégante, elle était du dernier chic. Son souci du détail me rappelait aussi mère. Elle avait les yeux de Kyle et mes cheveux. Ne relevant aucune similitude avec nos pères, j'en conclus qu'elle devait tenir ses quelques traits non identifiables de la mère de Kyle.

Lorsqu'elle eut terminé, elle se détendit un peu et, quand elle sourit, je crus voir son père.

— Miss Bailey, je suis sûre que nous pourrons tout organiser à votre entière satisfaction, lui assurai-je.

J'avais encore du mal à croire que ma fille était assise en face de moi, m'invitant à prendre part aux arrangements de son mariage.

— Merci, Helen. Je repasserai dans quelques semaines, avec Albert et ma mère. Dois-je prendre rendez-vous ?

— Ce ne sera pas nécessaire. Je suis là tous les jours. Vous me trouverez à n'importe quelle heure.

Après m'être éclairci la voix, je demandai :

— Ainsi, votre mère va venir aussi ?

— Oh, oui ! En fait, c'est elle qui va prendre la relève pour gérer la plupart des détails. Je suis très absorbée par une thèse sur laquelle je travaille à l'université. Comme je vous le disais, c'est elle qui a eu l'idée de célébrer cette union à Charcross. Elle avait l'intention de m'accompagner aujourd'hui, mais la pauvre s'est foulé la cheville en descendant du train de Londres. Elle est à l'hôtel, avec un sac de glaçons sur la jambe.

— Souhaitez-lui un bon rétablissement de ma part, chuchotai-je.

Je pensais déjà au jour prochain où je reverrais Jane Bailey.

— Je n'y manquerai pas.

Elle se leva et lissa sa robe. Arrachant les pages que j'avais remplies, elle me les tendit et glissa le cahier sous son bras.

— À dans quelques semaines, alors. Merci de votre aide.

Ses talons frappant de nouveau les dalles, elle remonta l'allée en sens inverse et sortit. Le cœur soudain léger, un sourire aux lèvres, je regardai mon bébé s'éloigner.

Les semaines de l'avent passèrent sans ramener Lily. Chaque fois que la porte de l'église s'ouvrait ou que l'on sonnait à ma porte, j'espérais que c'était elle. Mais je savais qu'elle reviendrait. Ou que, tout au moins, si elle changeait d'avis, elle m'enverrait un mot. Elle semblait être une jeune femme très bien élevée.

Ces derniers mois, marqués par la maladie du père McCarthy et ma rencontre avec Lily, avaient profondément remué le passé. Si j'ignorais encore ce que me réservait l'avenir, j'étais pleine d'espoir. Je me dis que si Dieu me donnait vraiment une seconde chance, peut-être méritait-il la même chose de moi.

Le matin de Noël, je mis ma plus belle robe, un chapeau et des gants, et parcourus les quelques mètres qui me séparaient de la chapelle.

Notre-Dame-des-Anges ne possédait pas de chorale. Mais elle avait un vieil organiste qui ne vivrait sans doute pas jusqu'à Pâques. Alors qu'il entonnait une version très lente de *Douce Nuit*, je m'installai au fond de la nef et regardai les fidèles qui arrivaient de la nuit froide. Bien que loin d'être pleine, l'église l'était plus que d'habitude. Certains, venant de la ville pour passer Noël avec des parents, les amenaient à l'église, d'autres, trop occupés les dimanches de l'année, souhaitaient assister à une messe au moins une fois par an. J'étais mal placée pour les critiquer. J'avais commencé par ignorer Dieu, puis j'avais passé le reste de mon existence à lui en vouloir. J'étais là pour me racheter.

La messe débuta et le père McCarthy s'avança dans l'allée, précédé par un fidèle qui portait l'encensoir. Je n'avais plus d'autre choix que d'affronter ce que j'avais évité : Kyle en tenue de prêtre. Kyle dans le rôle qu'il aurait dû jouer toute sa vie. Et il le jouait bien. À mesure qu'il approchait de l'autel, ses paroissiens que cette saison de l'année mettait en joie le saluaient d'un sourire. Je savais qu'il avait passé des heures à préparer son sermon, voulant souligner le besoin de paix et l'espoir de salut que ressentaient les âmes. Je priai pour les trouver moi-même.

Étonnamment, les gestes de la messe me revinrent. Je recouvrai les postures répétitives et certaines des réponses en latin me parurent vaguement familières. Me concentrant sur les détails de la liturgie, je regardais le père McCarthy aussi rarement que possible.

Néanmoins, je ne pus m'empêcher de garder les yeux rivés sur lui pendant son homélie. Son prêche fut bien supérieur à sa répétition, et j'eus l'impression de découvrir ces paroles. Devant sa congrégation, je reconnus Kyle. Le Kyle du passé. Celui qui souriait, qui riait, qui m'initiait à son univers. Au pupitre de sa chaire, il était dans son élément et, pour la première fois, je réconciliai totalement les deux personnalités que je connaissais chez lui. Il parla de l'innocence de l'Enfant Jésus, de la nécessité de rester des enfants. De croire simplement, de laisser derrière nous les difficultés. Je connaissais les difficultés et j'étais là pour les repousser. J'avais l'impression que ses paroles m'étaient destinées. Il parlait comme s'il avait connu la même expérience. J'avais toujours vu la force de la foi de Kyle. Mais cette foi avait sûrement été mise à l'épreuve. *La guerre. La mort. La solitude.* Comment pouvait-il avoir l'énergie de continuer à être animé d'un amour aussi fort pour Dieu ?

La messe se poursuivait. Je le vis se concentrer et, pour la première fois, consacrer l'hostie. Imitant le reste de l'assistance, je baissai la tête, et je sentis mon cœur exploser dans ma poitrine. La douleur me déchira le bras gauche. Prête à défaillir, je me rassis et posai la tête sur le dossier du banc devant moi. Je me rendis compte que je devais donner l'impression de prier. Lorsque je me remis de cet étrange malaise, j'essuyai mon front moite et relevai les yeux pour voir les fidèles se mettre en file pour aller communier.

Je sortis lorsque l'hymne finale, *Les Anges dans nos campagnes*, résonna, et m'emplis les poumons de l'air froid et piquant.

Une heure plus tard, la seconde messe du matin était sur le point de commencer quand, assise derrière ma fenêtre, je vis Lily qui entrait dans l'église, accompagnée de Jane et d'un homme qui devait être son fiancé. Dans son pull ajusté rouge et son pantalon gris, ma fille était aussi dynamique que lors de notre rencontre, un mois auparavant.

Fébrile, j'entrepris de faire le ménage. Même si je gardais la maison d'une propreté immaculée, la perspective d'y recevoir Lily me fit voir de la poussière et des taches à des endroits que je n'avais jamais remarqués auparavant. À peine l'office fini, la sonnette de ma porte d'entrée retentit. Fidèle à son habitude, Ellis aboya. Mais maintenant âgé, il ne se leva pas de sa corbeille. Je rangeai le balai dans la cuisine, lissai mes cheveux grisonnants clairsemés, et allai ouvrir. C'était Lily, suivie d'un grand jeune homme brun et d'une femme.

— Bonjour, Helen.

— Miss Bailey. Comment allez-vous ?

— Bien, merci. Je suis désolée de venir vous déranger le jour de Noël. Mais vous m'avez dit que vous étiez ici tous les jours. Comme nous nous trouvions tous à Liverpool pour Noël, j'ai pensé que c'était le moment idéal pour montrer l'église à Albert.

J'ouvris la porte en grand et leur indiquai le canapé. Lily me présenta la femme comme sa mère.

C'était inutile. J'avais immédiatement reconnu Jane Bailey. Elle avait maintenant les cheveux gris et ses mains étaient couvertes de ces taches d'un brun pâle qui apparaissent avec l'âge. Mais son visage, inchangé, exprimait la même bonté que dans mon souvenir.

Je commençai à m'affairer, leur offris un rafraîchissement et des biscuits, et allai chercher les notes que Lily m'avait laissées. Sentant que Jane observait le moindre de mes mouvements, je pris tout mon temps. Elle avait soigné chaque parcelle de ma figure, de mes mains, elle m'avait fait travailler mes muscles pour leur rendre leur souplesse. Me connaître entièrement avait été son travail. Le temps n'y avait rien changé. Quand nos yeux se croisèrent, elle vit que je la reconnaissais aussi. Je m'étais enfuie au beau milieu de la nuit, j'avais volé l'argent de son amie, et je l'avais laissée avec un bébé sans lui demander la permission. Tout cela après qu'elle avait consacré ses journées, ses nuits, sa vie, à prendre soin de moi.

Mais son regard n'exprimait aucune colère. *Sainte Jane.* J'aurais dû m'en douter. Et j'accueillis son pardon avec beaucoup plus de sérénité que je ne l'aurais pensé.

Elle ramena son attention vers Lily qui décrivait les détails de la cérémonie à Albert. Discret, aimable, il était disposé à se plier à tous les désirs de sa fiancée. Ils semblaient parfaitement assortis. *Quel couple charmant! Quel jeune homme idéal pour ma fille!*

L'affection entre Jane et Lily était tout aussi évidente. La jeune femme incluait sa mère dans toutes ses décisions et acceptait ses suggestions sans jamais protester. Assurément, elle était bien plus disposée à l'écouter que je ne l'avais été avec ma propre mère. D'un autre côté, Jane était loin de ressembler à ma mère. Je me félicitai plus que jamais d'avoir pris cette décision tant d'années auparavant.

Que serait devenue Lily si elle avait été ma fille ? Elle m'aurait suivie de ville en ville, aurait traversé mille dangers avec moi. On ne pouvait pas imposer une telle existence à un enfant.

Après m'avoir remerciée de mon hospitalité, mes visiteurs se levèrent pour prendre congé. Nous décidâmes de nous revoir en février après avoir fixé la date du mariage au 4 avril. À peine étaient-ils sortis que je m'aperçus que Jane avait laissé ses gants sur la table. J'étais en train de les ramasser, quand j'entendis un coup discret à la porte.

Jane se tenait sur le seuil. Elle était revenue pour ses gants.

— Helen…

— Oui ?

— C'est bien de pouvoir enfin mettre un nom sur votre visage, après toutes ces années.

— Ainsi, vous me reconnaissez ?

— Oui. Mais je savais déjà que vous étiez ici.

Abasourdie, je la regardai.

— Mais comment ?

— Vous ne m'avez certes pas facilité les recherches, admit-elle dans un éclat de rire. En fait, j'en étais venue à croire que vous faisiez tout pour me fuir !

Je lui proposai de se rasseoir à la table et, mal à l'aise, me balançai sur ma chaise. Elle avait raison. C'était exactement ce que j'avais fait toutes ces années.

Elle poursuivit :

— Cela a commencé avec le premier paquet que vous avez expédié à Lily pour son anniversaire. Il est arrivé à Smithdown. Une fleur séchée et un ruban pour ses cheveux. Comme elle n'avait pas encore les cheveux assez longs, je l'ai gardé pour plus tard. Votre mot n'était pas signé, mais je savais qui l'avait envoyé.

Je me rappelai le ruban. Je l'avais trouvé dans des gravats à Manchester, étonnamment intact parmi les ruines.

—Alors, chaque année, j'ai commencé à attendre vos petits présents. Les vêtements de poupées. Les livres pour enfants. Le rouge à lèvres. Le paon.

—C'est son père qui l'avait sculpté, murmurai-je.

Jane ne m'entendit pas.

—Au début, il m'aurait été impossible de vous trouver. Mais il vous arrivait de poster vos colis de villes si petites que je pensais avoir une chance. J'écrivais au postier local qui me répondait toujours le même message. Ils savaient tous qui vous étiez mais vous vous étiez volatilisée sans laisser d'adresse.

—Pourquoi teniez-vous tant à me retrouver ?

Prenant mes mains entre les siennes, elle examina leur contraste. Les miennes, détruites pas les brûlures. Les siennes, décolorées par l'âge. Mais nous partagions une chose de toute beauté. Une fille qui avait surgi des cendres, qui avait traversé le temps, pour nous réunir.

—Ne vous en doutez-vous pas, ma chère ?

Nos regards plongés l'un dans l'autre, je sentis mes yeux s'embuer de larmes.

—Lily fait autant partie de moi que de vous, reprit-elle. Je me suis mise à votre place et j'ai compris dans quelle angoisse j'aurais vécu si je n'avais jamais su ce qu'elle était devenue. Je ne voulais pas empiéter sur votre vie privée. Je voulais juste vous écrire. Vous donner de ses nouvelles. Vous remercier d'avoir fait un tel sacrifice en m'offrant ce cadeau, en me la confiant. Mais vous persistiez toujours à disparaître.

Je baissai la tête et elle ajouta :

— Ce n'est que récemment que mes espoirs de vous trouver ont pris forme : Charcross. C'était la quatrième année de suite que le cachet de la poste était le même. J'ai commencé à croire que vous vous étiez enfin fixée.

— Mais j'ai continué à écrire à Smithdown. Or, vous n'y êtes plus.

— Lily et moi revenons passer Noël à Liverpool tous les ans. Et comme j'avais pris l'habitude d'attendre vos paquets chaque mois de novembre, j'ai simplement demandé qu'on me les garde s'ils arrivaient.

J'avais été si absorbée par le réconfort que me procurait la présence du père McCarthy que j'avais omis le détail du cachet de la poste. En outre, après si longtemps, je doutais que quiconque cherche toujours ma trace.

— Et vous êtes venue à Charcross pour me retrouver ?

— Je ne suis quand même pas Hercule Poirot, plaisanta-t-elle. Mais c'est un village. Il n'a pas été difficile de me renseigner pour savoir si une femme vous ressemblant l'habitait. Lorsque le directeur de la poste m'a répondu que la gouvernante de la paroisse de Notre-Dame-des-Anges correspondait à votre description, j'ai voulu vérifier en personne. Je suis donc venue il y a quelques mois. Je ne vous ai pas vue à la messe mais je vous ai aperçue occupée à balayer les marches de l'église.

— Pourquoi ne m'avez-vous pas parlé ?

Elle se cala contre le dossier de sa chaise.

— J'ai bien failli. Je le voulais. Mais je me suis dégonflée, comme dirait Lily. Après tout ce temps, vous étiez devant moi, et j'étais à court de mots.

— Mais vous m'avez envoyé Lily ?

— Oui. Albert et elle se sont connus à l'école quand ils étaient très jeunes. Et bien que nous vivions tous à Londres, où Lily va bientôt passer son diplôme universitaire, ils voulaient se marier à Liverpool. Nous avons visité plusieurs églises, mais ils persistaient à répéter qu'ils souhaitaient quelque chose de plus simple. Quelque chose à la campagne. Je me suis souvenue de Notre-Dame-des-Anges.

Elle regarda par la fenêtre et ajouta :

— C'est un lieu qui dégage une telle paix. Une telle beauté aussi, avec ses collines vallonnées. Je savais que Lily serait emballée. Et je ne m'étais pas trompée.

Je jetai un coup d'œil au-dehors et approuvai d'un signe de tête. Elle se tourna de nouveau vers moi.

— Comme je ne voulais pas l'accompagner pour éviter que ma présence ne remue trop le passé, je lui ai dit que je m'étais foulé la cheville. J'avais décidé que, si l'endroit lui plaisait, je choisirais la façon de procéder. Mais, la connaissant, j'aurais dû me douter qu'elle sauterait sur l'occasion de discuter avec la dame qui s'occupe des lieux.

Je souris.

— Ainsi, elle vous a parlé de moi ?

— Oui et non. Elle a fait référence à une femme qui pouvait l'aider à tout organiser, mais j'ai dû lui poser quelques questions précises pour savoir si c'était bien vous.

— Que voulez-vous dire ?

— Je lui ai demandé à quoi vous ressembliez.

— Oh.

— Savez-vous ce qu'elle a répondu ?

Je levai la tête.

— Elle m'a dit : « Elle a les yeux les plus verts du monde et elle m'a regardée comme si elle me connaissait depuis toujours. Elle m'a beaucoup plu. »

Je souris derechef. Ma fille m'avait vue au-delà du masque de mon visage.

— Et la boucle est bouclée.

— « La boucle est bouclée » ! répéta Jane.

Nous nous observâmes, taisant les questions qui nous taraudaient.

— C'est une longue histoire, finis-je par dire.

— Vous n'avez jamais été du genre à vous livrer facilement.

Je me mis à rire.

— J'en suis désolée. Je suppose que je suis devenue très secrète.

— Je suis sûre que vous avez vos raisons.

— Vous ne pouvez pas les imaginer.

Nous restâmes assises ainsi, de nouveau muettes. Je n'étais pas disposée à lui en révéler davantage et elle ne me pressa pas. Comblant enfin le silence, je déclarai :

— Lily est merveilleuse.

— Elle l'est. C'est le plus beau cadeau de Noël de ma vie. Et c'est vous que je dois remercier.

— Non, c'est vous qui avez tout fait. Je n'avais pas la moindre idée de ce que j'allais faire de moi, sans parler d'un bébé. Je vous suis si reconnaissante de l'avoir gardée.

Tout en prononçant ces paroles, je mesurai combien elles étaient vraies. Toutes ces années, j'avais refoulé la pensée de mon enfant, je m'étais obligée à ne pas imaginer sa vie.

— Oh, vous savez, nous avions déjà créé un lien à la pouponnière. La décision n'a pas été difficile.

Je lui tendis ses gants.

—Tenez. Ne les oubliez pas, cette fois.

—Je ne les avais pas oubliés. Je les ai laissés ici afin de m'assurer une excuse pour revenir.

Elle se leva et je lui emboîtai le pas en direction de la porte.

—Écoutez-moi, me dit-elle.

—Oui ?

Une main posée sur le bouton, elle baissa la tête.

—Avez-vous l'intention de parler à Lily de... vous savez...

Elle semblait incertaine de la réponse qu'elle souhaitait entendre.

—Pas le moins du monde. Lily est toute à vous.

Je vis un éclair de soulagement passer dans son regard.

—Elle sait qu'elle est adoptée, bien sûr. Mais elle ignore que vous êtes sa mère. Je ne sais pas ce qui m'a poussée à venir ici. La curiosité ? La gratitude ? Je ne sais pas, si ce n'est qu'il fallait absolument que je vous voie. Peut-être qu'avec le temps, nous pourrons lui dire la vérité.

Je secouai la tête.

—C'est inutile. Elle a déjà une sainte pour mère. Elle n'a pas besoin de savoir que l'autre est une pécheresse.

Jane me toucha le bras de ce geste rassurant qui lui était familier.

—Oh, Helen. Vous êtes bien trop sévère avec vous-même. Quoi que vous ayez fait, vous aviez sûrement vos raisons. Et vous avez sûrement expié vos péchés.

Elle glissa son bras sous le mien.

—J'espère que vous pourrez vous en convaincre et que vous trouverez la paix que j'ai toujours souhaitée pour vous.

Les larmes aux yeux, je reniflai. Jane était la seule personne qui m'ait jamais aimée en tant que Helen.

— Je l'ai trouvée. Je veux dire, je vais la trouver, j'en suis sûre.

— Bien. Je penserai à vous, comme je l'ai toujours fait, et je ferai en sorte d'accompagner Lily à notre rendez-vous de février.

— Je m'en réjouis d'avance.

— Moi aussi. Prenez soin de vous, Helen.

Elle pressa les mains qu'elle avait sauvées.

— Vous aussi, Jane. Joyeux Noël

Sur ces mots, je refermai la porte.

Les palpitations reprirent dans ma poitrine. Je les calmai en prenant de profondes inspirations. Il n'était que midi et la journée n'avait déjà été que trop riche en émotions. Épuisée, je montai dans ma chambre avec une tasse de thé et m'allongeai pour faire un somme.

Le retour de Lily et de Jane dans ma vie me laissa tout étourdie. Jane, avec la générosité qui la caractérisait, m'envoyait régulièrement des lettres pour me raconter des anecdotes de l'enfance de Lily. Je lisais et relisais chacune d'elles avant de les ranger précieusement dans un coffret en bois. Je fredonnais, je souriais, et même le père McCarthy remarqua la différence. Ma joie devait être contagieuse car elle sembla déteindre sur lui. Lui aussi devint plus joyeux. J'apportais le plus grand soin à ma cuisine, faisant attention à ce qu'il aimait et invoquant mes souvenirs pour lui préparer ses plats préférés.

De plus en plus téméraire, je relâchai ma vigilance. Je ne faisais plus autant d'efforts pour dissimuler ma véritable identité.

Je m'en rendis compte après avoir passé une matinée à confectionner des pâtisseries. J'en portai une assiette dans le potager, que le père McCarthy était en train de désherber.

— J'ai préparé des petits pains à la cannelle. Aimeriez-vous faire une pause pour en goûter un ?

Il retira ses gros gants et s'essuya les mains à son tablier.

— Des « pains à la cannelle » ? Je n'en ai pas mangé depuis des années.

— Ils sortent à peine du four. J'ai apporté des assiettes, des serviettes et une fourchette si vous préférez ne pas manger avec vos doigts.

— Ils sont un peu poisseux. Je pense que je vais accepter la fourchette. Mais, d'abord, je vais me laver au tuyau d'arrosage.

Je m'assis sur le muret du jardin, balançant mes jambes comme une écolière. Le soleil brillait, ce qui était rare à cette époque de l'année.

Il fallut un moment au père McCarthy pour nettoyer la terre qui était allée se loger sous ses ongles. Contrairement à son habitude, il en profita pour engager la conversation.

— Voilà plusieurs dimanches de suite que je vous vois à la messe. C'est la qualité exemplaire de mes sermons qui vous attire, ou est-ce que je me trompe ?

— Oh, sans nul doute. Vous entendre répéter le samedi soir ne me suffit plus. Je dois assister à tout le spectacle.

— Eh bien, en tout cas, il ne fait pas salle comble, et je me réjouis de compter une personne de plus dans mon public.

— Peut-être suis-je celle que vous êtes censé toucher, comme vous me l'avez dit il y a quelque temps.

Sa main droite propre, il passa à la gauche.

—Quoi que cela ait pu vous apporter, votre présence m'enchante.

Est-il sincère ?

Il reprit :

—Le berger aime voir ses brebis égarées rentrer au bercail.

Bien entendu, il était heureux de me voir à l'église car cela signifiait une âme perdue retournant à son dieu. Mais qu'importait. Ma présence le faisait sourire, c'était l'essentiel.

—Je ne suis pas encore convertie, mais je trouve un certain réconfort dans votre religion. Vous savez que je ne suis pas catholique.

—Oui, j'ai remarqué que vous ne communiiez pas. Pourquoi ne vous feriez-vous pas baptiser dans la religion catholique afin de pouvoir vraiment prendre part à la célébration ?

—J'ai bien failli, il y a des années. Puis j'ai eu cet accident, déclarai-je en montrant mon visage. Et je n'ai plus remis les pieds dans une église. Je suppose que j'en voulais à Dieu.

—Comment est-ce arrivé ?

Il avait toujours été bien trop poli pour aborder le sujet. Mais, maintenant, je devais me lancer.

—Pendant la guerre.

Si j'en disais davantage, je risquais de trop en dévoiler.

Je vis ses épaules s'affaisser et, se rembrunissant soudain, il renchérit :

—Oui, nous avons subi de lourdes pertes pendant la guerre. Dans les deux camps.

Un moment, son regard s'attarda sur moi.

Reconnais-moi, Kyle, souhaitai-je ardemment. *Reconnais-moi.*

Mais, clignant des yeux, il ferma le robinet.

— Vous m'avez dit un jour avoir servi dans l'armée.

— Oui. Elle m'a conduit partout. J'ai commencé en Égypte, avec les « rats du désert », comme on nous appelait. Puis nous avons combattu en Italie, débarqué en Normandie, après être repassés par l'Angleterre, et nous avons fini en Allemagne.

— Et vous avez survécu ! C'est incroyable !

— J'ai si souvent demandé à Dieu pourquoi il en avait pris certains et pas moi.

J'avais déjà éprouvé ce sentiment.

— Je suppose que nous ne saurons jamais pourquoi les choses se passent ainsi.

— Non. Nous devons juste profiter à fond de ce qui nous est donné.

Il se sécha les mains à son tablier et vint se jucher sur le muret, à côté de moi.

— Bien, il est temps de goûter l'un de ces pains à la cannelle. Il ne faut pas qu'ils refroidissent.

Je lui tendis son assiette et sa fourchette. Il prit une bouchée qu'il n'avala même pas. Il écarquilla les yeux.

— Qu'y a-t-il ?

Même si je n'en avais pas fait depuis des années, je ne pensais pas qu'ils puissent être aussi mauvais.

— Rien, dit-il, la bouche pleine.

Puis, une fois qu'il eut fini, il reprit :

— C'est délicieux. Parfait, en fait. Ils sont exactement comme ceux que… j'avais l'habitude de manger.

— Je suis contente qu'ils vous plaisent.

Il prit une deuxième bouchée, puis une troisième.

— Ce n'est pas très courant de mettre du citron dans le glaçage. Comment en avez-vous eu l'idée ?

Combien j'étais devenue audacieuse ! Que m'arrivait-il donc ?

— Oh, c'est juste que j'aime bien le goût aigre-doux.

— Moi aussi.

Son premier petit pain terminé, il en prit un second. J'en étais encore à mon premier qu'il l'avait déjà avalé.

— Merci, Helen, pour ces petits pains. Ils m'ont… J'ai… ils sont délicieux et ils me rappellent de très bons souvenirs.

À moi aussi, ils m'évoquent de bons souvenirs.

Cette pensée me fit sourire. Était-ce ce à quoi il faisait référence ?

— Qu'y a-t-il de si drôle ? s'étonna-t-il.

— Rien. Je suis contente qu'ils vous aient plu. Je vais aller ranger la cuisine maintenant.

Il sauta de son perchoir et reprit le tuyau d'arrosage.

— Voulez-vous vous rincer les doigts ? proposa-t-il. Ils sont couverts de glaçage.

— Oui, je vous remercie.

D'une main, il tourna légèrement le tuyau afin que l'eau se mette à goutter. De l'autre, il prit mes doigts et les plaça sous le filet d'eau puis commença à frotter lentement le glaçage récalcitrant à l'aide de son pouce. Les taches, les cicatrices, les marques rouge et blanc semblaient lui être indifférentes. Malgré mes blessures, sa caresse m'embrasa la peau. Personne ne m'avait touchée ainsi depuis une bonne vingtaine d'années. Par quel coup du sort, fallait-il qu'aujourd'hui ce soit Kyle ? Je refoulai mes larmes, ne voulant rien trahir de ma réaction. Il était si près de moi. Je pouvais l'appeler par son prénom. Mes lèvres s'entrouvrirent et je sentis le son « K » monter du fond de ma gorge.

— Et voilà !

Il éteignit le tuyau d'arrosage et se releva, sans se douter un instant du raz-de-marée que j'avais failli provoquer.

— Merci. Je vais rentrer, maintenant, marmonnai-je.

— Et je dois me battre avec des nielles des blés. Elles sont en train d'essayer d'étrangler mes rosiers.

Il souleva l'une des fleurs roses, aux lignes noires. Il était difficile de croire qu'une aussi jolie plante puisse être une mauvaise herbe.

— Vous saviez que les nielles des blés étaient utilisées comme remèdes, en médecine primitive ? Et qu'aujourd'hui elles sont considérées comme vénéneuses ?

J'esquissai un sourire. Ce genre d'anecdote lui ressemblait tellement.

— Il ne me reste plus qu'à vous souhaiter « bonne chance » pour vous en débarrasser.

— Merci.

Il se remit au travail. Je sortis du jardin et, toujours souriante, me retournai pour le regarder.

Chapitre 29

Le matin du 4 avril, Lily arriva, suivie de Jane et trois amies. Ma partie du presbytère se transforma en salon d'habillage. À ma plus grande joie, elles envahirent mon salon pour se pomponner et je savourai le spectacle de leurs préparatifs. Cela me rappelait tous ces moments partagés avec Lucille. Nous aurions sans doute été comme elles si nous avions pu assister à nos mariages respectifs. Je sentais sa présence. Elle fêtait le grand jour de ma fille avec nous. Elle aurait trouvé des tas de détails à fignoler.

Mandy, la colocataire de Lily à l'université, la maquilla et la coiffa. Ma fille avait choisi une robe fluide, coupe Empire, dénuée des perles et des dentelles des tenues traditionnelles. Elle avait un goût résolument moderne. Le voile était fixé sur un large bandeau de coton qui lui encerclait la tête.

Les toilettes de ses demoiselles d'honneur, coupées dans le même style sobre et contemporain, étaient rose pâle, avec une ceinture blanche.

Très affairée, Jane fit bouffer la jupe et disciplina les mèches rebelles de la mariée. Elle portait une robe bleu ciel, avec un spencer assorti, aux manches bordées de dentelle. Un clin d'œil à son goût plus classique. Plus d'une fois, elle m'attira de côté et me supplia de me joindre aux invités pour la réception qui devait se tenir à Liverpool. Je déclinai, lui répondant que j'avais renoncé à ce droit depuis longtemps, mais que son invitation me faisait chaud au cœur. Néanmoins, j'assisterais à la cérémonie.

Notre organiste qui, par quelque miracle, jouait encore, entonna la marche nuptiale, l'un des rares compromis pour maintenir les conventions. Lily avait amené son propre prêtre mais, par courtoisie, autorisa le père McCarthy à concélébrer la messe. Ce n'était pas tous les jours que l'église de Notre-Dame-des-Anges accueillait un mariage et, pour rien au monde, il n'aurait manqué l'événement.

Quand, en découvrant le nom de Lily, il m'avait demandé si nous étions apparentées, je lui avais répondu que je n'avais pas de famille. J'avais menti à un prêtre. Mais c'était, probablement, le moins grave de mes péchés. Néanmoins, la tentation lancinante de lui avouer la vérité était revenue. Maintenant, chaque fois que je les voyais ensemble, la culpabilité de ma trahison me rongeait. Toutefois, je n'eus pas de peine à me convaincre que le moment était mal choisi pour cette révélation, que rien ne devait perturber le mariage de Lily. Et, encore une fois, je remis mes aveux à plus tard.

Je pris ma place habituelle, au fond de la nef, blottie contre une colonne et, mon mouchoir humide de larmes à la main, regardai.

— Lily, acceptez-vous de prendre Albert pour époux ? Pour l'aimer et le chérir…

À ces mots, je fermai les yeux. Aujourd'hui, j'entendais ma fille prononcer les vœux que j'avais prononcés un jour. Et je ne pouvais m'empêcher de me demander s'ils réveillaient les mêmes souvenirs chez Kyle.

— Pour le pire et pour le meilleur, jusqu'à ce que la mort nous sépare…

Contrairement à moi, il avait tenu parole. C'était la première fois que j'en prenais vraiment conscience. Lorsque j'avais choisi de disparaître, je n'avais pas un instant pensé à mes vœux. Aurais-je aimé Kyle et serais-je restée avec lui s'il était rentré blessé de la guerre ? Je n'en doutais pas. Moi-même victime de cette terrible guerre, je ne lui avais pas laissé la moindre chance de prendre cette décision. Et je savais sans la moindre hésitation ce qu'elle aurait été. Or, face au « pire », je m'étais enfuie.

« Jusqu'à ce que la mort nous sépare. »

Kyle avait respecté son contrat jusqu'au bout. Plusieurs années s'étaient écoulées entre son retour de la guerre et son entrée au séminaire. Il m'avait dit qu'il avait « cherché ». Le doute n'était pas permis, il m'avait cherchée. Il n'acceptait pas ma disparition et n'était pas retourné au séminaire avant d'avoir fait son deuil. Fidèle à jamais, comme dans la légende de sainte Dwynwen qu'il m'avait racontée lors de notre voyage de noces. La sainte patronne des amoureux.

J'étais honteuse. Nous avions prononcé ces serments. Et je les avais rompus.

Je m'étais répété que je faisais ce choix pour le bien de tous. Je m'étais persuadée qu'il était préférable pour Kyle de ne pas s'embarrasser d'une femme défigurée, brisée.

Qu'il était préférable d'épargner à mes parents l'embarras de voir une fille aussi abîmée. Qu'il était préférable de ne pas imposer à Lily une mère nomade. Mais la vérité me frappa de plein fouet. Ce n'était pas ce que j'avais promis. C'était moi qui me sentais indigne dans ce mariage. C'était moi qui, par fierté, n'avais pas voulu retourner chez mes parents. C'était moi qui avais voulu rompre tous les liens, même avec ma précieuse enfant. J'étais trop absorbée par ma vanité et par mon désespoir pour prendre en considération les autres personnes impliquées.

J'oscillais entre la joie et le chagrin. Le bonheur d'avoir retrouvé ceux que j'aimais et ma contrition de les avoir fait souffrir. Soudain, je comprenais la foi de Kyle. Elle n'était pas pour les irréprochables. Elle était pour les repentants. Pour ceux qui cherchaient l'apaisement et le salut. Chaque dimanche, ils s'agenouillaient, en quête de réponses, pour offrir leur gratitude et supplier pour leur pardon.

Tout à coup, je m'aperçus que tout ce qui comptait pour moi désormais était d'obtenir le pardon. Et je savais où le trouver. Le lendemain, je dirais au père McCarthy que j'étais prête. Je voulais entrer dans son église et entendre les paroles d'absolution de mes péchés.

Aujourd'hui, au lieu d'être noirs, ses vêtements sacerdotaux étaient blancs. Il était magnifique. Je feuilletai un missel en latin et suivis la traduction, tout en me rappelant l'époque où Kyle m'apprenait à m'en servir. Et, à mesure que je tournais les pages translucides, les années s'évanouissaient et la voix du jeune homme d'hier venait se substituer à la voix du prêtre d'aujourd'hui.

Dominus vobiscum.

» *In spiritu humilitatis, et in animo contrite suscipiamur a te, Domine.*

» *Haec quotiescumque feceritis, in mei memoriam facietis.*

Albert et Lily scellèrent leur promesse d'un baiser qui fut salué par les ovations et les applaudissements de leurs amis. Ils avaient la vie devant eux et, avec un peu de chance, le monde leur serait plus clément qu'il ne nous l'avait été. Ils sortirent sur le parvis sous une pluie de riz et je les suivis. Tellement de rêves les attendaient. Les cloches sonnaient à toute volée, leur musique funèbre remplacée par un carillon de fête.

Jane s'attarda avant de partir. Elle était émue aux larmes. Son bébé avait grandi. Ce bébé à qui elle avait appris à faire ses premiers pas, l'enfant qu'elle était allée chercher à l'école, l'adolescente qu'elle avait guidée dans ses premières amours. La jeune femme qu'elle aimait comme sa fille.

Elle noua ses bras autour de moi et m'embrassa sur la joue. Je lui rendis son étreinte. Nous nous sourîmes, nous réjouissant de ce mariage, de notre maternité partagée. Je lui étais redevable à jamais.

Après avoir regardé sa voiture s'éloigner, je me penchai pour ramasser les grains de riz. Sentant une nouvelle contraction dans ma poitrine, je me relevai lentement et offris le riz au soleil. *Tous mes rêves pourraient tenir dans ce grain.* Mais la foi de Kyle promettait qu'une graine de moutarde pouvait soulever les montagnes. Et ce grain de riz était plus gros qu'une graine de moutarde.

Je le jetai et un moineau s'empressa de le picorer.

M'arrêtant sur le perron du père McCarthy, je plaquai une joue contre sa porte et dessinai les nœuds du bois de ma main droite. À la douce lumière du crépuscule, mon ombre s'allongeait le long du mur du presbytère. Cette version de moi-même planait au-dessus du sol, comme un ange sombre et menaçant. Je fermai les paupières et je frappai.

— Entrez, invita la voix que j'aimais depuis tant d'années.

Assis à son bureau, il semblait absorbé par, supposai-je, son homélie pour le dimanche suivant. En me voyant, il se leva.

— Helen, dit-il, surpris par ma visite à cette heure inhabituelle. Je vous en prie, fermez la porte et venez vous asseoir.

Il rassembla les feuilles éparpillées sur le canapé et me fit signe de m'y installer.

— Puis-je vous offrir un thé ?

— Non, merci.

Chacun des bruits de la pièce me paraissait exacerbé. Le « tic-tac » de la pendule. La musique classique qui s'échappait de la radio, au premier étage. Le raclement des pieds de la chaise qu'il avança pour s'installer devant moi.

Croisant les mains, il s'accouda à ses genoux et se pencha vers moi.

— Bon. Que puis-je faire pour vous ?

Sa proximité me faisant défaillir, j'oubliai presque le but de ma visite. Enfin, je le regardai droit dans les yeux et, m'éclaircissant la voix, me lançai :

— Vous m'avez demandé il y a plusieurs semaines pourquoi je ne prenais pas part aux célébrations de la messe.

Il se cala contre le dossier de sa chaise.

— Oui, je m'en souviens.

— Je crois que, finalement, j'aimerais y prendre part. J'ai voulu vous prévenir avant de vous faire la surprise de communier, un matin.

Avec un sourire, il avoua :

— Dans ce cas, je suis content que vous soyez venue me trouver. Il n'est pas aussi simple que cela de se joindre à la file des communiants.

— Que voulez-vous dire ?

— Eh bien, quand vous recevez la communion et que vous dites « Amen », vous acceptez tout ce que cette foi symbolise. Ce n'est pas juste une question d'instant. Normalement, il faut une année d'étude du catéchisme, de l'histoire du christianisme et de théologie. Puis on reçoit le sacrement du baptême, généralement le samedi saint.

Le temps n'était pas un problème. Là, à Charcross, il s'écoulait tranquillement, marqué uniquement par les enterrements et les rares fêtes où venaient quelques fidèles.

— Alors quand est-ce que je commence ?

Levant les mains, il sourit de nouveau.

— Si vous voulez bien de moi, je serai votre professeur. Un piètre professeur, je suis sûr, mais comme dit le dicton : « Faute de grives, on mange des merles. » Par ailleurs, je n'ai ni classe de catéchisme ni liste d'attente d'élèves.

La perspective de passer autant de temps avec lui me transportant de joie, je n'hésitai pas une seconde à accepter sa proposition.

Cet entretien fut le préambule à des mois d'études et à une nouvelle routine que j'attendais chaque jour avec impatience. Après nous être acquittés de nos tâches quotidiennes, nous passions la plupart de nos soirées penchés sur des livres ou à revoir des leçons. Souvent, nous nous égarions en digressions, même si, chacun sur nos gardes, nous n'échangions jamais rien de trop personnel.

Mais les deux âmes solitaires que nous étions partageaient des repas, des discussions, des éclats de rire. Et, comme coulant de source, notre amitié reprit ses droits.

Il me vint à l'esprit que si la guerre n'avait pas bouleversé nos vies, nous serions ce couple, aujourd'hui. Bien sûr, notre relation n'impliquait ni l'affection qui peut exister entre un mari et une femme, ni le partage des biens, ou d'un lit. Mais, après vingt-cinq ans de mariage, cela aurait sans doute été ce à quoi nous aurions ressemblé.

L'une des grandes joies de ce temps en compagnie de Kyle fut de redécouvrir le dieu d'amour et de bonté dont il n'avait jamais douté. En dépit de toutes les souffrances qu'il avait traversées, sa foi était restée inébranlable. Je ne pouvais en dire autant de la mienne. Mais je voyais maintenant que j'étais celle qui avait déserté Dieu. Et non le contraire.

Toutefois, dans le courant de l'été, je remarquai un changement chez Kyle. Nos leçons se poursuivaient, mais elles manquaient désormais de conviction. Il ne croisait jamais mon regard et, au lieu de s'asseoir près de moi, comme nous en avions pris l'habitude, il s'installait de l'autre côté de la table. Je me demandais anxieusement si j'avais commis un impair.

Le premier soir d'août, à notre heure habituelle, je frappai à la porte. J'avais préparé un cake aux canneberges et aux noix, et je le sentais me brûler à travers le papier d'aluminium.

— Miss Bailey, me salua le père McCarthy, sa voix ayant repris le timbre formel qu'il avait depuis longtemps abandonné.

Étonnée, je le regardai et m'assis à ma place. Il avait une lettre à la main.

— Miss Bailey, j'espère que vous savez que j'ai apprécié ces mois d'études avec vous, et vos années de service à l'église de Notre-Dame-des-Anges ont apporté de la vie à cet endroit qui, sans vous, aurait été d'une tristesse affligeante.

Je me préparai mentalement à la suite de ces paroles pleines de bonté.

— Je viens de recevoir un ordre de transfert de l'évêque. Comme vous le savez, au bout de quelques années, les prêtres sont soumis à une rotation. Et c'est maintenant à mon tour de changer de paroisse.

— Oui, protestai-je, mais vous avez reçu l'un de ces ordres il y a quelques années et vous avez pu le différer. Vous avez dit que personne ne voulait venir ici.

Les battements de mon cœur s'étaient accélérés. Qu'allait-il advenir de nous, maintenant ? Qu'allait-il advenir de ce nouveau « nous », de cette relation balbutiante ?

— Vous avez raison, bien sûr, poursuivit-il. Mais le temps est venu et, souvent, le recul nous permet de voir la sagesse des événements.

Le cake m'échappa et nous nous penchâmes simultanément pour le ramasser. Nos mains se frôlèrent, mais il se retira brusquement.

— Je suis désolée, chuchotai-je, en posant le cake sur mes genoux.

Il se leva et se dirigea vers le poêle. Tout en parlant, il s'affaira avec la bouilloire pour le thé.

— J'ai déjà écrit au nouveau prêtre à votre sujet, bien sûr. Le père Brown, de Merseyside, va me remplacer. Je lui ai assuré que vous étiez une excellente cuisinière et gouvernante, que vos gages étaient très raisonnables, et je lui ai recommandé de vous garder. Si vous le souhaitez, bien entendu.

Je hochai la tête, reflétant sa politesse.

— Et où allez-vous ?

— À Crosby, répondit-il. Au nord de Liverpool.

— Juste à côté de Bootle, murmurai-je.

Il tourna vivement la tête vers moi.

— Oui, Bootle.

Mon regard captura le sien. *Reconnais-moi*, implorai-je encore. Mais le père McCarthy se détourna.

— J'ai bien peur que le transfert ne soit presque immédiat. Je pars samedi prochain. Le père Brown arrivera à temps pour célébrer la messe de dimanche.

— Et vous ne direz pas « au revoir » ? m'étonnai-je. À votre congrégation, j'entends ?

— Vous voulez dire aux rares fidèles qui viennent s'acquitter de leur devoir dominical ? Ou aux quelques habitués qui, sous peu, s'installeront ici comme résidents permanents ?

Son regard balaya l'immense cimetière, derrière la fenêtre, avant de se poser de nouveau sur moi.

— Non, Miss Bailey. Je ne m'attends pas à laisser beaucoup de regrets, ici. Et puisque c'est pour le mieux, autant que cela arrive aujourd'hui.

— Et mes études ?

— J'ai également abordé le sujet avec le père Brown. Vous faites d'excellents progrès qui, indubitablement, devraient se poursuivre avec lui. D'après ce que je sais, c'est un homme très érudit, et vous serez en bonnes mains. Vous recevrez bien les sacrements comme c'était prévu, au printemps.

Son ton catégorique m'indiqua que la conversation s'arrêtait là. Je me levai et repoussai ma chaise. Le bruit de ses pieds qui raclaient les dalles résonna dans le silence. Je ne pouvais parler, de peur que les larmes qui me brûlaient les paupières ne jaillissent. Après avoir adressé un bref signe de tête en guise d'adieu, je regagnai ma partie du presbytère.

Je restai un moment à faire les cent pas dans ma chambre avant de m'effondrer sur le sol et, me couvrant la tête de mes poings crispés, je fondis en larmes.

Ça ne pouvait sûrement pas finir ainsi. *Avoir vécu si longtemps dans le désespoir. Avoir recouvré l'espoir et même le bonheur. Me voir ma fille rendue uniquement pour que mon mari me soit enlevé.* N'existait-il pas un endroit dans ce monde où tout pouvait n'être qu'harmonie, ne serait-ce que pour un temps ? Y avait-il un équilibre suprême à maintenir en associant le chagrin et la joie ? Kyle m'avait raconté des balivernes sur le vrai bonheur que l'on ne pouvait trouver qu'après la mort. Qu'y avait-il de si mal à espérer que le bonheur puisse exister sur terre ?

Je m'enfermai chez moi pendant trois jours, ne sortant même plus pour mes devoirs coutumiers. À deux reprises, de derrière mon rideau, je surpris le père McCarthy sur le seuil de ma porte. Mais il ne frappa pas.

Le vendredi, mes bagages étaient faits. Je ne savais pas encore quelle serait ma destination. Mais ma vie de nomade m'avait plutôt réussi par le passé. Il m'était impossible de demeurer là sans la présence de cet homme qui était tout pour moi. Le père Brown serait un imposteur, un intrus, et je ne pouvais vivre un simulacre en feignant la satisfaction.

« Un simulacre ». Ce mot me fit réfléchir. N'était-ce pas exactement ce que je vivais depuis plus de vingt ans, maintenant ? Avais-je cru qu'en venant à Charcross et en jouant le rôle de gouvernante du père McCarthy, j'allais par quelque miracle amoindrir le mensonge que j'avais décidé, en ce matin de Noël, à Liverpool ? N'était-ce pas un simulacre de vivre à son côté, jour après jour, en gardant ce secret ?

Je repensai au mariage de Lily, et aux serments que j'avais prononcés et brisés. Je ne cherchais pas uniquement l'absolution d'un prêtre, d'une Église ou de Dieu. Ma pénitence était grande, mais elle n'était pas complète. J'avais besoin de me confesser à mon mari.

Chapitre 30

Le père McCarthy aimait recevoir les confessions le vendredi. Dans certaines paroisses, on se confessait le dimanche, le jour où un prêtre célébrait la messe, pendant qu'un autre écoutait les fidèles venus se repentir de leurs péchés. Mais là, il était le seul abbé.

On voyait les mêmes visages tous les vendredis. Il m'avait dit un jour que « punir » les gens âgés qui venaient si dévotement se confesser équivalait à les frapper d'une plume. Ils avaient les plus grands scrupules pour des transgressions si anodines qu'elles ne méritaient guère que deux « Je vous salue, Marie » comme pénitence... jusqu'à ce qu'ils reviennent la semaine suivante.

Je laissai mes deux valises élimées sur le seuil de l'église. Pour la première fois, j'avais fermé ma porte à clé, et Ellis m'avait suivie au-dehors.

— Couché ! lui ordonnai-je.

Docile, il obéit et posa sa tête sur ses pattes.

Je poussai la porte. Dans la demi-pénombre de l'intérieur, les rayons du soleil accrochaient les grains de poussière qui dansaient comme des paillettes. Le confessionnal se dressait sur un côté. J'avais si souvent nettoyé les coins et les recoins des volutes sculptées dans le bois que j'en connaissais les imperfections aussi bien que celles de mes mains. Ce lieu où les gens déposaient le fardeau de leurs méfaits m'avait toujours paru suspicieux. Mais, à cette heure de la journée, en le voyant illuminé, je compris pourquoi ils le considéraient comme une porte ouverte sur le salut.

J'ignorais ce qui m'attendait derrière ce rideau : le salut ou la damnation ? Mais j'avais une certitude. Je serais au moins délivrée du linceul de mes mensonges.

Trois personnes faisaient la queue devant moi, à plusieurs mètres du confessionnal, de sorte que le pénitent agenouillé devant le rideau marron qui le séparait du père McCarthy puisse se confier à son oreille indulgente en toute discrétion. Il m'avait expliqué que les changements prévus au Vatican incluraient peut-être, à l'avenir, un sacrement moins informel, le prêtre et son pénitent se faisant face. Mais, pour le moment, l'apparence de l'anonymat était sauvegardée. Et j'en étais reconnaissante. Prononcer ces paroles devant la personne à qui j'avais fait tant de mal allait m'infliger une souffrance comparable à celle du jour où mes mains et mon visage avaient été ébouillantés.

Il restait deux personnes, examinant leurs consciences à l'aide de livrets qui les aidaient à passer en revue leurs défauts. L'une s'avança. Puis la suivante.

Enfin, je fus seule. Tremblante, le cœur battant à tout rompre, je m'approchai du prie-Dieu. D'un coup d'œil à la porte, je vérifiai qu'un retardataire ne venait pas repousser cette agonie de quelques minutes encore. Mais personne n'entra.

Agenouillée, je posai les mains sur l'accoudoir en bois, face au lourd rideau dont le velours formait des plis. À travers cet écran, je percevais la respiration du père McCarthy. Je l'imaginai derrière la tenture, attendant une autre de ces banales confessions. Il était peut-être fatigué, peut-être avait-il retiré ses lunettes pour se frotter les yeux. Peut-être regardait-il sa montre, comptant les minutes jusqu'au départ de son fidèle ultime. C'était ma dernière chance de reculer. Mes valises étaient à la porte. Je pouvais encore nous épargner cette épreuve. Je faillis me convaincre que ce serait de ma part un acte de générosité. Mais c'était ce prétendu altruisme qui m'avait placée dans cette situation. Cela devait cesser.

— Bénissez-moi, mon père, car j'ai péché, commençai-je, répétant les mots qu'il m'avait appris pendant mes études.

— De quoi vous accusez-vous ? demanda-t-il machinalement.

— J'ai menti.

— Hum ! Parlez-vous d'un mensonge véniel ou d'un mensonge plus grave ?

— Un mensonge plus grave, mon père. Beaucoup plus grave. J'ai menti à ma famille, à mon mari, à mes amis.

Je marquai une pause et ajoutai :

— À mon enfant.

Je l'entendis changer de position.

— Aucun péché n'est plus grand que le pardon qui peut être accordé au pécheur. Et maintenant, quelle est la nature de ce péché et à qui a-t-il fait du mal ?

Le sang me battant aux tempes, je prononçai le seul mot qui devait être dit :

— Kyle.

Un silence total accueillit ma réponse.

— Kyle, répétai-je, sanglotant enfin.

Cette fois, incapable de les retenir, je laissai couler mes larmes. Mes épaules se soulevaient convulsivement et ma tête s'affaissa sur l'accoudoir du prie-Dieu.

Je sentis le rideau s'agiter et relevai le regard. Glissant sa main par-dessous la tenture, il chercha la mienne. Il la serra fort, sans la lâcher. La sensation de sa peau contre la mienne me submergea d'une émotion balayant toutes ces années de solitude. Secouée de tremblements, j'essayai, tant bien que mal, de garder mon sang-froid.

— Kyle ! m'écriai-je. Je suis tellement désolée. Tellement désolée de ce que je t'ai fait subir. Je n'ai pas d'autres mots.

Toutes les paroles que j'avais préparées, la litanie d'offenses que j'avais répétée. J'oubliai tout. Alors que nos mains s'exploraient, je sentis mon esprit se vider.

Soudain, Kyle me lâcha et j'entendis au craquement du plancher qu'il sortait du confessionnal.

Toujours recroquevillée sur le prie-Dieu, je le regardai. Il tomba à genoux et repoussa mes cheveux de mon visage.

— C'est bien toi, dit-il. Je l'avais déjà envisagé, mais je croyais avoir perdu la raison. Je pensais voir un fantôme.

Il fit passer une mèche de mes cheveux derrière mon oreille et, de ses doigts, caressa mes pauvres joues tuméfiées. Ma vue brouillée par les larmes, je clignai des yeux pour discerner ses traits.

Nos mains, nos bras se nouaient. Nous nous enlaçâmes et, enfin, nous nous embrassâmes en un baiser fébrile. Nos souffles à l'unisson, je me noyai dans la saveur familière de cette bouche exigeante, qui, plus de la moitié de ma vie, avait hanté mes rêves. Le bruit de la porte de l'église le fit sursauter et il se dégagea. Je me levai d'un bond et remis de l'ordre dans mes cheveux. Soulagée, je vis qu'elle ne s'ouvrait pas. C'était juste Ellis qui grattait le bois pour entrer.

Nous nous regardâmes en riant. Puis Kyle s'appuya contre un pilier et je croisai les mains.

— Seigneur ! dis-je enfin, quand j'eus recouvré un souffle normal. Imagine un peu si quelqu'un était arrivé. Le curé et sa gouvernante !

Avec un sourire empreint de tendresse, il fit un pas vers moi. Cette fois, il m'enlaça et je posai ma tête sur son épaule. Puis, son souffle tiède me caressant l'oreille, il chuchota :

— Ma beauté. Ma beauté si triste, brisée, ma chérie. Que t'est-il arrivé ?

Ellis gratta de nouveau.

— Nous devrions peut-être continuer cette conversation chez toi, suggérai-je.

— Laisse-moi juste le temps de fermer l'église. Je te rejoins.

Il déposa un baiser sur mon front. Avec un signe d'assentiment, je sortis. Ellis me fit la fête.

— Stupide toutou ! Tu n'es vraiment pas romantique, le taquinai-je.

Soulevant mes valises, je me dirigeai vers la porte du père McCarthy. Puis, à la table de la cuisine, j'observai mes ongles. Comme je m'étais laissée aller à totalement m'immerger dans le personnage mal fagoté que j'avais créé ! À une époque, j'avais fait attention à arranger mes cheveux, à vernir mes ongles, à porter des couleurs seyantes. Au fil des ans, j'avais perdu toute notion de coquetterie.

Quelques minutes plus tard, il me rejoignit et, sans un mot, ferma tous les rideaux. Il sortit son col romain de sa soutane et le posa sur la table. Puis, revenant vers moi, il me fit lever.

—Julianne, dit-il en m'enlaçant de nouveau.

Un long moment, il me tint serrée contre lui, nos corps oscillant doucement en cadence. Enfin, il recula d'un pas et baissa les yeux sur mon visage, puis sur mes mains. Après les avoir délicatement embrassées tour à tour, il m'entraîna vers le canapé.

—Je t'en prie, raconte-moi tout.

Je lui révélai alors toute l'histoire de Helen Bailey. Je semblais ne plus pouvoir cesser de parler. Il m'écoutait, me dévisageant de ces yeux couleur whisky qui, hormis les fines pattes-d'oie qui en marquaient les coins, n'avaient pas changé. Il ne lâcha pas un instant mes mains, caressant mes cicatrices de ses pouces. Je lui parlai de Lucille, de mes parents, de Charles, de Roger et d'Abigaïl, et même de Jane et de Lily. Quand je lui avouai que nous avions une fille, et qu'il avait même aidé à célébrer son mariage, ses mains se crispèrent et ses traits se durcirent.

—« Une fille », répéta-t-il.

Il se leva, passa une main dans ses cheveux, et fit plusieurs fois le tour de la pièce avant de me rejoindre. Avec un soupir à fendre l'âme, il parut encaisser ce nouveau coup.

—Comment as-tu pu me faire ça ? demanda-t-il avec tristesse.

—Kyle, je suis tellement navrée, plaidai-je. Je ne savais pas si tu reviendrais de la guerre. Sur le moment, j'ai pensé que c'était la seule chance possible de lui donner une vie normale. Tu dois me croire quand je te dis que je n'ai jamais eu à prendre une décision aussi difficile de toute mon existence.

À la pensée de ce qui aurait pu être, je fondis en larmes. À cause de moi, mon enfant et mon mari avaient passé toutes ces années séparés.

S'avançant vers moi, il me prit dans ses bras. Sa chemise inondée par mes pleurs, il me caressa doucement les cheveux.

— Chut ! me murmura-t-il d'une voix apaisante. Je sais que tu as fait ce qui t'a semblé juste à l'époque. Simplement, tu dois comprendre à quel point cette révélation me prend au dépourvu.

Il déposa un baiser sur mon crâne et recula.

— Néanmoins, je suis moi aussi à blâmer, en partie. Je savais que tu étais vivante. Je t'ai cherchée pendant des années. Je ne voulais pas croire que tu étais morte. Je pensais que, si c'était le cas, quelque chose en moi le pressentirait. Et il n'y avait pas de corps. Mais comment aurais-je pu savoir que tu avais été dans cet hôpital. Pourtant, j'y suis allé. Je t'ai cherchée dans tous les hôpitaux de la région. Comment ai-je pu te manquer ?

— Tu m'as manquée parce que je ne voulais pas que l'on me retrouve. Je croyais que j'étais punie pour t'avoir détourné du séminaire. Que ma disparition te permettrait de revenir à la vocation à laquelle tu te destinais avant de me connaître. Et j'avais raison. Regarde-toi !

— « Regarde-toi » ? Julianne, as-tu jamais entendu mes paroles ? J'étais destiné à être avec toi. Tu étais ma vocation. Ne te souviens-tu pas du jour où je te l'ai dit ?

Penaude, je baissai la tête et répondis à mi-voix :

— Si, bien sûr. Et maintenant, tout a changé à cause de moi.

Il m'agrippa les bras.

— Rien ne doit changer. Rien ne doit être différent.

— Comment peux-tu parler ainsi ? Regarde-toi ! Regarde-moi !

— Tu vois mon col, là-bas ?

Je suivis des yeux son index pointé vers la languette d'un blanc immaculé brillant sur le vieux bois noir de la table et hochai la tête.

— Même si je le voulais, je ne pourrais plus être prêtre, maintenant. Je vais être obligé d'écrire à mon évêque pour lui expliquer que mon mariage est un obstacle aux saints ordres. Qu'indépendamment de ma volonté, mes vœux sont invalides.

— « Invalides » ? répétai-je.

— Oui. Tu peux me croire. Je ne prononce pas ce mot à la légère. J'ai aimé la prêtrise. Servir ainsi est un privilège auquel peu d'hommes sont appelés. Et c'est une mission que je prends très au sérieux. Peut-être même ai-je ainsi fait plaisir à ma mère et à mon père, là-haut.

— Et Crosby ? La paroisse où tu devais être transféré ?

— J'ai demandé ce transfert, mais il est sans objet, désormais.

Je lui lançai un regard perçant.

— C'est toi qui as sollicité ce transfert ? Tu m'as dit que ta mission ici était arrivée à son terme.

Il esquissa un sourire penaud.

— Eh bien, c'était presque vrai. Je ne devais pas tarder à recevoir un courrier à ce sujet. Mais je l'ai devancé.

— Pourquoi ? Je croyais que tu te plaisais dans cette paroisse ?

— J'aime cette paroisse. Je l'aime trop. C'était exactement le problème.

— Je ne comprends pas.

— Nos dîners. Nos heures d'études. Le temps que nous passions ensemble. Tu me rappelais mon amour du passé. Tes pains à la cannelle. La façon dont tu te mordilles la lèvre inférieure quand tu es nerveuse. Tous ces détails, d'abord imperceptibles, ont pris trop d'importance. J'ai commencé à me laisser envahir par des pensées qui sont défendues à un prêtre. J'ai donc demandé à partir d'ici. J'avais besoin de m'éloigner avant de franchir une limite interdite.

L'espace d'un instant, je restai sans voix. Je n'arrivais pas à croire qu'en dépit de ma nouvelle apparence, il pouvait m'aimer. Que j'avais pu éveiller de telles émotions en lui. Des émotions si fortes qu'il s'était senti contraint de prendre ses distances.

Comme s'il lisait dans mes pensées, il déclara, tout en me caressant de nouveau le visage :

— Écoute, je savais quand je t'ai épousée que nous vieillirions ensemble. Tu vois ça ? ajouta-t-il me montrant ses tempes grisonnantes. Et ça ?

Il passa un doigt sur les rides qui marquaient le coin de ses yeux.

— Nous vieillissons tous les deux. Je ne suis plus l'homme jeune et robuste que j'étais quand tu m'as rencontré. Et je vais te faire confiance en croyant que tu ne me quitteras pas pour un bel étudiant quand tu me trouveras trop décati pour toi.

Avec un sourire, je le taquinai.

— Ça dépend. Et s'il est grand ?

Il se leva et m'attira de nouveau dans ses bras.

— Dans ce cas, il me suffira de trouver des moyens de lui faire concurrence.

Sur ces mots, il m'embrassa avec une telle fougue que je me félicitai que les rideaux soient fermés.

Épilogue

HELEN BAILEY ÉTAIT NÉE LE 23 NOVEMBRE 1943 DANS les flots de l'explosion d'un chauffe-eau au cœur du Blitz. Elle mourut le 5 août 1966, dans le confessionnal d'une église reculée de Charcross. Sa vie fut triste, solitaire, et ponctuée de souvenirs qui la remplissaient de remords.

Mais cette même date marqua le jour de la renaissance de Julianne. Lorsque dans cette même petite église, Kyle me prit la main et me pardonna tous mes péchés.

Comme il l'avait prévu, l'évêque accepta de bonne grâce de dissoudre son engagement, tout en exprimant ses regrets de perdre un prêtre aussi dévoué. La profonde admiration qu'il nourrissait pour le travail du père McCarthy pendant ses années de sacerdoce le poussa à le recommander pour un poste de professeur dans une petite école paroissiale, sur l'île de Man.

Quelques jours après l'arrivée du père Brown, nous quittâmes Charcross, tout en restant discrets sur la nature de notre relation, de crainte du scandale provoqué par ceux qui ne voudraient pas entendre nos explications. Une fois sur l'île de Man, nous prendrions un nouveau départ, en tant que Mr et Mrs McCarthy, et nous serions seuls à connaître notre étrange histoire.

Notre vie s'écoula, heureuse et paisible. Je finis par succomber à la même maladie cardiaque que celle qui avait emporté Charles, même si je lui survécus de plusieurs années. J'en attribuai le mérite à l'amour d'un mari dévoué et à nos promenades quotidiennes le long des sentiers côtiers de l'île. Lorsque mon cœur finit par lâcher, j'avais atteint un âge respectable, de vieille dame. Toute ma famille assista à mon enterrement : Kyle, mais aussi Lily, Albert, leurs deux enfants et leurs trois petits-enfants, tous venus de Londres. Auxquels se joignirent, bien entendu, tous les amis que nous nous étions faits. Si Jane était désormais trop faible pour voyager, nous nous étions écrits jusqu'au dernier jour et avions échangé des photos de cette famille que nous avions partagée dans les circonstances les plus inhabituelles. Au début de cette correspondance, nous étions tombées d'accord pour que Lily soit mise au courant de l'identité de ses parents. Jane nous avait alors invités chez elle pour Noël, procurant ainsi à Kyle et à notre fille le bonheur de se rencontrer.

Kyle fut le dernier à quitter le cimetière. Demeuré seul, il s'agenouilla devant la terre fraîchement retournée. Sa main courant sur la pierre tombale, il chuchota :

— Au revoir, beauté. À bientôt.

Puis il se redressa péniblement. Ses cheveux blancs brillaient au soleil, comme le col qu'il avait abandonné sur cette table de presbytère, tant d'années auparavant. Après avoir essuyé la terre de ses mains, il s'éloigna à pas lents.

Remerciements

J'ai toujours pensé qu'écrire était synonyme de solitude. Mais je n'ai jamais été si heureuse de m'être trompée. Nombreux sont ceux qui ont fait partie de cette aventure.

À mon agent, Jill Marsal. Merci d'avoir misé sur moi et de m'avoir encouragée à m'améliorer. Ton premier coup de téléphone a été l'un des plus beaux jours de ma vie !

À mes éditeurs, Danielle Marshall, Catherine Knepper et David Downing. Danielle, merci d'avoir cru en ce livre avec une telle ferveur et merci pour ton indéfectible soutien ! Catherine, tes commentaires m'ont fait sourire et m'ont aidé à insuffler à ce roman une nouvelle force. David, j'ai apprécié ta sagacité qui a apporté sa toute dernière touche de vernis à cette histoire.

À toute l'équipe de Lake Union Publishing. Je vous remercie tous pour votre travail, pour votre soutien. Merci à Gabriella Dumpit, Tara Parsons, et à tous les autres membres de cette extraordinaire équipe.

J'ai la chance d'avoir de merveilleux amis qui ont enduré mes premières ébauches. Certains d'entre eux m'ont fait des suggestions précises que j'ai prises à cœur, d'autres m'ont soutenue de leurs paroles d'encouragement au moment où j'en avais le plus besoin.

Elmie Guidry, Sarah Remmert, Julie Alexander, Jennifer Salamon, Myra Garza, Fr. Ed Hauf, Melody Escobar, Patty King, John Michael Ruiz, Sarah Weaver, Kathy Cucolo,

Amy Castillo, Magda Pretorius, Leslie Sawaya, Magda De Salme, Jim et Kristen Peterson, Carol Taylor, Melanie Stovall, Beverly Lamoureux, Melissa Stack, Melissa Wittman, Tracy Remmert, Cece Smith, Carolyn Taylor, Yvonne Russell, Megan Homan, Judy Kennedy, Jennifer Eichelbaum, Bianca Sanders, Julie Williams, Joe et Laura Ilsley, toute la famille Solis, Julie Reyna, Julie Di Maio, Inge Di Maio, Jessica Bernstein, Francine Chapa, Cindy Comfort, Anne Wright, David et Ann Dreggors, Norma Alvarez, et Marie Cook. Et merci à Erin Chipman, ma toute première amie anglophile, celle avec qui je partage mes banana split.

À Amanda Tidmore, Lorraine Zavala, Lianna Patterson, Francine Wong, Julie Hardin, et Ashley Zimmerman : merci pour votre aide qui, malgré ma profession d'agent immobilier, m'a permis de trouver le temps d'écrire. Et merci à toute l'équipe de Keller Williams Legacy pour son enthousiasme !

À tante Cheryl, qui a été mon modèle, pour sa force, son humilité, sa générosité. Merci d'avoir permis à tant de rêves de se réaliser. Et à oncle Travy : personne ne saura jamais la puissance de l'inspiration qu'il a représentée.

Je dois la publication de mon roman à toutes ces magnifiques pages de littérature qui me captivent depuis le jour où j'ai su lire. Merci à mes amis écrivains : votre travail et vos propres aventures ont été pour moi une immense source d'inspiration : Stephanie Cowell, Leila Meacham, Eileen Palma, Jeanette Schneider, Melissa Romo, Les Edgerton, Melissa Roske et Ann Sullivan. Et merci à tous les membres de SARA, WRW, WFWA et aux autres auteurs LU, pour leur soutien continu aux métiers de l'écriture. J'ai hâte de lire vos prochains ouvrages !

À mon frère et à ma sœur, Paul et Catherine Remmert. Ils font une brève apparition dans le chapitre dix. Je ne pouvais pas écrire sur les fratries sans penser à la chance que j'ai de les avoir. Ce sont les meilleurs! Ce livre doit sa bande-annonce au génie de Paul!

Avec mes enfants, Claire, Gina, Mary Teresa et Vincent, j'ai gagné le gros lot. Vous avez fait preuve d'une patience remarquable et m'avez beaucoup aidée pendant que j'écrivais ce roman. Je prie pour que vous découvriez votre propre vocation et que chacun d'entre vous développe ses dons spécifiques. Vous avez été aux premières loges à chaque étape conduisant à la victoire finale, témoins de ma frustration, de mon enthousiasme, de mes échecs, de mon allégresse. J'ai tellement hâte de voir ce que vos propres vies vous réservent. Vous êtes tous les trois exceptionnels et j'adore être votre maman.

À sir Paul McCartney: merci pour votre musique si novatrice. Mon histoire sur un prêtre et sa gouvernante s'est grandement inspiré des paroles de vos chansons.

Et, surtout, je suis reconnaissante pour la foi que j'ai reçue. Rien ne compte plus pour moi que la métanoïa (le renouveau métaphysique) de ces dernières années. Dieu nous ouvre vraiment d'infinies possibilités et j'en suis la preuve vivante. Merci à Marie, à Thérèse et à Philomène pour vos intercessions.

Je sais, je sais. S'il s'agissait d'un discours aux Oscars, on aurait déjà lancé la musique…

Aubin
IMPRIMEUR

Achevé d'imprimer en août 2018
N° d'impression 1805.0321
Dépôt légal, septembre 2018
Imprimé en France
81122707-1